Regina E.G. Schymiczek
Die Weide der Seepferde
Jack Foster, Band I

REGINA E.G. SCHYMICZEK

DIE
WEIDE DER
SEEPFERDE
JACK FOSTER I

Bibliografische Information der Deutschen Nationalbibliothek:
Die Deutsche Nationalbibliothek verzeichnet diese Publikation
in der Deutschen Nationalbibliografie;
detaillierte bibliografische Daten sind im Internet
über http://dnb.dnb.de abrufbar.

Die automatisierte Analyse des Werkes, um daraus
Informationen insbesondere über Muster, Trends und
Korrelationen gemäß §44b UrhG („Text und Data Mining")
zu gewinnen, ist untersagt.

1. Auflage 2013, CreateSpace, Charleston/USA

Covergestaltung: MostlyPremade - Nadine Most
unter Verwendung von stock.adobe.com (Sondem, Vector Tradition, fergregory,
Biancardi, 1827photography, pgmart, Carlos Yudica, Ievgen Melamud)

Herstellung und Verlag: BoD – Books on Demand, Norderstedt

ISBN: 978-3-7597-0546-4

Für Ingrid

1

Rebecca biss sich auf die Unterlippe und war von ihrem Vorhaben auf einmal gar nicht mehr so überzeugt. Machte sie auch keinen Fehler? Reiß dich jetzt zusammen, dachte sie dann. Zögernd hob sie die Hand, holte noch einmal Luft und klopfte. Sie hörte, dass auf der anderen Seite der Tür gesprochen wurde. Als niemand antwortete, drehte sie den Türknauf und lugte in den Raum. Ein Mann stand mit dem Rücken zur Tür an seinem Schreibtisch, und telefonierte lautstark. Rebecca verstand nur, dass es um Zahlen und Fristen ging. Er gestikulierte wild mit seiner freien Hand und blickte dabei aus dem Fenster.

Er war ziemlich groß, hatte kurze braune Haare, trug Khaki-Shorts und ein dunkelblaues T-Shirt, auf dem in weißer Schrift *Lazy Lobster* stand. Wahrscheinlich war er so Anfang 30, gehörte aber zu den Leuten, die immer jünger aussahen, als es ihrem wahren Alter entsprach.

Offensichtlich hatte er weder ihr Klopfen gehört noch bemerkt, dass sie eingetreten war. Rebecca blieb in der Nähe der Tür stehen und ließ ihren Blick in dem kleinen Büro herumwandern. Es hingen einige ausgestopfte Fische an der Wand, dazwischen etliche gerahmte Fotos, die einen Mann – wahrscheinlich war es der, der am Schreibtisch stand – in Tauchausrüstung zeigte. Auf jedem Bild hielt er einen anderen Gegenstand in die Kamera, mal ein goldenes Kreuz, mal eine große Goldmünze.

Jack beendete das Telefonat, drehte sich um und knallte den Telefonhörer auf die Gabel des altmodischen Tischtelefons. Den ganzen Tag hatte er schon unschöne Gespräche mit Banken, Versicherungen und Reiseagenturen geführt, und jetzt machte auch noch der Vermieter Druck! Das kleine Büro in der ersten Etage über dem Restaurant *Lazy Lobster*, direkt am Ocean Drive, war ein Glücksfall gewesen. Die Miete war zwar ziemlich hoch, doch die Werbung, die das Restaurant für ihn machte, wog das in der Regel mehr als auf. Die letzten beiden Winter waren in Florida jedoch ungewöhnlich kalt gewesen. Das hatte sich stark auf den Tourismus und besonders auf die Buchungslage bei Tauchausflügen ausgewirkt. Außerdem war Jack nicht der Einzige, der sich die gescheiterten Versuche der spanischen Eroberer, Gold aus der Neuen Welt nach Europa zu schaffen, als Einnahmequelle zunutze machte. Angebote, zu den Wracks der Schiffe zu tauchen, gab es an der Küste Floridas so viele wie gesunkene Galeonen. Zu diesem Konkurrenzdruck war noch ein Motorschaden am Boot gekommen, der ein gewaltiges Loch in Jacks Firmenkasse gerissen hatte. Ärgerlich fuhr er sich mit den Händen durch die Haare und überlegte, wie er aus dieser Klemme kommen konnte.

Da fiel sein Blick auf das Mädchen, das gerade sein kleines Büro betreten hatte und nun vor seinem Schreibtisch stand. Sie starrte ihn mit ihren großen, wasserblauen Augen unverwandt an. Für Kinderkram hatte er jetzt wirklich keinen Nerv. Wahrscheinlich sammelte sie für irgendein Wohltätigkeitsprojekt ihrer Schule. Einer exklusiven Privatschule, der Kleidung nach. Sogar die blaue Schleife, die ihre langen dunkelblonden Haare zu einem ordentlichen Pferdeschwanz gebändigt hatte, sah teuer aus.

„Was willst du, Kleine? Hast du dich verlaufen?"

„Ich habe mich nicht verlaufen!", antwortete das Mädchen mit großem Ernst. „Auf Ihrem Türschild steht: *Foster & Campillo. Organisation von Tauchausflügen mit Wrackbesichtigungen, Bergungen, Schätzungen von Kunstwerken.* Sie sind doch Dr. Jack R. Foster, oder? Das steht zumindest auf dem Schild auf Ihrem Schreibtisch. Dann will ich Sie genau dafür anheuern: Tauchen, Bergen, Schätzen!"

Jack warf einen Blick auf seine Armbanduhr. Eigentlich wollte er gleich Feierabend machen. Er seufzte und ließ sich in den alten Ledersessel hinter seinem Schreibtisch fallen.

„Hör mal, Kleine –"

„Mein Name ist Rebecca Whithall-Meyers und nicht *Kleine*!", unterbrach ihn das Mädchen mit einem leicht gereizten Unterton.

„Also schön, Rebecca, du hast also eine Schatzkarte gefunden und willst mich engagieren, um diesen Schatz zu finden, richtig? Weißt du, wie teuer das wird?"

„Ich sagte gerade, dass mein Name Whithall-Meyers ist!", antwortete das Mädchen leicht ungeduldig.

Jack hatte schon den Mund geöffnet, um das Kind nun endgültig nach Hause zu schicken, als ihm plötzlich einfiel, was dieser Name bedeutete. Die Whithall-Meyers waren eine Dynastie von Schiffsbauern, die ihren Stammsitz in Florida hatten, deren Yachten aber weltweit vertrieben wurden. Wenn das Mädchen zu dieser Familie gehörte, konnte sie sich seine Dienste spielend leisten. Sein Gesicht hellte sich auf.

„Soso, Whithall-Meyers also... was sagen denn deine Eltern zu deiner Schatzsuche?"

„Meine Eltern sind schon lange tot. Ich kann mich gar nicht an sie erinnern. Ich bin bei meiner Großmutter aufgewachsen. Sie ist vor vier Wochen auch gestorben. Mein Onkel ist jetzt mein Vormund, aber ich wohne nicht bei ihm. Ich habe eine Hauslehrerin, mit der ich in Großmutters Anwesen in St. Augustine lebe. Nach Grannys Tod habe ich tatsächlich eine Schatzkarte gefunden, nämlich diese hier." Rebecca öffnete ihre teure Designer-Tasche und holte ein vergilbtes Blatt hervor.

Jack war nun doch neugierig geworden und streckte die Hand aus. Rebecca gab ihm die Karte. Jack befühlte fachmännisch das Papier und hielt das Blatt gegen das Licht. Er runzelte die Stirn.

„Scheint tatsächlich alt zu sein", murmelte er, mehr zu sich selbst. „Auf den ersten Blick zumindest."

Dann sah er sich die gezeichnete Karte genauer an, auf der der südliche Teil Floridas dargestellt war. An der Nordspitze einer kleinen Inselgruppe, die sich oberhalb des Big Pine Keys befand, war ein kleines Kreuz mit einer seltsamen Zeichnung aufgemalt. Es sah ein bisschen aus wie ein Seepferdchen. Jack verzog den Mund. Die gesamte Inselgruppe stand unter Naturschutz und war nicht zugänglich. Er gab Rebecca, die es sich inzwischen in dem ebenfalls ziemlich abgewetzten Besuchersessel vor seinem Schreibtisch gemütlich gemacht hatte, die Karte zurück.

„Und was macht dich so sicher, dass das eine Schatzkarte ist? Nicht jedes Kreuz auf einer Landkarte bedeutet automatisch, dass dort eine Kiste mit Golddublonen versteckt ist, weißt du." War doch klar, dass dieser Kinderkram nichts bringt, dachte er dabei enttäuscht.

9

„Meine Großmutter hat mir gesagt, dass unsere Familie das Wissen um einen großen Schatz hütet, und dass sie mir zu gegebener Zeit davon erzählen würde", sagte Rebecca, wobei sie ein Gesicht machte, als ob die Schatzkiste nur von der Post abgeholt werden müsste.

Jack stützte die Ellbogen auf den Schreibtisch und vergrub sein Gesicht in den Händen. Dann sah er Rebecca an.

„Großmütter erzählen ihren Enkeln gern Geschichten. Dafür sind sie da. Das ist auch eine sehr schöne Geschichte, Rebecca, aber eben nur eine Geschichte. Wahrscheinlich hat einer deiner Vorfahren dort mal ein Wrack gesichtet und sich die Stelle notiert, weil er vermutete, dass dort eine spanische Galeone untergegangen ist. Und da diese Schiffe meist wertvolle Fracht an Bord hatten, wollte er später danach tauchen. Die Karte ist dann aufgehoben worden und jede Generation hat etwas anderes dazu gedichtet – aber anscheinend hat niemand wirklich nachgesehen. Wenn du willst, kann ich die Karte für dich verkaufen, sie bringt wahrscheinlich ein paar hundert Dollar. An deiner Stelle würde ich sie aber aufheben – dann kannst du später *deinen* Kindern und Enkeln eine spannende Schatzgeschichte erzählen."

Jack stand auf. Er war der Meinung, dass er sich jetzt lang genug mit dem Mädchen beschäftigt hatte. Rebecca blieb sitzen. Sie sah Jack schweigend an, dann griff sie wieder in ihre Tasche. Sie holte ein kleines Paket heraus und gab es ihm.

„Das war bei der Karte", sagte sie. Jack nahm das Päckchen und setzte sich wieder hin.

Er entfernte das Papier und war erstaunt, als er ein goldenes Schmuckstück auswickelte. Es handelte sich um einen Anhänger, der ein Seepferdchen darstellte. Auf dem Kopf trug es eine Krone. Der Schwanz des Seepferdchens bog sich so weit über seinen Rücken nach oben, dass er an den anmutig geneigten Hals stieß. Dadurch entstand ein Ring, durch den ein Lederband gezogen war. Auf dem Körper des Tieres waren einige Zeichen eingraviert. Aufmerksam betrachtete Jack den goldenen Anhänger. Die starken Abriebspuren und stellenweise noch vorhandene Patina deuteten darauf hin, dass das Schmuckstück lange im Wasser gelegen hatte. Eine Datierung war aber schwierig, er hatte noch nichts gesehen, was dem Stil dieses Schmuckstückes gleichkam.

„Das war also bei der Karte? Kann ich die noch mal sehen?"

Rebecca schob ihm wortlos die Karte über den Tisch. Jack starrte darauf, seufzte und schüttelte dann den Kopf.

„Selbst wenn dort ein Schatz liegt – wir kommen nicht hin. Das gehört alles zum Naturschutzgebiet. Da ist jede Schatzsuche verboten. Sogar beim bloßen Betreten des Gebietes macht man sich schon strafbar."

Dass er sich an diesem Ort schon mal großen Ärger mit den Behörden eingehandelt hatte, erwähnte Jack lieber nicht.

„Ich würde aber gut dafür bezahlen", meinte Rebecca.

„Du guckst zu viele Krimis im Fernsehen. So einfach geht das nicht. Es gibt schließlich Gesetze und …"

„$5.000 als Vorschuss und 25 % von allem, was Sie finden."

Jack lachte. „$5.000, ja? Und wo willst du die hernehmen? Du stammst vielleicht aus einer reichen Familie, aber so viel Taschengeld wirst du wohl auch nicht bekommen, oder? Wie alt bist du? 12 oder 13? Du bist ja noch nicht einmal geschäftsfähig! Wenn Onkel Bill dahinterkommt, schickt er dich ins Internat und mich ins Gefängnis, weil ich da mitgemacht habe!"

Wütend sah Rebecca ihn an, griff wieder in die Tasche und zog ein dickes Geldbündel heraus, das sie vor Jack auf den Tisch warf.

„Es lag Geld bei der Karte, zusammen mit einem Brief von meiner Großmutter. Darin schreibt sie, dass dieses Geld dafür bestimmt ist, den Schatz zu suchen. Außerdem bin ich schon 13 und mein Onkel heißt Cedric, nicht Bill!"

Jack ließ seinen Schreibtischstuhl nach hinten kippen und verschränkte die Arme im Nacken. Die ganze Sache war ja unglaublich! Cedric Whithall-Meyers … ging da nicht vor kurzem eine Geschichte durch die Medien?

„Und weiß Onkel Cedric von der Sache?"

Rebecca senkte den Blick und schüttelte den Kopf. „Wir verstehen uns nicht besonders gut. Er hat Granny einige Male nach der Schatzkarte gefragt, aber sie hat jedes Mal so getan, als wüsste sie nicht, wovon er redet. Dann hat sie mir gesagt, das wäre ein Geheimnis zwischen uns beiden. Darum habe ich ihm auch nicht erzählt, dass ich sie inzwischen gefunden habe."

Jack brachte den Schreibtischstuhl wieder in eine aufrechte Position und rieb sich die Stirn. „Hör mal, Rebecca. Mir tut das alles sehr leid. Mit deinen Eltern, deiner Großmutter und auch, dass du dich mit deinem Onkel nicht verstehst. Aber ich kann dir nicht helfen. Das Gebiet, das auf der Karte markiert ist, ist gesperrt. Punkt."

Rebecca sah ihn enttäuscht an.

„Und jetzt", sagte Jack und stand wieder auf, „machst du, dass du auf dem schnellsten Weg nach Hause kommst. Wie bist du überhaupt hierhergekommen, das ist doch ein ganz schöner Weg von St. Augustine nach Miami Beach?"

„Bodenstein, Grannys Fahrer, hat mich hergebracht. Er wartet unten."

Jack nickte. Warum hatte er nicht gleich daran gedacht? War ja klar, dass man in diesen Kreisen nur mit Fahrer unterwegs war. Er schob Rebecca das Geld hin.

„Pack' das ein und geh' nicht gleich zum nächsten Tauchlehrer damit. Es sind nicht alle so nett wie ich."

Während Rebecca das Geld und die Karte einpackte, betrachtete Jack noch einmal das goldene Seepferdchen.

„Ein wirklich schönes Stück. Wenn du erwachsen bist, kannst du es als Schmuck tragen", meinte er und gab es ihr dann. Rebecca blickte ihn noch einmal bittend an. Doch Jack schüttelte den Kopf und reichte ihr die Hand.

„Ich wünsche dir alles Gute, Rebecca."

„Auf Wiedersehen, Dr. Foster", sagte sie leise und ging zur Tür.

Als sie gegangen war, trat Jack ans Fenster und blickte auf die Straße. Es war noch zu früh für die Touristenströme, die sich auf dem Ocean Drive ein Restaurant für den Abend suchten. Auch der Autoverkehr war noch übersichtlich. Jack entdeckte eine wartende schwarze Limousine. Als das Mädchen aus dem Haus kam, stieg der Fahrer aus und öffnete den hinteren Schlag. Rebecca stieg ein und kurz darauf fädelte sich der Wagen in den abendlichen Verkehr ein. Jack blickte ihm noch nachdenklich nach, als es an der Tür klopfte.

„Komm rein, Rosalia", rief Jack, ohne sich umzudrehen. Es war Feierabend und das konnte jetzt nur noch die Reinigungskraft sein.

Die Tür wurde geöffnet.

„Dr. Foster?", fragte eine männliche Stimme.

Erstaunt drehte Jack sich um. Zwei Männer in teuren dunklen Anzügen mit Designer-Sonnenbrillen standen in seinem Büro. Einer von ihnen trug einen eleganten Aktenkoffer. Nicht die Sorte Leute, die gewöhnlich bei ihm eine Tauchexkursion zu einem Wrack buchten.

„Ja, das bin ich. Kann ich Ihnen helfen?"

Der eine Mann setzte sich in den Sessel, während der andere, der den Aktenkoffer trug, an der Tür stehend blieb. Jack beschlich das Gefühl, dass dieser Mann ihn am Verlassen des Büros hindern würde, falls er es versuchte. Waren das etwa die neuen Inkasso-Agenten seines Vermieters? Das Gespräch am Telefon eben hatte zwar nicht gerade freundlich geendet, bot aber seiner Meinung nach auch keinen Grund für eine solch drastische Maßnahme. Der Mann im Sessel sah Jack lächelnd an. Die entblößten Zähne erinnerten Jack aber eher an einen Hai.

„Bitte nehmen Sie Platz, Dr. Foster. Wir möchten Ihnen ein Geschäft vorschlagen."

Verblüfft ließ Jack sich in seinen Schreibtischstuhl fallen. Was kam denn noch alles an diesem verdrehten Tag?

„Dr. Foster", begann der Mann wieder, und Jacks Antipathie ihm gegenüber wuchs, „wir kommen im Auftrag von Mr. Cedric Whithall-Meyers."

Jacks Augenbrauen schnellten in die Höhe.

Der Mann fuhr fort: „Wir wissen, dass Miss Whithall-Meyers soeben in Ihrem Büro war, um Sie für ein Unternehmen zu engagieren."

Ach was, dachte Jack, da hat Onkel Cedric ja schnell reagiert! Laut sagte er: „Hören Sie, ich gehöre nicht zu den Leuten, die kleinen Mädchen Geld aus der Tasche ziehen. Ich habe natürlich abgelehnt, Miss Whithall-Meyers wieder nach Hause geschickt und …"

Der Mann im Sessel hob die Hand und unterbrach Jack. „Dr. Foster, Mr. Whithall-Meyers möchte, dass Sie diesen Auftrag annehmen."

Verblüfft starrte Jack den Mann an. „Wie bitte?! Das kann ich gar nicht! Das Gebiet ist gesperrt! Da bekomme ich überhaupt keine Genehmigung für eine Schatzsuche!"

Der Mann im Sessel gab dem anderen an der Tür einen Wink. Dieser kam zum Schreibtisch, legte den Aktenkoffer darauf und öffnete ihn. Ungläubig starrte Jack auf viele ordentlich gebündelte 100-Dollar-Noten.

„Um das gesperrte Gebiet machen Sie sich keine Sorgen. Mr. Whithall-Meyers hat Freunde in den höchsten Kreisen, eine Genehmigung wird kein Problem sein. Hier sind $50.000 für Ihre Mühe. Mr. Whithall-Meyers bittet Sie allerdings, seine Nichte nicht wissen zu lassen, dass er eingeweiht ist. Sie soll davon ausgehen, dass sie dieses Unternehmen allein durchführt. Mr. Whithall-Meyers denkt, dass das sehr wichtig für das seelische Wohlbefinden seiner Nichte ist. Sie ist nach dem Tod ihrer Großmutter traumatisiert. Wir alle hoffen, dass ihr ein solches Abenteuer wieder neuen Lebensmut gibt. Für Sie hat das den Vorteil, dass Sie zweimal Geld kassieren – und das dürfte Ihnen bei Ihrer finanziellen Lage ja sehr entgegenkommen."

Jack runzelte die Stirn. „Was meinen Sie damit?"

Der Mann im Sessel lächelte dünn. „Dr. Foster, wir haben natürlich recherchiert. Dieses Gebäude hier gehört der Miami Loft Inc., einem Unternehmen der Familie Whithall-Meyers. Sie sind schon zwei Monatsmieten im Rückstand."

Jack starrte vor sich hin, dann sah er dem Mann in die Augen. „Es ist vermutlich auch kein Zufall, dass Rebecca zuerst zu mir gekommen ist, oder?"

„Langsam fangen Sie an zu begreifen, Dr. Foster. Es ist arrangiert worden, dass Miss Whithall-Meyers zur richtigen Zeit einen Werbeflyer von Ihnen vorfand."

Der Mann stützte die Ellbogen auf die Sessellehnen und tippte die Fingerspitzen aneinander. „Nun, Dr. Foster, sind wir im Geschäft?"

Jack holte tief Luft. Er fand den Mann widerlich und seinen Boss ebenfalls. Ein hilfloses Waisenkind so zu hintergehen, widerstrebte ihm zutiefst. Andererseits – $55.000 waren eine Summe, die ihm nicht nur die Sorge abnehmen würde, wie er die nächsten Monate überleben würde, sondern sogar noch Investitionen in das Boot und eine bessere Tauchausrüstung möglich machen könnten. Das würde ihn wettbewerbsfähiger machen und –

Der Mann im Sessel riss ihn aus seinen Gedanken. „Dr. Foster?"

Jack rieb sich das Kinn. „Ich muss erst noch mit meinem Partner, Mr. Campillo, darüber sprechen."

„Es tut mir leid, Dr. Foster. Mr. Whithall-Meyers erwartet sofort eine Antwort. Wir wissen außerdem, dass ausschließlich Sie für die Absprachen der Exkursionen verantwortlich sind."

Mist! Da hat Onkel Cedric wirklich gut recherchiert, dachte Jack, räusperte sich und sagte: „Also, ich bekomme jetzt $50.000 von Ihnen, dann $5.000 von Rebecca und 25 % von allem, was wir finden?"

Der Mann im Sessel lachte herzlich. „Dr. Foster, ich dachte wirklich, Sie wären jemand, der hier die Touristen mit Wracktauchen abzockt. Dass Sie so naiv sind und tatsächlich an einen versunkenen Schatz glauben, hätte ich nicht erwartet!"

Jack starrte ihn ärgerlich an. „Ist das nun so oder nicht? Bekomme ich das schriftlich?"

Der Mann wurde wieder ernst. „Sie bekommen dieses Geld und das Geld, das Miss Whithall-Meyers Ihnen versprochen hat. Meinetwegen dürfen Sie auch gern eine Dublone behalten, wenn Sie eine finden sollten. Sie sehen also, niemand kommt zu Schaden, es geht nur darum, einem kleinen Mädchen ein Abenteuer zu ermöglichen, damit es wieder fröhlich wird. Dafür brauchen wir keine Verträge, dies ist ein Abkommen unter Ehrenmännern. Hier, über diese Telefonnummer können Sie Bodenstein, den Fahrer von Miss Whithall-Meyers, erreichen."

*

Im *Lazy Lobster* war noch nicht viel los. Carl, der Barkeeper, plauderte mit der Kellnerin Suzie, die darauf wartete, dass endlich einer der Gäste sich als *Mr. Right* herausstellte und sie auf starken Armen auf eine millionenteure Yacht entführte. Zwei ältere Touristenpaare saßen an einem Tisch und lachten laut. Sie hatten Drinks mit Schirmchen vor sich stehen und gerade die Garnelen nach Art des Hauses bestellt, die es freitags für kleines Geld als All-You-Can-Eat-Angebot gab.

Als Tony das Restaurant betrat, steuerte er sofort auf seinen Freund und Partner Jack zu, der, wie immer, an ihrem Stammtisch in der Ecke saß. Als er näherkam, stutzte er.

„Wer bist du denn?", fragte er verblüfft, ohne Jack zu begrüßen.

15

Bevor das Mädchen antworten konnte, sagte Jack: „Darf ich vorstellen – mein Partner, Mr. Antonio Campillo, Miss Rebecca Whithall-Meyers, unser Boss für den nächsten Auftrag!"

Während Rebecca artig „Sehr erfreut, Mr. Campillo", sagte, stemmte Tony empört die Hände in die Hüften, zog die Augenbrauen hoch und wandte sich an Jack.

„Was soll das? Findest du das witzig?"

„Keineswegs. Beruhige dich und setz dich erst einmal hin. Suzie, bring doch mal eine Limonade und zwei Bier! Und dreimal Garnelen!"

Tony seufzte und ließ sich auf einen Stuhl fallen. Er war im gleichen Alter wie Jack, legte im Gegensatz zu diesem aber viel Wert auf sein Äußeres und hatte sich für den Geschäftstermin extra umgezogen. Mit seinem blütenweißen Hemd, der beigefarbenen Leinenhose und den frisch gewaschenen schwarzen Haaren, die ihm immer wieder vorwitzig in die Stirn fielen, hatte er bereits die interessierten Blicke mehrerer Damen auf dem Ocean Drive auf sich gezogen.

Skeptisch wanderte sein Blick nun von Jack zu Rebecca und zurück. Alle schwiegen, bis Suzie die Getränke vor sie hingestellt hatte, was sie mit aufreizender Langsamkeit tat. Dabei ging ihr Blick ebenfalls fragend zwischen den beiden Männern und dem Mädchen hin und her. Jack und Tony hatten ja schon manchen seltsamen Auftraggeber mit in ihr Stammlokal geschleppt – aber was sie mit diesem Mädchen in den teuren Klamotten zu schaffen hatten...

Als sie endlich weg war, fasste Jack kurz zusammen, worum es bei dem Auftrag ging. Tony schlug mit der flachen Hand auf den Tisch, sodass die Flaschen erzitterten.

„Madre de Dios, ich kann nicht glauben, was du mir da erzählst – wir sollen für ein kleines Mädchen arbeiten? Wegen einer angeblich alten Schatzkarte? In einem gesperrten Gebiet? Haben wir denn nicht gerade Probleme genug? Todos los Santos – bist du komplett übergeschnappt?!"

Rebecca straffte die Schultern und warf Tony einen vernichtenden Blick zu. Den hatte sie sich von ihrer Granny abgeschaut, die war mit dem Personal auch nicht zimperlich umgegangen. Dann wandte sie sich an Jack:

„Brauchen wir den überhaupt? Es reicht doch, wenn Sie tauchen!"

16

Tony schnaubte verächtlich und drehte die Augen zur Decke, während Jack sich verlegen räusperte und auf seine Hände starrte, die die Flasche mit mexikanischem Bier hin und herdrehten.

„Na ja, die Wahrheit ist – das Tauchen übernimmt Tony. Ich organisiere die Touren und schätze die Sachen hinterher. Aber – Tony ist der Taucher."

„Aber auf den Fotos in Ihrem Büro – ich dachte … da sind Sie doch immer im Taucheranzug!"

„Das ist Marketing, das verstehst du noch nicht!", meinte Tony und nahm einen langen Zug aus seiner Bierflasche.

Rebecca blitzte ihn wütend an. „Ich verstehe das sehr gut! Und ich kann es überhaupt nicht leiden, wenn Sie mich wie ein dummes kleines Mädchen behandeln!"

Als Tony den Mund aufmachte, um erneut seinen Protest zu äußern, hob Jack kurz die Hand und wandte sich an das Mädchen: „Rebecca, wenn du die Toilette suchst, die ist links hinter der Bar."

„Aber…", protestierte Rebecca, bis sie den eindringlichen Blick verstand, den Jack ihr zuwarf.

„Ja, danke, Dr. Foster", sagte sie dann, stand auf und ging Richtung Bar.

Tony blickte ihr nach, bis sie hinter der Bar verschwunden war. Dann wandte er sich an Jack, der Suzie gerade ein Zeichen mit der leeren Bierflasche gab.

„Als du mir aufs Band gesprochen hast, dass wir einen Auftraggeber haben, hab ich gedacht, wir reden von einem Erwachsenen! Nicht von einem Kind!"

„Also, die Sache ist die: Wir verdienen $55.000 und ein kleines Mädchen bekommt wieder Spaß am Leben. Niemand kommt zu Schaden, alle gewinnen! Wir spielen nur ein bisschen Schatzsuche mit dem Mädchen."

„Ich weiß nicht…"

„Mensch, Tony! $55.000! Und den Segen vom Onkel haben wir auch! Und denk bloß mal an das Gebiet, das wir dann – ganz legal – erforschen können!"

„Hmm… OK, da hast du natürlich einen Punkt." Tony wurde nachdenklich.

„Und außerdem…", Jack holte aus seiner Hosentasche das kleine Päckchen, das Rebecca ihm kurz zuvor wieder gegeben hatte. Vorsichtig öffnete er es und beobachtete Tony, der seine Bewegungen interessiert verfolgte. „Davon gibt's da unten vielleicht noch mehr!"

Tony starrte das goldene Seepferdchen an und nahm es vorsichtig in die Hand. „Santa Maria! Was ist das denn?"

„Das gehört irgendwie zu der Schatzkarte – sieh' dir diese Gravuren an, das sieht wie eine Schrift aus. Ich habe so etwas noch nie gesehen! Alt ist es auf jeden Fall – Tony, weißt du, was das bedeuten kann?"

Tony lehnte sich zurück und sah seinen Freund skeptisch an. Dann verzog er etwas spöttisch den Mund.

„Jack, Jack – jetzt fang nicht wieder mit diesem Atlantis-Mist an! Ich weiß, ihr Meeresarchäologen träumt alle davon, den versunkenen Kontinent zu entdecken, aber so viel weiß ich auch: Es gibt nicht einen Beweis, dass er jemals existiert hat!"

Jack rieb sich die linke Augenbraue – was er immer tat, wenn er versuchte, ein Problem zu lösen. „Ich sage ja gar nicht, dass wir zwangsläufig auf Atlantis stoßen werden, aber dies könnte trotzdem die Entdeckung einer völlig neuen Zivilisation sein. Für eine solche Schrift ist mir keine Parallele bekannt – und auch sonst niemandem. Ich habe mich im Internet schon vorsichtig umgehört. Wir könnten bei diesem Auftrag auf eigene Faust forschen und dabei noch eine Menge Geld verdienen!"

„Hmm." Tony blickte träumerisch vor sich hin. Mehr als das Honorar oder das angebliche Atlantis reizte es ihn, in dem verbotenen Gebiet zu tauchen und womöglich einen Goldschatz zu entdecken.

Da kam Rebecca wieder zurück. „Haben Sie jetzt lang genug über mich geredet oder muss ich mir noch mal die Hände waschen gehen?"

Die beiden Männer grinsten. Tony stand auf, rückte Rebeccas Stuhl zurecht und sagte: „Señorita Whithall-Meyers, mein Partner hat mich überzeugt: Es wird mir ein Vergnügen sein, für Sie zu arbeiten!"

Rebecca setzte sich und strahlte die Männer an. Dieser Antonio konnte ja doch ganz nett sein. „Dann sind wir im Geschäft?"

„Wir sind im Geschäft!", antwortete Jack.

In diesem Moment brachte Suzie zwei neue Flaschen mit mexikanischem Bier, aus deren Öffnungen vorwitzig Limonenspalten lugten, und die drei Portionen Garnelen, die einen köstlichen Duft verbreiteten. Als sie alles abgestellt hatte, hob Jack seine Flasche. „Lasst uns darauf anstoßen!"

Tony griff zu seinem Bier und Rebecca zu ihrer Limo. Tony rief: „Auf gutes Gelingen, Señorita Whithall-Meyers!"

Rebecca kicherte und meinte: „Ich heiße Rebecca."

„Tony."

„Jack."

Dann stießen die drei an.

2

Die schwarze Limousine hielt direkt am Hafen. Es war noch früh am Morgen, Menschen waren noch nicht auf den Stegen zu sehen. Diese Zeit gehörte den Möwen, die kreischend über das Wasser flogen, das so glatt wie ein Spiegel war. Rebecca winkte dankend ab, als Bodenstein ihre Sporttasche zum Boot tragen wollte. Dies war schließlich der Beginn eines Abenteuers, da konnte sie sich doch nicht die Tasche tragen lassen! Sie ging den Steg entlang zum vereinbarten Treffpunkt. Das Boot war da und dümpelte sanft am Kai. Rebecca war jedoch ziemlich enttäuscht, als sie es sah – es war keineswegs die schnittige Yacht, die sie auf den Fotos in Jacks Büro gesehen hatte. Es hatte vielmehr Ähnlichkeit mit einem alten, umgebauten Fischkutter. Und so roch es auch. Nach altem Fisch und Diesel. Zumindest kam es Rebecca so vor.

Tony war gerade dabei, seine Tauchausrüstung an Bord zu schleppen, als er das Mädchen sah und bemerkte, dass sie das Boot kritisch musterte. „Das ist …"

„… Marketing. Ich verstehe", beendete Rebecca den Satz.

Tony grinste und verstaute sein Zeug. Jack tauchte aus der Kajüte auf und half Rebecca galant an Bord.

„Willkommen auf der *Driftwood*", sagte er. „Such dir schon mal einen schönen Platz, wir können gleich auslaufen!"

Er nahm Rebeccas Tasche und stellte sie ab. Rebecca kletterte nach vorn zur Bugspitze und sah auf das glitzernde Wasser hinaus. Sie holte tief Luft. Es war schon lange her, seit sie sich so wohl gefühlt hatte. Jack warf den Motor an, während Tony die Taue löste. Dann sprang er an Bord und das Boot tuckerte langsam aus dem Hafen.

Rebecca starrte eine Weile auf die Bugwelle, die immer wieder weiße Schaumkrönchen produzierte, die dann vom Rumpf des Schiffes zermalmt wurden. Dann beschloss sie, ihre Kajüte in Besitz zu nehmen und kletterte nach achtern. Da die Schatzsuche mehrere Tage in Anspruch nehmen würde, war vereinbart worden, auf dem Boot zu übernachten. Ihrem Onkel hatte sie eine Nachricht hinterlassen, dass sie ein paar Tage bei ihrer Freundin Amy übernachten würde. Amy war natürlich eingeweiht und wäre nur zu gern mitgekommen.

Neugierig sah Rebecca sich um. Hier unten sah es besser aus, als man oben vermutete. Das Boot war recht geräumig. Es gab sechs Kajüten, sie konnte sich also eine aussuchen. Die erste Tür, die sie öffnete, führte sie in Jacks Kajüte. Das war ihr sofort klar, als sie die vielen Bücher in den Regalen an der Wand sah. Sie wusste ja inzwischen, dass Jack das Fachwissen hatte, während Tony für die Ausführung der Tauchgänge verantwortlich war. Rebecca grinste, als sie zwischen zwei dicken Bildbänden über antiken Schmuck einen kleinen Plüschhai sitzen sah, der ein Hawaiihemdchen trug.

Als nächstes öffnete sie die Tür der Kajüte direkt gegenüber. Hier musste Tony hausen. Überall lag Zeug herum und an der Wand hing das Foto eines Bikinimädchens in aufreizender Pose direkt neben einer bunten Plastikmadonna mit beleuchtbarem Weihwasserbecken.

Rebecca schleppte ihre Tasche in die dahinter liegende Kajüte. Die Schränke waren leer und sogar einigermaßen sauber. Schnell verstaute sie ihre Sachen. Aus einer Seitentasche zog sie zum Schluss die Schatzkarte, die sie noch einmal sorgfältig wasserfest verpackt hatte. Sie setzte sich auf ihr Bett und strich die Karte mit den Händen glatt. Da musste sie auf einmal an Granny denken und schluckte.

Jack, der den Kopf durch die Einstiegsluke gesteckt hatte, riss sie aus ihren Gedanken: „Wer mag ein Sandwich?"

Schnell steckte Rebecca die Karte wieder in ihre Tasche, die sie dann in den Schrank stellte.

„Ich!", rief sie laut, denn sie verspürte plötzlich einen Riesenhunger.

Jack hatte an Deck einen kleinen Klapptisch aufgebaut, auf dem sich bereits ein Berg lecker aussehender Sandwiches türmte. Aus der Kombüse holte er gerade eine Thermoskanne mit Kaffee und eine Flasche mit kalter Milch.

„Na, Boss, hast du dich gut eingerichtet?", grinste er Rebecca an. „Seeluft macht hungrig – greif zu!"

Rebecca strahlte ihn an und setzte sich an den Tisch. Tony, der jetzt das Schiff steuerte, angelte sich ein Sandwich und versuche es zu essen, während er gleichzeitig einen Becher voll heißem Kaffee balancierte. Rebecca biss herzhaft in ein Sandwich und fragte, während sie kaute: „Wann sind wir denn da?"

„Heute Abend. Wir werden ziemlich nahe am Ufer ankern. Wenn es dunkel wird, können wir Fische am Strand grillen. Was hältst du davon?"

Rebecca ließ ihr Sandwich sinken und sah Jack ernst an. „Du hast aber nicht vergessen, dass wir auf Schatzsuche sind, oder?"

„Rebeccita", antwortete Tony an seiner Stelle, „naturalmente haben wir das nicht vergessen. Aber tauchen kann ich erst morgen. Was spricht also dagegen, das wir es uns heute Abend nett machen?"

Rebeccas Gesicht hellte sich wieder auf und sie nickte. „Also morgen wird getaucht?"

„Morgen wird getaucht!"

*

Am nächsten Morgen war Rebecca schon früh wach. Sie war viel zu aufgeregt, als dass sie lange hätte schlafen können. Sie zog sich an und suchte dann die Schatzkarte heraus. Im Boot war alles ruhig, nur das Glucksen des Wassers war zu hören. Ab und zu platschte es heftiger, als würde etwas auf die Wasseroberfläche aufschlagen. Das hatte sie gestern Nacht schon mal gehört, als sie sich hingelegt hatte. Als sie Jack nach der Ursache fragte, hatte er ihr erklärt, dass das wahrscheinlich spielende Delphine waren. Sie sah durch das Bullauge, konnte aber wieder nichts erkennen. Die beiden Männer schienen noch zu schlafen. Nachdem Rebecca sich überall umgesehen und niemanden gefunden hatte, beschloss sie, die beiden zu wecken.

Nachdem sie ein paar Mal energisch an Jacks Tür geklopft hatte, kam von drinnen ein Brummgeräusch als Antwort.

„Guten Morgen!", trällerte Rebecca auf ihrer Seite der Tür.

Ein weiteres Brummen von der anderen Seite war die Antwort.

„Der Kaffee ist fertig!", flunkerte sie dann. Das hatte immerhin den Erfolg, dass Jack nun in menschlicher Sprache antwortete. „Wie spät ist es denn?", murmelte er.

„Fast schon halb sieben", antwortete Rebecca fröhlich durch die geschlossene Tür..

Jack stöhnte. „OK, OK, ich steh' ja schon auf…"

In diesem Moment drangen laut und deutlich die Geräusche eines Bootsmotors an ihre Ohren. Jack war plötzlich hellwach und riss die Tür auf. Er drängte Rebecca zur Seite und war mit zwei Sätzen an Deck. Auch Tonys Tür wurde aufgerissen. Er stürzte hinter seinem Freund nach oben.

„Du bleibst unten!", rief er Rebecca noch zu. Beide waren durch frühere Erlebnisse geprägt – nicht selten versuchten sich die Wracktaucher und Schatzsucher gegenseitig aus ihren Jagdgründen zu vertreiben oder sich sogar ihre Funde abzujagen. Dabei konnte es ziemlich rau zugehen, denn niemand ließ sich gern ein lukratives Geschäft entgehen. Rebecca hielt den Atem an und lauschte. Sie hörte, wie das andere Boot längsseits kam und an der *Driftwood* festmachte.

„Jack Foster!", hörte sie eine energische Frauenstimme sagen. „Also, das ist selbst für dich zu dreist! Letztes Mal bist du noch mit einer Verwarnung davongekommen, aber diesmal bist du fällig. Ich werde die Küstenwache verständigen!"

„Guten Morgen, Cat. Ja, ich freue mich auch, dich zu sehen. Möchtest du einen Kaffee?", antwortete Jack gutgelaunt.

„Hör' auf mich Cat zu nennen! Du weißt genau, dass ich diese Abkürzung hasse, ich heiße Catherine! Es wird dir sowieso nichts nutzen, ich…"

„Bevor du dich weiter aufregst, liebe Cat, ich habe eine GENEHMIGUNG in diesen Gewässern zu tauchen. Wenn du mal schauen möchtest…"

Rebecca hatte sich auch der Treppe so weit nach oben geschlichen, dass sie das Deck beobachten konnte. Sie sah, wie Jack in das Steuerhäuschen griff und ein Schreiben hervorfischte. Das hielt er einer jungen Frau mit kurzen dunklen Haaren in Ranger-Uniform hin. Hinter der Frau stand ein weiterer Ranger, der Jack und Tony argwöhnisch im Auge behielt. Er war ein breiter Kerl, der lässig eine Hand auf seinem Waffenholster liegen hatte.

„Madre de Dios!", mischte sich jetzt auch Tony ein, während die Frau auf das Blatt Papier starrte. „Das ist ja tatsächlich la bonita Señorita Beaulieu!"

Tony machte Anstalten, die Rangerin in die Arme zu nehmen, wurde aber von ihrem Kollegen daran gehindert, der sich schnell mit einem ärgerlichen „Hey!" dazwischen stellte.

Die junge Frau, von der Rebecca nun wusste, dass sie Jack und Tony kannte, hatte inzwischen mit gerunzelter Stirn das Papier gelesen und sah Jack wieder an.

„Von Cedric B. Whithall-Meyers persönlich, also? Wie hast du das denn geschafft, Jack? Oder ist dies wieder eine gut gelungene Fälschung?"

„Fälschung? Also, hör mal, Cat!", Jack wirkte ehrlich empört.

Rebecca hielt die Luft an, als der Name ihres Onkels fiel. Jack hatte zwar gesagt, er würde sich darum kümmern, dass sie irgendwie eine Genehmigung bekommen würden, in diesem Naturschutzgebiet zu tauchen – aber, dass er sie hintergehen und hinter ihrem Rücken ihren Onkel kontaktieren würde, nein, das hatte sie nicht gedacht. Verstimmt biss sie sich auf die Unterlippe.

„Also, die Sache muss ich erst einmal überprüfen. Mr. Campillo, Sie begleiten mich. Dann bin ich wenigstens sicher, dass hier keiner taucht, während ich das kläre", meinte Cat und warf Jack einen herausfordernden Blick zu.

Sie wusste, dass sie ihn damit getroffen hatte, denn seine Angst vor dem Tauchen war ihm mehr als peinlich und er sprach nur ungern darüber. Jack wollte gerade etwas entgegnen, als Rebecca hinter ihm die Treppe heraufstieg.

„Die Genehmigung ist in Ordnung. Ich bin Rebecca Whithall-Meyers, die Nichte von Cedric. Ich habe die beiden beauftragt, für mich hier zu tauchen und mein Onkel hat die Genehmigung besorgt."

Cat starrte das Mädchen ungläubig an. „Ein Kind, Jack? Was läuft denn hier? Ihr habt die Kleine doch nicht entführt?"

„Ach, komm schon, Cat, das glaubst du doch nicht wirklich!", regte Jack sich auf.

Innerlich flehte er inständig, dass das Mädchen jetzt nicht aus Ärger darüber, dass er ihren Onkel doch informiert hatte, etwas anderes erzählte. Rebecca tat ihm den Gefallen und blieb bei ihrer Geschichte. Cat bestand jedoch darauf, die Sache in ihrer Station zu überprüfen und Tony mitzunehmen. Sie bot Rebecca an mitzukommen, doch das Mädchen lehnte ab.

„Ich würde mir gern den Strand ansehen, ist das OK?", fragte sie.

„Klar!", antwortete Cat, „mein Kollege Eric wird dich begleiten und kann dir viel über die Tiere und Pflanzen hier auf der Insel erzählen", fügte sie hinzu. Eric schob sofort Jack zur Seite und machte sich an dem kleinen Schlauchboot zu schaffen, das für Landgänge an flachen Ufern bestimmt war.

Während Tony mit Cat auf deren Boot stieg und Eric das Schlauchboot zu Wasser ließ, überlegte Jack, wie er Rebecca die Geschichte erklären konnte.

„Rebecca...", begann er. Doch sie warf ihm einen vernichtenden Blick zu.

„Später, Dr. Foster!", sagte sie und ließ sich von Eric in das Schlauchboot helfen.

Jack stützte sich auf die Reling und seufzte. Mit dem sich entfernenden Rangerboot und dem Schlauchboot, dass schon fast den Strand erreicht hatte, schwanden auch seine Hoffnungen, dieses merkwürdige Geschäft, das so simpel geklungen hatte, zu einem erfolgreichen Abschluss zu bringen.

Am Strand angekommen, sprang Rebecca aus dem Schlauchboot und sagte zu Eric: „Ich möchte einfach nur allein am Strand entlanglaufen!"

Der Ranger war überrascht, hatte aber nichts dagegen, da es auf der Insel nichts Gefährliches gab. Er setzte sich auf ein dickes Grasbüschel und starrte zur *Driftwood* hinaus.

Von dort blickte Jack zum Strand und sah, dass Rebecca ein Stück allein an der Wasserlinie entlanglief und sich dann in den Sand setzte.

Vielleicht muss sie die Sache nur verdauen und dann können wir einfach weitermachen, hoffte er.

Rebecca bohrte ihre Zehen in den Sand und hob den Kopf. Der Wind strich angenehm warm über den Strand, und sie blickte hinaus auf das

Meer. Sie saß mit angewinkelten Beinen und aufgestützten Armen dicht an der Wasserlinie, gerade so, dass die seicht heranplätschernden Wellen ihre nackten Füße nicht berühren konnten.

Sie hatte noch nie im Meer gebadet und fühlte dem Ozean gegenüber eine merkwürdige Mischung aus Angst und Faszination. Ihre Großmutter hatte ihr strengstens untersagt, Schwimmunterricht zu nehmen. Das wäre nicht gesund für sie, hatte sie immer behauptet. Noch nie war sie mit so wenig Aufsicht so nah am Meer gewesen.

Rebecca konnte erkennen, dass sich in einiger Entfernung vom Ufer mehrere Sandbänke gebildet hatten. Sie ließ den Blick an dem malerischen Strandabschnitt entlang gleiten und seufzte. Sie konnte nicht verstehen, was in ihr vorging. Noch nie hatte sie so empfunden. Sie fand das Meer absolut faszinierend und hätte sich am liebsten hineingestürzt, obwohl sie nicht schwimmen konnte. Doch irgendetwas hielt sie zurück – so sehr, dass sie sich sogar scheute, das Wasser an ihre Füße zu lassen.

Sie dachte an Jack und die Sache mit der Tauchgenehmigung. Vielleicht hatte er ja wirklich keine andere Möglichkeit gehabt und hatte sie nur schonen wollen. Genau, so musste es gewesen sein, darum hatte er ihr nicht erzählt, dass er mit Onkel Cedric gesprochen hatte! Sie war froh, dass sie einen Weg gefunden hatte, die trüben Gedanken zu verscheuchen. Jetzt konnte sie sich auch wieder auf die Schatzsuche freuen. Ob sie wohl tatsächlich etwas finden würden? Wenn Granny doch bloß mehr erzählt hätte! Welche Verbindung gab es zwischen ihrer Familie und dem Schatz?

Noch einmal ließ Rebecca den Blick auf das Meer hinaus wandern und wollte gerade aufstehen, um zu Eric zurückzulaufen, als sie auf einer der Sandbänke eine Gestalt bemerkte, die sich heftig bewegte. Ob das ein gestrandeter Delphin war? Sie kniff die Augen zusammen und versuchte, etwas zu erkennen.

„Das kann doch wohl nicht wahr sein!", murmelte sie, als sie erkannte, um was es sich handelte. „Das ist ja ein Pferd!"

Angestrengt sah Rebecca noch einmal zur Sandbank hin und sprang schließlich auf. Es war tatsächlich ein schwarzes Pferd, das halb auf der Sandbank lag und sich wohl nicht aufrichten konnte. Sie konnte hören, wie es wieherte und sah, dass es immer wieder mit den Vorderbeinen in den Sand stampfte. Den Hinterleib konnte Rebecca nicht sehen, da das Tier frontal zum Strand hin ausgerichtet war. Sie schaute sich um, ob sie jemanden zu Hilfe holen konnte. Doch dafür sie hatte sich zu weit entfernt. Außerdem hatte sich Eric den Hut ins Gesicht gezogen und schien zu schlafen, Jack auf dem Boot war sowieso zu weit weg und war auch gar nicht an Deck zu sehen.

Bis sie da jemanden geholt hatte, war es für das arme Tier vielleicht zu spät. Sie war ganz allein. „Ich muss ihm doch helfen – vielleicht steckt es ja nur mit den Hinterbeinen fest, und ich kann es befreien", redete sie sich selbst Mut zu und holte tief Luft.

Sie machte die Augen zu und tat den ersten Schritt ins Wasser hinein. Es war ganz anders, als sie gedacht hatte. Noch nie hatte sie sich so wohl gefühlt, wie in dem Moment, als das sonnenwarme Meerwasser zuerst ihre Füße, dann ihre Waden umschloss. Mutiger geworden, ging Rebecca weiter auf die Sandbank zu.

*

Tony trommelte ungeduldig mit den Fingern auf der Reling, während Cats Rangerboot durch das Wasser pflügte.

„Madre de Dios! Geht das denn nicht schneller?!"

Cat warf ihm vom Steuer einen vernichtenden Blick durch ihre dunklen Sonnenbrillengläser zu. „Sie werden sich doch wohl die paar Minuten noch gedulden können, Mr. Campillo!"

„Die paar Minuten? Bis wir bei Jack sind, ist später Nachmittag, dann können wir nicht mehr tauchen. Wir haben einen kompletten Tag verloren – nur, weil Sie uns diese Schwierigkeiten machen! Das ist Geschäftsschädigung, wir werden Sie haftbar machen!"

Cat verzog das Gesicht. „Seien Sie froh, dass ich der Sache nicht noch gründlicher nachgehe. Diese Genehmigung steht doch auf sehr wackeligen Füßen!"

Ein Schwall spanischer Schimpfworte war die Antwort. Cat zuckte mit den Schultern und konzentrierte sich auf das Lenken des Bootes.

Endlich erreichten sie die Bucht und gingen längsseits der *Driftwood*.

„Holá, Jack! Wo steckst du, Muchacho?", rief Tony und wunderte sich, Jack nicht an Deck zu sehen. Er musste das Motorengeräusch doch gehört haben! Noch bevor Cat ihr Boot an der *Driftwood* richtig festgemacht hatte, sprang Tony hinüber und war im Nu unter Deck verschwunden. Doch auch hier war seine Suche vergeblich, Jack war nicht zu finden.

Tony hetzte wieder nach oben. Cat stand am Bug ihres Schiffes und winkte dem Ranger Eric, der gerade mit dem Beiboot vom Strand abgelegt hatte und sich nun den beiden Booten näherte.

„Jack ist nicht an Bord!", sagte Tony und seine Stimme klang besorgt.

„Was?", fragte Cat abwesend. Auch ihr war nicht ganz wohl zumute. Sie konnte das Mädchen nirgendwo sehen und der sich rasch nähernde Eric sah ziemlich aufgeregt aus.

„Jack ist nicht an Bord!", wiederholte Tony ungeduldig, erhielt aber keine Antwort von Cat, die dem schwitzenden Eric an Bord half.

„Catherine, das Mädchen ist verschwunden!", keuchte Eric und wischte sich das vor Hitze und Aufregung rote Gesicht mit seinem Taschentuch ab.

„Verschwunden? Was soll das heißen – du solltest doch auf sie aufpassen!", rief Cat und schob sich die Sonnenbrille auf den Kopf.

Verlegen spreizte Eric die Hände und antwortete: „Ich weiß, ich weiß – aber, sie wollte allein sein. Und es gibt ja nichts Gefährliches dort drüben. Ich hab' gedacht, ich behalte sie im Auge, aber dann – dann muss ich ein bisschen eingenickt sein …", seine Stimme verebbte.

Cat schnaufte wütend und ihre Augen verengten sich zu Schlitzen. „Das darf doch nicht wahr sein! So eine schwierige Aufgabe war das doch nun wirklich nicht! Kannst du nicht einmal … !"

„Jack ist auch verschwunden!", unterbrach Tony ihre Strafpredigt. „Vielleicht hängt das eine ja mit dem anderen zusammen. Es muss etwas passiert sein. Wir sollten lieber anfangen zu suchen, statt einen Schuldigen zu bestimmen!"

Dieser Vorschlag brachte Tony einen dankbaren Blick von Eric ein. Cat stimmte zu und die drei begannen noch einmal zusammen die *Driftwood* in allen Winkeln zu durchsuchen.

Nachdem das erfolglos blieb, fuhren sie zusammen zum Strand und suchten diesen ab. Sie konnten die Fußspuren des Mädchens bis zu der Stelle verfolgen, an der sie im Sand gesessen hatte.

„Sie scheint ins Wasser gegangen zu sein!", rief Eric und deutete auf den Rest der Spuren, die von den Wellen noch nicht zerstört worden waren. Tony starrte aufs Wasser hinaus.

„Ich kann mir nur vorstellen, dass Rebecca Schwimmen wollte und irgendwie in Not geraten ist. Vielleicht hat sie einen Krampf bekommen, oder ..."

„Ja, so etwas Ähnliches denke ich mir auch", stimmte Cat zu und fuhr fort: „Jack muss das vom Boot aus gesehen haben und wollte ihr zu Hilfe kommen – aber was ist dann passiert?"

„Wir müssen tauchen!", sagte Tony entschlossen, drehte sich um und ging Richtung Boot zurück. Cat holte ihn schnell ein und packte ihn am Arm.

„Die Sonne geht schon unter! Es ist zu spät, um heute noch zu tauchen! Wir sehen doch nichts mehr! Lassen Sie uns bis morgen früh warten!"

„Je länger wir warten, desto kleiner ist die Chance, dass wir sie noch lebend finden! Wir haben Unterwasser-Lampen an Bord, wir können auch nachts tauchen", antwortete Tony. Cat sah die Verzweiflung in seinen Augen, ließ seinen Arm los und nickte.

„Also gut", sagte sie. Sie wusste, dass auch Tony klar sein musste, dass die Chancen, die beiden lebend zu finden, sowieso bei null standen, sollten sie tatsächlich irgendwo unter Wasser sein. Aber sie verstand auch, dass er Gewissheit haben wollte, was mit seinem besten Freund passiert war.

Zurück auf der *Driftwood* legten Tony und Cat schnell die Taucherausrüstungen an. Jeder Handgriff saß, beide waren erfahrene Taucher. Zum Schluss half Eric ihnen die Sauerstoffflaschen anzulegen. Als die beiden im Wasser waren, reichte er ihnen die Unterwasser-Lampen und murmelte leise: „Viel Glück!" Er schaute ihnen nach, bis auch das Licht der Lampen nicht mehr zu sehen war.

Tony und Cat waren sich einig, dass Jack von der *Driftwood* aus auf die Stelle zu geschwommen sein musste, an der sich Rebeccas Spur im Sand verlor. Am Kreuzungspunkt der beiden Linien musste etwas geschehen sein. Es war mühsam, sich im dunklen Wasser zu orientieren. Cat gab Tony ein Zeichen, dass sie auftauchen wollte.

Oben nahm sie das Mundstück heraus und japste: „Es hat keinen Zweck, Tony! Am Ende übersehen wir noch etwas, lass uns aufhören und morgen weitermachen."

Tony registrierte erfreut, dass Cat ihn beim Vornamen nannte, wollte aber noch nicht aufgeben.

„Nur noch ein kleines Stück, dann kehren wir um!", antwortete er, schob sich das Mundstück wieder hinein und tauchte unter, ohne Cats Antwort abzuwarten. Ihr blieb nichts anderes übrig, als ihm zu folgen.

Cat orientierte sich am Schein von Tonys Lampe, um ihm zu folgen. Plötzlich bemerkte sie mehrere dunkle Schatten, die sich schnell näherten. Tony konnte sie nicht mehr sehen. Eine Bewegung hinter ihr ließ Cat herumfahren. Entsetzt stellte sie fest, dass die Schatten sie eingekreist hatten.

3

Ein paar Stunden zuvor war Rebecca durch das warme, blaugrüne Wasser gewatet. Schnell wurde es tiefer und benetzte bald ihre Shorts. Gerade, als sie dachte, dass es wohl kaum tiefer werden könnte, trat sie in ein Loch und wurde bis zum Oberkörper nass.

"Na, jetzt ist es auch egal", dachte sie und arbeitet sich weiter vor. Seltsamerweise hatte sie überhaupt keine Angst, dass das Wasser zum Laufen vielleicht zu tief werden könnte.

Das Pferd konnte sie jetzt deutlich erkennen. Es war kohlschwarz, hatte einen edlen kleinen Kopf und einen muskulösen Hals, der in der Sonne feucht glänzte. Die lange Mähne war trocken und flatterte im Wind. Immer wieder fiel sie ihm über die Augen. Es lag immer noch mit dem Bauch auf dem Sand und hatte die Vorderbeine aufgestemmt. Am Spiel der Muskeln ließ sich erkennen, wie es sich bemühte, von der Stelle zu kommen. Als es sah, dass Rebecca die Sandbank erreichte und aus dem Wasser stieg, wieherte es und legte misstrauisch die Ohren nach hinten.

Rebecca näherte sich langsam und versuchte, beruhigend auf das Tier einzureden. Pferde waren ihre heimliche Leidenschaft. Alle Bücher, die sie zum Thema Pferd bekommen konnte, hatte sie gierig verschlungen – doch leider hatte sie noch nicht die Gelegenheit gehabt, sich tatsächlich auf ein Pferd zu setzen. Auch das war ihr von ihrer Großmutter als zu gefährlich verboten worden. All ihr Wissen war also nur theoretisch.

Der Rappe hatte sich etwas beruhigt, als hätte er verstanden, dass ihm von dem Mädchen keine Gefahr drohte. Seine Ohren waren gespitzt und seine großen Augen folgten aufmerksam jeder ihrer Bewegungen. Rebecca wollte nun sehen, warum das Tier nicht aufstehen konnte. Langsam ging sie um das Pferd herum – und konnte einen Aufschrei nur mühsam unterdrücken.

Der Körper des Tieres endete in einer Art Delphinleib und statt der Hinterbeine hatte es eine große, quer stehende Schwanzflosse!

Rebecca hatte Mühe, dieses Bild zu verarbeiten. Während sie fassungslos dastand und auf das schier Unmögliche starrte, sah sie im Sand dicht neben dem Pferd etwas blinken. Sie bückte sich und hob ein goldenes Amulett auf, das an einem lederartigen Band befestigt war.

Es war die stilisierte Darstellung eines Seepferdes mit einem Krönchen – und glich haargenau dem Schmuckstück, das sie Jack gezeigt hatte! Das Lederband war sehr lang und Rebecca fand einige lange, schwarze Pferdehaare darin.

„Das muss um seinen Hals gehangen haben", murmelte sie. Doch wer hatte dem Tier das Amulett wohl umgehängt?

Rebecca war noch ganz in die Betrachtung des Schmuckstücks versunken, als sie plötzlich vom stärker werdenden Rauschen der Brandung aufgeschreckt wurde. Der Wind hatte zugenommen und die Furt zwischen dem Strand und der Sandbank hatte sich schon erheblich verbreitert. Entsetzt sah Rebecca, dass ihr der Rückweg durch das tiefe Wasser versperrt war.

Da hörte sie das Pferd wieder wiehern. Es spürte, dass sich das Wasser bereits unter seinem Bauch zu sammeln begann und es bald wieder frei sein würde. Die mächtige Schwanzflosse klatschte schon auf das Wasser.

Entschlossen verkürzte Rebecca das Lederband durch einen Knoten und hängte sich das Amulett um den Hals. Dann ging sie wieder auf das Pferd zu. Vorsichtig streckte sie eine Hand aus und tätschelte den Hals des Tieres. Es ließ dies ruhig geschehen.

„Jetzt musst du mir helfen!", sagte sie zu dem Seepferd, das wieder mit der Schwanzflosse auf das steigende Wasser schlug. Rebecca dachte an all die schönen Pferdebücher, die sie gelesen hatte, nahm ihren ganzen Mut zusammen, fasste mit beiden Händen in die lange Mähne und zog sich auf den Rücken des Tieres. Kaum saß sie oben, umspülte das Wasser den Körper des Seepferdes – es drückte sich noch einmal mit den Vorderhufen vom Sand ab und war befreit.

Rebecca war hin- und her gerissen zwischen bodenloser Angst und einem nie gekannten Glücksgefühl. Gerade überlegte sie, wie sie den Rappen wohl dazu bringen könnte, Richtung Strand zu schwimmen, als dieser in einer einzigen fließenden Bewegung den Körper drehte, seinen Hals streckte, den Kopf senkte und in einem steilen Winkel nach unten tauchte. Instinktiv klammerte Rebecca sich noch immer an der Mähne fest, hielt die Luft an und kniff die Augen zu, um sie vor dem Salzwasser zu schützen – dann schlugen die Wellen über ihrem Kopf zusammen.

*

Nachdem er gesehen hatte, dass das Mädchen am Strand sitzen geblieben war, war Jack nach unten gegangen und beschäftigte sich mit der Tauchausrüstung. Er musste irgendetwas tun, das bloße Rumsitzen ging ihm auf die Nerven. Doch auch damit war er schließlich fertig und kletterte wieder an Deck. Sein Blick suchte den Strand ab, wo er den schlafenden Ranger sah. Doch als seine Augen zu der Stelle wanderten, wo Rebecca gesessen hatte, konnte er sie nicht entdecken. Jack kniff die Augen zusammen, konnte die Umrisse des Mädchens aber nicht ausmachen. Dann nahm er im Augenwinkel eine Bewegung wahr, riss den Kopf herum und sah, wie Rebecca die Sandbank erreichte und auf ein liegendes Pferd zuging.

„Rebecca!!!" Jack brüllte so laut er konnte, doch der Wind riss ihm die Laute aus dem Mund. Seine Finger umklammerten die Reling, als er beobachtete, wie die Flut die Sandbank schwinden ließ. Er wusste, das Mädchen würde das Ufer nur noch schwimmend erreichen können. Er sah noch einmal zu dem Ranger, der aber immer noch nichts mitbekommen hatte, kletterte schließlich über die Reling und sprang, so wie er war, mit Shorts und Hemd, ins Wasser. Sobald er wieder auftauchte, schwamm er mit kräftigen Zügen auf die Sandbank zu.

Er war nur noch wenige Meter von Rebecca und dem Pferd entfernt, als er zu seinem Entsetzen sah, dass sich das Mädchen auf den Rücken des Tieres zog und sie gemeinsam in den Fluten auf der anderen Seite der Sandbank abtauchten. Jack stolperte auf die nun schon knietief umspülte Sandbank und starrte fassungslos auf die große Schwanzflosse, die auf das Wasser schlug. Ohne weiter nachzudenken, stürzte er kopfüber hinterher.

Unter Wasser konnte er die Umrisse des Tieres nur schwach erkennen, die See war zu aufgewühlt. Jack bemerkte jedoch, dass das Pferd – oder was immer es war – auf dem direkten Weg nach unten schwamm. Seine Lungen schienen schon zu platzen, doch Jack wollte unbedingt das Mädchen von dem Rücken des Seepferdes holen. Er war sich jedoch darüber im Klaren, dass er nicht mehr lange aushalten konnte, bevor er zum Luftholen an die Oberfläche musste.

Plötzlich durchfuhr ein starker Schmerz seinen rechten Oberarm. Instinktiv griff er an die Stelle und ertastete einen dünnen Harpunenpfeil in seinem Arm. Reflexartig riss er den Mund auf, schluckte Wasser und strampelte wie wild, um nach oben zu kommen. Fast hatte er die hell schimmernde Wasseroberfläche schon erreicht, als eine dunkle Gestalt vor ihm auftauchte und ihm den Weg versperrte. Dann verlor Jack das Bewusstsein.

4

Der Sand unter seinen Händen fühlte sich weich und warm an, ein lauer Wind strich sanft über sein Gesicht. In der Ferne hörte er fröhliches Lachen und das Rauschen der Brandung. Jack streckte sich, ohne die Augen zu öffnen. Der Traum war so schön, er hatte keine Lust in die Realität zurückzukehren. Dann fielen ihm die letzten Ereignisse ein. Er riss die Augen auf und setzte sich ruckartig auf. Erstaunt sah er sich um.

Er befand in einem breiten Bett, das mit kühlen, seidenen Laken und einer Menge weicher Kissen ausgestattet war. Neben dem Bett stand ein kunstvoll geschmiedetes Tischchen, auf dem eine kostbare Glaskaraffe mit Wasser, ein dazu passender Pokal sowie eine silberne Schale mit köstlich duftenden Früchten standen. Der Raum hatte rosafarbene Marmorwände und einen ebensolchen Boden, die Decke war kassettiert.

Wie in einer römischen Villa, dachte Jack unwillkürlich. An der rechten Wand sah er zwei große, schmale Fenster. Glasscheiben waren nicht zu sehen, nur transparente Tücher, die bis auf den Boden reichten und sanft vom Wind bewegt wurden. Jetzt hörte er auch das Rauschen der Brandung und das Lachen wieder, beides gehörte nicht in seinen Traum, sondern war real.

Jack wurde schwindelig, und er ließ sich zurück in die Kissen sinken. Er schloss die Augen und rieb sich die Stirn. Die letzten Bilder, an die er sich erinnern konnte, bevor er das Bewusstsein verlor, tauchten wieder vor seinem geistigen Auge auf. Etwas hatte ihn verletzt – eine Harpune! Jack öffnete die Augen wieder und blickte auf seinen rechten Oberarm.

Da, tatsächlich, er hatte einen Verband! Erst jetzt fiel ihm auf, dass sein Oberkörper nackt war. Jack schlug das Laken zurück. Der Shorts, den er trug, war nicht sein eigener, passte aber gut. Vorsichtig stand er auf. Ihm war immer noch ein bisschen schwindelig.

Der Marmorboden fühlte sich unter seinen nackten Füßen angenehm glatt und kühl an. Langsam ging er zum Fenster und schob das Tuch zur Seite. Jack blinzelte. Er konnte kaum glauben, was er sah.

Nur etwa 100 m von seinem Fenster entfernt befand sich ein weißer Sandstrand, der im idealen Kontrast zu dem türkisfarbenen Wasser des Meeres stand. In der Ferne konnte er eine felsige Hügelkette erkennen. Am Strand war eine Gruppe von jungen Leuten mit einem Ballspiel beschäftigt. Was Jack jedoch an seiner Wahrnehmungsfähigkeit zweifeln ließ, war die Tatsache, dass die jungen Männer und Frauen in antike Gewänder gekleidet waren.

„Atlantis!", murmelte er und ein freudiger Adrenalinstoß jagte durch seinen Körper. „Ich habe Atlantis gefunden!" Unter all den Vermutungen über den Standort des sagenhaften Kontinents war auch die vielfach belächelte These aufgetaucht, dass er sich in der Nähe der USA befunden hätte. Sollte etwa doch …?

Nachdem er ein paar Minuten aus dem Fenster gestarrt hatte, ohne dass sich an dem Bild etwas änderte, beschloss er, der Sache auf den Grund zu gehen. Er ging zurück zum Bett, goss sich Wasser ein, das er in langen Zügen austrank, und ging dann zu den beiden Holztüren, die sich dem Bett gegenüber befanden.

Vorsichtig drückte Jack die Klinke der linken Tür hinunter. Sie war nicht verschlossen und ließ sich geräuschlos öffnen. Jack steckte seinen Kopf durch den Spalt und spähte hinaus.

Er blickte in das perfekte Atrium eines römischen Herrenhauses. Der kleine Innenhof war von allen Seiten von einem Säulengang umgeben. Weitere Türen ließen vermuten, dass es noch mehr Räume wie sein Zimmer gab. In der Mitte war ein rechteckiges Bassin, in dem sich einige bunte Fische tummelten. Ein reich verzierter Springbrunnen erzeugte ein beruhigendes Plätschern.

Er öffnete die Tür ganz und trat in den Säulengang. Eine der Türen musste auch nach draußen führen, da war er sich ganz sicher.

„Salve, Peregrinus!", sagte da eine Stimme hinter ihm. Jack fuhr herum und stand einem jungen Mann in einer Tunika gegenüber, den er nicht hatte kommen hören.

Peregrinus war das lateinische Wort für Fremdling. Jacks Herz machte einen weiteren Freudensprung. Na klar, in Atlantis sprechen sie natürlich Griechisch oder Latein.

„Salve", antwortete er und versuchte, sich an lateinische Vokabeln zu erinnern, die er jetzt einsetzen konnte.

„Ubi..."

„Wo du bist, möchtest du wissen?", entgegnete der junge Mann in fließendem Englisch und lächelte.

„Das wird dir alles der Präfekt erklären. Mein Name ist Marcus und ich werde dich jetzt zur Präfektur bringen."

Damit drehte er sich um, ging auf eine der Türen zu, öffnete sie und ging mit ausgreifenden Schritten hinaus. Jack beeilte sich, ihm zu folgen. Ihm war aufgefallen, dass sein Führer einen goldenen Anhänger als Schmuck an einem Lederband um den Hals trug – ein Seepferdchen, das dem glich, das Rebecca ihm gezeigt hatte.

Jack sah, dass es mehrere, ganz gleich gebaute Villen in der Nähe gab. Die Gebäude in der Ferne sahen aus, als gehörten sie zum alten Rom. Hin und wieder begegneten ihnen Menschen in antiker Kleidung, die Jack neugierig ansahen. Doch Marcus eilte weiter und Jack hatte keine Gelegenheit, stehen zu bleiben und Fragen zu stellen.

Marcus bog schließlich auf eine breitere Straße ein, die scheinbar zum Zentrum führte. Ein weiter, rechteckiger Platz wurde sichtbar, der von mehreren großen Gebäuden begrenzt wurde – eine typische antike Agora. Rund um den Platz lief eine Kolonnade mit korinthischen Säulen. Marcus streckte die Hand aus, deutete auf ein prächtiges zweistöckiges Gebäude an der Kopfseite des Platzes und ging darauf zu.

„Dort ist die Präfektur!", sagte er. Stirnrunzelnd folgte ihm Jack. Er war sehr gespannt auf die Erklärung dieses Phänomens.

An der mächtigen Eingangstür standen zwei Wachen – muskulöse Männer in römischer Rüstung, mit umgegürteten Schwertern und Lanzen in den Händen. Beim Vorbeigehen bemerkte Jack, dass die Waffen wirklich echt aussahen. Die Eingangshalle war ein repräsentativer Raum, der ganz mit flammend rotem Porphyr Marmor verkleidet war.

In der Mitte plätscherte auch hier ein Springbrunnen. An den Wänden befanden sich etliche schön gearbeitete Sitzbänke aus weißem Marmor, die mit zahlreichen Kissen ausgestattet waren. Dazwischen standen Marmorskulpturen, die von so hoher Qualität waren, dass sie der Werkstatt eines Phidias oder Polyklet, Meister der antiken Bildhauerkunst, zu entstammen schienen, wie Jack mit wachsender Begeisterung feststellte. An den Wänden gab es auch vergoldete Zeichen, die denen auf Rebeccas Seepferdchen glichen.

Er war am richtigen Ort! Von hier kam auch der Schmuck des Mädchens! Er bekam aber keine Gelegenheit, sich die Arbeiten näher anzusehen, denn sein Begleiter ging zügig weiter.

Hinter dem Springbrunnen lag ein langgestreckter, fensterloser Gang, an dessen Ende sich eine geschlossene Tür befand, vor der abermals zwei Wachen standen. Auf diese Tür steuerte Marcus zu. Der Gang wurde von zahlreichen Fackeln beleuchtet. Jack folgte ihm schweigend, wobei ihn ein mulmiges Gefühl beschlich, das nicht nur mit der Enge des Raumes zu tun hatte.

Vor der Tür kreuzten die Wachen wortlos ihre Lanzen und versperrten dadurch den Zutritt.

„Marcus Secundus Plautus bringt auf Befehl des Präfekten den Peregrinus", sagte Jacks Begleiter.

Daraufhin nahmen die Wachen die Lanzen zurück und öffneten die Tür. Der Raum dahinter war klein, ebenfalls fensterlos und nur spärlich von zwei Öllampen beleuchtet. An der gegenüberliegenden Seite konnte Jack eine weitere geschlossene Tür erkennen. Marcus machte eine einladende Handbewegung und trat zur Seite, um Jack vorzulassen. Zögernd betrat Jack den Raum, dessen Wände mit dunkelgrünem Marmor verkleidet waren. Sobald er ihn betreten hatte, wurde die schwere Holztür wieder geschlossen.

„Hey!", rief Jack und fuhr herum. Er wollte nach der Klinke greifen, stellte aber schnell fest, dass die Tür von Innen keinen Griff hatte und nicht zu öffnen war.

Entschlossen wandte er sich der anderen Tür zu. Doch auch diese hatte keine Klinke. Wütend hämmerte er gegen das Holz. Nichts passierte. Frustriert ließ er von der Tür ab und sah sich in dem kleinen Raum um. Er fühlte sich an eine ägyptische Grabkammer erinnert und spürte, wie sein Herz schneller schlug. Er begann zu schwitzen. Panik stieg in ihm hoch und er suchte verzweifelt irgendetwas, das in ablenken konnte. Außer den beiden Öllampen befand sich nur eine Skulptur in dem kleinen Raum. Interessiert trat er näher. Auch diese Skulptur, die auf einem schwarzen Granitsockel stand, war aus feinstem weißen Marmor und sehr detailliert gearbeitet. Im Gegensatz zu den übrigen Statuen, die unversehrt waren, war diese jedoch stark beschädigt. Jack fuhr mit der Hand die Konturen nach.

Er konnte erkennen, dass ein Pferd dargestellt war, das mit dem Bauch den Boden berührte. Es war jedoch nur der Vorderkörper erhalten, der hintere Teil war komplett abgebrochen. Auch von dem Reiter, der auf dem Rücken des Tieres saß, war nur noch ein Torso vorhanden. Es war jedoch zu erkennen, dass es sich um eine weibliche Person handelte, die in wallende antike Gewänder gekleidet war. Jack dachte natürlich sofort an das seltsame Wesen mit dem Delphinschwanz, auf dem Rebecca verschwunden war. Als er sich die Abbruchkanten näher ansehen wollte, öffnete sich die Tür. Jack atmete tief durch.

Ein untersetzter Mann um die 60, mit kurzem grauem Haar, betrachtete ihn freundlich. Er trug eine rote Tunika, die mit Goldstickerei verziert war und hoch geschnürte, römische Sandalen.

Abwehrend hob er die Hand, als Jack schon den Mund öffnete und sagte: „Ich entschuldige mich vielmals, dass ich dich habe warten lassen. Komm und erfrische dich, du hast viel erlebt und wirst erschöpft sein."

„Vor allen Dingen habe ich einige Fragen!", knurrte Jack ungehalten. Atlantis oder nicht – das war schon ein seltsamer Empfang!

„Auch dazu werden wir kommen", entgegnete der Mann lächelnd.

Jack folgte ihm in den angrenzenden Raum. Es handelte sich um eine große Säulenhalle, die beide Stockwerke einnahm. Die Fenster des oberen Geschosses ließen das Licht in die Halle fallen. Jack blinzelte, nach der dunklen Kammer mussten sich seine Augen erst an die Helligkeit gewöhnen.

Auch hier gab es ein im Boden eingelassenes, großes Wasserbecken mit zahlreichen Zierfischen. Am Rand waren einige Sitzgruppen, Liegen und Tische gruppiert. Der Mann ging auf zwei Liegen zu, zwischen denen ein niedriger Tisch stand. Darauf befanden sich Teller mit verführerisch duftenden Speisen, eine kostbare Karaffe mit dunkelrotem Wein sowie zwei Pokale.

Der Mann ließ sich auf einer Liege nieder und deutete einladend auf die andere. „Nimm Platz und lass' uns speisen. Danach haben wir Zeit für alle deine Fragen."

Jack stellte fest, dass der leckere Duft des Essens ihm tatsächlich das Wasser im Mund zusammenlaufen ließ. Es war ja auch eine ganze Weile her, seit er das letzte Mal gegessen hatte. Er setzte sich, griff nach einem Hühnerbollen und biss herzhaft hinein. Es schmeckte köstlich. Sein Gastgeber hatte bereits beide Pokale gefüllt und prostete ihm zu. Jack nahm das Glas und trank einen kräftigen Schluck. Der Wein war gut, aber sehr schwer, wie Jack sehr schnell merkte. Er nahm sich vor, langsamer zu trinken.

„Wo bin ich hier?", fragte er, während er seinen Pokal absetzte.

Der Mann auf der anderen Liege hob wieder sein Glas und antwortete: „Willkommen in Equitanien! Mein Name ist Flavius Decimus Flaccus. In meiner Eigenschaft als Präfekt dieser Provinz heiße ich dich herzlich willkommen und hoffe, dass du dich bei uns wohlfühlen wirst."

Jack hob enttäuscht die Augenbrauen. Irgendwie hatte er doch gehofft, dass der Präfekt *Atlantis* sagen würde. Equitanien? Darin war das lateinische Wort *equus*, das Pferd bedeutet, enthalten. Ob sich das auf dieses seltsame Pferdemischwesen bezog?

„Equitanien? Was soll das heißen? Bis vor kurzem war ich noch nördlich der Florida Keys! Ich habe noch nie etwas von *Equitanien* gehört. Was ist das hier? Was ist überhaupt mit dem Mädchen passiert? Geht's ihr gut? Und dieses merkwürdige Pferd – was ist das für eine Chimäre?"

Jack hatte den abgenagten Knochen des Hühnerbollens auf seinen Teller gelegt und sah den Präfekten herausfordernd an.

Flavius lächelte. „Du wirst Antworten auf alle deine Fragen erhalten. Aber eine nach der anderen. Trink noch etwas Wein, das beruhigt", ermutigte er Jack.

„Wenn ich dann endlich etwas erfahre", murmelte Jack und nahm einen größeren Schluck, als er eigentlich wollte.

„Zu deinen Fragen: Ja, geografisch bist du im südwestlichen Teil Floridas, nördlich der Keys. Hier liegt der Inselstaat Equitanien. Es stimmt, dass du noch nie etwas von uns gehört hast, denn wir haben unsere Abgeschiedenheit schätzen gelernt. Das soll auch in Zukunft so bleiben. Das ist das Bestreben aller, die in unserer Gemeinschaft leben. Wir haben die Lebensweise der Antike adaptiert. Dem Mädchen Rebecca geht es gut. Sie ist in einer anderen Provinz und wird dort bestens betreut. Du brauchst dir um sie keine Sorgen zu machen. Was das Seepferd angeht – es gehört zu den wundern dieses Ortes. Zu gegebener Zeit wirst du darin eingeweiht."

„Zu gegebener Zeit? Wann wird das sein?!"

„Geduld, ein bisschen mehr, Geduld!"

„Warum wurde auf mich geschossen – wenn hier doch alles so friedlich ist?"

„Wir mussten dich mit einer Harpune betäuben, sonst wärst du ertrunken. Du wolltest dir nicht helfen lassen und hast wild um dich geschlagen."

„Das habe ich aber anders in Erinnerung! Ich habe erst um mich geschlagen, als ich den Pfeil im Arm stecken hatte!"

„Beruhige dich, Jack!", antwortete Flavius jetzt in einem schärferen Ton und richtete sich auf seiner Liege auf. „Ich denke, das waren genug Antworten für heute. Besser, du ruhst dich jetzt erst einmal aus."

„Woher kennst du meinen Namen?", fragte Jack verblüfft. Flavius antwortete nicht, sondern schnippte nur einmal mit den Fingern. Aus dem Schatten der Säulen löste sich eine Gestalt, die Jack vorher gar nicht wahrgenommen hatte. Ein Wachsoldat trat vor.

„Timothy wird dich zu deinem Zimmer zurückbringen. Dort ruhst du dich aus und später reden wir weiter."

„Aber –", versuchte Jack zu protestieren, was jedoch nichts nützte. Der Soldat packte ihn recht unsanft am rechten Oberarm, unterhalb des Verbandes, sodass Jack vor Schmerzen zusammenzuckte, und zerrte ihn aus der Säulenhalle, durch den kleinen Vorraum, den langen Gang entlang, bis hinaus auf den Platz.

Hier lockerte er seinen Griff und sagte leise zu Jack: „Jetzt komm einfach mit und mach' keine Schwierigkeiten, dann reden wir!"

Jack warf dem Soldaten einen erstaunten Blick zu und fügte sich schweigend.

Als sie über den Platz gingen, bemerkte Timothy, dass Jack die Blicke der Passanten auf sich zog. Er grinste und meinte: „Als erstes besorgen wir dir mal was Passendes zum Anziehen, damit du hier nicht mehr als *Peregrinus* auffällst!"

Jack sah erst jetzt, dass der Säulengang, wie in der Antike, Geschäfte jeglicher Art beherbergte. Es gab Obst- und Gemüsehändler, Fisch- und Fleischverkäufer, Goldschmieden und auch Läden für Bekleidung. Sie betraten einen Laden, der in seinen Auslagen Tuniken in allen Farben und Größen hatte.

Eine hübsche junge Verkäuferin stand hinter der Theke und sah Jack neugierig an. „Du möchtest sicher eine Tunika?", fragte sie ihn lächelnd.

„Am besten das ganze Programm, mein Freund hier hat nichts anzuziehen und die Rechnung geht an den Präfekten!", lachte Timothy.

Jack grinste verlegen und war gleichzeitig wütend auf sich selbst. Warum fühlte er sich hier nackt, wo er doch am Strand von Miami Beach ganz selbstverständlich in Schwimmshorts herumlief.

Die Verkäuferin suchte ihm einige Sachen zusammen. Eine hellblaue Tunika und Sandalen zog Jack sofort an. Er kam sich zuerst vor, als hätte er sich für ein Theaterstück kostümiert. Doch als er mit Timothy wieder auf den Platz hinaustrat, verschwand dieses Gefühl sofort wieder – jetzt nahm niemand mehr Notiz von ihm, er sah aus wie alle anderen.

Statt zurück zur Villa ging Timothy mit Jack zum Strand hinunter. Jack protestierte nicht, er hoffte, jetzt endlich mehr zu erfahren. Die jungen Leute waren nicht mehr dort, der Strand war verlassen. Timothy setzte sich in den Sand, nahm den Helm ab und fuhr sich durch die Haare. Jack setzte sich daneben.

Timothy drehte sich zu Jack und meinte mit einem breiten Grinsen: „Mann, ich freue mich, endlich mal wieder jemanden aus Miami zu treffen – wie läuft's denn da?"

„Woher weißt du, dass ich aus Miami komme?"

„Wir haben ein gutes Informationssystem. Ich komme übrigens selbst von da. Habe da als Investment-Berater gearbeitet. Bin jetzt seit zwei Jahren hier."

„Was ist passiert?"

„Ich war mit zwei Kumpels zum Fischen. War so eine Bonus-Tour. Und wie das so ist: Wir haben beim Auslaufen schon einen gekippt, keiner von uns hatte wirklich Ahnung vom Bootfahren und zack – sind wir auf ein Riff aufgelaufen! Das Boot ist schneller gesunken, als einer von uns seine Bierdose wegstellen konnte. Dann weiß ich nur noch, dass ich unter Wasser war, einen Stich in den Arm bekam und in einem herrlichen Marmorzimmer wieder wach wurde."

„Und dann?", hakte Jack gespannt nach.

„Ich hatte auch ein Gespräch mit dem Präfekten – ich habe mich so ähnlich angestellt wie du heute. Mein Tutor hat mir dann auch alles erklärt und nach meinen Interessen gefragt. Ich habe schon seit langem in verschiedenen Kampfsportarten trainiert, da hat man mir vorgeschlagen, zur Wache des Präfekten zu gehen. Inzwischen bin ich Centurio!"

Jack starrte den Soldaten fassungslos an. „Du bist einfach hiergeblieben? Und dein Leben in Miami?"

„Ach, was hatte ich da schon? Eine geschiedene Frau, die hinter meinem Geld her war, zwei Kinder, die ich kaum sehen konnte, die aber auch einen Haufen Geld für Privatschulen, Ponys und Klavierunterricht brauchten, eine Freundin, die ständig shoppen gehen wollte und einen Job, bei dem ich nicht wusste, ob ich nicht in der nächsten Woche schon den ganz großen Deal versaue und rausfliege. Nee, da bleibe ich lieber hier!"

Jack schwieg eine Weile, dann sagte er: „Jetzt erinnere ich mich – das ging damals durch die Presse: *Erfolgreiche Investment-Berater auf See verschollen*. Wahrscheinlich bist du inzwischen für tot erklärt worden."

„Da wird meine Ex schon für gesorgt haben!" Timothy lachte bitter.

„Weißt du, was aus den anderen beiden geworden ist?" setzte Jack nach.

„Sie leben in anderen Provinzen und soweit ich weiß, geht es ihnen gut."

„Ich denke, euer Informationssystem ist so gut – hast du denn keinen Kontakt zu ihnen?"

Timothy wurde ernst. „Es gibt hier auch einige Regeln. Eine davon ist, dass Co-Assimilanten nicht in einer Provinz aufgenommen werden. Jedenfalls nicht sofort. Mir genügt es zu wissen, dass es ihnen gut geht. Vielleicht trifft man sich ja irgendwann mal wieder."

„Co-Assimilanten?", fragte Jack alarmiert.

„Das sind Leute, die zusammen gerettet werden", erklärte Timothy.

„Nein, assimilieren hat nichts mit retten zu tun! Ich will mich nicht assimilieren! Ich will nicht hierbleiben und einer von euch werden! Ich will wieder zurück nach Miami Beach, ich will mein altes Leben wiederhaben!", ereiferte sich Jack und sprang auf.

Timothy sprang ebenfalls auf. Er wollte Jack beruhigend eine Hand auf die Schulter legen, doch der drehte sich weg und so traf die Hand seinen verwundeten Arm. Jack zuckte zusammen.

Timothy deutete auf seinen Arm und sagte: „Du glaubst, du trägst den Verband, weil du eine Harpunen-Verletzung hast?"

Jack starrte ihn an und runzelte die Stirn. „Was willst du mir damit sagen?"

„Mach den Verband ab und sieh nach!"

Jack fingerte sofort an dem Verband herum und begann ihn abzurollen.

„Der kleine Stich von der Harpune war nur zur Betäubung. Was glaubst du, warum bisher noch niemand von Equitanien erfahren hat?" Timothy blickte auf das Meer hinaus und fuhr fort: „Weil noch niemand jemals wieder von hier weggekommen ist – und jetzt gehörst du dazu, ob du willst oder nicht, also finde dich besser damit ab!"

Jack hatte den Verband abgerollt und starrte fassungslos auf seinen Oberarm. Dort war in Faustgröße ein frisches Tattoo zu sehen, das ein Seepferd mit einer Krone zeigte.

5

Cat bemühte sich, nicht aufzufallen. In eine lange rote Tunika gekleidet ging sie mit gesenktem Blick über den Platz. Keiner der Menschen schien sie zu beachten. Als sie unter die Kolonnaden trat, verließen gerade zwei Männer einen Laden. Der eine trug eine römische Offiziersuniform, der andere eine hellblaue Tunika.

„Jack!" Cat musste sich die Hand vor den Mund halten, um den Namen nicht laut herauszuschreien. Die beiden hatten sie nicht bemerkt und auch sonst nahm keiner der Passanten Notiz von ihr. In einigem Abstand folgte Cat den beiden Männern, während in ihrem Hirn die Gedanken rasten.

Als sie sich am Strand niederließen, versteckte Cat sich in einem kleinen Pavillon. Sie konnte nicht verstehen, worüber die beiden redeten und hoffte inständig, dass sie sich bald trennen würden. Endlich standen sie auf und gingen Richtung Villenviertel. Vorsichtig schlich Cat ihnen nach. Am Eingang einer Villa verabschiedeten sie sich dann. Der Offizier ging zurück Richtung Agora, Jack betrat die Villa. Nach ein paar Minuten öffnete Cat vorsichtig die Tür und sah gerade noch, wie Jack in einem Zimmer verschwand.

Jack ging geradewegs zu dem Tisch mit der Karaffe und goss sich ein Glas Wasser ein. Als er hörte, wie die Tür geöffnet wurde, drehte er sich um – und hätte fast das Glas fallengelassen.

„Cat!!!", rief er und starrte die junge Frau wie eine Geistererscheinung an. „Wie hast du mich gefunden?"

Cat ging mit schnellen Schritten auf ihn zu – doch Jacks Erwartung, dass sie sich vor Freude in seine Arme werfen würde, erfüllte sich nicht. Sie nahm ihm stattdessen energisch das Glas aus der Hand.

Nachdem sie es in einem Zug ausgetrunken hatte, wischte sie sich mit dem Handrücken den Mund ab, holte tief Luft und antwortete: „Gar nicht. Ich habe keine Ahnung, wie ich hierhergekommen bin oder was das für ein Ort ist. Ich weiß auch nicht, was mit Tony passiert ist. Als wir zurückkamen und weder dich noch Rebecca fanden – der Dummkopf Eric hatte gar nicht mitbekommen, dass sie verschwunden war – haben wir uns anhand der Spuren zusammengereimt, dass du Rebecca irgendwie aus Seenot retten wolltest und dabei selbst verunglückt bist.

Tony bestand darauf, trotz einbrechender Dunkelheit sofort zu tauchen. Plötzlich kamen Schatten auf uns zu geschwommen, ich dachte an Haie – dann muss ich bewusstlos geworden sein.

Ich wurde irgendwann in einer Art antiker Jugendherberge wach, hatte dieses komische Kleidchen an und ein blondgelocktes Naivchen erzählte mir etwas von einem Staat, dessen Einwohnerin ich nun geworden sei. Glücklicherweise riet sie mir, mich auszuruhen und ließ mich allein. Ich habe mich dann sofort aufgemacht, um die Gegend zu erkunden – auf dem großen Platz habe ich dich dann mit diesem *Marcus Antonius* gesehen und bin euch nachgeschlichen. Aber das kam mir hier alles so merkwürdig vor, dass ich dich erst einmal allein sprechen wollte. Ende der Geschichte."

Cat ließ sich in einen Sessel fallen und sah Jack erwartungsvoll an. Offensichtlich hoffte sie nun, dass er ihre Wissenslücken füllte. Jack rieb sich die linke Augenbraue.

„Also, *Marcus Antonius* heißt Timothy und stammt aus Miami", fing er mit dem einfachen Teil an.

„Was? Ein Amerikaner? Dann ist das hier also eine Art Pseudo-Antike für Wochenend-Römer, die hier *Cäsar und Cleopatra* spielen?", folgerte Cat sofort.

Jack seufzte. „Leider nein. Aber viel mehr weiß ich auch noch nicht."

Er berichtete dann, wie er Rebecca beobachtet hatte und ihr nachgeschwommen war. Bei der Schilderung des Seepferdes unterbrach ihn Cat.

„Ein Hybrid?! Jack, als Biologin kann ich dir sagen, so etwas ist gar nicht möglich – ein Pferd und einen Delphin zu kreuzen, das geht nicht! Entweder war das tatsächlich eine Halluzination oder so ein Kunstding vom Film. Aber, wie dem auch sei – wir müssen sehen, dass wir hier wegkommen und schnellstens die Behörden verständigen. Dann können wir sicher auch herausbekommen, was mit Rebecca und Tony passiert ist. Das sind doch alles Spinner hier!" Energisch stand Cat vom Sessel auf.

Jack, der sich auf die Bettkante gesetzt hatte, rührte sich nicht.

„Cat, so einfach ist das nicht."

„Ja, schon klar. Wir müssen natürlich erst ein Boot besorgen. Aber wenn wir das einmal haben – wir sind sicher auf einer dieser kleinen nördlichen Inseln. Von da aus kann man das Festland relativ schnell erreichen."

„Cat, du hast noch nicht alles gehört. Siehst du das?" Jack deutete auf sein Tattoo.

„Oh, toll, ein Tattoo", sagte Cat ohne Interesse.

„Ja, ein Tattoo. Was glaubst du, warum du einen Verband am Arm hast?"

Cat starrte ihn für den Bruchteil einer Sekunde verständnislos an, dann durchzuckte sie der Blitz der Erkenntnis und sie riss sich den Mull vom Arm. Auch auf ihrem Oberarm war das Seepferd mit Krone eintätowiert worden.

„Was soll denn das?!", rief sie in einer Mischung aus Entsetzen und Wut, „Warum tun die so was?"

„Von Timothy habe ich erfahren, dass dieses Zeichen allen Personen eintätowiert wird, die – auf welche Weise auch immer – hierher gelangen. Damit ist erst einmal klargestellt, dass man kein *Peregrinus* – also ein Fremder – sondern ein *Assimilant* ist und schon fast dazu gehört", erklärte Jack. „Außerdem wirst du damit überall außerhalb Equitaniens auch schnell erkannt – und die scheinen ein verdammt gutes Netzwerk auf dem Festland zu haben!"

„Gebrandmarkt wie Rindviecher", murmelte Cat trocken.

„Timothy sagt, hier kommt aber sowieso keiner weg, weil die ganze Insel von einem künstlichen Riff umgeben ist, das nur an einigen Stellen und auch nur unter Wasser, passierbar ist. Die Tauchstrecken sind allerdings zu lang, um sie ohne Geräte schaffen zu können."

„Aber wer hat uns dann mit Harpunen beschossen und hierhergebracht?", fuhr Cat hitzig dazwischen.

„Nur die *Residenten*, also die Leute, die schon hier geboren wurden und so etwas wie die Elite dieser Gesellschaft darstellen, kommen durch das Riff – ich habe aber keine Ahnung, wie sie das machen", antwortete Jack.

Cat sah ihn zweifelnd an. „Also, ich weiß nicht, das klingt alles ziemlich schräg."

Jack stand auf. „Wie auch immer, eine Sache stimmt mit Sicherheit: Sie achten sehr genau darauf, dass die Leute, die sie hier aufnehmen, sich nicht kennen. Personen, die sie zusammen aus dem Wasser fischen, werden getrennt. Darum haben wir bisher auch weder Tony noch Rebecca gesehen. Dass wir beide uns kennen, wissen die nicht. Und das muss auch so bleiben. Darum solltest du schleunigst dein Quartier aufsuchen – denke dir eine Geschichte aus, dass du dich verlaufen hast, ohnmächtig geworden bist oder sonst was – und tu um Himmels willen weiter so, als ob du mich nicht kennen würdest! Wir treffen uns dann heimlich wieder und arbeiten einen Fluchtplan aus!"

Cat nickte zustimmend. „OK. Aber wo und wann treffen wir uns wieder?"

Jack überlegte kurz. „Wir wissen nicht, was morgen passiert. Du wirst wahrscheinlich auch einen Tutor bekommen, der dich einweist. Versuche, morgen um die Mittagszeit auf den großen Platz, die Agora, zu kommen. Ich werde das auch versuchen. Dann müssen wir improvisieren."

Jack öffnete die Tür einen Spalt weit und spähte hinaus. Als niemand zu sehen war, schob er Cat nach draußen und brachte sie bis zur Haustür.

„Weißt du denn, wie du zu deinem Quartier zurückkommst?", fragte er leise.

„Ich habe mich bisher in meinem Naturschutzgebiet noch nie verlaufen, da wird mir das hier auch nicht passieren", antwortete Cat selbstsicher. Dann verschwand sie in der beginnenden Dämmerung.

＊

Zurück in seinem Zimmer starrte Jack aus dem Fenster. In der Abenddämmerung konnte er die sanften Wellenbewegungen des Meeres noch gut erkennen. Kein Zweifel, es sah wunderschön aus. Aber welches Geheimnis barg die See an diesem merkwürdigen Ort?

Er dachte an Cat und seufzte unwillkürlich. Es war lange her, dass sie sich so gut verstanden hatten wie heute. Vor einigen Jahren wären sie fast ein Paar geworden. Zu der Zeit war Jack mit Cats Bruder Nick befreundet gewesen. Zusammen hatten sie an der University of West Florida in Pensacola Meeresarchäologie studiert und waren auf Tauchgänge gegangen. Dabei hatten sie Antonio Campillo kennengelernt, dessen Boot sie günstig mieten konnten. Sie hatten zusammen ihren Master gemacht und sich anschließend auf ihre Dissertations-Projekte vorbereitet.

Bei der Erforschung eines Wracks war es dann passiert: Nick stieß versehentlich mit seiner Sauerstoffflasche an eine Kiste und löste damit eine Kettenreaktion aus. Ein Teil der noch vorhandenen Ladung kam ins Rutschen und klemmte ihn selbst und Jack ein. Der Schlauch von Jacks Sauerstoffgerät riss dabei ab, doch glücklicherweise waren sie so dicht zusammen, dass sie abwechselnd aus Nicks Gerät Luft holen konnten. Plötzlich hatte sich die gesamte restliche Ladung bewegt und stürzte auf die beiden Männer nieder. Nick und Jack wurden getrennt, und Jack war damit ohne Sauerstoff. Er versuchte Nick zu erreichen und bekam Panik, als er merkte, dass er den Atemreflex nicht mehr lange unterdrücken konnte.

In buchstäblich letzter Sekunde war dann Tony erschienen. Da die beiden Taucher überfällig waren, hatte er schließlich seine Ausrüstung angelegt und war den beiden hinterhergetaucht. Tony erfasste sofort die Situation und gab Jack sein Mundstück. Gierig füllte Jack seine Lunge mit dem Sauerstoff und deutete auf den leblosen Nick. Tony versuchte zu Nick durchzudringen. Weil er seinen Sauerstoff aber immer noch mit Jack teilen musste, schaffte er es nicht und musste schließlich einsehen, dass er Nick nicht mehr helfen konnte.

Nach dem Unglück machte Cat Jack für den Tod ihres Bruders verantwortlich, obwohl eine genaue Untersuchung des Vorfalls ihn vollkommen entlastete. Seit diesem Ereignis litt Jack unter klaustrophobischen Anfällen und hatte es nie wieder geschafft, auf einem Tauchgang zu gehen. Er konnte zwar kurze Strecken ohne Geräte tauchen, doch immer, wenn er die Ausrüstung anlegte, bekam er Schweißausbrüche und Herzrasen. Als Meeresarchäologe mit Tauchangst konnte er eine wissenschaftliche Karriere vergessen. Also gründete er mit Tony eine Geschäftspartnerschaft, in der Tony das Tauchen allein übernahm. Cat hatte er seitdem nur einmal wiedergesehen – da war sie schon Ranger in dem Schutzgebiet, das auf der Schatzkarte verzeichnet war. Sie war ihm mit eisiger Kälte begegnet und hatte alle Versuche, seine Sicht der Dinge zu schildern, im Keim erstickt.

*

Jack stand noch in Gedanken versunken am Fenster, als es an der Tür klopfte. Er riss sich aus der Vergangenheit los und rief: „Herein!"

Timothy steckte den Kopf durch den Türspalt. „Zeit fürs Abendessen! Komm schon!"

Als Jack ihm in den Innenhof folgte, herrschte dort bereits eine fröhliche Betriebsamkeit. Etliche Leute waren damit beschäftigt, die gerade aufgebauten Tische zu decken und Stühle heranzuschaffen.

„Wir veranstalten ein kleines Willkommensfest für dich!", erklärte Timothy.

Das ist ja ein richtiges antikes Symposion, dachte Jack, als er in einer Ecke auch noch ein paar Musiker mit Flöten und einer Kithara, der griechischen Leier, entdeckte – ein original griechisches Trinkgelage hatte sicher nicht viel anders ausgesehen.

Draußen hörte man nun den Marschtritt von Soldaten, gefolgt von einem energischen Klopfen an der Pforte.

„Ah, der Präfekt gibt sich die Ehre!", meinte Timothy, während zwei Männer an die Tür gingen und sie aufrissen. Tatsächlich stand dort der Präfekt Flavius mit seiner Ehrengarde.

Als sich nun alle setzten, erhielt Jack den Ehrenplatz an der rechten Seite des Präfekten.

„Nun", meinte Flavius leutselig zu Jack, „wolltest du nicht immer schon mal die Antike leibhaftig erleben? Jetzt hast du die Gelegenheit dazu!"

„Werden alle *Peregrini* so empfangen? Erlebt Rebecca das auch gerade?", entgegnete Jack, der sich nicht einlullen lassen wollte. Außerdem lag ihm daran, möglichst viele Informationen zu erhalten.

„Es ehrt dich, dass du solch einen Anteil am Schicksal deiner Schutzbefohlenen nimmst, aber ich kann dich beruhigen: Es geht ihr gut und der

Präfekt der Region, in der sie sich aufhält, wird alles tun, damit sie sich wohl fühlt", antwortete Flavius mit einem gewinnenden Lächeln.

„Ach ja? Sie bekommt also die gleiche Behandlung? Tätowierung inklusive?", hakte Jack provozierend nach.

Das Lächeln des Präfekten gefror und in seine Augen trat ein eiskalter Glanz.

„Leute, die sich hier nicht anpassen wollen und nur auf Schwierigkeiten aus sind – ", setzte er an, wurde dann aber von Timothy unterbrochen, der an Jacks anderer Seite saß und dem Gespräch zugehört hatte.

„Weißt du noch, Präfekt, wie störrisch ich am Anfang war? Jack hat praktisch noch nichts von unserem wunderbaren Leben hier mitbekommen – gib ihm etwas Zeit, sich einzugewöhnen!"

Sofort kehrte die freundliche Maske auf das Gesicht des Präfekten zurück.

„Stimmt", sagte er und legte seine mit dicken goldenen Ringen geschmückte Hand auf Jacks Unterarm.

„Verzeih mir. Ich bin immer so ungeduldig. Für mich sind die Segnungen dieses Ortes so allgegenwärtig, dass ich oft vergesse, dass *Peregrini* sie ja noch gar nicht kennen können!", fügte er hinzu und verstärkte den Druck seiner Hand. Gleichzeitig sah er Jack intensiv in die Augen.

Jack hielt seinem Blick stand, er begriff jedoch sofort, dass dies eine ganz klare Warnung war. Er beschloss, seine Strategie zu ändern.

Freundlich sagte er: „Jetzt bin ich aber neugierig – was genau sind denn das für Segnungen?"

Timothy antwortete sofort: „Ich habe dir doch von meinem alten Leben erzählt und dass ich so gern Kampfsport gemacht habe. Nun, hier konnte ich mein Hobby zum Beruf machen und das in dieser herrlichen Umgebung, wo ich mich weder ums Geldverdienen noch um die Ernährung kümmern muss – praktisch bin ich im All-Inclusive-Dauer-Urlaub!"

„Na ja", entgegnete Jack, „ich spiele zwar ganz gern Basketball, aber als Vollzeitbeschäftigung kann ich mir das nicht unbedingt vorstellen."

„Basketball hatten wir für dich auch nicht unbedingt im Sinn", meinte Flavius, wobei ein Glitzern in seine Augen trat, wie bei einem Jäger, der das Wild lange vor sich hergetrieben hat und sicher ist, es mit dem nächsten Schuss zu erlegen.

„Ich habe gesehen, wie du die Statuen in der Präfektur angesehen hast", fuhr er fort und bemerkte zufrieden das plötzlich steigende Interesse bei Jack, dessen Gesicht ein offenes Buch für ihn war, „diese Werke sind nicht antik, sie wurden erst in den letzten Jahren angefertigt. Salve, Meister Philippus!", rief er dann einen älteren Mann an, der gegenüber an einem Tisch saß und der freundlich zurück grüßte.

„Jack, Meister Philippus leitet die Bildhauerei dieser Präfektur, von ihm und seinen Schülern stammen die Statuen, die du gesehen hast."

„Aber – sind das Kopien von unbekannten antiken Originalen?"

„Nein. Meister Philippus steht in direkter Nachfolge großer Bildhauer wie Polyklet und Phidias."

„Wie ist das denn möglich?", staunte Jack. Sein professionelles Interesse als Archäologe überwog jetzt alles andere.

Flavius lächelte ihn an. Jetzt hatte er Jack genau da, wo er ihn haben wollte. „Willst du das herausfinden, Jack? Meister Philippus ist bereit, dich als Lehrling in seiner Werkstatt aufzunehmen."

Jack nahm einen Schluck Wein, um Zeit zu gewinnen. Er hatte sich tatsächlich nicht nur theoretisch mit den Künstlern der Antike beschäftigt, es war schon immer sein heimlicher Wunsch gewesen, bei einem großen Bildhauer dieses Handwerk zu lernen. Jetzt fiel es ihm sozusagen in den Schoß. Er bemühte sich aber, sachlich zu bleiben und alles abzuwägen.

„Wo ist der Haken?", fragte er schließlich.

„Es gibt keinen!", rief Timothy begeistert. „Sieh' mich an – ich bin das beste Beispiel!"

Der Präfekt erhob sich und rief: „Lasst uns die Pokale erheben und ein neues Mitglied in unserer Gemeinschaft begrüßen: Jack, den zukünftigen Bildhauer-Meister!"

Alle jubelten und prosteten Jack zu, der verlegen grinste. Timothy flüsterte ihm zu: „Du wirst schon sehen – dieses blöde Tattoo ist ein kleiner Preis für dein neues Leben hier!"

Jack nickte und trank aus dem schon wieder frisch gefüllten Pokal. Er konnte nichts dagegen tun – die Vorstellung, dass hier vielleicht tatsächlich ein völlig neues Leben auf ihn wartete, nahm von ihm Besitz und ließ keinen Raum für andere Gedanken.

6

Vier Tage später hatte Jack sich schon an sein neues Leben als Bildhauer-Lehrling gewöhnt. Meister Philippus war ein guter Lehrer, der geduldig alle Fragen beantwortete und ihm Aufgaben stellte, die in kleinen Schritten komplexer wurden. Jack hatte viel Freude daran. Er musste Timothy Recht geben: Es war wie im Dauer-Urlaub, er musste sich um nichts kümmern. Jeden Tag ging er am späten Nachmittag mit den anderen Bildhauern, vier Männern und zwei Frauen, zum Meer, um sich den Staub abzuwaschen. Wenn er danach in sein Zimmer kam, lag bereits saubere Wäsche bereit. Er hatte auch schnell festgestellt, dass die zweite Tür in seinem Zimmer zu einem vollständig ausgestatteten Badezimmer führte, das einem Luxushotel Ehre gemacht hätte.

Auch für Essen war ständig gesorgt, obwohl er es tagsüber meist versäumte. Während die anderen an einem schattigen Platz im Hof der Werkstatt Mittagspause machten, konnte Jack sich nicht von seiner Arbeit trennen.

Schließlich wurde es Meister Philippus zu viel und er rief ihn hinaus: „Jack, der Mittagsimbiss kommt gerade. Ich möchte, dass du mit uns isst!"

Etwas widerwillig kam Jack der Aufforderung nach. Einige junge Frauen waren dabei, Körbe mit Früchten, Brot, Käse und Wein abzustellen, während die Bildhauer schon gutgelaunt Platz genommen hatten. Die Amphore mit dem Wein kreiste und Jack merkte, dass er doch einen ganz schönen Hunger hatte. Er griff zu dem Brotkorb, den eine junge Frau in einer Tunika aus grobem Leinen gerade auf den Tisch gestellt hatte und prostete gleichzeitig lachend einem Kollegen zu.

Die junge Frau sah auf, stutzte, nahm einen schon gefüllten Pokal und schüttete ihn Jack ins Gesicht.

„Mistkerl!", rief sie dabei laut, drehte sich um und lief davon.

Jack blieb wie erstarrt stehen, während der Wein von seinem Gesicht tropfte. Nach einer Schrecksekunde brachen alle andern am Tisch in lautes Gelächter aus und einer rief: „Also, Jack, der Dame hast du wohl den völlig falschen Blick zugeworfen!", worauf weiteres Gelächter folgte.

Jack grinste schief, wischte sich das Gesicht ab und setzte sich mit weichen Knien hin. Cat! Das war Cat! Er hatte sie tatsächlich völlig vergessen! Er hatte zwar am Tag nach ihrer ersten Begegnung daran gedacht, dass sie sich eigentlich mittags auf der Agora treffen wollten, doch Meister Philippus hatte ihn schon morgens abgeholt und ihm die Werkstatt gezeigt. Davon war Jack dann so begeistert, dass er dachte, es könne ja nicht schaden, sich das mal ein paar Tage anzusehen. Außerdem bot sich auch keine Gelegenheit, sich unbemerkt oder ohne aufzufallen entfernen zu können. Er beruhigte sein Gewissen damit, dass er ja auf diese Art noch viel besser Informationen sammeln könne. Schließlich hatte ihn sein neues Leben jedoch so in Anspruch genommen, dass er alles andere aus dem Blick verloren hatte.

Jetzt fühlte er sich schuldig und mies. Er sah zu den anderen Mädchen, die ihre Körbe nun geleert hatten und sich wohl auf den Heimweg machen wollten. Er stand auf und schlenderte langsam zu ihnen hinüber. Etwas ängstlich sahen sie ihn an.

„Sir, wir können nichts dafür!", sagte eine, und eine andere fügte leise hinzu: „Miriam ist noch neu, sie muss sich noch eingewöhnen. Aber sie hat es bestimmt nicht böse gemeint."

„Miriam?", fragte Jack erstaunt. Cat hatte sich wohl einen Decknamen zugelegt. „Tja, ich bin nicht sauer, ich wollte eigentlich auch nur sagen – der Wein war heute besonders gut", log Jack, dem nichts Besseres einfiel. „Bringt ihr den Morgen auch wieder?"

Die Mädchen lächelten und nickten, dann machten sie sich auf den Rückweg. Jack wäre gern hinterhergelaufen, um herauszufinden, wo ihre Unterkunft war, doch das war zu gefährlich.

An diesem Tag konnte er den Feierabend kaum abwarten. Er entschuldige sich bei seinen Kollegen und ließ sie allein zum Strand gehen.

„Ich will mir die Agora noch mal genau ansehen. Bisher hatte ich ja gar keine Gelegenheit dazu. Wenn wir demnächst den Auftrag bekommen, für den Platz Statuen zu fertigen, muss ich doch eine genaue Vorstellung haben!", sagte er.

„Na, da musst du aber noch viel üben, bis du mal den Auftrag für eine Statue bekommst!", rief ihm eine Kollegin zu.

„Jack sieht sich schon als Meister!", flachste ein anderer. Jack grinste und verabschiedete sich. Dann ging er allein Richtung Agora.

*

Jack schlenderte unter den schattigen Kolonnaden entlang und konnte nicht anders – er musste die großartige Architektur bewundern. Kassettendecken aus rosafarbenem Marmor, klassische Wandaufrisse und die ganze Palette antiker Architektur-Ornamentik waren hier in bestem Zustand zu sehen. Aber – etwas fehlte, um das Bild einer antiken Stadt komplett zu machen: Es gab keine Tempel!

Jack ging weiter und suchte jetzt gezielt nach einer Kultstätte. Als er den Platz fast umrundet hatte, entdeckte er etwas Abseits ein unscheinbares Tor, das direkt in einen Felsen geschlagen worden war. Davor standen auf Dreifüßen zwei große Bronzeschalen, in denen Feuer loderte. Das musste es sein! Neugierig trat er näher. Welche Gottheit wurde hier verehrt? Jack fasste an den Griff der massiven Holztür, die das Tor verschloss.

„Der Zutritt ist nur den Geladenen gestattet!"

Jack fuhr herum. Vor ihm stand eine junge Frau, die ihn neugierig betrachtete.

„Woher weißt du, dass ich nicht auch geladen bin?", fragte Jack und lächelte charmant.

„Daher!", sagte sie und zog das Seepferd-Amulett aus ihrem Dekolleté. „Ich kann nicht sehen, dass du das Amulett hast! Du bist neu hier, nicht wahr? Keine Sorge, es dauert noch eine kleine Weile, dann wirst du auch zu der Zeremonie geladen – dann gehörst du ganz dazu!"

„Ich bin schon sehr gespannt auf die Zeremonie – kannst du mir nicht ein bisschen darüber erzählen?", fragte Jack und freute sich über den

Glücksfall, auf eine so entgegenkommende Einwohnerin von Equitanien gestoßen zu sein.

Er erschrak, als er plötzlich eine Hand auf seiner Schulter spürte. Als er sich umdrehte, stand er dem Centurio Timothy gegenüber. Seine neue Bekanntschaft entfernte sich schnell.

„Lang nicht gesehen – wie geht's dir denn? Was macht die Bildhauerei?", fragte der Offizier freundlich.

Jack fasste sich schnell. Im ersten Moment hatte ihn der Gedanke durchzuckt, die Verbindung zwischen Cat und ihm wäre schon entdeckt worden.

„Alles prima! Darum schlendere ich auch hier herum. Ich will mir Anregungen holen. Da fällt mir gerade auch noch etwas ein", kurz entschlossen startete Jack einen Versuchsballon und setzte sein sonnigstes Lächeln auf: „Der Präfekt hat eine Plastik in seinem Empfangsraum, die allerdings sehr stark beschädigt ist. Sie sieht aus wie das Seepferd, das ich gesehen habe, kurz bevor ich… äh… gerettet wurde. Ich würde ihm gern ein Neues machen, das würde ihn doch sicherlich freuen".

„Dir gefällt es also hier? Siehst du, das habe ich ja gleich gesagt!", freute sich Timothy. Dann wurde das Gesicht des Centurios ernst.

„Die Seepferde bekommen nur auserwählte zu Gesicht. Selbst ich habe sie noch nie aus der Nähe gesehen. Sie sind an einem streng gesicherten Ort untergebracht. Aber vielleicht, wenn du gezeigt hast, dass du Talent hast, darfst du mal eins portraitieren."

„Aber wieso habe ich eins fast in der Nähe meines Bootes gesehen, wenn sie so scharf bewacht werden?", hakte Jack nach.

Timothy kratze sich verlegen am Kopf. „Tja, das war wohl ausgebüxt. Aber wir haben es ja dann wieder eingefangen – zusammen mit dir! Übrigens, der Tempel hier und die andere Seite des Platzes sind für dich erst noch tabu. Wenn du länger hier lebst, darfst du nachher überall hin. So, ich muss jetzt auch weiter, lass' uns doch mal wieder zusammen an den Strand gehen, morgen Abend vielleicht?"

„Ja, gern!", antwortete Jack und versuchte, sich nicht anmerken zu lassen, wie sehr ihn diese Informationen aufwühlten. Es war also kein Hirngespinst – er hatte wirklich ein Seepferd gesehen. Und das war nicht einmal das Einzige seiner Art! Jetzt war er mehr denn je entschlossen, der Sache nachzugehen!

Jack beschloss, die Sache mit dem Tempel erst einmal ruhen zu lassen und schlenderte quer über den Platz. Er nahm die Wege in Augenschein, die von der Agora wegführten. In der Nähe der Präfektur gab es ein Tor, das von zwei Soldaten bewacht wurde. Möglichst unauffällig ging Jack darauf zu. Die beiden sahen ihn finster an und stellten sich ihm schließlich in den Weg.

„Name? Passierschein?", bellte einer der beiden.

Jack strahlte ihn an. „Mein Name ist Jack. Ich bin neu hier – ich wollte mir alles mal ein bisschen ansehen. Brauche ich dafür einen Passierschein?"

„Dieser Bereich ist nicht öffentlich zugänglich! Hat dir dein Tutor das nicht erklärt? Wie ist sein Name?"

„Ach, wahrscheinlich habe ich das nur vergessen. Man muss sich ja auch ziemlich viel merken."

„Jack? Was machst du denn hier?", erklang da eine Stimme hinter ihm. Es war Timothy, der jetzt in Begleitung von zwei anderen Soldaten die Wachen kontrollierte. Der Schatten des Misstrauens huschte über sein Gesicht, als er Jack ansah.

„Na ja, ich möchte eben alles gern sehen – schließlich ist das meine neue Heimat!" Jack bemühte sich, einen arglosen Eindruck zu machen.

„Diese Seite des Platzes ist tabu – ich habe dir doch erklärt, dass es hier auch Regeln gibt!"

„Alles klar, tut mir leid – ich geh' dann mal wieder!" Jack klopfte dem Centurio auf die Schulter und ging gemächlich zurück über den Platz. Erst als er den Schatten der Kolonnaden erreicht hatte, wagte er sich umzudrehen. Timothy stand immer noch mit den Soldaten an der gleichen Stelle und schien mit ihnen zu diskutieren.

Jack wischt sich den Schweiß von der Stirn. Das war knapp – aber jetzt wusste er, wo er suchen musste, um die Geheimnisse von Equitanien zu entdecken! Er nahm sich vor, in der Nacht zurückzukehren.

*

Seine Geduld wurde auf eine harte Probe gestellt. Zunächst gab es wieder ein kleines Gelage in seiner Villa, dem er nicht fernbleiben konnte, wenn er keinen Verdacht erregen wollte. Dann musste er scheinbar endlos in seinem dunklen Zimmer warten, bis auch die letzten Geräusche verebbten. Leise schlich er sich dann hinaus und lief Richtung Agora. Da gerade Neumond war, war die Nacht stockfinster.

Auf der Agora war alles still. Ohne Menschen wirkte der riesige Platz noch größer. Jack huschte unter den Kolonnaden weiter in Richtung Präfektur. Da er nicht wusste, ob dort auch nachts Wachen postiert waren, wagte er nicht, quer über den Platz zu laufen, obwohl ihn der längere Weg viel Zeit kostete. Seine Vorsicht zahlte sich aus: Tatsächlich hörte er, wie sich zwei Männer vor dem Eingang zur Präfektur leise unterhielten.

Er spähte zu dem kleinen Tor hinüber – dort waren jetzt keine Wachen aufgestellt. Augenscheinlich war man der Meinung, dass zwei Leute genügen würden, um beides im Blick zu halten. Außerdem war das Tor jetzt mit einer Tür verschlossen, die er am Tag nicht bemerkt hatte.

Während er noch überlegte, wie er dieses Hindernis überwinden sollte, wurde die Tür plötzlich von der anderen Seite geöffnet. Jack duckte sich noch tiefer in den Schatten. Ein weiterer Soldat trat heraus, er trug eine Fackel in der Hand. Die beiden Wachen stoppten ihn sofort, lachten dann aber, als sie ihn erkannten.

„Na, John, schicken sie dich schon wieder los, um was zu holen? Was ist es denn diesmal?"

„Die Schlauköpfe wollen was zu essen haben. Sie sagen, sie müssten wohl die ganze Nacht durcharbeiten. Wisst ihr, was das heißt?"

„Ja, dass du heute Nacht auch viel zu tun hast! Warte, ich helfe dir, hier ist ja eh nichts los."

Während der eine Wachsoldat seinen Kameraden begleitete, blickte der andere den beiden hinterher.

Jetzt oder nie, dachte Jack und schlüpfte blitzschnell durch das geöffnete Tor.

Hinter dem Tor führte ein Schotterweg einen abschüssigen Hügel hinab. Jack kam immer wieder ins Rutschen, da er den Weg in der Dunkelheit nur schlecht erkennen konnte. Schließlich machte der Weg eine Biegung. Er blieb stehen und sah sich um, um sich zu orientieren. In einiger Entfernung konnte er das Meer glitzern sehen und hörte, wie sich die Brandung an der felsigen Küste brach. An dieser Seite der Insel gab es anscheinend keinen Strand.

Am Ende des Weges erkannte er dann ein flaches, fensterloses Gebäude, das ihn sofort an einen Bunker erinnerte. Im Vergleich mit den bis ins Detail der Antike nachempfundenen Gebäuden, die er bisher gesehen hatte, wirkte der schmucklose Kasten wie ein Fremdkörper.

Vorsichtig näherte sich Jack dem Gebäude. Der einzige Zugang war eine massive Stahltür. Er stellte schnell fest, dass es weder eine Klinke noch sonst einen erkennbaren Mechanismus zur Öffnung gab. Ratlos stand er vor der Tür.

Da ertönte ein durchdringender Summton. Er sprang schnell zur Seite und kauerte sich ins Gebüsch. Die schwere Tür öffnete sich und zwei junge Männer in weißen Tuniken kamen heraus. Jack versuchte, im Gebüsch unsichtbar zu werden.

Die beiden standen dicht zusammen. Der eine hielt etwas in der Hand, das Jack für ein Stück Papier hielt, während der andere es mit einer kleinen Taschenlampe beleuchtete.

„Das ist sie also?", sagte der mit der Taschenlampe.

Der andere nickte. „Ist sie nicht einfach süß? Ich habe sie bei dem letzten Hekatiten-Treffen in Miami Beach kennengelernt. Ich glaube, sie ist soweit. Ich wünsche mir wirklich, dass sie bald hierherkommt!"

„Du weißt aber schon, dass solche Verbindungen erst genehmigt werden müssen? Wenn jemand herausfindet, dass du an Land ein Mädchen hast, nimmt man dir deinen Reisestatus!"

„Darum wollte ich ja, dass du mit nach draußen kommst, damit kein anderer das Foto sieht. Oh, ich freue mich so, dass ich sie Morgen wiedersehen werde!"

Während die beiden sich weiter über das Mädchen auf dem Foto unterhielten, richtete Jack sich vorsichtig auf und schlich geduckt auf die noch immer geöffnete Tür zu. Er erreichte sie unbemerkt und schlüpfte hinein.

Er wusste nicht, was er eigentlich erwartet hatte, aber das sicher nicht: Der Raum, den er betrat, war die oberste Etage eines geräumigen Treppenhauses mit unverputzten Betonwänden, auf die mit Schablonen

Richtungspfeile und Zahlen in verschiedenen Farben angebracht waren, beleuchtet von kaltem Neonlicht.

Drei Treppen führten nach unten, die jeweils in Blau, Grün und Rot markiert waren. Er entschied sich für die blau markierte Treppe ganz links und rannte schnell eine Etage tiefer, denn schließlich musste er damit rechnen, dass die beiden Männer bald wieder zurückkamen.

Auf dieser Etage gab es mehrere Türen, die alle zu verschiedenen Wartungsräumen zu führen schienen. Jack erkannte die Symbole für Werkzeug und Reinigungsmittel.

Als er das Zeichen für Kleidung sah, kam ihm eine Idee. Leise öffnete er die Tür und huschte in den Raum. Hier gab es viele Regale, in denen Tuniken ordentlich zusammengelegt lagen. Alle waren weiß. Jack tauschte schnell seine blaue Tunika gegen eine weiße aus und versteckte seine unter einem Regal.

Dann öffnete er die Tür vorsichtig einen Spalt und lauschte. Er hörte sich nähernde Schritte und leises Gemurmel. Einige Männer gingen, in ihr Gespräch vertieft, an der Kleiderkammer vorbei.

Nachdem ihre Schritte verklungen waren, trat Jack wieder hinaus, atmete einmal tief durch und machte sich auf den Weg in die nächste Etage.

Hier gab es scheinbar Lagerräume, die aber alle verschlossen waren. Jack lief die nächste Treppe hinunter und merkte, dass das Licht heller wurde. Die Treppe endete auf einer verglasten Galerie. Von hier aus konnte man in einen riesigen Raum blicken, der einem Flugzeughangar ähnlichsah, wobei der Boden zum größten Teil aus Wasser bestand. Der Raum musste mit dem Meer verbunden sein. Es gab mehrere Stege, Poller und Kranvorrichtungen, wie in einem richtigen Hafen – ein großes Tor, durch das ein Schiff hätte fahren können, war aber nicht zu sehen.

Doch was Jack im rechten Drittel des Raumes sah, ließ seinen Adrenalinspiegel sprunghaft ansteigen: Im Wasser war eine Art Pferch eingelassen, über dessen Absperrung er deutlich die Köpfe von mehreren Pferden erkennen konnte, die im Wasser hin- und herschwammen, dann wieder untertauchten oder mit ihren Schwanzflossen auf das Wasser schlugen. Die Seepferde – er hatte sie tatsächlich gefunden!

7

„Was machst du denn hier?", dröhnte da eine Stimme hinter ihm, die zu einem herkulesartigen Kerl gehörte. Durch Jacks Hirn rasten in Sekundenschnelle alle möglichen Optionen: Versuchen, den Mann niederzuschlagen und wegzurennen, eine Geschichte erfinden oder sich gleich ergeben.

Doch die Entscheidung wurde ihm abgenommen. Der Herkules legte ihm freundlich den Arm um die Schultern und zog ihn mit sich.

„Hast dich wohl verlaufen, was? Die anderen sind schon unten. Komm, ich zeig dir den Weg!"

Jack bemühte sich, seinen Schreck zu verbergen, lächelte und nickte. Der Mann brachte ihn über eine Gittertreppe direkt von der Galerie nach unten und führte ihn zu einer Gruppe von fünf Männern, die auf etwas zu warten schienen.

Vor der Gruppe stand ein älterer Mann, der in eine Toga gekleidet war. Stirnrunzelnd sah er Jack an.

„So, sind wir jetzt endlich komplett? Also, ich habe hier die Phiolen mit dem Ambrosia. Die meisten von euch wissen ja, wie es geht: Jeder trinkt eine – in kleinen Schlucken, aber ohne abzusetzen – dann geht ihr zu dem Pferch. Gallus hat alles vorbereitet, er wird die Leitstute reiten. Einer nach dem anderen steigt ihr dann auf eure Pferde. Sie folgen alle dem Leittier, keine Sorge. Außerhalb der Barriere wartet das Schiff. Ihr verlasst die Pferde, die Gallus wieder mit zurücknimmt, und geht an Bord. Alles weitere werdet ihr dann dort erfahren. Möge euch Hekates Fackel leuchten!"

Hekate? Die antike Unterwelt-Göttin? Ein seltsamer Abschiedsgruß. Aber die beiden jungen Männer mit dem Foto hatten sich über ein

Hekatiten-Treffen unterhalten … Jack kam nicht dazu, den Gedanken zu Ende zu denken. Auf einem Tablett standen die Phiolen bereit, von denen sich jeder eine nahm. Er hatte keine Wahl, er musste jetzt mitspielen, wenn er nicht auffliegen wollte. Als letzter griff er zu und setzte die Phiole an die Lippen. Der sämige weiße Inhalt schmeckte wie gesalzene Milch mit einem Hauch Vanille.

Hätte schlimmer sein können, aber die Götterspeise Ambrosia hatte ich mir schon etwas spektakulärer vorgestellt, dachte Jack und beobachtete die anderen aus der Gruppe. Wahrscheinlich war das einfach so ein Abschiedsritual. Spannender war für ihn die Sache mit dem Ritt auf den Seepferden, und wie mit ihnen die Barriere überwunden werden konnte.

Da sah er, wie sich der Blonde, der zuerst die Phiole ausgetrunken hatte, an den Hals fasste und anfing zu husten. Als die anderen ebenfalls zu husten begannen, spürte Jack auch ein merkwürdiges Gefühl im Hals. Es fiel ihm schwer zu atmen, gleichzeitig bekam er stechende Schmerzen an beiden Außenseiten des Halses.

„Keine Sorge, das ist eine ganz normale Reaktion auf das Ambrosia, es geht gleich vorbei. Atmet einfach normal weiter. Wir können schon zu den Pferden gehen. Die Kiemen bilden sich schnell aus, bis wir am Pferch sind, habt ihr es überstanden!", versicherte ihnen der Mann mit der Toga und ging voran. Die anderen folgten ihm, noch immer hustend.

Jack ging als letzter. Kiemen! Vorsichtig tastete er seinen Hals ab. In der Tat hatten sich auf beiden Halsseiten Kerben ausgebildet. Verstohlen blickten sich einige aus der Gruppe an und jeder konnte am anderen die gleiche Veränderung feststellen. Doch bevor er von Panik erfasst wurde, stellte Jack fest, dass er tatsächlich wieder normal atmen konnte.

Als sie den Pferch erreicht hatten, wartete schon der Mann auf sie, der sie führen sollte. Die Pferde waren ebenfalls bereits neugierig an das Gatter herangeschwommen.

„Das ist Gallus", sagte der Toga-Träger. „Es ist von höchster Wichtigkeit, dass ihr ihm folgt und nicht vom Weg abweicht."

Gallus nickte und sagte: „Haltet euch gut in der Mähne fest. Atmet normal, den Rest machen die Kiemen. Und achtet auf mein Zeichen. Wenn es Zeit zum Auftauchen ist, werde ich vorher dreimal mit der Lampe blinken. Dann gleitet ihr von den Pferden und schwimmt an die Oberfläche.

Die Kiemen werden sich nach circa dreißig Minuten an der Luft wieder zurückbilden. Noch Fragen? Nein? Dann los!"

Gallus trat an den Pferch und stieß einen Pfiff aus. Ein großes braunes Pferd hob den Kopf und wieherte, drängte seine Artgenossen zur Seite und schwamm zum Gatter. Gallus kletterte auf die Umzäunung und ließ sich von dort wie ein Rodeo-Reiter auf den Rücken des Tieres gleiten. Das Gattertor, das sich unter Wasser befand, wurde geöffnet und Pferd und Reiter tauchten hinaus.

Die anderen hatten sich in einer Reihe aufgestellt und taten es ihm nach. Die Pferde kannten das Vorgehen – sie schwammen eins nach dem anderen zum Gatter hin und warteten auf ihre Reiter.

Der Dritte war gerade aufgestiegen, als sich am anderen Ende der Halle Unruhe bemerkbar machte. Als Jack hinübersah, bemerkte er den jungen Mann, der draußen das Foto seiner Angebeteten gezeigt hatte. Anscheinend war er gerade in die Halle gekommen.

Ich habe wohl Romeos Platz eingenommen, dachte Jack. Der junge Mann diskutierte lautstark mit den Leuten im hinteren Bereich und deutete immer wieder zum Pferch. Der Toga-Träger machte sich schließlich auf, um die Sache zu erklären. Da kam ihm der junge Mann schon entgegengerannt.

„Das ist ein Betrüger! Ich sollte an seiner Stelle sein!", brüllte er und deutete auf Jack.

Doch in diesem Moment kam Jacks Pferd angeschwommen, er war an der Reihe. Ohne zu zögern, sprang er auf den Rücken des Tieres, das sofort unter Wasser davon schoss. Fast wäre er von dem glatten Leib des Pferdes direkt wieder abgerutscht. Gerade noch rechtzeitig konnte er in die Mähne greifen und sich in die richtige Position ziehen. Als er einigermaßen sicher saß, sah er die anderen Tiere vor sich, an der Spitze Gallus auf dem Leittier mit seiner Lampe. Erst jetzt merkte er, dass er tatsächlich normal atmen konnte. Trotz der gefährlichen Situation durchströmte Jack ein Glücksgefühl – herrlich, sich ohne Taucherausrüstung unter Wasser bewegen zu können!

Dann verlangsamten die Pferde ihr Tempo. Im Schein von Gallus' Lampe sah Jack schemenhaft eine dunkle Wand, die vor ihnen auftauchte.

Die Barriere! Jetzt wurde es spannend – wie konnte sie überwunden werden?

Plötzlich hörte er ein gurgelndes Geräusch hinter sich. Er warf einen Blick über die Schulter und sah, dass der junge Mann, dessen Platz er eingenommen hatte, ihn zu Pferd verfolgte. Er sah grimmig und entschlossen aus – was Jack aber noch mehr Sorgen machte, war die Tatsache, dass er eine Harpune in der Hand hielt.

Da zischte auch schon der erste Pfeil dicht an seinem Ohr gurgelnd vorbei. Um keine Angriffsfläche zu bieten, duckte Jack sich eng an den Körper des Pferdes. Es schüttelte unwillig den Kopf und scherte nach rechts aus, denn es hatte ebenfalls den Pfeil gespürt. Durch Schenkeldruck versuchte Jack es wieder auf die richtige Spur zu bringen – ihm war klar, wenn er vor der Barriere abgedrängt wurde, hatte er keine Chance mehr zu entkommen.

Das Pferd gehorchte ihm, rollte aber wild mit den Augen, als der nächste Pfeil an ihnen vorbeischoss. Sie näherten sich weiter der Barriere, doch noch immer konnte Jack keinen Durchgang erkennen. Sein Verfolger schloss auf. Als Jack sich nach ihm umsah, hatte er sich die Harpune umgehängt und hielt nun ein großes Messer in der Hand. Sein Gesichtsausdruck ließ keinen Zweifel an seinen Absichten aufkommen. Jack versuchte, sein Pferd weiter anzutreiben. Die Barriere lag jetzt deutlich vor ihnen, und Gallus war schon nicht mehr zu sehen.

Jack sah angestrengt nach vorn, um erkennen zu können, was der nächste Reiter in der Reihe tat, wo er die Barriere passieren würde. Da brach sein Pferd plötzlich wieder nach rechts aus, es war von dem Tier des Verfolgers gerammt worden. Jack wurde von dem Rücken seines Pferdes geschleudert und konnte sich gerade noch mit den Händen in der Mähne festkrallen. Schon war der Verfolger auf der anderen Seite und holte mit dem Messer aus. Die Spitze der Klinge schrammte über Jacks Schulter. Der holte aber mit den Beinen aus und trat seinen Gegner mit voller Wucht in den Bauch. Das traf seinen Verfolger völlig unvorbereitet. Er konnte sich nicht halten und wurde von seinem Reittier gestoßen.

Während des Kampfes war Jacks Pferd stetig weitergeschwommen. Es hatte seine Vorderbeine angewinkelt und unter den Körper gezogen und nutzte seine große Schwanzflosse, um sich vorwärts zu bewegen. Bemüht, seine Artgenossen nicht aus dem Blick zu verlieren, war es immer schneller geworden, hatte den Hals lang gemacht, den Kopf vorgeschoben und schwamm nun in hohem Tempo auf die Barriere zu. Diese bestand aus scharfkantigem Fels, wie Jack jetzt erkennen konnte. Das letzte Tier in der Reihe vor ihm war schon durch, ohne das Jack gesehen hatte, wie es das gemacht hatte. Er hielt sich immer noch nur mit den Händen in der langen Mähne fest, das Tier war zu schnell, um wieder auf seinen Rücken zu kommen.

Als sie die Barriere fast erreicht hatten, machte das Pferd eine scharfe Linkswendung, die Jack gegen den Fels schleuderte. Er hatte das Gefühl, sein Körper würde über tausend Messerklingen gezogen. Doch er wusste, dass er auf keinen Fall loslassen durfte. Dann erkannte er eine Lücke in der Felsbarriere, die durch vorstehende Felsen gut getarnt und nur von der Seite her erkennbar war. Sie war auch gerade groß genug, um Pferd und Reiter durchzulassen. Das Tier musste jetzt eine harte Rechtswendung machen, die Jack wieder gegen den Felsen warf, dann waren sie durch. Der freie Ozean lag vor ihnen.

Die anderen waren schon weit voraus, sie hatten von dem Kampf nichts mitbekommen. Nachdem sie noch eine gute Strecke geschwommen waren, gab Gallus das Signal zum Auftauchen. Einem Impuls folgend blickte Jack zurück. Da sah er mit Schrecken, dass es seinem Gegner gelungen war, sein Pferd einzufangen und die Verfolgung wieder aufzunehmen. Noch war er aber so weit entfernt, dass er unmöglich Details erkennen konnte.

Jack war klar, dass er es nicht zu einem weiteren Kampf in der Nähe der anderen kommen lassen durfte. Er ließ die Mähne des Pferdes los und schwamm in die Tiefe. Das Tier schoss davon und holte schnell seine Artgenossen ein. Jack versteckte sich zwischen einigen Felsen auf dem Grund. Schließlich sah er seinen Verfolger vorüber schwimmen und auftauchen.

Na, der wird jetzt einiges zu erzählen haben, dachte Jack und rechnete sich aus, dass wahrscheinlich noch über den Schiffsfunk eine Suchmannschaft losgeschickt werden würde. Er musste jetzt versuchen, irgendwie an Land zu kommen. Die heller werdende Wasseroberfläche verriet ihm, dass die Sonne bereits aufging. In der Ferne hörte er einen Schiffsmotor.

Langsam tauchte er auf. An der Wasseroberfläche angekommen, verharrte er und versuchte sich zu orientieren. Schemenhaft sah er eine große Yacht, die sich schnell in südlicher Richtung entfernte. Im Norden brachen sich die Wellen an einem Riff. Das musste die Barriere sein. Direkt vor sich konnte er eine Küstenlinie ausmachen. Er tauchte wieder unter und schwamm darauf zu.

Jack wusste nicht, wie lang er geschwommen war, doch als er endlich den Strand erreichte, war er ziemlich erschöpft. Mit wackeligen Beinen stolperte er ans Ufer und ließ sich in den warmen Sand fallen. Er schlief sofort ein und wurde erst dadurch wach, dass ihm die heiße Mittagssonne ins Gesicht brannte. Stöhnend setzte er sich auf und sah sich um. Spuren von Zivilisation waren nirgends zu entdecken. Er hatte keine Ahnung, wo er war und beschloss, einfach ein Stück an der Küste entlangzulaufen.

Als er um die nächste Biegung herumkam, fand er einen kleinen Steg, an dem ein Fischerboot befestigt war. Schnell lief er darauf zu.

„Hallo! Ist jemand zu Hause?"

Als auf sein Rufen niemand antwortete, kletterte Jack an Bord. Doch außer einem großen schwarzen Kater, der in der Sonne döste, war niemand an Bord.

Unter Deck fand Jack schnell die Kombüse. Er hatte furchtbaren Durst und einen Bärenhunger. Im Kühlschrank waren ein paar Dosen Bier, auf dem kleinen Holztisch stand ein Plastikkanister mit Trinkwasser. Daneben lag ein Pizzakarton, in dem sich noch eine halbe Salamipizza befand.

„Großartig – warmes Wasser und kalte Pizza!", murmelte er, tat sich aber an beidem gütlich. Danach fühlte er sich schon wesentlich besser.

Die Pizza kann höchstens vom Vorabend gewesen sein – das heißt, dass der Bootsführer nicht weit weg ist, dachte Jack und beschloss, an Bord zu warten. Sicher würde er dem Kapitän klar machen können, dass er ihn zum nächsten größeren Hafen mitnahm, von wo aus er Tony informieren, sich nach Miami Beach durchschlagen und die Polizei verständigen konnte. Oder, noch besser, die Küstenwache.

Ob es die Nachwirkungen des Ambrosia-Trankes waren oder die Anstrengungen des Kämpfens und Schwimmens oder beides – Jack fühlte wieder eine bleierne Müdigkeit in sich aufsteigen. Die Wärme und das sanfte Schaukeln des Bootes taten ein Übriges. Schließlich ging er unter

Deck, wo er im Heck eine winzige Kajüte entdeckt hatte. Dort ließ er sich auf das ungemachte Bett fallen und schlief sofort ein.

Erst das laute Tuckern des Dieselmotors weckte ihn. An den Bewegungen des Schiffes merkte Jack, dass das Boot bereits abgelegt hatte und Fahrt aufnahm. Anscheinend hatte niemand seine Anwesenheit bemerkt. Schon halb auf der Treppe nach oben, sah er zwei Männer im Ruderhaus, die mit dem Rücken zu ihm standen. Sie waren beide mittleren Alters und schon ergraut, trugen verwaschene Jeansshorts und Muskelshirts. Einer hatte eine Seekarte in der Hand, während der andere das Schiff steuerte.

Der Steuermann sagte gerade: „Dieser verdammte Kater! Ich werde ihn eines Tages doch noch ersäufen – er hat tatsächlich die Pizza aufgefressen, die ich mir verwahrt hatte!"

Jack grinste und wollte sich gerade bemerkbar machen, um den Kater zu entlasten, als sich der Steuermann zu dem anderen hindrehte. Dadurch konnte Jack seinen rechten Oberarm sehen, was ihm einen heißen Schreck einjagte – dort befand sich ein Seepferd-Tattoo!

Leise glitt er die Treppe wieder hinunter und lauschte angestrengt. Da hörte er den zweiten Mann antworten: „Lass' das Tier in Ruhe! Wir haben jetzt andere Sorgen – du weißt doch, dass ein Verräter abgehauen ist und wir unseren Quadranten absuchen sollen. Sie wollen ihn unbedingt wieder haben, tot oder lebendig!"

„Na, das kann ihm ja egal sein, wie es endet wissen wir ja!", antwortete der Steuermann und beide lachten dröhnend.

Jack schluckte und zog sich so leise wie möglich ins Heck zurück. Er musste schnellstens wieder runter von dem Boot! Und das, bevor sie zu weit vom Ufer entfernt waren. Die Kiemen hatten sich nämlich tatsächlich wieder vollständig zurückgebildet, was eine allzu lange Schwimmstrecke unmöglich machte.

Inzwischen sah er sich nach irgendetwas um, das er als Waffe gebrauchen könnte. Wenn sie ihn entdeckten, wollte er sein Leben schließlich so teuer wie möglich verkaufen! Ein schmutziges Fischermesser war dann das einzige, das ihm tauglich erschien.

Während er noch seine nächsten Schritte überlegte, hörte er die Männer laut rufen. Dann wurde der Motor abgestellt. Jack schlich sich wieder nach oben und blickte vorsichtig über den Lukenrand an Deck.

Ein paar Meter entfernt hatte eine schnittige Yacht Anker geworfen. Auf dem Sonnendeck räkelte sich eine junge Blondine, die eine riesige Sonnenbrille und einen winzigen Bikini trug. Ein Mann mit zurückgegeltem Haar, der wenigsten ihr Vater hätte sein können, stand an der Reling und sah zu dem Fischerboot hinüber.

„Das ist hier wirklich gesperrtes Gebiet? Und was machen Sie dann hier?", rief er.

„Wir haben eine Sondergenehmigung! Wir arbeiten für die Wissenschaftler, die hier tätig sind!", antwortete der Steuermann und schwenkte einen offiziell aussehenden Wisch.

„Also, da werde ich gleich mal meine Anwälte befragen!", rief der Yacht-Kapitän und zog ein Handy aus der Tasche seines Designer-Shorts.

Die Blondine stützte sich auf einen Arm und sah ihn missmutig an. „Geht das schon wieder los? Ich dachte, wir machen Urlaub! Das stelle ich mir aber anders vor! Lass' uns zurückfahren. Ich find's sowieso total langweilig hier. Ich möchte zurück nach South Beach. Im Hotel gibt es heute eine Poolparty, und du zankst dich hier mit Fischern!"

Zweifelnd sah ihr Partner sie an, sein Daumen schwebte noch über dem Handy. Da machte sie einen Schmollmund und sagte: „Du hast es versprochen!"

„Also gut. Wir fahren zurück nach South Beach. Dann sind ja wohl alle zufrieden!"

Er warf noch einen vernichtenden Blick zu dem Fischkutter hinüber und machte sich dann daran, den Anker zu lichten. Kurz darauf heulten die mächtigen Motoren der Yacht auf und das Schiff pflügte durch die Wellen davon.

*

Jack fand diese Art zu reisen nicht gerade angenehm. Das kleine Schlauchboot wurde ständig von den Wellen hochgeworfen, und er musste sich gut festhalten, um nicht hinausgeschleudert zu werden. Außerdem bekam er in regelmäßigen Abständen eine kalte Dusche Meerwasser ab. Aber er war dem Freizeit-Kapitän dankbar, dass er vergessen hatte, das Schlauchboot einzuholen. Immerhin war er so erst einmal außer Gefahr und auf dem Weg nach Hause.

Während sich die Männer auf dem Fischkutter noch mit dem Yacht-Kapitän stritten, hatte Jack die Gunst des Augenblicks genutzt und war vorsichtig an Deck geschlichen. Er hatte sich dann an einem Tau ins Wasser gleiten lassen und war zu der Yacht hinübergeschwommen, an deren Heck er das kleine Schlauchboot entdeckt hatte. Dort konnte er dann gerade noch rechtzeitig hineingelangen, bevor der Anker hochgezogen und die Motoren gestartet wurden. Trotz der holprigen Fahrt war Jack froh, dass der Kapitän Vollgas gab – auch er wollte so schnell wie möglich nach Hause und so viele Seemeilen wie möglich zwischen sich und Equitanien bringen.

Die Fahrt war scheinbar endlos und die Sonne machte sich schon daran, einen der Untergänge zu produzieren, für die Florida so berühmt ist, als die Yacht endlich das Tempo verlangsamte. Jack spähte über den Rand des Schlauchbootes und konnte die Skyline von Miami Beach erkennen. Kurz vor der Hafeneinfahrt ließ er sich aus dem Schlauchboot gleiten und schwamm an Land. Die Spaziergänger, die auf der Uferpromenade unterwegs waren, nahmen keine große Notiz von ihm.

Nur ein älteres Ehepaar schüttelte missbilligend die Köpfe und die Frau rief ihm zu: „Das ist viel zu gefährlich – hier in der Hafeneinfahrt ist das Schwimmen verboten!"

Jack lächelte schwach und hob grüßend die Hand, dann setzte er sich auf die Steine, um ein bisschen Kraft zu schöpfen.

Die Dämmerung kam schnell, und die Lampen der Uferpromenade gingen an. Jack rappelte sich hoch und machte sich auf in Richtung *Lazy Lobster*.

Mit der Dunkelheit kamen auch all die Touristen, die sich das berühmte Art Deco Viertel in voller Beleuchtung ansehen wollten. Auf dem Ocean Drive stauten sich schon die Luxuslimousinen, Menschenmengen drängelten sich auf dem Gehweg vor den zahlreichen Restaurants, hübsche Mädchen versuchten mit besonderen Menüangeboten die hungrigen Kunden in die Lokale zu locken. Alle Restaurants hatten Tische draußen stehen und die meisten waren schon gut besetzt. Überall duftete es verführerisch nach Knoblauch, frisch gegrilltem Fisch, Pasta und Pizza. Fröhlich lachende Menschen feierten sich selbst mit großen Gläsern Mojito, die so voll mit frischer Minze gestopft waren, dass die Eiswürfel keine Chance zum Klimpern hatten.

In diesem Meer von fröhlichen Menschen, von denen viele zum ersten Mal hier waren, und versuchten, staunend alle Eindrücke in sich aufzunehmen und dabei gleichzeitig das ideale Restaurant für den Abend zu finden, war nun auch Jack unterwegs. Er bemerkte nicht die Blicke, die ihm von allen Seiten zugeworfen wurden, und war sich nicht im Geringsten seiner äußeren Erscheinung bewusst. Schließlich war das hier sein Territorium, hier war er zu Hause und hier kannte er sich aus. Sollte ihm hier ein Equitanier auflauern, würde er schon damit fertig werden! Auch dass er die Fäuste geballt hatte und ein zu diesen Gedanken passendes grimmiges Gesicht machte, war ihm nicht klar. So bemerkte er auch nicht, dass die Leute ihm schnell Platz machten und nicht wenige konsterniert hinter ihm her blickten.

Die Terrasse des *Lazy Lobster* war bereits voll besetzt. Liz, die Aushilfskellnerin, kam gerade mit einem Tablett voller Mojitos auf die Terrasse, als Jack an ihr vorbei ins Lokal ging. Sie starrte ihn ungläubig an, stieß einen kleinen spitzen Schrei aus und ließ das Tablett fallen. Die Gläser zerbarsten, Flüssigkeit, Eiswürfel und Minzeblätter verteilten sich auf dem Boden.

Im Lokal selbst waren nur wenige Leute – die meisten wollten lieber draußen sitzen. Die Klimaanlage brummte und die großen Deckenventilatoren drehten sich schläfrig. Alles war wie immer. Jack ging schnurstracks auf seinen Stammplatz zu. Irgendwie war es für ihn logisch, dass Tony nur hier auf ihn warten konnte. Im gedämpften Licht konnte er erkennen, dass tatsächlich jemand an dem Tisch saß – aber es war nicht nur eine Person, sondern drei.

Bevor Jack die einzelnen Leute erkennen konnte, sprang Tony, der ihn schon gesehen hatte, auf, lief auf ihn zu und nahm ihn in die Arme.

„Madre de Dios!! Alle Heiligen! Du lebst! Amigo, wo warst du, was ist passiert? Ich habe so gesucht, gesucht, gesucht!"

Wieder drückte Tony seinen Freund an sich. Jack verzog schmerzhaft das Gesicht und versuchte sich vorsichtig aus dieser freundschaftlichen Umarmung zu befreien. Tony trat einen Schritt zurück und musterte Jack nun von oben bis unten. „Dios! Wie siehst du überhaupt aus?"

„Das frage ich mich allerdings auch!"

Eine weitere Person erhob sich vom Tisch und ging auf Jack zu. Es war eine ältere Dame in einem eleganten grauen Kostüm, mit dezentem, aber kostbarem Schmuck, kurzem, gut frisiertem grauen Haar und perfekt gestylten Fingernägeln.

Jack konnte kaum glauben, wer ihm da gegenüberstand und drückte pflichtschuldig einen Kuss auf die ihm hingehaltene Wange.

„Mutter!!! Was machst du denn hier?"

„Erlaube mal! Wenn mein einziger Sohn für *vermisst, wahrscheinlich tot*, erklärt wird, muss ich mich ja wohl um die Abwicklung der Dinge kümmern!"

Sie betrachtete Jack kritisch.

„Also tot bist du ja nun nicht. Fühlst du dich in deinem Körper nicht mehr wohl? Trägst du deshalb ein Kleid?"

„Waas?! Wie kommst du…" Jetzt wurde Jack schlagartig klar, welches Bild er bot: Er war nicht nur barfuß – die Sandalen hatte er irgendwann auf dem langen Weg verloren – er trug als Kleidung auch noch eine zerrissene Tunika. Nicht einmal für South Beach eine passende Garderobe. Sein Haar war zerzaust und vom Salzwasser verklebt, sein Gesicht sonnenverbrannt. Darüber hinaus hatte er am ganzen Körper große und kleine Schnittwunden von dem Zusammenstoß mit den Barriere-Felsen. Eine große Schramme auf seiner linken Schulter, die von der Tunika auch nur noch mit einem Stofffetzen bedeckt wurde, stammte von dem Messer seines Verfolgers.

„Also, Mutter, hör mal! Ich fühle mich total wohl in meinem Körper. Das ist eine lange Geschichte und …"

Da erhob sich die dritte Person am Tisch und unterbrach ihn: „Schön, dass Sie wohlauf sind, Dr. Foster."

„Und Sie sind…?", fragte Jack und musterte den Mann im teuren Anzug misstrauisch. Er hatte kurzes blondes Haar, helle, stahlblaue Augen und war einige Jahre älter als Jack. Sein weißes Hemd hatte einen ungewöhnlich hohen, steifen Kragen, der ihm bis unters Kinn reichte und Jack an die Vatermörder-Kragen des 19. Jahrhunderts erinnerte. Ziemlich albern bei den Temperaturen in Florida, dachte er.

„Mein Name ist Whithall-Meyers. Cedric B. Whithall-Meyers."

Nachdem Jack auch noch Suzies Umarmung überstanden hatte, gaben ihm die anderen zunächst mal Zeit, sich mit einer großen Portion Fisch und einem mexikanischen Bier zu stärken. Währenddessen erzählte Tony, was in der Zwischenzeit passiert war. Nachdem er Cat bei dem Tauchgang verloren hatte, hatte er noch gemeinsam mit Eric alles abgesucht. Am nächsten Tag waren noch mehr Rangerboote und auch die Küstenwache gekommen, doch von den Vermissten war keine Spur zu finden.

„Nach drei Tagen haben wir dann abgebrochen – ich habe einen Unterwasserstrudel oder etwas Ähnliches vermutet, der euch alle in die Tiefe gezogen hat. Schließlich musste ich deine Mutter und Mr. Whithall-Meyers als nächste Angehörige verständigen – compadre, dass du mir das angetan hast!", Tony boxte Jack freundschaftlich in die Rippen, wobei diesem erst einmal wieder die Luft wegblieb.

„Aber jetzt sind wir gespannt – was ist denn nun wirklich passiert? Und wo warst du die ganze Zeit? Was ist mit Rebecca und Cat?"

Während er die Fragen stellte, brachte Suzie eine neue Runde mexikanisches Bier für die Männer und Wasser für Jacks Mutter. Missbilligend sah sie zu, wie ihr Sohn nach der vollen Flasche griff.

„Musst du so viel trinken? Ich meine ja, es wäre jetzt besser –"

„Mutter!"

„Gut, sage ich eben nichts mehr!" Beleidigt kniff sie die Lippen zusammen. Jack stöhnte und rieb sich die Stirn.

Tony drehte sich um und gab Suzie ein Zeichen. Die kam kurz darauf mit einem Mojito zurück. Tony nahm ihn vom Tablett und schob ihn zu Jacks Mutter hinüber.

„Liebe Mrs. Foster, nach der Aufregung brauchen Sie etwas Beruhigendes – das ist ein ganz altes spanisches Rezept. Das ist so eine Art kalter Minztee. Die Minze ist gut für den Magen, den Kreislauf und die Seele, probieren Sie mal!"

Gegen Tonys Charme war auch Mrs. Foster machtlos. Vorsichtig zog sie am Strohhalm. Dann noch mal. Und noch einmal. Ungläubig sah Jack, wie sich ihre Züge entspannten. Sie schien nicht zu merken, dass das Getränk über einen gehörigen Alkoholanteil verfügte.

„Danke Mr. Campillo! Das tut wirklich sehr gut."

Tony lächelte sie charmant an und wandte sich wieder an Jack: „Jetzt erzähl endlich!"

*

Jack blickte in die Runde. Er hatte seinen Bericht beendet und alle starrten ihn schweigend an.

„Dios mio!", stieß Tony dann leise hervor.

Jack griff wieder zu seiner Bierflasche. „Ich habe ja gleich gesagt, dass ihr mir nicht glauben werdet!", meinte er und nahm einen Schluck.

„Aber das Wichtigste ist: Rebecca und Cat sind am Leben. Von Cat weiß ich es genau, von Rebecca leider nur vom Hörensagen – tut mir sehr leid, Mr. Whithall-Meyers!"

Rebeccas Onkel räusperte sich. „Dr. Foster, Jack – ich darf doch Jack sagen – ohne Zweifel haben Sie einiges durchgemacht. Durch was das genau verursacht wurde, müssen wir noch detailliert untersuchen. Ich denke, es ist da nur natürlich, dass Ihnen Ihr Unterbewusstsein etwas vorgaukelt. Vor allem natürlich, was Ihre Schutzbefohlene betrifft. Nein, nein – verstehen Sie mich nicht falsch! Ich glaube Ihnen, dass Sie alles das, was Sie uns erzählt haben, für die reine Wahrheit halten. Ich glaube Ihnen auch, dass Sie keine Schuld am Tod meiner Nichte haben. Ich mache Ihnen überhaupt keine Vorwürfe. Ich habe keine Ahnung vom Tauchen, habe aber schon oft gehört, dass Sauerstoffmangel zu Halluzinationen und Schlimmeren führen kann. Daher kann ich verstehen ..."

„Und das hier?!" Jack rollte den Rest des rechten Ärmels seiner Tunika hoch, sodass das Seepferd-Tattoo sichtbar wurde. Onkel Cedric war ihm von vornherein nicht sympathisch gewesen und jetzt fing er wirklich an, ihn zu ärgern.

„Glauben Sie, dass ich im Tiefenrausch in eine Tattoobude gestolpert bin und mir das habe machen lassen?"

Jacks Mutter kniff die Augen zusammen. „Tätowiert bist du jetzt auch? Ich habe ja immer gesagt, Florida ist kein anständiger Ort zum Leben. Du hättest besser Jura studieren und die Kanzlei deines Vaters in Boston übernehmen sollen und ..."

„Jetzt nicht, Mutter!!!"

73

Eingeschnappt klappte Mrs. Foster den Mund zu und beschäftigte sich wieder mit ihrem Mojito.

Cedric Whithall-Meyers hob beschwichtigend die Hände. „Ich sagte ja bereits, wir müssen das alles noch genau untersuchen."

Dann sah er Jack durchdringend an. „Andererseits könnte man auch annehmen, dass Sie die ganze Geschichte inklusive Tattoo konstruiert haben und doch nicht ganz unschuldig an Rebeccas Tod sind."

„Was?!" Empört sprang Jack auf. Tony legte ihm beruhigend eine Hand auf die Schulter und hielt ihn davon ab, sich über den Tisch auf Rebeccas Onkel zu stürzen.

„Es ist spät, Jack ist erschöpft und ich glaube, wir alle brauchen jetzt erst einmal etwas Ruhe. Mrs. Foster, wir begleiten Sie natürlich zu Ihrem Hotel."

„Wo wohnst du denn, Mom?"

„Im Ritz Carlton natürlich! Wenn ich schon hierherkomme, will ich wenigstens vernünftig untergebracht sein." Jack hatte sich das schon gedacht, denn seine Mutter verfügte über ein nicht unbeträchtliches Vermögen. Er hätte sich aber eher die Zunge abgebissen, als sie um finanzielle Hilfe zu bitten. Mrs. Foster bot ihm von sich aus auch nichts dergleichen an, denn sie hatte die Hoffnung noch nicht aufgegeben, dass ihr Sohn, wenn schon nicht aus Vernunftgründen, dann wenigstens aus Geldnot doch noch einen anständigen Beruf ergreifen würde.

„Mrs. Foster, ich bringe Sie selbstverständlich gern mit meinem Wagen zum Hotel. Mein Chauffeur ist in einer Minute hier."

„Oh, Mr. Whithall-Meyers, das finde ich aber sehr aufmerksam von Ihnen!"

„Cedric für Sie, bitte."

„Dann müssen Sie aber auch Meredith zu mir sagen!" Cedric Whithall-Meyers dankte ihr mit einem knappen Kopfnicken und ignorierte, dass Jack ihn anfunkelte.

„Tony, Sie begleiten besser Ihren Freund nach Hause. Ich schlage vor, dass wir uns morgen um 17:00 Uhr im Ritz treffen, um die weitere Vorgehensweise zu besprechen. Ich habe vormittags noch einige geschäftliche Termine, müsste bis zum Nachmittag aber damit durch sein."

Er blickte in die Runde. „Alle einverstanden?"

Als alle nickten, nahm er die Rechnung, stand auf und ging zur Bar, um zu bezahlen. Gleichzeitig zog er sein Handy aus der Tasche.

Jack und Tony warteten noch, bis der Wagen die beiden abholte und machten sich dann auf den Weg zu Jacks Appartement. Da Tony in der Nähe wohnte, hatten sie sowieso den gleichen Weg. Jack spürte jetzt deutlich die Strapazen seiner Flucht und sehnte sich nach einer heißen Dusche und seinem Bett.

Vor der Haustür verabschiedeten sie sich. Jack grinste Tony an. „Danke Kumpel, dass du Mutter mit Mojitos versorgt hast. Sie wäre sonst noch unerträglicher geworden."

Tony lachte. „Ich hoffe, es geht ihr morgen nicht allzu schlecht! Morgen früh komm ich vorbei und bringe Frühstück mit. Dein Kühlschrank ist ja sowieso leer. Und dann erzählst du alles das, was du eben ausgelassen hast – und vergiss auch die kleinen Tempeltänzerinnen nicht!"

Jack stand unter der Dusche und ließ das heiße Wasser über sich prasseln. Er dachte über das Gespräch am Tisch nach und über Cedrics Reaktion. War er nur empfindlich oder hatte Cedric tatsächlich gedroht, ihm Rebeccas vermeintlichen Tod anzuhängen? Der Mann war ihm von Herzen unsympathisch. So hatte er schon empfunden, als er nur dessen Gorillas kennengelernt hatte, damals in seinem Büro, als sie mit dem Geldkoffer bei ihm aufgetaucht waren.

Plötzlich wusste er auch, wo er Cedrics Namen schon mal gehört hatte: In einer Sendung über den bevorstehenden amerikanischen Wahlkampf waren die einflussreichsten Männer aus Wirtschaft und Politik vorgestellt worden. Ein Reporter hatte dabei ausführlich über Cedric und das mächtige Whithall-Meyers Imperium berichtet. Wieso hat er – mit all seinen Möglichkeiten – nicht versucht, Rebecca selbst zu finden?

Doch Jack konnte den Gedanken nicht weiterverfolgen. Nach der Dusche war die Müdigkeit einfach überwältigend, und noch bevor er das zweite Bein ganz ins Bett gezogen hatte, war er in einen tiefen, traumlosen Schlaf gesunken.

„Du bleibst also dabei, dass dir Kiemen gewachsen sind?", Tony schnippte mit den Fingern gegen den inzwischen leeren Donut-Karton, den er samt zwei XXL-Lattes zum Frühstück mitgebracht hatte und sah seinen Freund zweifelnd an. Sie saßen an Jacks Küchentheke und waren seinen Bericht noch mal von Anfang an durchgegangen.

Jack nahm den letzten Schluck Kaffee, setzte den Becher ab und seufzte. „Ich weiß, ich weiß. Ich würde es ja auch nicht glauben, wenn ich es nicht selbst erlebt hätte."

„Wenn es doch einen Weg gäbe, dort hinzukommen! Ich würde dieses Equitanien ja zu gern mal mit eigenen Augen sehen."

Jack starrte ein paar Sekunden düster vor sich hin, dann kam ihm eine Idee und sein Gesicht hellte sich auf. Aufgeregt sprang er auf und rannte im Zimmer hin und her.

„Es gibt einen Weg! Zumindest glaube ich das! Was ich nämlich noch nicht erzählt habe, ist, dass ich eine Unterhaltung zweier Männer belauscht habe. Der eine freute sich darauf, bald sein Mädchen nach Equitanien zu holen!" Jack sah Tony bedeutungsvoll an.

„Und? Jetzt rede schon weiter, ich hasse das, wenn du einfach aufhörst zu reden, nur um es spannend zu machen!" Tony war auch aufgesprungen.

Jack fuchtelte mit den Armen herum, um seine Worte zu unterstreichen. „Also, es scheint so eine Art Sekte zu geben, die den Hekate-Kult wiederbeleben will. Hekatiten nennen sie sich. Es gibt auch einen Tempel dort, in Equitanien. Ich bin aber nie hineingekommen. Damit müsse ich noch warten, bis ich eingeladen werde, haben sie mir gesagt. Das muss ein Hekate-Tempel sein! Und – so habe ich das verstanden – wenn die neuen Mitglieder der Hekate-Bewegung durchgecheckt sind, also die, die hier auf dem Festland angeworben werden, werden sie auf irgendeinem Weg nach Equitanien gebracht."

„Hekate-Kult? Was genau soll das denn sein?"

„Hekate war eine antike Göttin. Sie war sowohl eine Muttergottheit als auch die Herrscherin der Dämonen und der Unterwelt. Man könnte sagen, sie hatte den Job des Teufels, bevor das Christentum diese Stelle mit einem männlichen Kandidaten besetzt hat. Wenn sie dargestellt wird, trägt sie meist eine Fackel und hat einen Hund bei sich. Hunde wurden ihr auch oft als Opfer dargebracht."

„So etwas soll es hier in Miami Beach geben? Hundeopfer?" Tony schüttelte den Kopf, als er an all die Schönen und Reichen mit ihren verwöhnten kleinen Kläffern dachte.

„Keine Ahnung, ob sie wirklich solche Opfer-Zeremonien durchführen. Aber manche halten Hekate auch für die Mutter aller Hexen – und wenn du daran denkst, wie sehr sich gewisse Kreise bemühen, Hexen ein positives Image zu verpassen und all dieser New Age Kram … da könnte eine Hekate-Sekte schon auf einiges Interesse stoßen. Vor allem bei Frauen. Wenn sie dann noch ein leibhaftiges Mischwesen aus Pferd und Delphin vorweisen können, sind die Hekatiten für ihre Jünger als antiker Kult nicht nur glaubhaft, sondern auch attraktiv. "

„Aber wo werben sie ihre Mitglieder an? Ich habe noch nirgends ein Plakat gesehen, auf dem stand: *Wollen Sie Ihre alte Töle loswerden? Kein Problem, werden Sie Hekatit. Anstelle des Hundes können Sie dann einen Pferdedelphin halten.*"

„Verbeiße dich nicht so in dieses Hundethema. Wenn ich darüber nachdenke, waren tatsächlich die meisten Frauen, die ich gesehen habe, jung und hübsch. Bei den Männern waren alle Altersklassen vertreten. Vielleicht kriegen sie ja wirklich den größten Teil der Frauen über diese Sekten-Geschichte."

„Also doch! Diablo, ich wusste es! Du hast ein paar Tage im Paradies verbracht, mit jeder Menge hübscher Señoritas, während ich hier verrückt vor Sorge wurde! Auf jeden Fall will ich da mal hin!"

Jack grinste Tony an. „Wenn wir ihre Versammlung gefunden haben, kann dein Wunsch erfüllt werden. Du wirst Mitglied dieser feinen Gesellschaft und kommst dann offiziell nach Equitanien. Ich kann ja nicht gehen, mich würden sie sofort an dem Tattoo erkennen."

„Aber erst einmal müssen wir sie finden. Wo sollen wir anfangen zu suchen?", meinte Tony immer noch zweifelnd.

Jack holte sein Notebook und öffnete den Internet-Browser. „Ich versuche es mal mit Hekate und Lebenshilfe, Lebensberatung und solchen Sachen."

Tony sah ihm über die Schulter. „Nachdem, was du berichtet hast, müsste das Treffen ja heute stattfinden – wenn es nicht schon stattgefunden hat, sie haben sich ja gestern Abend auf den Weg gemacht."

„Hoffen wir mal, dass sie etwas Zeit zur Vorbereitung brauchen. Plakate kleben, Handzettel verteilen, Raum herrichten, Räucherstäbchen aufstellen – was weiß ich, was da alles zu tun ist."

„Aber was ist, wenn sie auch hier in South Beach Verbündete haben? Wenn sie –"

„Da! Das ist es!", unterbrach ihn Jack.

„*Ist dein Alltag leer und fade? Sehnst du dich nach einem Leben in Harmonie mit der Natur? Möchtest du dein Leben nach deinen Neigungen gestalten? Der HEKATE-BUND hat Jahrtausende alte antike Schriften entdeckt, die überraschende Weisheiten enthalten und auch DIR ein völlig neues Leben bieten können! Erfahre mehr über den HEKATE-BUND und lasse dich von Erfahrungsberichten überzeugen. Ändere dein Leben JETZT!*"

Jack notierte auf einem Zettel die Adresse und sah Tony an. „Treffen heute Abend, 20:00 Uhr. Das ist in der Nähe des Yachthafens. Ich schlage vor, wir sehen uns das vorher mal an."

Tony nickte. Während Jack das Notebook zuklappte, drehte er sich zum Fenster um und starrte nachdenklich hinaus.

„Todos los Santos!", entfuhr es ihm plötzlich und er sprang einen Schritt vom Fenster zurück. „Vaya, vaya Amigo! Mach, dass du hier wegkommst! Da kommt gerade eine Flotte Polizeiwagen die Straße herunter und ich habe das Gefühl, dass sie genau hierher wollen. Onkel Cedric hat es sich wohl doch anders überlegt und schickt dir jetzt die Bullen auf den Hals!"

„Aber das ist doch lächerlich!", regte Jack sich auf und wollte seinen Freund zur Seite schieben, um selbst einen Blick auf die Straße zu werfen. Tony packte ihn aber energisch an den Oberarmen und schob ihn zurück.

„Compadre, der Mann ist mächtig! Und er hat mächtige Freunde! Der kann dich so lange wegsperren lassen, bis es niemanden mehr gibt, der sich dafür interessiert, was wirklich mit seiner Nichte passiert ist! Lauf durch den Kellergang auf die andere Gebäudeseite, ich halte sie hier eine Weile auf und versuche herauszubekommen, was los ist. Geh zu Suzie, sie wird dich sicher verstecken. Ich melde mich, sobald die Luft rein ist!"

Jack sah ein, dass sein Freund Recht hatte, stürmte aus der Tür und rannte die Treppen hinunter, bis in den Keller. Die Sirenen der Polizeiwagen waren schon ziemlich nah. Ein Kellergang führte unter dem gesamten Gebäude hindurch auf die andere Seite des Blocks. Eine magere Notbeleuchtung war alles, was es als Lichtquelle gab. Es roch muffig und überall waren Spinnweben. Jack sprang im Dunkeln über kleine Hindernisse, die nur schemenhaft erkennbar waren.

Das Gebäude war irgendwann in zwei Einzelteile unterteilt worden. Die einzige Verbindung war dieser Gang, der mal zur Heizungsanlage geführt hatte. Da diese schon seit Jahrzehnten nicht mehr benutzt wurde, war auch der Gang in Vergessenheit geraten. Bei der Teilung war nur ein einfaches Gitter angebracht worden, das nachgab, als Jack sich kräftig dagegen warf.

Er rannte weiter, wobei er versuchte, nach hinten zu lauschen, ob ihm schon jemand auf den Fersen war. Doch außer seinen eigenen Schritten und seinem Keuchen war nichts zu hören. Endlich tauchte das Ende des Ganges in Form einer steilen Treppe auf. Die Tür am oberen Ende der Treppe war zu Jacks Erleichterung weder abgeschlossen noch zugestellt. Er öffnete sie vorsichtig und trat dann in den Hausflur.

Als er sich der Haustüre näherte, wurde diese aufgerissen und zwei junge Frauen stürmten lachend hinein. Als sie ihn sahen, stutzen sie kurz und gingen dann, immer noch lachend, zu den Aufzügen. Beim Öffnen der Haustüre hatte Jack sehen können, dass es auf der Straße völlig ruhig war. Weit und breit war keine Polizei zu sehen. Er fuhr sich durch die Haare, um den Staub loszuwerden, trat dann möglichst unauffällig auf die Straße und mischte sich unter die Passanten.

„Jack?!" Mit großen fragenden Augen öffnete die Kellnerin Suzie die Tür ihres kleinen Apartments, als sie Jack durch den Spion erkannt hatte.

„Ja, Suzie, siehst du, ich … Komme ich ungelegen?", stotterte Jack herum, als er sah, dass Suzie offensichtlich noch nicht richtig angezogen war. Sie trug nur ein T-Shirt, das ihr viel zu groß war und pinke Häschen-Plüschpantoffel. Außerdem hatte sie ihr unvermeidliches Halstuch um. Jack konnte sich nicht erinnern, sie je ohne dieses Accessoire gesehen zu haben.

„Nein, überhaupt nicht!" Suzie strahlte ihn an. Während sie mit einer Hand die Tür weit aufriss, fischte sie mit der anderen die Lockenwickler aus ihren langen blonden Haaren.

„Geh schon mal durch. Ich hab gerade frischen Kaffee gemacht!"

Jack ließ sich in den einzigen Sessel fallen, während Suzie schnell zwei Kaffeetassen hervorkramte und sie in der kleinen Kochnische füllte. Als sie Jack eine Tasse gab, beugte sie sich so dicht über ihn, dass eine lange Haarsträhne sein Gesicht streifte. Er zuckte zurück. Unter normalen Umständen hätte er keine Einwände gegen Suzies Annäherungsversuche gehabt, sie war sehr attraktiv und nett noch obendrein, doch im Augenblick stand ihm der Sinn so gar nicht nach amourösen Verwicklungen.

Suzie setzte sich dann auf das Bett, das außer einem wackeligen Tisch das einzige andere Möbelstück war und sah Jack neugierig an.

„Ja, also…", begann Jack wieder und nahm einen Schluck Kaffee, der abgestanden schmeckte. Hatte Suzie nicht gesagt, sie hätte gerade frischen Kaffee gekocht?

„Sag mal, du bist ja ganz staubig!", stellte Suzie da fest, sprang auf und kam schnell wieder näher. Mit zwei Fingern streifte sie sanft über Jacks Wange.

„Was ist denn bloß los? Gestern warst du nass und heute bist du dreckig. Möchtest du vielleicht duschen?", fragte sie hoffnungsvoll mit samtweicher Stimme.

Jack tauchte unter ihren Arm hinweg und wand sich aus dem Sessel.

„Äh, nein. Danke. Suzie, ich kann dir jetzt keine lange Erklärung geben. Ich muss eine Weile verschwinden. Erst einmal nur für ein paar Stunden. Vielleicht hat sich dann schon alles aufgeklärt."

Jack fuhr sich über die Stirn. Wieso schwitze ich denn bloß so? Ich muss wirklich an meiner Kondition arbeiten, dachte er. Dann sah er Suzie bittend an.

„Suzie, ich kann sonst niemand fragen. Bitte vertrau' mir. Ich schwöre dir, ich habe nichts Ungesetzliches getan!"

Suzie lächelte ihn an und schenkte dann noch mal Kaffee nach.

„Jack, du kannst bleiben, solange du willst. Du musst auch nichts erklären."

Sie warf ihm einen mitleidigen Blick zu. „Du siehst echt fertig aus. Trink noch einen Kaffee. Das wird dir guttun."

Jack setzte sich wieder in den Sessel und griff zur Tasse. Er fühlte sich tatsächlich nicht gut. Vielleicht half ja der Kaffee. Als er einige kräftige Schlucke nahm, musste er sich zusammenreißen, um kein Gesicht zu ziehen. Der Kaffee schmeckte ziemlich scheußlich. Aber Suzie meinte es ja gut und er war auf sie angewiesen, also tat er ihr den Gefallen und ließ sich nichts anmerken.

Die Luft in dem kleinen Raum schien immer stickiger zu werden. Der Schweiß lief in kleinen Rinnsalen an Jacks Schläfen herunter.

Da klopfte es an der Tür.

„Wer ist das?", fragte Jack sofort alarmiert. Dabei merkte er, dass sich seine Zunge ein bisschen pelzig anfühlte.

„Das wird mein Freund sein. Mach dir keine Sorgen. Ich wimmele ihn schnell ab."

Suzie huschte zur Tür und öffnete. Jack wischte sich wieder den Schweiß ab. Seit wann hat Suzie denn wieder einen Freund, dachte er. Die Stimmen konnte er nur undeutlich hören und stellte erschreckt fest, dass er auch nicht mehr richtig sehen konnte. Alles verschwamm vor seinen Augen. Nur schemenhaft konnte er Suzie erkennen, die mit einem Mann ins Zimmer kam. Als Jack reflexartig versuchte, vom Sessel hochzuspringen, sackten ihm die Beine weg und er rutschte neben dem Sessel auf den Boden.

Ein Gesicht tauchte vor ihm auf. Angestrengt versuchte Jack etwas zu erkennen, doch die Konturen verschwammen immer mehr. Die Stimme, die klang, als würde sie durch eine dicke Wand aus Watte kommen, erkannte er aber sofort.

„Schön, dass wir uns wieder treffen, Jack", sagte Cedric B. Whithall-Meyers.

*

Es schienen nur Sekunden vergangen zu sein, seit die Tür hinter Jack ins Schloss gefallen war, als das energische Klopfen der Polizisten zu hören war. Tony holte tief Luft und öffnete mit einem gewinnenden Lächeln.

„Ja, bitte?"

„Dr. Jack Foster?"

„Äh, nein. Der ist gerade Frühstück holen gegangen. Er muss gleich wieder da sein."

„Und wer sind Sie?"

„Das ist Antonio Campillo, Dr. Fosters Geschäftspartner", sagte da eine Stimme hinter den Polizisten, und Cedric Whithall-Meyers drängte sich zwischen den vier Beamten durch. Er schob Tony zur Seite und betrat das Appartement. Die Polizisten folgten ihm.

„Jack ist also Frühstück holen, ja? Und was ist das? Hier stehen eine leere Donut-Schachtel und zwei Kaffeebecher!"

„Er hat eben großen Hunger! Das ist doch kein Wunder, nachdem was er erlebt hat!"

Cedric schnaubte verächtlich, drehte sich um und verließ das Appartement eilig.

„Durchsuchen Sie alles gründlich!", rief er über die Schulter den Beamten noch zu, ohne auf den protestierenden Tony zu achten.

„Was wollen Sie denn eigentlich von Jack?", fragte Tony die Polizisten, die sich schnell überzeugt hatten, dass der Gesuchte nicht da war.

„Mr. Whithall-Meyers hat eine Anzeige erstattet. Es geht um Entführung und Mord."

„So ein Unsinn!"

„Wenn Dr. Foster unschuldig ist, warum flieht er dann?"

„Madre de Dios! Ich sagte doch schon, er ist nur kurz los, was einkaufen, er muss jeden Augenblick wieder hier sein! Wenn Sie es sich bequem machen möchten?"

Der Einsatzleiter gab seinen Männern ein Zeichen, die Wohnung zu verlassen, dann wandte er sich wieder an Tony und tippte ihm mit dem Zeigefinger auf die Brust.

„Besser, Ihr Freund stellt sich freiwillig. Besser für ihn, besser für Sie und besser für uns. Sagen Sie ihm das!" Dann verließ auch er das Appartement.

Tony sah vom Fenster aus zu, wie die Polizisten in ihre Autos stiegen und davonfuhren. Hoffentlich kommen sie nicht darauf, bei Suzie zu suchen, dachte er. Dann machte er sich auf den Weg zum Hafen.

Er verbrachte den ganzen Tag auf der *Driftwood*. Da er sicher war, dass er beobachtet wurde, bemühte er sich, einen unauffälligen Eindruck zu machen und beschäftigte sich mit allerlei kleinen Reparaturen und Instandhaltungsarbeiten. Erst nach dem Besuch der Versammlung wollte er wagen, zu Suzies Appartement zu gehen. Am späten Nachmittag hatte er alle Arbeiten auf dem Boot erledigt, als ihm plötzlich etwas einfiel.

„Santa Maria! Wir wollten uns doch um 17:00 Uhr mit Mrs. Foster im Ritz treffen!"

Ein Blick auf die Uhr zeigte, dass er noch 15 Minuten Zeit hatte, sich das Öl von den Fingern zu schrubben, etwas Respektables anzuziehen und ins Ritz zu hetzen.

Drei Minuten nach fünf eilte Tony mit großen Schritten durch die elegante Eingangshalle des Hotels. „Zu Mrs. Foster bitte, Sie erwartet mich", sagte er dem Rezeptionisten.

Meredith Foster empfing ihn in ihrer geräumigen Suite. Auf dem Glastisch in der Sitzecke standen bereits einige große Mojitos. „Ich habe schon mal ein paar Erfrischungen für uns bestellt. Mr. Whithall-Meyers hat eine Nachricht geschickt, dass er sich etwas verspäten wird – das scheint bei meinem Sohn ja wohl auch der Fall zu sein, obwohl er es mal wieder nicht für nötig hält, seine Mutter darüber zu informieren!"

„Mrs. Foster, da ist etwas, das ich Ihnen unbedingt erklären muss. Es ist nämlich so …".

Das Klingeln des Telefons unterbrach ihn.

„Hallo? Oh, Cedric! Ja… Was?! Das ist doch nicht möglich! Nein, zu mir ist er nicht gekommen! Aber das wäre auch höchst unwahrscheinlich! Das ist typisch! Er würde nie… Wie? Ja, natürlich, ich verstehe. Ich kann Ihnen gar nicht sagen, wie leid mir das tut! Selbstverständlich melde ich mich sofort, wenn… Ja, sicher. Bis morgen dann!"

Meredith Foster legte den Hörer auf, ging zur Sitzecke, setzte sich und griff nach einem Mojito. Sie sah etwas blass aus. Nachdem sie einen großen Schluck genommen hatte, wandte sie sich an Tony.

„Das war Cedric Whithall-Meyers. Er hat mir gerade mitgeteilt, dass Jack sich einer polizeilichen Befragung durch Flucht entzogen hat. Wussten Sie das?" Fassungslos starrte sie Tony an. Der setzte sich neben sie und nahm ihre Hand.

„Mrs. Foster, es ist nicht so, wie es aussieht. Jack hat die Polizei nur, äh, verpasst. Er wollte selbst einige Nachforschungen anstellen und dann meldet er sich bestimmt. Ich verstehe auch gar nicht, wieso Mr. Whithall-Meyers ihm die Polizei überhaupt auf den Hals gehetzt hat!"

„Also, der Mann hat doch Recht! So etwas muss von kompetenter Stelle untersucht werden. Sie wollen doch bloß Jacks Hilfe dabei! Ich begreife nicht, wieso Jack auf einmal selbst Detektiv spielen will! Und jetzt wird mein Sohn auch noch von der Polizei gesucht! Wenn das meine Freundinnen aus dem Country-Club in Boston erfahren! Nicht auszudenken!"

Sie zog wieder an dem Strohhalm ihres Glases, das sich rapide leerte. Tony beobachtete das mit einer gewissen Sorge.

„Mrs. Foster, bitte beruhigen Sie sich! Es wird sich bestimmt alles aufklären! Wir haben auch schon eine erste Spur." Im selben Moment hätte Tony sich auf die Zunge beißen können, dass ihm diese Information entschlüpft war.

Meredith Foster reagierte auch sofort: „Eine Spur? Was heißt das?"

Jetzt konnte Tony nicht mehr anders, er erzählte ihr von der Entdeckung des Hekate-Bundes und der anstehenden Versammlung.

Mrs. Foster hatte inzwischen mit Hilfe des Strohhalms den Boden des Glases erreicht und ihre Wangen nahmen wieder Farbe an. Etwas zu heftig setzte sie das Glas ab und sagte bestimmt: „Ich komme mit! Das will ich jetzt selbst sehen!"

Tony versuchte entsetzt, sie von diesem Vorhaben abzubringen. „Mrs. Foster, das ist nicht ganz ungefährlich! Wenn Jack Recht hat, ist es sogar sehr wahrscheinlich, dass dort Leute sind, die sehr unangenehm werden können!"

Meredith Foster stand auf und sagte mit dem Mut der Beschwipsten: „Mir egal! Wir klären die Sache jetzt auf!"

9

Als Jack zu sich kam, wurde er von mehreren Empfindungen gleichzeitig bestürmt. Sein Kopf hämmerte, sodass er sich zunächst nicht traute, überhaupt die Augen zu öffnen. Gleichzeitig stieg eine heftige Übelkeit in ihm auf, denn es stank furchtbar nach altem Fisch. Außerdem wurde sein ganzer Körper kräftig durchgeschüttelt.

Er blinzelte und versuchte sich zu orientieren. Über sich sah er den schon abendlich dunklen Himmel und stellte fest, dass er zusammen mit etlichen leeren Fischtransportkisten auf der Ladefläche eines fahrenden Pickups lag.

Er unterdrückte ein Würgen und richtete sich mühsam auf. Als er an den Fischkisten vorbeispähte, erkannte er, dass sich der Pickup Richtung Hafen bewegte. Ob sie ihn dort direkt versenken oder nach Equitanien schaffen wollten – beide Möglichkeiten waren für Jack gleichermaßen unattraktiv.

Zu seinem Glück hatten seine Entführer wohl damit gerechnet, dass die Betäubung länger anhielt und hatten ihn nicht gefesselt. Vorsichtig zog er die Kisten von der hinteren Ladeklappe weg zur Mitte, um Platz zu bekommen. Keine Sekunde zu früh – denn schon kam die Gelegenheit, auf die er gehofft hatte. Als der Pickup an einer roten Ampel halten musste, schwang Jack sich nach unten. Es war nicht viel Verkehr und die wenigen Autofahrer, die sahen, dass ein Mann über die Straße stolperte und im Schatten der Häuser verschwand, hielten ihn für einen Betrunkenen.

Von seinem Versteck aus beobachtete Jack, wie der Pickup weiterfuhr. Seine Flucht war also nicht bemerkt worden. Sein Herz hämmerte wie wild und sein Kreislauf versuchte, gegen die Nachwirkungen des

Betäubungsmittels anzukämpfen. Er sah auf seine Uhr – es war 19:30 Uhr. Der Versammlungsraum war nicht weit entfernt. Wenn er sich beeilte, konnte er es noch dorthin schaffen und Tony treffen.

Wieder fiel ihm Cedric Whithall-Meyers ein. Woher hatte er gewusst, dass Jack bei Suzie war? Hatte sie ihn verraten? Das Betäubungsmittel musste sie ja in den Kaffee getan haben. Warum bloß? Was hatte Rebeccas Onkel mit der Sache zu tun? Er hatte jedenfalls eine seltsame Art, das Verschwinden seiner Nichte aufzuklären. Hatte er Rebecca aus dem Weg geräumt und brauchte Jack als Sündenbock? Warum hatte er dann nicht die Polizei gerufen, als er ihn bei Suzie fand?

Jack stöhnte. Das Denken tat seinem Kopf nicht gut. Er hatte immer noch das Gefühl, ein Riesenhammer wäre darin tätig. Er holte tief Luft und machte sich dann auf den Weg.

*

Der Raum war abgedunkelt. Auf einer großen Leinwand sah man die türkisfarbenen Wellen des Golfstroms sanft an einen menschenleeren Strand rollen. Meeresrauschen und Möwengeschrei waren zu hören. Die Temperatur war angenehm und ein unaufdringlicher, frischer Geruch sorgte zusätzlich für Wohlbefinden.

Als Tony mit Mrs. Foster und einigen anderen Interessierten hineinging, fühlte er sich gleich entspannt. An den Gesichtern der anderen Leute konnte er ablesen, dass es diesen genauso erging.

Ein junger Mann in einem kobaltblauen Overall begrüßte sie höflich und gab ihnen einige Informationsblätter. Tony spürte einen kleinen Adrenalinstoß, als er das Emblem auf dem rechten Ärmel des Mannes erkannte: Die goldfarbene Stickerei stellte ein Seepferd mit Krone dar und sah genauso aus wie Jacks Tattoo!

Damit wäre ja wohl bewiesen, dass Jack sich die Geschichte nicht ausgedacht hat, dachte Tony mit Genugtuung.

Als alle Platz genommen hatten, wurde das Rednerpult auf der Bühne mit einem Spotlight erhellt und der übrige Raum noch weiter abgedunkelt. Zögernder Applaus erklang, als ein Mann mittleren Alters auf die Bühne kam. Auch er trug einen kobaltblauen Overall mit dem Seepferd-

Emblem. Mit einem gewinnenden Lächeln wandte er sich an das Publikum.

„Möge Hekates Fackel euren Weg erleuchten! Mit diesem uralten Gruß der Hekatiten heiße ich Sie herzlich willkommen und begrüße Sie zu unserer heutigen Informationsveranstaltung. Mein Name ist Domenicus Flavius. Einige von Ihnen waren schon mal da – Jenny, Mary, schön dass ihr wieder dabei seid – andere sind zum ersten Mal hier.

Sie alle sind angetrieben von dem Wunsch, ein Leben in Frieden, Harmonie und Erfüllung zu führen. Doch immer wieder stoßen Sie dabei auf Grenzen und Widerstände. So ist das Leben nun einmal! Das bekommen Sie immer wieder zu hören. Aber ist das wirklich so? Gibt es keine Möglichkeit, das zu ändern? Doch, die gibt es – und wie das möglich ist, möchte ich Ihnen heute Abend vorstellen.

In einer kleinen Enklave ist es Menschen gelungen, ein solch friedliches Leben, unberührt von den Sorgen und Irritationen der Welt, zu führen. Unser Gründer, dem wir den Titel Imperator verliehen haben, hat antike Schriften entdeckt, die das Wissen einer Jahrtausende alten Kultur enthalten und uns vor Nahrungs- und Energieproblemen schützen. Stellen Sie sich einmal vor, Sie bräuchten sich nicht darum zu kümmern, womit Sie Ihr Essen, Ihren Strom oder Ihre Miete bezahlen!"

Ein Raunen ging durch das Publikum. Gespannt hingen alle an den Lippen des Redners.

„Sicher ist Ihnen klar, dass unsere kleine Gruppe stets in Gefahr ist, von den Mächtigen der Welt vereinnahmt zu werden. Welche Nation hätte dieses Geheimnis nicht gern für sich! Doch was würde daraus entstehen? Machtkämpfe und Kriege!"

Zustimmendes Gemurmel erfolgte. Etliche Zuschauer nickten.

„Um uns zu schützen, geben wir den Namen des Imperators nicht preis und wählen sorgfältig aus, wen wir in unser Geheimnis einweihen und wer uns zu diesem Ort des Friedens und der Harmonie folgen darf.

Meine Mitarbeiter verteilen jetzt kurze Vertraulichkeitserklärungen, die Sie bitte unterschreiben und zurückgeben. Darin erklären Sie, dass Sie über alles, was Sie heute Abend hören und sehen absolutes Stillschweigen bewahren werden."

Domenicus Flavius lächelte und nahm einen Schluck aus dem bereitstehenden Wasserglas. Das Licht im Raum wurde heller. Nachdem alle unterschrieben hatten und die Zettel wieder eingesammelt worden waren, setzte Domenicus seinen Vortrag fort.

„Ich danke Ihnen für die Unterzeichnung der Vertraulichkeitserklärung. Jetzt sind Sie sicher alle gespannt darauf, das Geheimnis unseres Bundes zu erfahren. Doch zunächst möchte ich Ihnen etwas über die Namensgeberin unseres Bundes – Hekate – erzählen.

Sie ist nicht so bekannt wie andere antike Göttinnen – Athene, Venus oder Diana – ihr Kult ist aber schon sehr alt. Er stammt ursprünglich aus Kleinasien. Im 8. Jahrhundert v. Chr. wurde Hekate dann in die griechische Götterwelt aufgenommen, wo sie als Große Mutter und Lichtbringerin verehrt wurde. Menschen, die ihr opferten, beschenkte sie mit reichen Ernten, guter Jagdbeute, vollen Fischnetzen und Wohlstand. Doch sie hatte auch eine dunkle Seite: Sie konnte wieder nehmen, was sie gab. Daher wurde sie gleichzeitig als Zerstörerin und Göttin der Unterwelt gefürchtet, deren Tore sie durch Dunkle Magie öffnen konnte. Sie wurde zur Herrscherin über alle Geschöpfe der Finsternis. Ihr Kult wurde schließlich mehr und mehr im Verborgenen ausgeführt. Ihre Priester sammelten Kenntnisse über magische Praktiken und die Vorhersage der Zukunft.

Das Christentum machte sie daher zur Urgestalt der Hexen und zum Inbegriff der Schwarzen Magie. In der Neuzeit gerieten Hekate und ihr Kult schließlich in Vergessenheit. Bis der Imperator die geheimen Schriften der Hekate-Priester fand! Er sammelte unter strenger Geheimhaltung Experten um sich, die die Dokumente entschlüsseln konnten. Man suchte – und fand – einen geheimen Ort, an dem man ungestört Forschungen durchführen konnte, die zur Verbesserung der Lebensqualität der Eingeweihten beitragen. Aber es gibt dort noch mehr wunderbare Dinge!"

Mit einer ausholenden Geste drehte Domenicus sich zur Leinwand um, wo noch immer das Plätschern des Golfstroms zu sehen war. Doch in diesem Augenblick tauchte der Kopf eines Pferdes aus den Wellen auf. Es sah sich um, schnaubte und tauchte wieder unter, diesmal verfolgt von der Kamera. Laute des Erstaunens waren zu hören, als das Publikum die ganze Gestalt des Wesens sah – ein Pferd mit einem Delphinschwanz!

Tony zog die Augenbrauen hoch – das war das Fabeltier, von dem Jack geredet hatte!

„Ja, meine Damen und Herren, Hekate hat uns mit diesem wunderbaren Wesen, dem Seepferd, beschenkt, dem wir unsere Freiheit und Unabhängigkeit verdanken – was das genau bedeutet, werden Sie zu gegebener Zeit noch erfahren. Aus Dankbarkeit haben wir unseren Zufluchtsort *Equitanien* genannt, das Land der Pferde."

Es folgten dann Szenen aus einer Villa und von der Agora.

„Genau, wie Jack es beschrieben hat!", wisperte Tony Mrs. Foster zu, die fasziniert zuhörte.

„Sie sehen, wie glücklich die Menschen hier leben. Wenn auch Sie gern Ihr altes Leben hinter sich lassen möchten, tragen Sie sich in unsere Liste ein. Sie werden dann in Kürze Bewerbungsunterlagen von uns erhalten. Wir machen jetzt eine kurze Pause, in der wir Ihnen für Fragen zur Verfügung stehen", schloss Domenicus.

„Und Sie meinen wirklich, diese netten jungen Leute führen Böses im Schilde?", wandte sich Meredith Foster an Tony und nippte an dem Rotwein, den ein hübsches, junges Mädchen auf einem Tablett anbot.

„Psst! Bitte nicht so laut, Mrs. Foster!" Tony blickte sich vorsichtig um, ob jemand ihre Worte gehört hatte. Es waren ungefähr dreißig Teilnehmer erschienen, wovon tatsächlich die meisten Frauen waren. Dem äußeren Erscheinungsbild nach schien der weitaus größte Teil zur ärmeren Bevölkerungsschicht zu gehören. Tony hatte sie während des Vortrags beobachtet – alle waren hingerissen von dem charismatischen Redner des Hekate-Bundes und den wunderschönen Bildern.

Tony sah auf seine Uhr – die Veranstaltung konnte nicht mehr lange dauern. Er beschloss, bei Suzie anzurufen und nachzuhören, wie es Jack ging. Suzies Schicht im *Lazy Lobster* hatte zwar schon längst begonnen, aber Jack würde ja hören, wenn er auf den Anrufbeantworter sprach.

Er entschuldigte sich bei Mrs. Foster und suchte die Toiletten. Sie lagen etwas abseits in einem schmalen Gang. Nachdem er sich überzeugt hatte, dass er allein war, begann er Suzies Nummer zu wählen.

Da legte sich von hinten eine Hand auf seinen Mund. Tonys Herzschlag setzte einmal aus, dann hörte er eine vertraute Stimme in sein Ohr flüstern: „Sei bloß leise, Kumpel!" Dann wurde die Hand weggezogen.

„Mierda!!! Jack!!! Du hast mich zu Tode erschreckt! Mach' das ja nie wieder! Was tust du überhaupt hier? Warum bist du nicht bei Suzie geblieben? Das ist viel zu gefährlich hier!"

„Bei Suzie war's noch gefährlicher – erkläre ich dir später! Ich versuche mal, mich ein bisschen hier umzusehen. Warte nach der Veranstaltung beim Ausgang auf mich!"

„Aber was machen wir mit deiner Mutter?"

„Meine Mutter?"

„Na ja. Cedric hatte sie angerufen und von deiner Flucht erzählt. Da hat sie sich ziemlich aufgeregt und wieder einen Mojito getrunken. Und dann konnte ich sie doch nicht allein lassen."

„Du hast Mutter hierhergeschleppt?! Bist du verrückt geworden? Und dann noch in ihrem Zustand? Du weißt doch, dass sie es nicht gewohnt ist, Alkohol zu trinken! Sie ist so schon schwierig genug!"

Ein Geräusch am anderen Ende des Ganges ließ beide aufhorchen. Jack drückte sich schnell in den Schatten, Tony ging ein paar Schritte nach vorn, sodass es so aussah, als käme er gerade von der Toilette. Das Mädchen mit dem Weintablett sah in den Gang.

„Ich wollte nur sehen, ob noch jemand hier ist. Es geht sofort weiter!", sagte sie freundlich. Tony nickte und folgte ihr, ohne sich noch einmal umzudrehen.

Im Saal suchten die meisten Teilnehmer bereits wieder ihre Plätze auf. Tony sah sich nach Meredith Foster um und fand sie in Gesellschaft zweier junger Männer, die ihr dabei halfen, einige Formulare auszufüllen.

„Mrs. Foster, was tun Sie denn da?"

„Ach, Tony, ich bin ganz begeistert von dem, was ich hier erfahre – ich will unbedingt mehr darüber wissen! Wollen Sie sich nicht auch auf die Liste setzen lassen?", sagte sie und zwinkerte ihm zu.

„Ähm, ja, das ist eine gute Idee", meinte Tony etwas zögernd und nahm die Unterlagen entgegen, die ihm sofort gereicht wurden.

*

Als Jack sich in das Gebäude geschlichen hatte, hatte er gesehen, dass es sich wohl um die ehemalige Lagerhalle einer Spedition handelte, mit einer großen Halle und kleinen Büros im oberen Teil. Es war ihm aufgefallen, dass in den oberen Räumen kein Licht brannte. Das wollte er sich nun genauer ansehen, da er hoffte, dort Hinweise auf die Hintermänner des Hekate-Bundes zu finden.

Jack wartete angespannt, bis Tony verschwunden war, das Licht im großen Saal wieder gedämpft wurde und die Stimme des Redners erklang.

Er sah sich um. Im Gang zu den Toiletten war eine Metalltreppe, die nach oben führte. Jack versuchte, jedes Geräusch zu vermeiden, als er langsam hinaufstieg.

Die Tür am oberen Ende der Treppe machte einen sehr stabilen und neuen Eindruck. Vorsichtig lauschte Jack und drehte langsam den Türknauf. Die Tür war nicht verschlossen. Millimeterweise zog er sie auf. Es war alles dunkel. Schnell huschte er hinein und schloss die Tür vorsichtig hinter sich.

Als seine Augen sich an die Dunkelheit gewöhnt hatten, bemerkte er, dass der kleine Raum doch nicht völlig dunkel war. Er war vollgestopft mit Computern, Bildschirmen und Keyboards, bei denen überall kleine Lämpchen in verschiedenen Farben aufleuchteten.

Durch das Drücken einer Taste auf dem Keyboard aktivierte Jack einen Bildschirm. Eine Tabelle mit Zahlenkolonnen erschien, die keinen Sinn zu machen schien. Dahinter lag eine zweite Tabelle, die ebenfalls viele Zahlen enthielt, deren Überschriften Jacks Augenbrauen aber in die Höhe schießen ließen.

„Servi, faberi, miles, thesauri – Diener, Handwerker, Soldaten, Reichtümer – das scheint entweder eine Bestands- oder Wunschliste für die Bevölkerung von Equitanien zu sein", murmelte Jack vor sich hin.

Dann aktivierte er einen zweiten Bildschirm. Hier erschien eine elektronische Karte von Miami mit verschiedenen roten Punkten, von denen sich einige bewegten. Jack betätigte die Zoomfunktion und vergrößerte das Gebiet, in dem er sich befand. Er konnte den Zoom tatsächlich auf die Lagerhalle einstellen. Sechs rote Punkte waren dort zu sehen, von denen sich einer etwas abseits von den anderen befand. Als er den Cursor über diesen einzelnen Punkt zog, erschien eine Markierung: 1232011JF.

Jack zuckte zurück. Sollte das etwa bedeuten – er wagte kaum den Gedanken zu Ende zu denken. Dann machte er einige schnelle Schritte nach links. Der rote Punkt bewegte sich ebenfalls in diese Richtung. Das Gleiche passierte, als er es in der anderen Richtung versuchte. JF stand also tatsächlich für Jack Foster!

Schlagartig wurde ihm klar, dass die Information über seinen Aufenthaltsort auch von einem anderen Überwachungsterminal aus sichtbar war. Da er überzeugt war, das die Lagerhalle nicht die Zentrale der Organisation, sondern lediglich eine Zweigstelle war, ging er davon aus, dass sein Eindringen bereits bemerkt und entsprechende Maßnahmen ergriffen worden waren.

Hektisch sah er sich um – verstecken konnte er sich in dem kleinen Raum nirgendwo. Er probierte die Fenster, doch sie waren alle mit Sicherheitsschlössern verriegelt.

Er eilte zur Tür. Da sie nach außen aufging, konnte er sie als Überraschungsmoment nutzten. Jack lauschte mit angehaltenem Atem. Da glaubte er, auf der Metalltreppe ein leises Klicken zu hören.

Die plötzlich aufspringende Tür traf den ersten der vier Männer, die die Treppe hochkamen, mit voller Wucht. Wie die Dominosteine stürzte einer nach dem anderen die Treppe hinunter. Jack taumelte hinterher. Er hatte sich mit ganzer Kraft gegen die Tür geworfen und versuchte nun wieder Halt zu bekommen. Schließlich bekam er das Geländer zu fassen, schwang sich darüber und sprang in die Tiefe.

Die Landung war einigermaßen glimpflich. Er rappelte sich hoch und rannte zum Ausgang. Ein Blick über die Schulter zeigte ihm, dass sich seine Widersacher in ein Knäuel aus Armen und Beinen verwickelt hatten. Er grinste und gratulierte sich innerlich.

Den fünften Mann, der sich am Ausgang versteckt hatte, sah Jack nicht. So konnte er auch nicht sehen, dass dieser mit einer kleinen Harpune bewaffnet war.

Der plötzliche Schmerz in der Schulter kam ihm jedoch sehr bekannt vor. Im Fallen fragte Jack sich, wo er wohl diesmal aufwachen würde.

1 0

„Wie aufregend! Ich bin noch nie mit einem U-Boot gefahren!" Mrs. Foster lächelte den jungen Mann an, der ihr an Bord half.

„Hm", brummte Tony, der ihr folgte. Er war beunruhigt, dass er keine Spur mehr von Jack entdeckt hatte.

Im zweiten Teil der Veranstaltung war es zu einer Programmänderung gekommen. Domenicus bekam von einem seiner Mitarbeiter einen Zettel gereicht, worauf er sich einige Sekunden sammeln musste. Dann wandte er sich strahlend an sein Publikum.

„Freunde! Hekates Fackel brennt hell heute Abend! Soeben erfahre ich, dass der Imperator zugestimmt hat, jeden Teilnehmer, der dies wünscht, noch heute mit nach Equitanien zu nehmen! Sind das nicht gute Nachrichten! Diese Chance kommt so schnell nicht wieder! Die einzige Verpflichtung, die ihr eingehen müsst, ist die, mit den anderen Hekatiten in Frieden und Eintracht zu leben. Entscheidet euch schnell – wer mitkommen möchte, stellt sich hier links auf, wer noch mehr Zeit braucht, geht bitte nach rechts!"

Aufgeregtes Getuschel war zu hören, als alle aufstanden. Auch Mrs. Foster stand auf. Sie fasste Tony am Arm und zog ihn energisch vom Sitz hoch und zur linken Seite des Raumes.

„Das lassen wir uns doch nicht entgehen, nicht wahr!", meinte sie abenteuerlustig.

„Mrs. Foster, vielleicht ist es besser, wenn erst einmal nur ich gehe. Es könnte doch gefährlich werden!", versuchte Tony sie von ihrer Idee abzubringen.

„Ach, Unsinn! Das fällt doch auf, wenn ich jetzt plötzlich einen Rückzieher mache! Nein – das ziehen wir gemeinsam durch!"

Tony gab auf. Er wusste zwar, dass Jack ihm die Hölle heiß machen würde, aber so hatte er Meredith Foster wenigstens unter Kontrolle. Das hoffte er zumindest.

Zehn Teilnehmer hatten sich entschieden, nicht mitzufahren und standen auf der rechten Seite. Sie wurden freundlich von Domenicus verabschiedet und von zwei Hekatiten in einen Nebenraum begleitet, um Daten für das nächste Treffen aufzunehmen. Dann wandte er sich der anderen Gruppe zu.

„Freunde! Ich beglückwünsche euch zu eurer Entscheidung! Ich verspreche euch, ihr werdet es nicht bereuen. Ein großartiges Abenteuer und ein herrliches Leben erwarten euch! Wir werden jetzt Overalls und Namensschilder verteilen. Es gibt hier auf der rechten Seite zwei Räume zum Umkleiden – die Damen können den rechten, die Herren den linken benutzen. Eure Kleidung könnt ihr in den Spinden einschließen. Für den unwahrscheinlichen Fall, dass es euch in Equitanien nicht gefallen sollte, erhaltet ihr sie natürlich zurück. Ich sehe euch dann alle gleich wieder!"

Als alle umgezogen waren, erklärte Domenicus den weiteren Verlauf: „Draußen stehen zwei Kleinbusse für uns. Sie werden uns zum Hafen bringen, wo ein Boot auf uns wartet. Die Fahrt dauert ungefähr zwei Stunden. Auf See werden wir dann umsteigen – in ein U-Boot. Das bringt uns dann direkt nach Equitanien. Vor Sonnenaufgang sollten wir dort sein!"

Tony versuchte, sich unauffällig umzusehen, ob er Jack irgendwo sah. Er hoffte, dass sein Freund die neue Entwicklung mitbekommen hatte.

*

Die Betäubungsdosis war diesmal sehr viel geringer. Der Vorteil war, dass Jack keine Kopfschmerzen hatte, als er erwachte. Er merkte jedoch sehr schnell, dass die Hekatiten diesmal vorgesorgt hatten: Er war nicht nur an Händen und Füssen mit Kabelbindern gefesselt, sein Mund war außerdem mit dicken Klebestreifen zugepflastert worden.

Der Raum war zwar dunkel, doch Jack wusste sofort, dass er im Laderaum eines Schiffes war. Das Motorengeräusch und die schlingernde Bewegung sagten ihm auch, dass sie sich in schneller Fahrt auf dem offenen

Meer befanden. Die Dunkelheit, die Bewegungsunfähigkeit und der zugeklebte Mund lösten in Jack ein Gefühl der Beklemmung aus. Sein altes Problem, die Klaustrophobie, machte sich wieder bemerkbar.

Er versuchte gerade, sich aufzurichten, als das Quietschen einer Eisentür erklang und ein Lichtschein hereinfiel. Schnell legte er sich wieder hin und schloss die Augen. Er versuchte ruhig zu atmen.

„Alles ruhig. Die schlafen wie die Babys. Die Dosis sollte auch ausreichen bis morgen früh."

„Und was macht unser Ehrengast?"

Die Männer traten näher an Jack heran und einer von ihnen stieß ihn mit der Stiefelspitze an. Jack reagierte nicht.

„Da scheinen sie diesmal auch die richtige Mischung erwischt zu haben! Der schläft noch eine Weile."

Die Männer gingen, schalteten das Licht aus und schlossen die Tür. Jack öffnete die Augen und versuchte sich an die Dunkelheit zu gewöhnen. Die Bemerkung des einen Mannes hatte ihn neugierig gemacht, was ihn von seinem Beklemmungsgefühl ablenkte. Es schienen sich außer ihm noch andere Leute in dem Raum zu befinden, die ebenfalls betäubt worden waren. Wer war das? Waren das ebenfalls Flüchtlinge von Equitanien, die man aufgespürt hatte und nun wieder zurückbrachte?

Nach einer Weile hatten sich Jacks Augen an die Dunkelheit gewöhnt und er konnte die Umrisse von einigen Personen ausmachen, die ebenfalls auf dem Boden des Raumes lagen. Er zählte acht Frauen und zwei Männer. Keiner von ihnen war gefesselt, aber alle waren noch bewusstlos. Seine Fesseln saßen fest, ohne Hilfe konnte er sie nicht loswerden. Er konnte nichts weiter tun, als abzuwarten.

Da merkte er, dass sich das Motorengeräusch änderte und das Schiff seine Fahrt verlangsamte, bis es schließlich den Motor ganz abstellte. Es folgte die leichte Erschütterung, die zu spüren ist, wenn ein Boot beim Anlegen auf Fender trifft. Undeutlich waren Kommandos zu hören.

Jack überlegte, wo das Boot wohl angelegt hatte. Er konnte noch immer den Seegang deutlich spüren, es fühlte sich nicht nach einem Hafen an.

Dann hörte er Schritte, die Eisenleitern hinaufgingen. Viele Schritte. Es mussten eine Menge Leute an Bord sein. Was Jack noch mehr wunderte war, dass er auch Lachen und Frauenstimmen hörte. Das klang nicht nach

der Mannschaft bei der Arbeit, das hörte sich mehr nach einer Ausflugs-
gruppe an. Dann wurde es wieder still.

Nach einer Weile wurde die Tür des Lagerraumes wieder geöffnet. Jack
schloss die Augen.

„Wir fangen mit unserem Ehrengast an. Der wird wahrscheinlich eher
wach. Bringt ihn in die blaue Kajüte. Dann holen wir die beiden Männer
und danach die anderen Dornröschen. Die können alle zusammen in den
Lagerraum. Die Kisten holen wir dann zuletzt."

Jack spürte, wie er hochgehoben wurde. Es schien den beiden Männern, die ihn trugen, keine Mühe zu machen, obwohl Jack nicht gerade
klein war. Oben an Deck wagte er mit einem Auge zu blinzeln. Er konnte
aber nichts weiter als den sternenklaren Nachthimmel sehen.

*

Meredith Foster hatte sich sofort einen Fensterplatz gesichert. Tony setzte
sich neben sie. Der Passagierteil des U-Boots war wie der Innenraum eines
Flugzeugs gestaltet. Auch die Sitze entsprachen Flugzeugsitzen. In den
Rücklehnen waren kleine Bildschirme angebracht. Es gab vierzig Plätze,
die in zwei zweier Reihen angeordnet und durch einen schmalen Gang
getrennt waren. Die Plätze an der Außenwand hatten jeweils ein großes
Bullauge.

Tony sah sich um. Er war beeindruckt. Beim Umsteigen hatte er das U-
Boot aufgrund der Dunkelheit nur undeutlich erkennen können, ahnte
aber bereits, dass es ziemlich groß war. Ganz vorn war die Brücke, wie er
durch die offene Tür sehen konnte. Hinter dem Passagierteil musste sich
ein Laderaum befinden. Tony hatte nämlich eine weitere Luke bemerkt,
aus der ein kleiner Kran ragte. Ganz hinten war dann wahrscheinlich der
Maschinenraum.

„Das ist der aufregendste Tag meines Lebens!", flüsterte Meredith Foster Tony zu und schnallte sich an. Tony bemerkte die Sitzgurte erst jetzt.
Da kam auch schon eine hübsche Hekatitin, deren Namensschild verriet,
dass sie eine Reisebegleiterin war und Antonia hieß.

„Schnall dich lieber an, Freund. Es wird einige steile Tauchpassagen
geben!"

„Naturalmente, bonita Antonia! Das mache ich doch gern", sagte er und lächelte sie an. Ja, dieses Abenteuer hatte durchaus seine schönen Seiten, dachte er.

Schließlich hatten alle Platz genommen und waren angeschnallt. Da schloss sich die Tür zur Kommandozentrale automatisch und die Bildschirme begannen zu flimmern. Das erste Bild, das erschien, schien von der Brücke zu kommen. Tony sah den Oberkörper eines Mannes in Uniform, hinter dem mehrere Bildschirme und Schaltkonsolen sichtbar waren.

„Hier spricht euer Kapitän. Mein Name ist Arminius Secundus. Möge euch Hekates Fackel leuchten! Willkommen an Bord der *Seawitch*. Dies ist die letzte Etappe auf eurer Reise in ein neues Leben. Wir werden gleich tauchen und uns unter Wasser Equitanien nähern. Die Außenbeleuchtung lassen wir noch eine Weile eingeschaltet, sodass ihr einen schönen Blick auf die wunderbare Unterwasserwelt werfen könnt. Wir werden ein paar Mal in einem ziemlich steilen Winkel tauchen, das liegt aber an der Topografie des Meeresbodens und ist kein Grund zur Beunruhigung.

In der letzten halben Stunde der Reise werden die Bullaugen geschlossen. Das ist nur eine Sicherheitsmaßnahme. Ihr werdet verstehen, dass der Zugang zu Equitanien unsere verwundbarste Stelle ist und auf keinen Fall bekannt werden darf.

So, dann wünsche ich euch eine schöne Reise – sollte es Fragen geben, stehen euch die Reisebegleiter jederzeit gern zur Verfügung."

Der Bildschirm wurde dunkel. Die Passagiere applaudierten und zogen ihre Gurte nach. Tony sah, dass alle aufgeregt und neugierig waren.

Dann sprangen die Motoren an und das ganze Boot vibrierte. Meredith griff nach Tonys Hand. Der tätschelte ihr mit der anderen Hand beruhigend den Arm, wobei er unwillkürlich an Jack dachte. Gut, dass er nicht weiß, dass seine Mutter in einem U-Boot nach Equitanien sitzt, dachte er. Er konnte nicht ahnen, dass sich sein Freund nur ein paar Meter von ihm entfernt ebenfalls an Bord befand.

Das erste Abtauchen war sehr sanft und geschah in einem flachen Winkel. Meredith hielt unwillkürlich die Luft an, als sie durch das Bullauge beobachtete, wie sie unter die Wasseroberfläche glitten.

Plötzlich schlug sie sich mit der flachen Hand auf die Brust und drehte sich zu Tony um. „Meine Tabletten! Ich habe ja gar nichts bei mir!"

„Beruhigen Sie sich, Mrs. Foster. Ich bin sicher, dass es dafür eine Lösung gibt", sagte er und drückte den Serviceknopf in der Armlehne. Sofort war die nette Hekatitin wieder zur Stelle.

„Wie kann ich helfen?", fragte sie freundlich.

„Meine Begleiterin ist besorgt, weil sie ihre Tabletten nicht dabeihat."

„Herzpillen! Ich habe meine Herzpillen nicht aus meiner Tasche genommen!"

„Mach dir keine Sorgen, Meredith! Bei der Einweisung in Equitanien sind auch mehrere Ärzte anwesend. Jeder wird dort gründlich untersucht und mit den entsprechenden Medikamenten versorgt. Unser medizinisches Zentrum verfügt über das beste Material, ist auf dem neuesten Stand und hat Spitzenpersonal."

Meredith lächelte sie dankbar an und sank beruhigt in ihren Sitz zurück.

Das Boot hatte schließlich seine Reisetiefe erreicht und setzte seine Fahrt ruhig fort. Fischschwärme zogen an den Bullaugen vorbei. Die Gespräche wurden leiser. Die meisten hatten ihre Sessellehnen nach hinten gekippt und es sich bequem gemacht. Einige sahen aus den Bullaugen, andere dösten.

Während Meredith gebannt in die vorbeiziehende Unterwasserwelt hinausstarrte, überlegte Tony, ob er wohl eine Möglichkeit bekommen würde, Jack zu benachrichtigen. Und wie er Cat finden könnte. Wie konnten sie danach Equitanien wieder verlassen? Schließlich schob er diese Gedanken alle beiseite – es nützte ja nichts, sich jetzt schon den Kopf zu zerbrechen. Das musste man alles sehen, wenn es soweit war. Er hatte stets auf die spontanen Ideen vertraut, die ihm in brenzligen Situationen gekommen waren, und das hatte immer geklappt. Na ja, fast immer.

Nach einer Weile flimmerten die Bildschirme wieder auf und das Gesicht von Domenicus Flavius, dem Redner auf der Veranstaltung, erschien.

„Möge euch Hekates Fackel leuchten! Ihr habt es fast geschafft und seid nun nicht mehr weit von Equitanien und eurem neuen Leben entfernt.

Doch ganz ohne Regeln und Bürokratie geht es auch bei uns nicht. Ihr habt ja schon mehrfach gehört, dass nur unsere absolute Abgeschiedenheit dieses Leben, das wir gewählt haben, garantieren kann und Sicherheit oberste Priorität hat.

Um euch das Einleben zu erleichtern, haben wir ein kurzes Video zusammengestellt, das euch zeigt, was passiert, wenn wir in Equitanien angekommen sind."

Das nächste Bild zeigte das U-Boot, das in einer Halle mit Hafenanlagen auftauchte. Mehrere junge Leute in antiker Kleidung standen bereit, einige davon hielten farbige Schilder hoch. Die Ausstiegluke des U-Boots wurde geöffnet, zunächst erschienen einige Mannschaftsmitglieder, dann eine Gruppe von Passagieren. Diese sammelten sich dann bei den verschiedenen Farbschildern.

Als nächstes erschien wieder das Gesicht des Redners.

„Bei eurer Anmeldung habt ihr ja bereits eure Interessen angegeben. Dementsprechend werden wir euch bei der Ankunft in Interessensgruppen aufteilen. Die Reisebegleiter werden gleich herumgehen und verschiedene farbige Pins verteilen. Diese Farben findet ihr dann auf den Schildern beim Empfang im Hafen wieder. Bitte sammelt euch dann bei euren jeweiligen Farben."

Die Kamera zoomte auf den roten Pin einer jungen Frau und folgte ihr dann auf ihrem Weg zu einem Mann, der ein rotes Schild hochhielt und sie herzlich begrüßte. Andere Leute mit roten Pins standen ebenfalls schon dort.

„Anschließend wird jede Gruppe durch unser medizinisches Zentrum geführt."

Im Bild war ein heller Raum zu sehen, der zwar funktional und klinisch aussah, mit einigen Accessoires aber geschickt ausgestattet war, sodass er nicht unterkühlt wirkte.

„Hier findet eine gründliche Untersuchung statt. Um diese so angenehm wie möglich zu gestalten, gibt es vorher ein leichtes Beruhigungsmittel."

Die Kamera zeigte einen jungen Mann, der lächelnd ein Glas mit einer milchartigen Substanz austrank und sich dann entspannt auf eine Liege legte.

„Ihr werdet euch danach frisch und ausgeruht fühlen."

Es erschien wieder das Gesicht des Redners.

„Damit ihr euch auch sofort in Equitanien zu Hause fühlt, erhaltet ihr danach eine Erstausstattung mit passender Kleidung."

Es war nun eine junge Frau zu sehen, die strahlend durch eine Art Boutique lief, in der eine Auswahl an antiker Mode präsentiert wurde.

„Wir kleiden uns hier nach antiker griechisch-römischer Mode. Das ist sehr bequem und kommt dem Klima entgegen. Nach der Einkleidung werdet ihr zu euren Wohneinheiten geführt, wo ihr von euren Mentoren begrüßt werdet. Sie werden euch dann weitere Einzelheiten mitteilen. Und jetzt ist es fast soweit – gleich erfolgt die Ausgabe der Pins, dann werden die Bullaugen geschlossen und schon kurz darauf werde ich euch persönlich in Equitanien begrüßen!"

Das Video endete mit dem Schriftzug *Willkommen in Equitanien - möge euch Hekates Fackel leuchten!* Nachdem die Bildschirme erloschen waren, wurde die Raumbeleuchtung wieder hochgedreht. Die Reisebegleiter verteilten nun die Pins. Meredith erhielt einen Gelben, Tony einen Schwarzen.

„Wir haben wohl unterschiedliche Interessen, Mrs. Foster", sagte Tony als er seinen Pin ansteckte. Als er sich umsah, fiel ihm auf, dass die meisten einen schwarzen Pin bekommen hatten. Zwei Frauen hatten einen grünen, ein Mann einen roten Pin. Gelb schien außer Mrs. Foster niemand zu haben. Das behielt Tony aber für sich, er wollte sie nicht beunruhigen.

Wie angekündigt wurden die Bullaugen geschlossen. Kurz darauf senkte sich der Bug des U-Boots und es ging in einer steilen Fahrt nach unten. Meredith schluckte und krallte sich in den Armlehnen fest. Dann richtet sich das Boot wieder gerade. Tony sah wieder auf seine Armbanduhr. Die dreißig Minuten seit dem Schließen der Bullaugen waren fast vorüber. Da ging es auch schon in einem spitzen Winkel nach oben. Die Motoren wurden gedrosselt, das leichte Rumpeln des Anlegens war zu spüren. Sie hatten Equitanien erreicht.

1 1

Jack blinzelte, als plötzlich die Tür zur Kajüte aufgerissen und die Deckenbeleuchtung eingeschaltet wurde. Nach den zweieinhalb Stunden, die er im Dunkeln auf der Liege zugebracht hatte, war das Licht jetzt fast schmerzhaft. Die beiden Hünen, die hereinkamen, schienen den kleinen Raum gänzlich auszufüllen.

„So, du bist das letzte Frachtstück! Aber da du ja jetzt wach bist, kannst du auch selbst laufen", meinte einer der beiden und zog ein großes Messer aus einer Halterung am Gürtel. Mit einem schnellen Schnitt durchtrennte er damit Jacks Fußfesseln. Der andere packte Jack am Arm und zog ihn unsanft hoch.

„Willkommen zurück in Equitanien – du wirst schon sehen, was mit Leuten passiert, die uns verraten wollen!" Jack konnte nichts entgegnen, denn er hatte noch immer das Klebeband auf seinem Mund.

Die beiden führten ihn zur Ausstiegsluke. Das Hochsteigen auf der Leiter war für Jack einigermaßen schwierig, da seine Hände immer noch gefesselt und seine Füße noch nicht wieder richtig durchblutet waren, was sich mit einem unangenehmen Kribbeln und einer gewissen Gefühllosigkeit bemerkbar machte.

Als er dann aus der Luke sah, erkannte Jack die Halle sofort wieder. Von hier aus hatte er vor kurzem erst Equitanien verlassen – auf dem Rücken eines Seepferdes. Eine Schiebewand teilte den Anlegeplatz des U-Bootes jetzt aber von dem Rest der Anlage ab, sodass das Gatter mit den Tieren nicht zu sehen war.

Seine Wächter führten Jack eine Treppe hinauf und dann in einen schmalen Gang hinein. Der Gang hatte auf der einen Seite Fenster zur

Halle, auf der anderen Seite waren Laborräume. In den Labors waren etliche weißbekittelte Leute damit beschäftigt, irgendwelche Flüssigkeiten ineinander zu gießen.

Die beiden Männer blieben stehen und einer von ihnen ging in ein Labor, offensichtlich um etwas zu fragen. Das gab Jack Zeit, aus dem Fenster zu sehen. Unten konnte er eine Gruppe von Menschen erkennen, die sich um einen Mann geschart hatte, der ein schwarzes Schild hochhielt. Vielleicht sind das Neuankömmlinge, dachte Jack. Dann musste er sich bemühen, seine Überraschung zu verbergen – denn einer dieser Leute war Tony!

Er zwang sich, nicht länger hinunterzustarren. Da kam auch schon der eine Hüne zurück und gab das Zeichen zum Weitergehen. Er grinste Jack an: „Du hast Glück! Heute brauchen sie kein Versuchskaninchen. Wir sollen dich erst einmal wegsperren."

Sie führten ihn in einen weiteren Gang, der nun keine Fenster mehr hatte. Auf der rechten Seite befanden sich mehrere Eisentüren, die alle mit schweren Riegeln versehen waren.

Der Kerker von Equitanien, dachte Jack. Und gleichzeitig die Ställe für die Versuchskaninchen. Wie praktisch!

Von der anderen Seite kam ihnen ein weiterer Mann entgegen, der grobschlächtig aussah und einen brutalen Gesichtsausdruck hatte.

„Hey Bob!", rief der Hüne, der vorausging, dem Mann zu.

„John! Ist das der Neuzugang?", antwortete der Grobschlächtige.

„Ja, das ist Jack Foster. Pass gut auf ihn auf, er ist schon einmal abgehauen, und das auch noch auf einem Seepferd. Der Imperator selbst hat Interesse an ihm. Kann gut sein, dass er persönlich herkommt."

Bob, der Grobschlächtige, grinste Jack an und öffnete eine der Eisentüren. Der Raum dahinter war dunkel. „Mir ist noch keiner entwischt! Und so wird es auch bleiben."

Der eine Wächter, der John genannt worden war, zückte wieder sein Messer und schnitt Jack nun auch die Handfesseln durch. Dann gab er ihm einen Stoß, sodass er in den kleinen Raum hineintaumelte. Hinter ihm fiel die schwere Tür zu. Jack war wieder im Dunkeln. Als erstes riss er sich das Pflaster vom Mund und atmete tief durch. Mit ausgestreckten Armen tastete er sich dann an der Wand entlang, bis er auf eine Pritsche stieß.

Dort setzte er sich erst einmal und schlug wütend mit der Faust auf die Matratze. Er hatte es wirklich satt, dauernd in dunkle Räume eingesperrt zu werden!

Jack wusste nicht, wie lang er so dagesessen und sich das Hirn nach einer Fluchtmöglichkeit zermartert hatte, als die Tür auf einmal zögernd geöffnet wurde. Er sprang möglichst leise auf und drückte sich an die Wand. Das nützte ihm aber wenig, denn in diesem Augenblick wurde von außen Licht eingeschaltet und eine hässliche Neonlampe erleuchtete den Raum bis den letzten Winkel. Jack blinzelte und hielt sich die Hand über die Augen.

Zwei Männer in Laborkitteln kamen herein. Beide trugen die Jack inzwischen so bekannten kleinen Harpunen schussbereit in den Händen.

Geht das schon wieder los, dachte Jack.

Der eine Mann blieb an der angelehnten Tür stehen und lauschte in den Gang, während der andere zu der Pritsche trat und seine Harpune darauf ablegte.

„Keine Sorge, wir wollen dich hier herausholen! Aber dafür ist zunächst eine kleine Operation nötig", meinte er freundlich und holte eine Spritze sowie ein Skalpell aus der Kitteltasche. Jack wich zurück.

„Zusammen mit dem Tattoo hast du einen Chip implantiert bekommen. So wissen die immer, wo jeder steckt. Es ist nur ein kleiner Schnitt nötig und du wirst unsichtbar!"

„So etwas Ähnliches habe ich mir gedacht, als ich die Überwachungsmonitore in der Halle in South Beach gefunden habe. Aber wer seid ihr denn?"

„Darüber reden wir an einem anderen Ort. Wir müssen uns beeilen – roll deinen Ärmel hoch."

Jack schob den rechten Ärmel seines T-Shirts hoch, sodass das Tattoo zu sehen war. Der Mann gab ihm mit der Spritze eine örtliche Betäubung und machte mit dem Skalpell einen kleinen Schnitt. Dann entfernte er mit der Spitze den winzigen Chip. Er hatte auch ein Fläschchen mit Desinfektionsmittel und ein Pflaster dabei. Nachdem er Jack damit versorgt hatte, legte er den Chip auf die Pritsche.

„Der bleibt hier. Damit sieht es auf den Monitoren so aus, als wärst du noch in dieser Zelle. Jetzt müssen wir aber los."

Der zweite Mann holte nun aus seiner Kitteltasche einen zusammengerollten Leinensack.

„Besser, du siehst nicht, wo wir hingehen", sagte er und stülpte ihn Jack über den Kopf. Jack sah ein, dass es keinen Zweck hatte, sich zu wehren. Wichtig war nur, erst einmal aus dieser Kerkerzelle zu entkommen.

Der Weg kam ihm endlos vor. Mehrere Türen öffneten sich, es ging Treppen hinauf und hinunter. Schließlich hörte er die Brandung und roch sogar durch den Leinensack den frischen Seewind. Sie waren im Freien. Es ging weiter über einen ziemlich unebenen Weg, sodass er ein paar Mal fast gestolpert wäre. Abrupt hielten die beiden dann an.

„Du kannst den Sack jetzt abnehmen. Aber mach keine Dummheiten, sondern konzentriere dich auf den Weg, der ist schwierig genug!"

Jack zog den Sack vom Kopf und sah, dass sie sich in einem Höhleneingang befanden. Sie standen direkt vor einem senkrecht abfallenden Schacht, in den eine Strickleiter hinabführte.

Der eine Mann stieg zuerst hinunter, dann sollte Jack folgen. Vorsichtig kletterte Jack die Leiter hinab und fragte sich, was das wohl für Leute waren, die ihn an diesen seltsamen Ort geführt hatten. Was würde ihn hier erwarten?

Nach unten weitete sich der Schacht und es wurde heller. Hier befand sich eine weitere Höhle, die von Fackeln erhellt war. Sie wurden von einigen Männern und Frauen erwartet, die alle in schwarze, enganliegende Anzüge gekleidet waren. Der Mann, der vor Jack unten angekommen war, ging auf die Gruppe zu und hob die Hand.

„Fackel!", sagte er.

„Fackel!", antworteten die anderen.

„Hier bringe ich …", begann Jacks Begleiter, zu dem sich inzwischen auch der zweite Mann gesellt hatte.

„Jack!", rief da eine Stimme aus der Gruppe. Jemand drängte sich durch die anderen, lief auf ihn zu und fiel ihm um den Hals.

Jack stand da wie angewurzelt. Das konnte doch nicht wahr sein!

„Cat!", rief er fassungslos, zu erstaunt, um ihre Umarmung zu erwidern.

„Du bist zurückgekommen! Ich wusste doch, dass du mich nicht wirklich im Stich lassen würdest!"

„Cat, was machst du hier? Was sind das für Leute?"

Cat sah ihn strahlend an. Dann sagte sie fröhlich: „Ich habe eine Widerstandsgruppe gegründet. Wir werden den Imperator stürzen!"

*

Die kleine Gruppe hatte es sich auf dem Boden der Höhle bequem gemacht. Jack zählte sechs Frauen und drei Männer, zwei davon waren die beiden, die ihn hergebracht hatten. Der andere Mann war deutlich älter. Sein Gesicht erinnerte Jack an die Büste eines römischen Konsuls, die er im Metropolitan Museum in New York gesehen hatte.

Cat bestürmte ihn mit Fragen, doch Jack winkte ab. „Was ist das eigentlich für ein Gruß – Fackel!", wollte er wissen.

„Vor vielen Jahren hat es schon mal eine Widerstandsgruppe gegeben, die sich *Fackel der Freiheit* nannte. Das haben wir übernommen. So erkennen wir einander, auch wenn wir in Equitanien unterwegs sind – da gibt es nämlich noch einige, die unsere Ideen teilen!"

„Und wie bist du nun hierhergekommen?"

Cat sah ihm intensiv in die Augen und meinte dann ein wenig spöttisch: „Tja, du hast dich wahrscheinlich nie gefragt, wer dein schickes Zimmer in der Villa sauber hält, wer das leckere Essen zubereitet und wer die Klamotten wäscht, die du jeden Tag frisch in deinem Zimmer vorfindest, oder? Ich hatte nicht das Glück, dass jemand künstlerische Fähigkeiten bei mir vermutet hätte, ich habe also kein Zimmer in einer elitären Villen-WG bekommen wie du, ich bin bei den *servi* gelandet. Bei der Arbeitstruppe. Da wurde ich zum Küchen- und Essens-Ausgabedienst eingeteilt. So haben wir uns ja dann auch wieder getroffen, wie du dich vielleicht erinnern wirst."

Jack erinnerte sich genau und räusperte sich verlegen. „Du, es tut mir echt leid, ich …", stotterte er.

„Schon gut. Dein Glück, dass du zurückgekommen bist! Nach meinem Ausraster bei unserem Treffen nahm mich Lisa hier" – sie deutete auf die junge Frau, die neben ihr saß – „zur Seite und erzählte mir, dass es noch ein paar andere Frauen gab, die dieses Leben hier alles andere als paradiesisch fanden. Sie sind alle über so eine seltsame Sekte hierher gelockt worden …"

„… die die Götting Hekate verehrt! Ja, das weiß ich schon. Auch, dass dort hauptsächlich Frauen angesprochen werden. Ich vermute, besonders Frauen, die jung sind und schlechtbezahlte Jobs haben, wenn überhaupt."

„Richtig. Die Leute, die sie für andere Aufgaben brauchen, suchen sie sich gezielt aus und holen sie durch *Unfälle* her, wie deinen Freund, den Centurio Timothy zum Beispiel."

„Das setzt aber ein enormes Netzwerk voraus – und zwar in der *richtigen* Welt!"

„Ihr habt keine Ahnung, wie mächtig dieses Netzwerk ist!", sagte da der alte Mann leise.

„Das ist Archie. Eigentlich heißt er Archimedes. Er lebt bereits seit langer Zeit in diesem Höhlensystem und hat uns geholfen", erklärte Cat und fuhr fort: „Doch dazu kommen wir später. Also, Lisa ist auch für die Essensausgabe im Labor zuständig. Dort hat sie Joe kennen gelernt."

Der junge Mann, der Jack den Chip herausoperiert hatte, nickte. „Das bin ich. Ich bin Biochemiker. Mich haben sie auch durch einen *Unfall* hierhergebracht. Als ich dann die enormen Möglichkeiten erkannte, unter denen ich hier arbeiten kann, bin ich gern geblieben. Das musst du dir mal vorstellen – Geld spielt wirklich überhaupt keine Rolle!"

„Na, jedenfalls haben sich die beiden verliebt", fuhr Cat fort. „Joes Freund Howard, den hast du ja auch schon kennen gelernt, hatte mittlerweile erkannt, dass die tollen Lebensbedingungen hier auch einen Preis haben – die Freiheit!"

Howard bestätigte das. „Ein anderer Kollege aus unserem Team hielt es nicht mehr aus und wollte weg von hier. Er hat einen Antrag gestellt, wurde aber immer wieder vertröstet. Schließlich beschloss er, heimlich abzuhauen. Er plante alles sehr sorgfältig und baute sich aus Holzplanken und Plastikabfall ein Floß und versteckte es an einem einsamen Strandstück. Doch als er damit loswollte, haben sie schon auf ihn gewartet und haben ihn sofort festgenommen. Ich habe das mit eigenen Augen gesehen. Ich wurde auch erwischt, konnte mich aber damit rausreden, dass ich gesehen habe, wie er wegging und dass ich nur neugierig hinterhergelaufen bin. Da wurde mir klar, dass es eine Überwachung geben musste, die nur über einen implantierten Chip laufen konnte, weil sie so genau wussten, wo sie uns finden konnten. Joe und ich haben uns dann gegenseitig die

Chips herausgeschnitten. Wir tragen sie jetzt immer bei uns, wenn wir offiziell unterwegs sind. Wenn wir *unsichtbar* werden wollen, lassen wir sie dort zurück, wo man uns um diese Zeit vermuten würde. Das hat bisher immer geklappt. Nur bei dir mussten wir anders verfahren, denn wir wussten, dass dein Leben in Gefahr war, jetzt, wo sie dich zurückgebracht haben."

„Was ist denn aus dem Kollegen geworden?", fragte Jack.

„Ich habe ihn nicht mehr wieder gesehen. Ein paar Tage später wurde an einem anderen Strandstück ein Kleidungsstück von ihm angespült und es hieß, dass er wohl nachts schwimmen gewesen und von Haien erwischt worden wäre. Wir vermuten, dass sie ihn umgebracht haben.

Bei den Mädels haben wir dann den gleichen Trick angewandt. Wir haben ihnen die Chips herausoperiert und zerrissene Kleidungsstücke an den Strand anspülen lassen. Jetzt wird davon ausgegangen, dass sie bei einem Fluchtversuch ums Leben gekommen sind."

„Warum habt ihr das für euch selbst nicht auch so arrangiert? Das ist doch ziemlich gefährlich, immer wieder zurückzugehen. Wie leicht könntet ihr auffliegen!", hakte Jack nach.

„Das stimmt. Aber Joe und ich haben Zugang zu wichtigen Schaltstellen und können noch vielen helfen, die wegwollen. Eigentlich wollten wir nur auf eine Gelegenheit warten, das U-Boot zu stehlen. Aber Cat meint, wir müssten das System hier vor Ort verändern und versuchen, an die wichtigen Leute heranzukommen, um sie für uns zu gewinnen."

Erstaunt sah Jack Cat an. "Seit wann bist du unter die Revolutionäre gegangen?"

Cat zog die Augenbrauen hoch: „Das ist genau das, was ich meinte! Du hast keinen Gedanken daran verschwendet, wer dir dein gutes Leben hier ermöglicht hat und genauso wenig denkst du darüber nach, wie viele Menschen hier unterdrückt werden und wieder frei sein wollen!"

„Ach ja? Dann haben die Unterdrückten von Equitanien ja unheimliches Glück, dass du als neue Johanna von Orléans durch die Wellen geritten kommst und sie rettest! Jetzt verrate mir nur noch, wie du das denn anstellen willst! Weißt du, ein Königsmord soll gar nicht so einfach sein, habe ich gehört!" Jack war jetzt auch in Fahrt.

Da sagte Archimedes: „Es ist nicht möglich, sie alle zu retten. Es gibt zu viele."

„Wer bist du denn eigentlich? Das Orakel von Delphi?", knurrte Jack ihn an. Die sanfte Stimme des alten Mannes regte ihn genauso auf wie dessen rätselhafte Aussprüche.

„Archie ist schon OK. Wir haben ihn gefunden, als wir nach einem Versteck suchten. Er hat uns geholfen und verrät uns auch nicht. Er muss schon ziemlich lange hier allein leben, darum ist er auch ein bisschen seltsam", erklärte Joe.

Howard ergänzte: „Wir haben versucht, mehr über ihn herauszubekommen, aber er hat uns erzählt, er habe ein Gelübde abgelegt, nichts zu verraten – weder über seine Person noch über diesen Ort hier. Aber wenn wir etwas erraten, kann er bestätigen, ob wir richtig liegen."

„Na, das ist ja schön. Dann ist also lustiges Rätselraten angesagt – Leute, das kann doch nicht euer Ernst sein! Gerade habt ihr mir noch erzählt, dass hier Menschen umgebracht werden!"

„Jack, krieg dich wieder ein! Wir haben bisher keinen anderen Weg gefunden. Du willst doch auch wissen, was hier los ist! Wir müssen es erst einmal so versuchen."

Jack seufzte und rieb sich die Stirn. „Ich meine immer noch, wir müssen erst einmal hier weg. Dann können wir von außen versuchen, den Laden auffliegen zu lassen. An das U-Boot kommen wir nicht so einfach ran. Dann schon eher an die Seepferde. Mit denen könnte zumindest unsere kleine Gruppe fliehen."

Alle schwiegen.

„Was denn? Warum seht ihr mich so an? So schwer ist das nicht, ein Seepferd zu reiten. Ich habe es selbst ausprobiert – so konnte ich ja von hier entkommen! Man trinkt vorher diesen komischen Saft, bekommt Kiemen und kann dann entspannt unter Wasser abhauen."

Fast ein wenig mitleidig sah Cat ihn an. „Erst hast du nur eins gesehen und jetzt bist auch noch auf einem geritten? Und Kiemen, Jack? Die arbeiten hier mit Drogen. Das alles hast du nicht wirklich erlebt. Den Mädels hier ist auch ein Film gezeigt worden, in dem war nicht nur von einer alten Göttin die Rede, dort ist auch ein solches Seepferd aufgetaucht, das sie angeblich geschickt hat. Es ist nur ein Trick. Glaub mir, das einzige

Seepferd, das es in diesen Gewässern gibt, ist der *Hippocampus Zostreae*, ein Fisch, der in dem Gebiet rund um Florida, den Bahamas und bei den Bermudas lebt. Eben das allseits bekannte und beliebte Seepferdchen."

„Cat, ich weiß, was ich gesehen und auch angefasst habe: Es war ein leibhaftiger *Hippokampos* – da wir schon mal bei den Fachbegriffen sind – ein Fabelwesen, halb Pferd, halb Delphin. Du kannst solche Seepferde auf antiken Darstellungen sehen. Sie galten als Zugtiere für den Wagen des Meeresgottes Poseidon. Und das, auf dem ich geritten bin, war beileibe nicht das einzige seiner Art – ich habe eine ganze Herde davon gesehen!"

Cat schüttelte den Kopf. „Du kannst so stur sein, Jack!"

„Du hast einen Hippokampos geritten? Das muss ein einzigartiges Erlebnis sein. Mir war es leider nie vergönnt", erklang da die sanfte Stimme von Archimedes.

Jack schnellte hoch. „Was hast du da gerade gesagt?" Er deutete mit ausgestrecktem Arm auf Archie und blickte in die Runde. „Da habt ihr es gehört! Archie hat es gerade bestätigt! Es gibt sie doch, die Seepferde!"

Archie sah Jack lange an und nickte dann.

„Da du die Seepferde schon kennst, kann ich auch mehr erzählen. Ja, es gibt sie. Die meisten Menschen, die hier leben, haben sie aber noch nicht mit eigenen Augen gesehen – selbst Joe und Howard nicht, da sie sehr gut bewacht werden. Es gibt sie bereits seit sehr langer Zeit. Es war oft nicht einfach, dieses Geheimnis zu hüten. Doch das war schon immer die Aufgabe der Nereiden."

„Nereiden? Die Meeresnymphen? Aber das sind doch bloß mythologische Gestalten!", meinte Jack und setzte sich wieder.

Archie lächelte. „Das hast du von den Hippokampoi bis vor kurzem auch gedacht, oder? Aber gerade noch hast du deren reale Existenz erbittert verteidigt!"

Jack starrte den alten Mann an. Verblüfft musste er dessen Logik anerkennen. Dann fiel ihm die halb zerstörte Skulptur im Vorraum des Empfangssaals des Präfekten ein – ja, dabei konnte es sich tatsächlich um die Darstellung einer Nereide handeln, die auf einem Seepferd ritt!

Archie räusperte sich und fuhr fort: „Die Nereiden mussten ihre Unabhängigkeit immer gegen die Tritonen, die als Abkömmlinge von Poseidon, dem Gott des Meeres, gelten, behaupten. Das gelang ihnen auch, obwohl sie weitaus friedfertiger als die brutalen Tritonen sind. In letzter Zeit scheint es jedoch, dass die Tritonen immer mehr an Einfluss gewinnen."

„Wer sind denn nun diese Nereiden? Meerjungfrauen mit Fischschwänzen?", fragte Cat dazwischen.

Archie lächelte wieder und schüttelte den Kopf. „Es gibt viele Mythen um das Aussehen der Nereiden und Tritonen. Da sie im Wasser meist auf den Hippokampoi unterwegs waren, haben die Menschen, die sie sahen, gedacht, es handele sich um ein einziges Wesen. Darum werden sie oft mit Fischschwanz und – besonders die Tritonen – auch mit Pferdebeinen unterhalb des Bauches dargestellt. Das entspricht übrigens dem, was die nordamerikanischen Indianer, die ja noch keine Pferde kannten, dachten, als sie zum ersten Mal berittene Spanier sahen: Da kommt ein einziges Wesen mit zwei zusätzlichen, nutzlos am Körper herunterhängenden Beinen.

Nereiden und Tritonen sind dann Verbindungen mit Menschen eingegangen. Ihre Nachkommen ebenfalls. Das hat das Blut der ursprünglichen Meeresnymphen immer weiter verdünnt, sodass in den letzten Jahrhunderten nur noch wenige Kinder einer Generation mit dem Nereiden-Gen, das alle ihre besonderen Eigenschaften beinhaltet, geboren wurden. Doch nur jemand, der alle Fähigkeiten der Nereiden in sich vereint, kann sie führen. Historisch bedingt steht bei den Nereiden übrigens immer eine Frau an der Spitze, bei den Tritonen ein Mann."

Cat sah Archie nachdenklich an und meinte dann: „Dann wäre es doch das Beste … ."

Archie nickte. „Ja, es hat tatsächlich Verbindungen der Führer beider Clans gegeben. Doch das hat den Konflikt eher noch verstärkt. Seitdem geht der Bruch durch ganze Familien. Die einen fühlen sich mehr als Tritonen, die anderen als Nereiden. Während die Nereiden eher traditionsbewusst und zum Wohle der Menschheit handeln wollen, werden die Tritonen vom Hunger nach Macht und Reichtum gesteuert. Und jetzt haben sie zum Angriff geblasen: Sie haben die uralte Verbindung der Meeresgottheiten zur Schwarzen Hündin wieder aufleben lassen – und damit die Büchse der Pandora geöffnet!"

„Schwarze Hündin?" Cat sah Archie ratlos an. Doch der schüttelte nur den Kopf.

„Ich habe schon zu viel gesagt", flüsterte er.

Jack rieb sich nachdenklich das Kinn. Dann wandte er sich an Cat. „Du hast doch eben noch erzählt, dass die Mädels einen Film gesehen haben, in dem das Seepferd auftauchte und in dem auch von einer Göttin die Rede war. Ich habe in South Beach eine Versammlung, bei der dieser Film gezeigt wurde, belauscht. Da wurde auch fälschlicherweise behauptet, diese Göttin hätte das Seepferd geschickt. Die Göttin heißt Hekate. Muttergottheit und Herrscherin der Dämonen."

Dann sah Jack Archie an, der gespannt an seinen Lippen hing und fuhr fort: „Hekate wurden nicht nur schwarze Hunde geopfert, man nannte auch sie selbst die *Schwarze Hündin*."

*

Archie nickte zu Jacks Ausführungen. „Das ist alles richtig, was du sagst!", bestätigte er.

„Womit ich aber nicht weiterkomme, ist die Verbindung zwischen Hekate und den Meeresgottheiten."

Archimedes schwieg. Jack sah ihm fest in die Augen: „Archie, jetzt ist nicht die Zeit für Orakelsprüche und Geheimnistuerei – ich kriege es ja doch heraus, es dauert nur länger!"

Archie zögerte einen Moment, dann nickte er bedächtig. „Du hast Recht. Hast du schon mal etwas vom *Altar von Domitius Ahenobarbus* gehört?"

„Der auf dem Marsfeld bei Rom gefunden wurde? Ja, er wird ins zweite vorchristliche Jahrhundert datiert, wenn ich mich richtig erinnere, und zeigt die Hochzeit Poseidons mit Amphitrite. Die war übrigens eine Nereide. Außerdem gibt es auf diesem Altar auch sehr schöne Darstellungen von Seepferden!"

„Genau! Auf einem der Seepferde reitet eine Frau, die als Brautmutter Doris bezeichnet wird", Archie sah Jack erwartungsvoll an.

„Und?" Jack wusste nicht, worauf der alte Mann hinauswollte.

„Sie trägt in jeder Hand eine Fackel!" Archie lehnte sich zurück und beobachtete, ob seine Worte die erwünschte Wirkung bei Jack hatten.

„Was?!" Jack war die Bedeutung sofort klar.

„Könnt ihr jetzt mal mit der Fachsimpelei aufhören und uns Normalsterblichen erklären, was das alles bedeuten soll?", fragte Cat ungeduldig.

„Hekate!" Jack war ganz aufgeregt. „Hekate wird oft mit einer Fackel in jeder Hand abgebildet! Da gibt es unzählige Beispiele in der attischen Vasenmalerei. Aber diese starke Verbindung zum Meer war mir nicht bewusst."

„Das ist in der Tat nicht sehr bekannt, obwohl es schon in einem Hekate-Hymnos aus dem 8. Jahrhundert v. Chr. heißt, dass ihr Vater Zeus, der oberste der griechischen Götter, ihr nicht nur Macht auf Erden und im Himmel, sondern auch im weiten Meer schenkte", bestätigte Archie.

„OK – und was ist jetzt das Schlimme daran?", hakte Cat nach.

„Hekate ist die Göttin der Schwarzen Magie. Sie kann die Tür zur Unterwelt öffnen und Mächte der Zerstörung entfesseln!", erklärte Archie.

„Aber wir reden doch immer noch von Mythologie, oder?", Cat war etwas verunsichert.

„Die Explosion auf der Bohrinsel Deep Water Horizon mit der anschließenden Ölpest an Floridas Küste, der Tsunami in Japan, der die Atomreaktoren von Fukushima beschädigte und zum Super-GAU führte – das sind sehr reale Dinge!", entgegnete Archie.

Jack zog hörbar die Luft ein, als ihm klar wurde, was Archie da andeutete.

Cat strich sich eine Strähne aus der Stirn. „Archie, du willst uns doch nicht ernsthaft erzählen, dass an diesen Katastrophen eine antike Göttin, die kaum jemand kennt, schuld ist! Sag doch auch mal was dazu, Jack!"

„Ich weiß, das klingt alles sehr märchenhaft, aber da die Existenz der Seepferde ein Fakt ist, was lässt sich da noch wirklich ausschließen? Die Entfesselung von zerstörerischen Naturgewalten, deren Ursprung im Meer liegt – das passt sehr gut zu Hekate."

„Was? Du steigst ernsthaft auf diese Geschichte ein?", Cat konnte kaum glauben, was Jack da sagte.

„Mir ist aber noch nicht klar, was der Zweck dieser Aktionen ist. Was haben die Tritonen davon?", meinte Jack, ohne auf Cats Einwand einzugehen.

Archie antwortete nicht. Jack überlegte laut weiter: „Macht! Es geht ihnen um Macht, nicht wahr? Aber wie können diese Katastrophen ihnen einen Machtgewinn bringen?"

„Du bist auf dem richtigen Weg", stimmt Archie zu. „Ja, es geht um Macht und Einfluss. Die heutigen Tritonen betrachten nicht mehr nur die Ozeane als ihr Reich. Sie wollen die Weltherrschaft. Katastrophen verunsichern die Menschen. Besonders, wenn sie so weitreichende Folgen haben. Verunsicherte Menschen neigen dazu, sich starken Führern anzuvertrauen. Das macht den Weg frei für Diktatoren. Besonders, wenn die Menschen gleichzeitig auch noch ihre wirtschaftliche Existenz durch weltweite Krisen bedroht sehen."

„Nehmen wir mal an, das ist tatsächlich alles real – können die Nereiden dem denn gar nichts entgegensetzen?", wollte Cat wissen.

„Erinnert ihr euch daran, wie schnell das Meer vor Florida nach der Ölkatastrophe von Deep Water Horizon wieder ölfrei war? Dass das von allen Experten geradezu als Wunder gefeiert wurde? Nun, das war den Nereiden zu verdanken. Sie haben all ihre Kenntnisse eingesetzt, um den angerichteten Schaden wieder gut zu machen. Bei Fukushima konnten aber auch sie nicht mehr helfen."

„Moment mal, du hast vorhin von den Wirtschaftskrisen gesprochen – haben die Tritonen damit auch etwas zu tun?"

„Ach, hör auf, Jack! Das wird jetzt doch wirklich absurd!", regte Cat sich auf.

„Nein, Jack hat ganz Recht. Die Tritonen besitzen nach neuesten Schätzungen ein Drittel des Weltkapitals. Das gibt ihnen genug Macht, die Börsen zu beeinflussen und weltweite Wirtschaftskrisen auszulösen", bestätigte Archie.

„Es ist übrigens oft sogar völlig offensichtlich, wo Nereiden oder Tritonen das Sagen haben, allerdings erkennen das nur die Eingeweihten: Seht euch zum Beispiel die Logos einiger Reedereien an – Seepferde gibt es da mehr als ihr denkt, denn die beanspruchen beide Parteien für sich!"

Reedereien, Schiffsbau, Yachten … plötzlich schoss Jack ein Gedanke durch den Kopf.

„Cedric! Cedric Whithall-Meyers! Der Whithall-Meyers Yachtbau hat ein Seepferd im Logo! Jetzt weiß ich endlich, wie er da hineinpasst! Er ist ein Triton, nicht wahr?"

Archie nickte. „So ist es. Er ist sogar der aktuelle Führer der Tritonen und Imperator von Equitanien. Seine Großmutter Martha war die letzte Erste Nereide. Deren Tochter Doreen, seine Mutter also, verliebte sich in James Whithall-Meyers, der aus einer stark Tritonen-dominierten Familie stammte und heiratete ihn. Auf Wunsch ihres Mannes brach sie ihre Ausbildung zur Ersten Nereide ab und überließ ihm die Führung. Sie bekam zunächst eine Tochter, Anna, dann einen Sohn, Cedric. Eine weitere Tochter starb direkt nach der Geburt. James, der Vater der Kinder, sorgte dafür, dass nur Cedric entsprechend ausgebildet und eingeweiht wurde. Als James starb, war Cedric bereits alt genug, seinen Platz einzunehmen. Cedrics Schwester Anna heiratete einen Rechtsanwalt, der nichts von den Familiengeheimnissen wusste. Kurz nach der Geburt ihrer Tochter Rebecca kamen beide bei einem Autounfall ums Leben. Rebeccas Großmutter, Doreen, wusste sofort, dass das Kind das Nereiden-Gen hat. Sie adoptierte das Mädchen – darum trägt sie auch den Namen Whithall-Meyers – und wollte es unter allen Umständen davor bewahren, in die Machtränke hineingezogen zu werden. Sie hatte inzwischen erkannt, dass nicht nur ihr Ehemann James, sondern auch ihr Sohn Cedric rücksichtslos und grausam war. Da sie fürchtete, dass Cedric Rebecca aus dem Weg räumen könnte, wenn er ihr Potential erkennen würde, hielt sie das Mädchen vom Wasser fern."

„Wieso?", fragte Cat.

„Das Nereiden-Gen zeigt sich unter anderem dadurch, dass Menschen, die damit geboren werden, die Kiemen nicht durch geheimnisvolle Tränke bekommen – sie sind ihnen bereits angeboren. Sobald sie das erste Mal unter Wasser tauchen, öffnen sich die Kiemen, nehmen ihre Funktion auf und bleiben dauerhaft."

„Und woher weißt du das alles?"

Archie rollte den engen Stehkragen seines schwarzen Anzugs herunter. An den Seiten seines Halses waren jeweils drei dünne Einkerbungen zu sehen.

„Auch ich stamme von den Nereiden ab. Ich bin der jüngere Bruder von Doreen, der Großonkel von Rebecca."

Sprachlos starrten alle Archie an. Jack war in Gedanken aber schon weiter.

„Und was ist jetzt mit Rebecca passiert? Hat Cedric sie umgebracht? Warum der ganze Aufwand mit der Schatzsuche?"

„Vor einiger Zeit tauchten Gerüchte auf, dass es eine neue Erste Nereide geben könnte, die Cedric ernsthaft den Führungsanspruch streitig machen würde. Das Problem wäre erledigt gewesen, wenn er eigene Nachkommen hätte. Doch seine Frau starb bei einer Fehlgeburt. Man munkelte, dass der Fötus monsterartige Züge gehabt hätte. Das kommt bei Tritonen schon mal vor. Cedric wurde klar, dass er handeln musste. Seine Nichte hatte die erforderlichen Fähigkeiten und war im richtigen Alter, um mit der Ausbildung zu beginnen. Rebecca war von ihrer Großmutter aber so erzogen worden, dass sie ihm zutiefst misstraute. Doreens Tod kam für ihn zum richtigen Zeitpunkt. Es wurde alles so arrangiert, dass Rebecca glauben musste, alles allein gemacht zu haben. Wenn Cedric sich dann schließlich offenbarte, würde Rebecca ihn als Ratgeber in diesem neuen Leben brauchen – dann hatte er sie da, wo er sie haben wollte: Sie würde als Erste Nereide genau das tun, was er ihr sagte!"

„Rebecca ist also hier und es geht ihr gut?", wollte Jack wissen.

„Sie ist auf einer kleinen Nachbarinsel. Ich glaube nicht, dass sie schon weiß, dass Cedric der Imperator ist. Dafür ist es noch zu früh."

„Und warum haben einige Leute hier römische oder griechische Namen und andere nicht?"

Archie seufzte. „Du hast doch sicher schon mal von Atlantis gehört?"

Jacks Augenbrauen schnellten hoch. „Also doch! Rede weiter!"

„Leider beruht das, was ich euch jetzt erzähle, nur auf mündlich überlieferten Geschichten. In grauer Vorzeit…"

„9600 v. Chr., schreibt Platon", unterbrach ihn Jack, der sich nicht verkneifen konnte mit seinem Wissen ein bisschen anzugeben.

„Ja, so ungefähr stimmt das wohl auch. Also, in dieser grauen Vorzeit soll ein mächtiges Inselreich namens Atlantis durch eine Naturkatastrophe untergegangen sein. Man erzählt sich allerlei wundersame Dinge von diesem Ort, sodass es in der Forschung bis heute umstritten ist, ob er tatsächlich real war oder ob es sich um eine reine Erfindung Platons handelt.

Wir hingegen, die wir die Seepferde kennen, wissen, dass Atlantis real war – es war die ursprüngliche Heimat der Nereiden und Tritonen. Die Seepferde bildeten eine Säule der Macht für diesen Kontinent. Mit ihrer Hilfe unterwarfen die Atlanter, das heißt natürlich hauptsächlich die Tritonen, große Teile Europas und Afrikas und pflanzten ihre Kultur dort ein. Nur ihre Schrift hielten sie geheim, um sich jederzeit daran erkennen zu können.

Die Katastrophe, die Atlantis zerstörte – wahrscheinlich war es ein ungeheuer heftiger Vulkanausbruch – vernichtete diese Kultur. Nereiden und Tritonen wurden größtenteils ausgelöscht, die meisten Seepferde auch. Die wenigen Überlebenden zerstreuten sich in alle Meere, um einen geeigneten Ort zu finden, wo sie sich sammeln, Seepferde züchten und zu neuer Macht kommen konnten. So müssen auch einige hier, in Florida, gelandet sein. Diese Inseln waren immer schon schwer zugänglich durch die Riffe, die die Atlanter dann künstlich verstärkt haben. Doch erst als dieses Gebiet hier unter Naturschutz gestellt wurde, konnten sie es wagen, eine richtige Stadt zu bauen. Zu Ehren der Seepferde wurde der Ort *Equitanien* genannt. Schließlich wurde er zum neuen Zentrum für Nereiden und Tritonen – und hier wird seitdem der Dreizack des Poseidon an den Anführer beider Clans überreicht.

Diejenigen, die sich als Abkömmlinge der wahren Atlanter sehen, haben ihren Kindern meist antike Namen gegeben, worauf diese natürlich besonders stolz sind. Sie leben bereits seit Generationen hier. In regelmäßigen Abständen muss natürlich das Blut aufgefrischt werden – das ist auch ein Grund, warum es diese *Unfälle* gibt und seit kurzem auch die Hekatiten-Sekte: So werden normale Menschen hierhergebracht."

„Es gibt zahlreiche römische Darstellungen mit Tritonen, die Menschenfrauen rauben – das scheint ja eine lange Tradition zu haben", meinte Jack.

„Vorhin hast du gesagt, dass Nereiden-Gen zeigt sich unter anderem durch die Kiemen – was gibt es denn noch für Merkmale?" Als Biologin wollte Cat das genau wissen.

Archie schob die enganliegenden Ärmel hoch und winkelte beide Handgelenke nach oben an. Cats Augen weiteten sich ungläubig, als sie sah, dass sich aus den Handwurzeln jeweils ein kleiner, spitzer Stachel schob. Sie waren so dünn wie Nadeln.

„Was ist das denn?!"

„Angeborene Verteidigungswaffen. Diese Dornen enthalten ein Betäubungsgift, es funktioniert ähnlich wie bei den Zähnen von Giftschlangen. Werde ich angegriffen, kann ich meinem Feind diese Nadeln in den Körper jagen – was er übrigens kaum merken würde, so spitz sind sie – und er würde in Sekunden bewegungsunfähig. Je nachdem, wie oft ich die Dornen einsetze, kann ich eine Bewusstlosigkeit oder sogar den Tod herbeiführen. Seid also vorsichtig, wenn ihr euch auf einen Kampf mit einem Tritonen oder einer Nereide einlasst!"

„Und Rebecca hat diese Dornen auch?"

„Noch nicht. Erst nach der Pubertät sind sie voll ausgebildet und einsatzbereit. Sie weiß wahrscheinlich noch gar nichts von ihren Kräften."

Alle schwiegen einen Moment und versuchten, diese Informationen zu verarbeiten. Dann stand Jack auf. Sein Gesicht zeigte Entschlossenheit.

„Gut, das reicht mir erst einmal. Als erstes holen wir jetzt Tony. Dann befreien wir Rebecca!"

1 2

So hatte Tony sich das Paradies nicht vorgestellt. Gar nicht. Es war ganz anders, als Jack es beschrieben hatte.

Zunächst war jedoch alles noch so gelaufen, wie es in dem Videofilm dargestellt worden war. Als er in dem Untersuchungszimmer erwachte, fühlte er sich in der Tat erfrischt. Der Verband an seinem Arm signalisierte ihm, dass er nun auch ein Seepferd-Tattoo hatte. Eine antike Wäscheausstattung und Sandalen lagen bereit.

Doch dann ging alles schief. Ein bulliger Typ holte Tony und die anderen, die einen schwarzen Pin erhalten hatten, ab. Statt zu einer Villa, wie Tony erwartet hatte, wurden sie zu einem Komplex mit mehreren größeren Häusern geführt, der von einer hohen Mauer umgeben war und Tony an eine Kaserne erinnerte. Nicht zu Unrecht, wie er kurz darauf feststellte. Die Frauen, die den größten Teil der Gruppe bildeten, wurden von einer älteren Frau in Empfang genommen und zu einem der Häuser gebracht, den Männern wurde bedeutet, ihrem Führer zu einem anderen Haus zu folgen.

Die Neuankömmlinge wurden schließlich zu einem Schlafsaal gebracht, in dem zwanzig Betten standen.

„Willkommen in Equitanien! Macht's euch bequem, ihr seid angekommen!", sagte der Führer mit einem leicht bösartigen Grinsen.

„Hey! Was soll das heißen? Wo sind die Villen, die in dem Videofilm vorkamen?", rief Tony aufgebracht. Auch die anderen murrten unwillig.

„Die werdet ihr schon noch zu sehen bekommen! Wir brauchen nämlich dringend Leute, die sie saubermachen und die Gärten pflegen!"

Sofort war ein Protestgemurmel zu hören und einige der Männer näherten sich drohend dem Führer. Der holte ein kleines Gerät, das aussah wie ein Handy oder eine Fernbedienung, aus einer verborgenen Tasche seiner Tunika und tippte auf einen Knopf.

Sofort krümmten sich alle vor Schmerzen und gingen in die Knie. Mit einem Elektroschock hatte keiner gerechnet.

„Schön ruhig bleiben, wenn ihr nicht mehr davon haben wollt! Ihr glaubt doch nicht im Ernst, dass Rumtreiber, Ex-Häftlinge, Hilfsarbeiter und Fischer hier sofort in eine Villa einziehen und das süße Leben genießen können!"

Der bullige Führer fixierte Tony, der noch japsend auf dem Boden lag. „Es gibt aber auch eine gute Nachricht: Wenn ihr euch bewährt, könnt ihr aufrücken, Supervisor werden wie ich und schließlich tatsächlich in einer Villa wohnen. Denkt dran: Hier ist alles besser als das Leben, aus dem ihr kommt. Es liegt also an euch – macht das Beste draus!"

Nachdem der Supervisor gegangen war und die Wirkung des Elektroschocks abgeebbt war, suchte sich jeder ein Bett aus. Alle waren ziemlich kleinlaut. Erst jetzt bemerkte Tony, dass nicht alle Betten frei waren. Als er näher an ein Bett herantrat, stutzte er. Er war sicher, dass er den Mann, der schlafend darin lag, schon mal gesehen hatte. Dann fiel es ihm ein: Dieser Mann gehörte zu der Gruppe der zehn Leute, die sich entschlossen hatten, nicht nach Equitanien mitzukommen! Er sah sich auch die anderen an und fand seinen Verdacht bestätigt. Von wegen, wer nicht mitkommen wollte, konnte einfach zurückbleiben! Die zehn Leute waren betäubt und gewaltsam hergebracht worden – davon war Tony jetzt überzeugt. Diese Hekatiten waren gefährlicher, als er gedacht hatte. Ob Jack das mitbekommen hatte? Er setzte sich auf ein freies Bett. Die nächsten Schritte mussten jetzt sorgfältig bedacht werden.

*

Vielleicht war es noch die Nachwirkung des Betäubungsmittels oder der langen Nacht, Tony schlief jedenfalls schneller ein, als er gedacht hatte. Er wurde unsanft aus dem Schlaf gerissen, als er auf einmal eine Hand auf seinem Mund spürte. Er versuchte, um sich zu schlagen, doch eine andere Hand hielt seinen Arm eisern fest.

„Tony! Hör' auf rumzuzappeln! Du weckst noch alle auf! Ich bin's, Jack!" Die Hand verschwand von Tonys Mund. Er setzte sich auf und starrte ungläubig ins Dunkle.

„Jack! Wie kommst du denn hierher?"

„Auch mit dem U-Boot, allerdings war ich nicht so komfortabel untergebracht wie du, sie hatten mich nämlich erwischt. Ich wurde dann in den equitanischen Kerker gebracht – dabei habe ich übrigens zufällig gesehen, wie du zu deiner Gruppe gegangen bist – und dann haben mich zwei Wissenschaftler befreit. Die brachten mich zu einer Widerstandsgruppe, die angeführt wird von – das glaubst du nicht – unserer Cat!"

„Cat? Im Ernst? Madre de Dios!"

„Ja, genau. Sie will den Imperator ausschalten und eine Revolution auslösen. Ich meine aber, wir hauen schnellstens hier ab, befreien Rebecca und versuchen von außen, das System zu stürzen."

„Den Imperator? Wer ist das denn?"

„Onkel Cedric. Er ist ein Triton und will, dass Rebecca Erste Nereide von seinen Gnaden wird, und –"

„Cedric?! Er ist ein was? Und was soll Rebecca werden?"

„Pass auf, das dauert jetzt zu lange, dir alles zu erklären. Wissen musst du im Augenblick nur, dass Cedric der Böse ist und hier alles steuert. Rebecca geht's soweit gut, sie ist auf einer anderen Insel. Wir verschwinden jetzt von hier, treffen die anderen, schnappen uns ein paar Seepferde und verlassen Equitanien. Es gibt überall Sympathisanten, die uns helfen. So bin ich auch hier hereingekommen. Wir haben einfach einen der Schläfer durch mich ausgetauscht. Ich trage jetzt seinen Chip in diesem kleinen Lederbeutel, der an meinem Gürtel hängt. Ach so, da weißt du ja auch noch nicht – mitsamt dem Tattoo bekommt man einen Chip implantiert, mit dem sie jederzeit deinen Aufenthaltsort herausfinden können. Bevor wir gehen, müssen wir deinen noch herausschneiden, dann sind wir praktisch unsichtbar. Keine Angst, ich habe mir das genau angesehen, das kriege ich schon hin."

„Compadre, es gibt da ein Problem. Wir können nicht die Seepferde nehmen."

Jack seufzte. „Hör mal, Kumpel, ich hatte schon Mühe, es den anderen schmackhaft zu machen, aber ich dachte, wenigstens du würdest mir vertrauen! Ja, es gibt sie wirklich und ja, es ist ganz leicht!"

Tony kaute auf seiner Unterlippe. „Muchacho, ich vertraue dir ja. Das Problem ist – ich glaube nicht, dass du *deine Mutter* überreden kannst, auf einem Seepferd zu reiten!"

Es dauerte eine Weile, bis Jack sich einigermaßen beruhigt hatte. Tony musste ihn immer wieder daran erinnern, dass sie nicht allein im Raum waren.

Jack war klar, dass Tony Recht hatte: Seine Mutter würde auf gar keinen Fall auf den Rücken eines Fabelwesens steigen. Damit war sein schöner Plan dahin. Sie saßen nebeneinander auf der Bettkante und überlegten, wie eine Flucht mit Jacks Mutter bewerkstelligt werden konnte.

Dann stieß Tony Jack an und wisperte: „Ich hab's! Das U-Boot! Wir nehmen das U-Boot!"

„Toller Plan! Den hatten die anderen auch schon. Es gibt nur niemanden, der damit umgehen kann. Oder glaubst du, es ist so einfach, ein U-Boot zu steuern?"

„Aber es gibt doch jemanden, der ein U-Boot steuern kann! Dich! Ich weiß noch genau, dass Nick und du immer damit geprahlt habt, dass ihr bei eurer Ausbildung auch den Umgang mit U-Booten gelernt habt!"

„Ach, das waren zweisitzige Unterwasservehikel! Nicht viel mehr als eine Blechdose mit Fenster und einem Joystick, den man in sechs Richtungen bewegen kann: rauf, runter, links, rechts, vorwärts, rückwärts – kein Vergleich mit einem richtigen U-Boot."

„Wir müssen ja nur von Equitanien weg, dann können wir sofort auftauchen! Komm schon, ich habe ja auch schon einige verschiedene Bootstypen gefahren – zusammen schaffen wir das!"

Schließlich stimmte Jack zu, etwas Besseres fiel ihm auch nicht ein. Jetzt mussten sie aber erst einmal herausfinden, wo Mrs. Foster denn überhaupt war.

„Sie war die Einzige, die einen gelben Pin bekommen hat, sagst du? Archie – der gehört auch zu der Widerstandsgruppe und ist der Großonkel von Rebecca, aber das alles erzähle ich dir später – also Archie hat gesagt, die Leute, die sie über die Sektengeschichte bekommen, werden in

Kategorien eingeteilt: Schwarz steht für die Arbeiter, bei denen du gelandet bist, Rot für die, die sie militärisch einsetzen können, grün für Künstler, Handwerker und Wissenschaftler und gelb – gelb das sind die Leute mit Geld und Einfluss, die natürlich ganz besondere Privilegien bekommen. Ja, dann passt es, dass Mutter einen gelben Pin bekommen hat. Sie muss irgendwo im direkten Umkreis des Präfekten untergebracht sein." Jack straffte die Schultern und sah Tony an.

„Ich bleibe hier und spiele die Rolle von diesem Phil, den wir ausgetauscht haben. Dann sind wir schon mal zusammen und können Mutter leichter da rausholen. Draußen wartet Howard, das ist einer der Wissenschaftler, die mir geholfen haben. Dem gebe ich eine Nachricht für Cat mit. Sie sollen sich bereithalten. Sobald wir Mutter haben, muss alles ganz schnell gehen."

Tony stimmte zu. Als Jack zurückkam, entfernte er zunächst den Chip aus Tonys Arm, was nicht ganz einfach war, da sie nur das Mondlicht als Beleuchtung hatten. Danach hatten sie endlich Zeit, sich gegenseitig darüber zu informieren, was passiert war, seit sie sich bei der Hekatiten-Veranstaltung in South Beach das letzte Mal gesehen hatten. Kurz bevor die Sonne aufging, huschte Jack dann zu dem Bett, dass Phil zugewiesen worden war. Er konnte aber nicht einschlafen, wälzte sich hin und her und grübelte über den Fluchtplan nach.

*

Meredith Foster ließ den Stoff des antiken Gewandes, das sie trug, durch die Finger gleiten. Er fühlte sich glatt und weich an. Sie lächelte. Das hier war mit Sicherheit der wunderbarste Ort der Erde. Schade nur, dass ihre Freundinnen aus dem Country-Club sie nicht sehen konnten, besonders Abigail, die sich immer für etwas ganz Besonderes hielt. Sie war mit Hilfe eines netten Dienstmädchens mit dieser herrlichen antiken Robe angekleidet worden und hatte dann ein ausgiebiges Frühstück genossen. Das Mädchen hatte ihr auch die Nachricht überbracht, dass der Präfekt und der Imperator sie heute noch kennenlernen wollten. Ja, hier wusste man, wie eine Dame der Gesellschaft zu behandeln war.

Was hatte Jack noch über diesen Ort erzählt? Hatte er nicht ein Verbrechen vermutet? Ihre Miene verdunkelte sich, als sie an ihren Sohn dachte.

Es war doch herrlich hier! Dass er aber auch immer so schwierig sein musste! Schon diese ganze Geschichte mit dem Meeresarchäologie-Studium! Sie hatte gehofft, Jack hätte sich wenigstens nach dem Unfall mit Nick besonnen und wäre doch noch in die Fußstapfen seines Vaters getreten, der damals noch lebte. Aber nein, er wollte lieber von der Hand in den Mund am Strand von Miami leben und trieb sich mit diesem Tony herum, von dem sie nicht viel mehr wusste, als dass er tauchte und einen Bootsführerschein hatte.

Und jetzt diese Geschichte! Ob die Polizei ihn schon geschnappt hatte? Eine tiefe Sorgenfalte zeigte sich auf ihrer Stirn. Hoffentlich war ihm nichts passiert! Man hörte ja immer wieder mal, dass Leute, die sich ihrer Festnahme widersetzten, erschossen wurden. Und Jack mit seinem Dickkopf … . Die Sorgenfalte wurde noch tiefer. Sie fühlte einen Stich im Herzen und griff zu dem Pillendöschen, das extra für sie bereitgestellt worden war. In diesem Moment klopfte es an der Tür.

„Herein!" Ein untersetzter Mann betrat den Raum, gefolgt von zwei weiteren Männern, von denen der eine einen modernen Putzwagen schob, der in der ansonsten perfekt inszenierten antiken Umgebung völlig fehl am Platze wirkte.

„Guten Morgen, Ma'am. Diese beiden hier werden Ihr Appartement in Ordnung halten, bis Ihre Villa einzugsfertig ist. Ich hole sie nachher wieder ab. Sollten sie nicht zu Ihrer Zufriedenheit arbeiten, wenden Sie sich bitte an mich, mein Name ist Brian."

Mrs. Foster starrte die beiden Männer mit offenem Mund an. Brian bemerkte das und interpretierte ihren Gesichtsausdruck als pures Staunen über den zur Schau gestellten Luxus-Service. Er grinste. „Ja, Ma'am, das ist hier so. Sie sind auf persönlichen Wunsch des Imperators hier und der kümmert sich um seine Gäste!"

Mrs. Foster schluckte und räusperte sich. „Ja, danke, sehr schön."

Brian wandte sich an die beiden Männer. „Ihr wisst, was ihr zu tun habt. Und baut keinen Mist!" Die beiden nickten demütig.

Sobald sich die Tür hinter Brian geschlossen hatte, fand Mrs. Foster ihre Fassung wieder.

„Jack! Wie kommst du denn hierher?" Sie stürzte auf die Männer zu. Jack kam ihr entgegen und umarmte sie.

„Mutter! Bloß gut, dass wir dich so schnell gefunden haben! Du hast gerade auch prima reagiert – ich hatte schon Angst, du lässt unsere Tarnung auffliegen. Komm, ich befreie dich jetzt von dem Chip und dann nichts wie weg hier!"

Mrs. Foster schob Jacks Arme zurück und sah ihn scharf an. „Was ist denn das jetzt für eine Geschichte? Bist du schon wieder auf der Flucht? Jack, ich erkenne dich nicht mehr wieder! Hättest du doch damals bloß–"

„Mrs. Foster, bitte hören Sie auf uns! Wir müssen wirklich ganz schnell von hier weg!", unterbrach Tony sie und bekam einen dankbaren Blick von Jack.

Bevor Mrs. Foster reagieren konnte, klopfte es wieder. Ohne eine Antwort abzuwarten, wurde die Tür energisch geöffnet. Vier bewaffnete Soldaten in voller Ausrüstung und mit den beeindruckenden Brustpanzern der Prätorianer Garde ausgestattet, betraten den Raum und bildeten ein Spalier. Hinter ihnen kam ein Mann in kostbaren Gewändern.

„Wie nett – ein Familientreffen!", sagte Cedric Whithall-Meyers süffisant, nachdem er sich von der ersten Überraschung erholt hatte. Jack hatte er sicher in seinem Kerker gewähnt und Tony erst gar nicht in Equitanien erwartet.

„Cedric! Das ist ja eine Überraschung! Was tun Sie denn hier?"

„Liebe Meredith, ich wollte Sie gern selbst willkommen heißen in meinem kleinen Reich und Sie ein bisschen herumführen. Selbstverständlich sind jetzt alle eingeladen. Gehen wir doch in mein Büro und reden erst einmal ein bisschen – es sind ja noch so viele Fragen offen!"

„In Ihrem Reich? Dann sind Sie …?"

„Ja, meine liebe Meredith, ich bin der Imperator von Equitanien!"

Er bot Mrs. Foster den Arm an, den sie lächelnd annahm. Jack und Tony blieb nichts anderes übrig, als sich ihnen anzuschließen – dafür sorgten schon die Prätorianer.

*

Die Räume des Imperators waren natürlich noch prächtiger ausgestattet als die des Präfekten, die Jack bei seinem ersten Aufenthalt in Equitanien kennengelernt hatte. Cedric führte sie zunächst in einen Salon, in dem sich ebenfalls ein Wasserbecken befand und Marmorbänke mit weichen

Kissen zum Verweilen einluden. Zwei Prätorianer nahmen an der Tür Aufstellung, durch die sie den Raum betreten hatten, die anderen zwei an der Tür auf der gegenüberliegenden Seite des Raumes. Jack bemerkte mit Interesse, dass es auch hier Skulpturen von herausragender Qualität gab.

Während Cedric Mrs. Foster einen Platz, Wein und Obst anbot, sah Jack sich um und ging dann zu einer offenen Vitrine. Hier waren Kleinbronzen ausgestellt, und die meisten Figürchen waren Hippokampoi, die exquisit gearbeitet waren. Vorsichtig nahm Jack eines davon auf – es musste massiv sein, denn es war trotz seiner kleinen Größe recht schwer.

„Nicht anfassen! Das sind wertvolle Artefakte!", schnarrte ihn Cedric an.

„Keine Sorge, Cedric, ich bin vom Fach, erinnern Sie sich? Darum hatten Sie mich auch als Schatzsucher für Ihre Nichte Rebecca ausgesucht!" Jack wollte Cedric aus der Reserve locken. Der versuchte ihn mit seinen Blicken aufzuspießen.

„Siehst du, Mutter, dass er ein doppeltes Spiel treibt? Erinnerst du dich, als ich zurückkam und wir uns alle im *Lazy Lobster* getroffen haben, dass er so tat, als hätte er keine Ahnung von all dem hier?"

„Liebe Meredith, Sie werden doch verstehen, dass ich unser kleines Paradies hier schützen muss und in der Öffentlichkeit nicht darüber reden kann?"

„Ach, mich bei der Polizei anzuzeigen wegen Entführung und Ermordung Ihrer Nichte Rebecca gehörte dann wohl auch dazu, oder wie?"

„Gut, dass Sie das Thema ansprechen! Ich denke, Sie und Mr. Campillo begleiten mich kurz nach nebenan in mein Büro, da können wir alles besprechen. Mrs. Foster müssen wir mit diesen Dingen ja nicht langweilen – ruhen Sie sich ein bisschen aus, Meredith, wir sind gleich zurück!"

Cedric machte eine einladende Handbewegung in Richtung der anderen Tür, die auch sofort von den Prätorianern geöffnet wurde. Als sie das Büro betraten, bemerkte Jack, dass ihnen die beiden Soldaten gefolgt waren und die Tür diesmal von der anderen Seite blockierten. Er hatte nun eine ziemlich genaue Vorstellung davon, wie diese *Besprechung* ablaufen sollte. Tony ging es genauso, er warf Jack einen vielsagenden Blick zu.

Cedric ging zum Schreibtisch, der in der Mitte des Raumes stand. Er konnte seine Wut nur mühsam unterdrücken.

„Jack, Sie haben meine Geduld nun lange genug strapaziert. Warum haben Sie mein Angebot nicht angenommen? Sie hätten hier ein wundervolles Leben als Bildhauer führen können, mit allen Annehmlichkeiten und ohne finanzielle Sorgen."

„Ja, Sie haben wirklich gründlich recherchiert. Ich kann mir gut vorstellen, warum so viele ihrer *Gäste* freiwillig hierbleiben. Fast hätte ich auch der Versuchung nachgegeben. Aber nachdem ich jetzt weiß, welche Machenschaften auf Ihr Konto gehen, will ich Ihnen nur noch das Handwerk legen. Im Gegensatz zu Ihnen habe ich nämlich ein Gewissen!"

Cedric sah Tony an. „Und Sie sehen das vermutlich genauso?"

„Hombre, da können Sie Ihr Marmor-Klo drauf verwetten! Ich hatte mir bestimmt nicht vorgestellt, dass ich das Paradies putzen würde!"

Der Imperator lächelte dünn und nickte. Dann winkte er die beiden Prätorianer heran.

„Nun, Sie lassen mir keine Wahl. Zum Wohle von Equitanien muss ich Sie liquidieren."

„Und wie wollen Sie das meiner Mutter erklären?"

„Ganz einfach: Ich werde ihr erzählen, dass Sie sich wieder einmal einer schwierigen Situation nicht gestellt haben. Nach einigen Tagen wird man ein paar blutige, zerrissene Kleidungsstücke von Ihnen am Strand finden. Ihre Mutter wird verstehen, dass Ihre Flucht leider von einigen Haien verhindert worden ist. Machen Sie sich keine Sorgen – ich werde mich sehr gut um sie kümmern und sie über den Verlust hinwegtrösten. Ihr Vermögen ist bei uns auch sehr gut aufgehoben. Auch dafür werde ich sorgen."

Jack ballte die Fäuste und stürzte auf Cedric zu. Der griff zu einem kleinen Apparat auf dem Schreibtisch und drückte einen Knopf. Doch zu seinem großen Erstaunen zeigte sich weder bei Jack noch bei Tony eine Reaktion. Ärgerlich drückte Cedric den Knopf nochmals, doch es passierte nichts. Dass die beiden ihre Chips entfernt hatten, konnte er nicht ahnen. Der eine Prätorianer ging mit gezogenem Schwert auf Tony los, der ihm jedoch reflexartig einen Stuhl entgegenschleuderte, über den er stolperte. Sofort setzte Tony nach und die beiden verwickelten sich ineinander im Kampf um das Schwert.

Jack konnte seinem Freund nicht helfen, er hatte mit dem anderen Prätorianer zu tun. Der war ebenfalls mit gezücktem Schwert auf ihn losgegangen. Jack konnte ihn aber mit einem gezielten Faustschlag aufs Kinn überraschen. Er fiel um wie ein Sack Kartoffeln.

Tony war sprachlos. Er hatte seinen Gegner erst nach langem Gerangel mit dem Schwertknauf KO schlagen können. Jack stöhnte und hielt sich die Hand. „Das tut verdammt weh! Hoffentlich habe ich mir nichts gebrochen!"

„Pass auf!", rief Tony. Aus dem Augenwinkel hatte er gesehen, dass Cedric, der das Ganze als Zuschauer verfolgt hatte, nun eine kleine Harpune hinter dem Schreibtisch hervorholte und auf Jack anlegte.

„Schachmatt, Jack!", sagte Cedric selbstzufrieden und wollte abdrücken – doch in diesem Augenblick zerschellte eine Vase auf seinem Kopf und der Imperator sackte zusammen.

Hinter ihm stand Meredith Foster und hielt noch den Rest der Vase in der Hand.

„Mutter!"

„Mrs. Foster!"

„Ich habe einen Mann erschlagen…", flüsterte Mrs. Foster fassungslos und hielt dabei noch immer den Rest der Vase fest.

Jack trat zu ihr und legte ihr behutsam einen Arm um die Schulter. Dann küsste er sie auf die Wange.

„Du hast mir das Leben gerettet, Mom."

Er hockte sich neben Cedric fühlte die Schlagader an seinem Hals. „Er ist nur bewusstlos."

„Na, ihr seid ja eine schlagkräftige Familie! Seit wann hast du denn so eine Wumme, Jack?"

Jack grinste und hielt Tony seine geöffnete Hand hin. Darin lag eines der massiv bronzenen Hippokampos-Figürchen.

„Du hast eines aus der Vitrine geklaut?"

„Ja, und es hat für den richtigen Schwung gesorgt. Mutter, was ist mit den anderen beiden Soldaten?"

Verschmitzt sah Mrs. Foster ihren Sohn an. „Die bin ich losgeworden. Mir kam das Ganze irgendwie seltsam vor, darum habe ich denen gesagt, mir wäre nicht gut. Darauf ist der eine losgegangen, um einen Arzt zu holen. Als er weg war, habe ich so getan, als ob ich ohnmächtig würde und habe nach meinen Pillen verlangt. Der andere hat Angst bekommen und ist auch weggelaufen, um Hilfe zu holen. Dann habe ich vorsichtig die Tür geöffnet – da war der Tumult schon im Gang. Als Cedric die Harpune anlegte, habe ich einfach den nächstbesten Gegenstand gegriffen und zugeschlagen!"

„Gut gemacht, Mrs. Foster!"

„Ich hatte ja keine Ahnung, dass du so gut schauspielern kannst, Mom! So, jetzt müssen wir uns aber beeilen. Hier, ich habe alles dabei. Als erstes entferne ich deinen Chip, dann können sie uns nicht orten und auch nicht mit Elektroschocks lahmlegen. Mutter, gib mir mal deinen Arm!"

Mrs. Foster sah Jack skeptisch an, als er ein Skalpell und ein Antiseptikum aus seinem Lederbeutel holte.

„Du weißt bestimmt, was du tust?"

„Mutter, ich kann auch Fische ausnehmen!"

1 3

Als sie endlich die Kellergewölbe des Palastes erreicht hatten, fühlte Jack sich einigermaßen sicher. Die Schwerter der beiden Soldaten hatten sie vorsichtshalber mitgenommen. Sie waren zwar unhandlich, aber damit waren sie nicht ganz so hilflos. Die Flucht aus dem Palast war doch schwieriger geworden als geplant. Eigentlich hatte Jack sich vorgestellt, dass sie harmlos plaudernd herausspaziert wären – ein VIP-Gast mit zwei Bediensteten.

Nun wurden sie zu dritt gejagt. Er hatte keine Ahnung, wie lange seine Mutter diesen Stress aushalten würde. Ein Verbindungsmann hatte den Tipp gegeben, im Falle einer Flucht die Kellergewölbe aufzusuchen, weil es dort Gänge gab, die zum Strand führten. Da dies nur wenigen Eingeweihten bekannt war, war es unwahrscheinlich, dass man dort nach ihnen suchen würde. Die Chips hatten sie bei Cedric zurückgelassen, damit konnte man sie also auch nicht orten.

Allerdings war es auch nicht ganz so einfach, einen Gang zu finden, der zum Strand führte, denn unter dem Palast schien ein ganzes Labyrinth beleuchteter Gänge zu sein, deren Zweck unklar blieb. Es kam Jack so vor, als ob sie die Bühne verlassen und nun hinter den Kulissen unterwegs waren. Sie mussten sich für einen der vielen Gänge entscheiden. Als sie zum dritten Mal nach einer Biegung in eine Sackgasse liefen und vor einer massiven Steinwand stehen blieben, stöhnte Mrs. Foster und ließ sich zu Boden sinken.

„Also, das ist nichts mehr für mich, dieses Herumhetzen unter der Erde! Sucht ihr weiter – ihr könnt mich ja dann holen, wenn ihr den richtigen Gang gefunden habt!"

„Mutter! Wir müssen jetzt zusammenbleiben! Wir können nicht ..."

„Psst! Ich höre was!", unterbrach Tony Jack und alle drei hielten den Atem an und lauschten. Tatsächlich waren Marschtritte zu hören, die sich näherten.

Die beiden Männer warfen sich einen grimmigen Blick zu. Sie saßen in der Falle. Jeder packte sein Schwert mit beiden Händen am Griff. Entschlossen, sich bis zum Äußersten zu verteidigen, stellten sie sich vor Mrs. Foster und warteten.

Verdammt schwer, so ein Schwert, dachte Jack. Dann hörten sie, wie die Schritte langsamer wurden und schließlich anhielten. Kurz darauf setzten sie sich wieder in Bewegung und hinter der Biegung tauchten zwei Soldaten auf.

Jack und Tony wussten, dass sie, wenn überhaupt, nur durch das Überraschungsmoment eine Chance hatten. Wie auf ein Kommando stürzten beide gleichzeitig mit ihren Schwertern auf die Soldaten zu. Doch für die trainierten Kämpfer waren sie keine ernstzunehmenden Gegner. So schnell, dass sie später nicht mehr hätten sagen können, wie es passiert war, waren Jack und Tony entwaffnet worden, lagen auf dem Rücken und hatten ein Schwert an der Kehle. Mrs. Foster hatte sprachlos zugesehen und kam erst jetzt dazu, einen Angstschrei auszustoßen.

Da näherten sich weitere Schritte und eine weibliche Stimme sagte: „Ihr könnt die Schwerter wegnehmen, die beiden sind nicht gefährlich!"

Die Soldaten gehorchten und machten ehrerbietig Platz für eine Frau, die nicht nur in kostbare antike Gewänder gekleidet war und eine kunstvolle Hochsteckfrisur trug, sondern ihr Gesicht auch hinter einer goldenen Maske verbarg. Sie stemmte die Arme in die Hüften und sah auf die beiden am Boden liegenden Männer herab. Wegen der Maske konnte man es nicht sehen, aber Jack hatte das Gefühl, dass sie spöttisch lächelte.

„Jack, das letzte Mal, als wir uns gesehen haben, lagst du auch auf dem Boden!", sagte die geheimnisvolle Fremde.

Jack runzelte die Stirn und starrte sie an.

„Todos los Santos", murmelte Tony, der die Frau ebenfalls die ganze Zeit anstarrte. „Diese Stimme... Wer sind Sie?"

Die Fremde lachte, griff an die Maske und zog sie vom Gesicht.

Während Tony sie mit offenem Mund anstarrte, hatte Jack das Gefühl, dass sich gerade der Boden unter ihm auftat.

„Suzie!", flüsterte er mit trockenem Mund.

Tony hatte seinen Schock überwunden und sprang auf. Freudig wollte er die Kellnerin umarmen, wurde aber von den finster dreinschauenden Soldaten davon abgehalten.

„Suzie? Bist du das wirklich? Cara amiga, was machst du denn hier? Jack, erkennst du sie denn nicht? Das ist Suzie aus dem *Lazy Lobster*!"

Jack hatte sich aufgesetzt und starrte Suzie feindselig an. „Ich weiß, wer das ist!", knurrte er.

„Warum bist du so unfreundlich? Sie wird uns helfen! Das wirst du doch, cara, oder? Diese Soldaten hast du doch auch schon bezirzt!"

Jack schnaubte verächtlich. „Wird sie nicht! Sie ist Cedrics Geliebte und hat mich betäubt, als ich mich bei ihr verstecken wollte, dann hatte sie nichts Eiligeres zu tun, als sofort Cedric zu verständigen! Und das wird sie jetzt wohl auch tun."

Das Lächeln verschwand aus Tonys Gesicht und er trat einen Schritt zurück. „Stimmt das, Suzie?"

Suzie wandte sich an Jack, der immer noch auf dem Boden saß.

„Ich hatte keine Wahl. Ich musste dich betäuben, sonst wäre meine Tarnung aufgeflogen."

„Tarnung?"

„Mein richtiger Name ist Amphitrite Whithall-Meyers – ja, ich heiße tatsächlich genauso wie die Gemahlin des Poseidon. Ihr könnt mich aber Trite nennen. Ich bin die Schwester von Rebeccas Mutter Anna und …"

„… von Cedric!", ergänzte Jack ihren Satz und stand jetzt auch auf. Ungläubig starrte er sie an. „Das würde ja bedeuten, dass du mit deinem Bruder …"

„Natürlich nicht! Wir hatten nur eine geschäftliche Beziehung. Er suchte jemand, der euch beide ausspioniert und ich habe ihm weisgemacht, dass ich in erster Linie hinter Geld her war. Er weiß nicht, dass ich seine Schwester bin."

„Und wieso weiß dein Bruder nichts von deiner Existenz?" Jetzt wollte Jack Suzie/Trite auch auf den Zahn fühlen.

Doch ihre Geschichte deckte sich mit dem, was Archie erzählt hatte: „Meine Mutter versteckte mich bei Verbündeten und erzählte allen, dass sie eine Totgeburt hatte. Wir hatten überhaupt keinen Kontakt. Ich lernte trotzdem alles, was ich als Erste Nereide wissen muss. Es war abgemacht worden, dass ich mich bei ihr melde, wenn ich das entsprechende Alter habe. Doch da starben meine Schwester und mein Schwager bei dem Autounfall. Meine Pflegeeltern beschlossen, dass es zu gefährlich für mich und auch für meine Mutter wäre, wenn ich mich jetzt zu erkennen geben würde. Als ich mich nicht meldete und sie auch von meinen Pflegeeltern nichts hörte, stand für meine Mutter fest, dass wir alle nicht mehr am Leben waren. Sie beschloss, Rebecca aus der ganzen Sache herauszuhalten und verheimlichte ihr ihre Herkunft. Dann starb sie leider unverhofft.

Cedric ist selten hier und die Gefahr, ihm zu begegnen, daher nicht sehr groß. Ich arbeite schon seit langem im Untergrund daran, Cedric zu entmachten. Doch ich habe gelernt, dass ich dazu seine Verbindung zu Hekate unterbrechen muss, sonst ist er einfach zu stark."

Jack hatte ihr aufmerksam zugehört und sie dabei betrachtet. Es war nicht zu fassen – diese Frau hatte überhaupt keine Ähnlichkeit mit der Kaugummi kauenden Kellnerin, die ihnen im *Lazy Lobster* Fisch und Bier serviert hatte.

„Und wie unterbricht man diese Verbindung?", fragte Tony.

„Ich habe keine Ahnung! Ich habe bisher noch nichts darüber herausgefunden. Ich konnte noch nicht einmal bei einer Kulthandlung dabei sein."

„Was ist mit Rebecca?", fragte Jack.

„Sie soll meine Nachfolgerin werden, wenn ich keine eigenen Nachkommen habe. Ich werde alles tun, um sie aus Cedrics Klauen zu befreien und ihr die Ausbildung zukommen lassen, die ihr zusteht!"

Jacks Mutter hatte die ganze Zeit wie versteinert hinten an der Wand gestanden. Jetzt räusperte sie sich.

„Ich habe nicht alles verstanden, was hier geredet wurde. Sie waren doch die Kellnerin in dem Lokal, in dem mein Sohn ständig zu finden ist, richtig? Aber in Wirklichkeit sind Sie eine Art Meerjungfrau, die hier um ihren Thron kämpft? Heißt das, wir sind alle auf einer Seite und Sie helfen uns, von hier wegzukommen?"

Trite lächelte und nickte dann.

„Ja, Mrs. Foster, so ungefähr stimmt das." Dann sah sie Jack an. „Haben wir denn einen Plan oder rennen wir einfach los?"

„Das *ist* der Plan! Allerdings wollten wir durch einen angeblichen Geheimgang zum Strand, unsere Leute einsammeln und mit dem U-Boot abhauen. Nicht jeder von uns hat Kiemen, weißt du."

„Also gut. Ich zeige euch den Weg, dann sehen wir weiter."

Unter Trites Führung schien es ganz leicht, den richtigen Gang zu finden. Schon nach kurzer Zeit gelangten sie zu einem Ausgang, der sie in die Nähe der Höhle brachte, wo Archie, Cat und die anderen schon auf sie warteten. Kaum waren sie dort angekommen, ertönten überall Sirenen.

Cat starrte Trite misstrauisch an. „Wer ist das denn?"

„Jetzt ist keine Zeit für Erklärungen! Sie haben eure Flucht entdeckt und sammeln alle Soldaten, um sie hinter euch herzuschicken! Das ist die Gelegenheit, um sich das U-Boot zu schnappen. Los, los, ihr müsst euch beeilen!", rief Trite und gab den beiden Soldaten, die sie begleitet hatten, einen Wink, damit sie zurückgingen. „Ihr müsst zu den anderen stoßen, um keinen Verdacht zu erregen!"

„Wir bleiben auch hier und gehen zum Sammelpunkt, dann können wir euch vielleicht den Rücken freihalten", meinte Joe und sein Freund Howard nickte.

„Aber du musst mit uns kommen, Trite, das wird für dich sonst zu gefährlich, Cedric kann jederzeit deine wahre Identität herausfinden!", sagte Jack und fügte hinzu: „Das gilt auch für dich, Archie!"

Es gelang ihnen tatsächlich, unbemerkt auf das U-Boot zu kommen. Das ganze Areal war wie ausgestorben. Jack bedauerte nur, dass keine Zeit war, den anderen die Seepferde zu zeigen. Mrs. Foster, Archie und Cat ließen sich in die Sitze fallen, während Jack und Tony versuchten, dass U-Boot zu starten. Schließlich hatten sie Erfolg und die anspringenden Maschinen ließen das Boot vibrieren. Sie legten ab. Dann leitete Jack das Abtauchen ein. Tony erinnerte sich daran, dass es zwei ziemlich steile Richtungswechsel gegeben hatte. Er versuchte, diese Gebiete auf dem Sonar-Monitor zu erkennen und Jack entsprechende Anweisungen zu geben.

„Jetzt! Oh nein!", schrie er, als Jack nicht den richtigen Winkel traf und das Kreischen des Metalls der Außenhülle die Schreie der Passagiere übertönte, während sie am Felsen entlang schrammten. Doch sie hatten Glück und überstanden die engen Passagen ohne Leck.

Jack wischte sich den Schweiß von der Stirn. Endlich hatten sie das offene Meer erreicht und konnten wagen aufzutauchen. Dann konnten sie sich auch orientieren, wo sie sich genau befanden. Da knackte der Lautsprecher des Funkgeräts und eine energische Stimme ertönte: „Hier ist der Zerstörer USS Spreeling der US Navy. Identifizieren Sie sich und tauchen Sie auf. Wir kommen längsseits. Bereiten Sie sich darauf vor, dass wir an Bord kommen werden."

*

Der Kommandant der USS Spreeling trommelte mit den Fingern auf der Schreibtischplatte und wartete, bis der Matrose, der Jack hereingeführt hatte, die Tür zumachte und sich davorstellte. Dann sah er Jack, der vor ihm an dem Schreibtisch Platz genommen hatte, durchdringend an.

„Wer sind Sie und was haben Sie mit diesem U-Boot vor?"

Jack hatte schon den Mund geöffnet, um wahrheitsgemäß Auskunft zu geben, als sein Blick auf ein bronzenes Figürchen fiel, dass zwischen anderen Utensilien auf dem Schreibtisch stand – ein kleiner Hippokampos! War der Mann etwa ein Triton und mit Cedric verbündet? Oder gehörte er zu den Nereiden und konnte ihnen helfen?

„Nun? Fällt Ihnen Ihr Name noch ein oder haben Sie eine spontane Amnesie?"

Jack beschloss, einen Versuch zu wagen.

„Fa…ckel!"

„Fackel? Das ist Ihr Name?"

„Ähm, ja, Fackel, Jack Fackel, das ist mein Name." Aha, also schon mal kein Verbündeter, dachte Jack. Der Kommandant konnte mit dem Codewort scheinbar nichts anfangen.

„Ja, das ist schon ein seltsamer Name, ich weiß. Ich bin Meeresarchäologe und Experte für antike Kunst – Sie haben da aber ein schönes Stück auf Ihrem Schreibtisch! Darf ich fragen, wo Sie das herhaben?", plapperte

Jack weiter, nahm die Bronzefigur in die Hand und betrachtete sie bewundernd.

Der Kommandant beugte sich vor und nahm ihm das Seepferd wieder aus der Hand. „Von einem Freund, als Glücksbringer."

Er stellte das Figürchen wieder auf die Tischplatte.

„So, Mr. Fackel, Sie sind also Experte für antike Kunst? Übertreiben Sie es nicht ein bisschen? Sie und Ihre Gruppe? Ich meine, müssen Sie auch noch in antiken Klamotten herumlaufen?"

Jack hatte befürchtet, dass er zu diesem Thema befragt werden würde. Aber er hatte ja Zeit genug gehabt, sich eine Geschichte auszudenken.

„Na ja, sehen Sie, Sir, wir waren zu einer privaten Feier bei Cedric Whithall-Meyer – das ist auch der Eigner des U-Boots – eingeladen. Er ist ein großer Freund der Antike und hat alle seine Gäste entsprechend eingekleidet. Wir wollten dann mal eine kleine Spritztour mit dem U-Boot machen und er hat es uns geliehen. Wir sind praktisch schon wieder auf dem Rückweg."

Der Kommandant sah Jack erstaunt dann, dann entspannten sich seine Gesichtszüge. „Cedric? Na, das ist ja ein Zufall! Das ist der Freund, von dem ich das Seepferdchen habe! Das stimmt, er erzählt mir auch immer, dass er viel von der Antike hält. Er hat mich auch schon oft auf seine Insel eingeladen, aber bisher hatte ich einfach keine Zeit."

Der Kommandant stand auf. Jack hoffte inständig, dass er jetzt nicht zum Telefon griff, um die Geschichte zu überprüfen. Er erhob sich ebenfalls.

Gut gelaunt klopfte ihm der Kommandant auf die Schulter. „Na, dann lass' ich Sie und Ihre Truppe mal wieder auf das U-Boot, damit Sie zurückfahren und weiterfeiern können! Aber passen Sie auf, dass Sie das Boot ohne Schrammen zurückbringen, ich glaube, da ist Cedric etwas empfindlich. Vielleicht sehen wir uns ja auf seiner Insel mal wieder!"

14

Kurz vor Mitternacht hatten sie die Villa erreicht. Archie wusste, dass die Schlüssel unter dem dicken Keramikfrosch im Vorgarten versteckt waren. Als er aufgeschlossen hatte, waren sie alle hereingestolpert, ohne auf die architektonischen Schönheiten des herrschaftlichen Hauses zu achten.

Nachdem der Zerstörer seinen Kurs fortgesetzt hatte, war Archie mit dem Vorschlag gekommen, zunächst einmal in der Villa eines Freundes in Naples an der Golfküste Unterschlupf zu suchen und dort in Ruhe die nächsten Schritte zu überlegen. Alle waren einverstanden. Im Schutz der Dunkelheit waren sie an Land gegangen, nachdem Jack mit Tonys Hilfe die Ladeluken des U-Bootes geflutet und es so auf den Meeresgrund vor dem Yachthafen gesetzt hatte. Er hoffte, dass es dort recht lange liegen blieb und Cedric sich ordentlich über den Verlust ärgern würde. So schnell würde er jedenfalls kein Frischfleisch mehr nach Equitanien bringen können.

Am nächsten Morgen ergriff Mrs. Foster die Initiative. Da sie alle ohne einen Cent dastanden und nur ihre antike Garderobe hatten, telefonierte sie mit ihrem Banker in Boston und ließ sich eine neue Kreditkarte zur Abholung in einer Filiale in Naples ausstellen.

In den zahlreichen Zimmern der Villa fanden sich zwar genug Kleidungsstücke, um alle fürs erste zu versorgen, aber die Auswahl war begrenzt. Mit dem Chevrolet, den sie in der Garage fanden, fuhren die drei Frauen dann erst zur Bank, dann zum Shoppen.

Jack, Tony und Archie machten es sich auf der schattigen Terrasse gemütlich. Die Villa war wirklich mit allem ausgestattet, stellte Jack erfreut fest. Er hatte ein Notebook mit Internet-Zugang gefunden, das er nun auf den Knien hielt und auf dessen Keyboard er eifrig herumtippte. Archie musste die plötzliche Familienzusammenführung mit seiner totgeglaubten Nichte Amphitrite verdauen und war ganz in sich versunken.

An Trite dachte Tony auch – aber so gar nicht onkelhaft.

„Hombre, ist das nicht einfach unglaublich? Das mit Suzie, meine ich."

„Hm."

„Sie ist einfach nicht wiederzuerkennen – diese Haltung, diese Ausstrahlung…"

„Hmm."

„Wie eine Prinzessin, ja, sie erinnert mich an …"

„Otto von Greifentann!"

„Was?!"

„Otto von Greifentann! Das ist der Richtige!"

„Der Richtige wofür?"

„Otto ist Experte für antike Kulte. Ich habe ihn während des Studiums kennengelernt. Das war aber ganz am Anfang, als ich noch an der Texas A&M University in der Nähe von Houston studiert habe, noch bevor ich nach Florida kam und Nick und dich getroffen habe. Er war für ein Semester dort und ist dann nach London gegangen. Wir haben uns prima verstanden und er ist ein wirklich heller Kopf. Er kann uns bestimmt weiterhelfen!"

„Wie willst du Kontakt zu ihm aufnehmen, Muchacho? Hast du seine E-Mail-Adresse?"

„Nein, das ist mir zu unsicher. Wer weiß, welcher Triton da mitliest. Ich will ihn lieber persönlich treffen."

„Esta bien! Ich komme mit! Ich wollte immer schon mal nach London!"

„Tony, ich freue mich, wenn du mitkommst – aber, es geht nicht nach London, sondern nach Berlin!"

„Berlin, Deutschland?"

„Ja, das habe ich gerade gecheckt. Otto lebt wieder in seiner Heimat und lehrt inzwischen an der Humboldt Universität in Berlin."

„Ich glaube, die Damen sind zurück", sagte Archie da, stand auf und ging Richtung Garage. Tony sprang auch hoch und lief hinter ihm her. Über die Schulter rief er Jack zu: „Dann eben Berlin!"

Zunächst wurden alle Tüten ausgepackt und Mrs. Fosters Großzügigkeit von allen gelobt. Natürlich hatten die drei auch den Männern etwas mitgebracht, wobei Jack aber den starken Verdacht hatte, dass die Sachen die er bekam, ausschließlich seine Mutter ausgesucht hatte. Prima, dachte er, drei neue Krawatten sind genau das, was mir gefehlt hat. Dann erzählte er von dem Plan, nach Berlin zu reisen. Seine Mutter stimmte zu.

„Bring diese Sache zu Ende. Und wenn du glaubst, du musst dafür nach Berlin, dann tu das. Ich für meinen Teil habe erst einmal genug vom Reisen und von Cedric und seinen Machenschaften. Wenn ich kann, würde ich gern hier auf dich warten."

„Liebe Meredith, ich würde dir dabei gern Gesellschaft leisten. Ich fühle mich auch nicht mehr fit genug, um durch die Weltgeschichte zu reisen."

„Archie, das wäre schön!" Mrs. Foster schien sich wirklich zu freuen.

„Also, ich komme mit nach Berlin!", sagte Trite.

„Muy bien! Sehr gut!", freute sich Tony.

„Ich auch!", rief Cat.

„Also, ich weiß nicht, ob wir wirklich alle hinfahren sollten – es kann sehr gefährlich werden!", wandte Jack ein.

„Eben! Dann sind vier besser als zwei!"

„Cat hat Recht – und wenn ich darüber nachdenke, war ich es doch, die euch beim letzten Mal aus der Klemme geholfen hat, nicht wahr?", stimmte Trite zu und lächelte derart bezaubernd, dass Tony dahinschmolz.

„Komm schon, Muchacho! Es kann nicht schaden, zwei Paar Augen und Ohren mehr dabei zu haben!"

*

Als die Continental Airlines-Maschine CO 1194 drei Tage später pünktlich um 15:10 Uhr vom Flughafen Fort Myers abhob, hatte Tony es geschafft, neben Trite zu sitzen. Jack und Cat saßen in der Reihe vor ihnen. Die beiden Frauen hatten die Gangplätze gewählt. Es ging zunächst nach New York, dann, am Abend, weiter nach Frankfurt am Main. Dort würden sie dann noch einmal umsteigen müssen, um endlich nach Berlin zu kommen.

Jack hatte nichts dagegen, neben Cat zu sitzen. Im Gegenteil. Es hatte ihm immer schon gefallen, wie sie roch. Den dezenten Duft ihres Parfüms fand er vertraut und aufregend zugleich.

Das Abendessen war abgeräumt und die Flugbegleiter hatten das Licht in der Kabine gedimmt. Die meisten Passagiere lehnten sich in ihren Sitzen zurück und versuchten zu schlafen. Der Wein zum Essen und das eintönige Geräusch des Flugzeugs trugen zur Verstärkung der Müdigkeit bei und Cat nickte ein. Ihr Kopf rollte zur Seite und landete auf Jacks Schulter, was er erfreut registrierte. Er schloss die Augen und versuchte auch zu schlafen.

Doch obwohl er sich bemühte, keinen Muskel zu bewegen, zuckte Cat nach kurzer Zeit hoch. Zu Jacks Bedauern schien ihr diese Vertrautheit peinlich zu sein. Sie gähnte, streckte sich, rieb sich die Augen und meinte dann: „Schrecklich, diese Nachtflüge! Richtig schlafen kann man sowieso nicht, besser wir bleiben wach. Komm, wir gehen noch mal alles durch, was wir haben!"

„Ach, Cat, wir tun doch nichts anderes, seit wir in diesem Flugzeug sitzen!" Jack setzte sich auf und drehte sich halb zu Tony und Trite um.

Sein Blick traf geradewegs den der schönen Nereide, deren Lippen eine Andeutung von Lächeln zeigten. Zum ersten Mal registrierte Jack, dass ihre Augen dunkelgrün waren. Tony war in seinem Sitz so weit wie möglich nach unten gerutscht und lag mit seinem Kopf auf Trites Oberarm. Ohne ihren Blick von Jack zu lösen, schob sie ihn sanft zur anderen Seite. Tony schnaufte nur kurz und schlief weiter.

„Na, schlafen die beiden?", fragte Cat.

„Ja. Nein." Jack war noch immer in Trites Blick gefangen.

„Ja, was denn nun?" Cat drehte sich jetzt auch um und sah den intensiven Blickaustausch der beiden.

„Was soll das? Versucht ihr euch gegenseitig zu hypnotisieren?"

„Quatsch!", brummte Jack, drehte sich um, zog sich die Decke über die Schulter und drehte den Kopf zum Fenster. Er war wütend auf sich selbst, weil er sich irgendwie ertappt fühlte. Außerdem war er hundemüde und wollte endlich schlafen – was ihm aber nicht gelang. Immer wieder tauchten vor seinem geistigen Auge die unergründlichen Augen der Nereide auf.

*

Die Pässe, die Archie für sie besorgt hatte, schienen von guter Qualität zu sein, denn der deutsche Bundesgrenzschutz in Frankfurt hatte nichts zu beanstanden. Jack war sehr beeindruckt, wie schnell Archie das möglich gemacht hatte. Archie hatte irgendwas von Seilschaften aus einer früheren Tätigkeit erzählt, ohne auf Einzelheiten einzugehen. Nicht nur die Tritonen waren gut vernetzt, die Verbindungen unter den Nereiden schienen auch nicht schlecht zu sein.

Nachdem sie die letzte Etappe dann auch endlich geschafft hatten, empfing Berlin sie mit strahlendem Sonnenschein und für Oktober sehr milden Temperaturen. Es war schon Mittag, als sie landeten. Die Stimmung in der Gruppe war geteilt. Während Tony und Trite ausgeruht und gut gelaunt waren, sah man Jack und Cat die 14-stündige Reise deutlich an.

„Amigo, welches Hotel hast du eigentlich für uns gebucht?", fragte Tony auf dem Weg zum Taxistand.

„Das Adlon."

„Das Adlon?! Spinnst du? Das ist eines der teuersten Hotels in Deutschland!" Cat war empört stehengeblieben.

Jack zuckte mit den Achseln. „Es liegt sehr günstig, praktisch schräg gegenüber von der Humboldt Uni und hatte Zimmer frei. Außerdem zahlt Mutter unsere Expedition. Und um ihr Konto musst du dir wirklich keine Sorgen machen!"

Sie bezogen zwei nebeneinander liegende Doppelzimmer. Jack und Tony teilten sich eines, Trite und Cat das andere.

Jack ging noch einmal hinunter in die Lobby, um von einem öffentlichen Telefon Otto von Greifentann anzurufen. Er hatte Glück. Sein alter Studienfreund war da und freute sich, ihn abends zu treffen.

Da sie bis zum Treffen noch ein paar Stunden Zeit hatten, beschlossen Tony, Trite und Cat auf Sightseeing-Tour zu gehen. Schließlich waren das Brandenburger Tor, der Reichstag und andere Attraktionen nicht weit entfernt. Jack lehnte ab, er wollte sich lieber aufs Ohr legen. Im Gegensatz zu den anderen war er nicht das erste Mal in Berlin und hatte daher nicht das Gefühl, etwas zu verpassen. Als Tony das Zimmer verließ, schlief er schon tief und fest.

Der hoteleigene Radiowecker holte Jack drei Stunden später mit einem Song aus den amerikanischen Charts in die Wirklichkeit zurück. Nachdem er geduscht und sich rasiert hatte, fühlte er sich wie ein neuer Mensch. Nur das leichte Wabern im Kopf erinnerte ihn daran, dass sein Körper mit der anderen Zeitzone noch nicht im Gleichklang war. Außerdem hatte er einen Bärenhunger. Hoffentlich hatte Otto irgendwo einen Tisch reserviert.

*

„Jack! Dein Anruf hat mich ja fast umgehauen! Das ist ja eine Überraschung! Warum hast du dich nicht früher gemeldet? Ich hätte doch was Nettes arrangieren können!"

Otto von Greifentann kam mit langen Schritten hinter seinem wuchtigen Schreibtisch hervor und umarmte Jack herzlich. Er hat sich kaum verändert, dachte Jack. Noch immer sah er aus wie ein preußischer Beamter aus dem 19. Jahrhundert. Lang und hager und im ständigen Kampf mit seinen widerspenstigen blonden Haaren, die er partout mit einem exakten Scheitel bändigen wollte. Dadurch wirkte er viel älter, als er in Wirklichkeit war. Er hatte einen leicht eckigen deutschen Akzent, sprach aber sonst ein ausgezeichnetes Englisch.

„Hallo Otto. Das ist eine lange Geschichte…", begann Jack, wurde jedoch sofort von Otto unterbrochen, der nun erst die anderen wahrnahm.

„Wie unhöflich von mir! Die Damen einfach stehenzulassen, wo hab' ich nur meine Manieren!"

Mit einem formvollendeten angedeuteten Handkuss begrüßte er zunächst Trite, dann Cat und schließlich, mit einem festen Händedruck, Tony. Jack übernahm die Vorstellung und unterdrückte ein Grinsen, als er sah, dass Tonys Miene immer säuerlicher wurde. Schon damals beim Studium war Ottos altmodische europäische Art bei den Mädels gut angekommen und hatte die Jungs eifersüchtig gemacht. Diese Wirkung schien nicht nachgelassen zu haben.

Nachdem sie in der kleinen Sitzgruppe des Büros Platz genommen hatten, begann Jack, unterstützt von den anderen, zu erzählen. Trites

Identität gab er jedoch nicht preis. Noch nicht. Ihr Reisepass war auf den Name ihres Pseudonyms *Suzie Burns* ausgestellt worden und so hatte er sie auch Otto vorgestellt. Jack wollte erst Ottos Reaktion auf die anderen unglaublichen Dinge abwarten, bevor er ihm enthüllte, dass sie die rechtmäßige Erste Nereide war. Dass er selbst auch unter einem falschen Namen reiste, tat nichts zur Sache – das ließ er auch unerwähnt.

Bei dem Bericht schnellten Ottos Augenbrauen zwar in die Höhe, zu Jacks Erstaunen zweifelte er jedoch nicht ein einziges Mal den Wahrheitsgehalt der Geschichte an.

„Das ist ja alles höchst interessant – aber was willst du jetzt von mir?"

„Otto, wir müssen Cedric das Handwerk legen. Du siehst doch, wie sich alles zuspitzt. Die Umwelt- und Klimakatastrophen, die weltweiten Wirtschaftskrisen, Kriege und Terror – die Tritonen stehen kurz davor, alles ins Chaos zu stürzen und die Macht zu übernehmen. Es geht nicht mehr nur darum, ein kleines Mädchen aus den Fängen seines verrückten Onkels zu befreien – die Welt, wie wir sie kennen, könnte zerstört werden!"

„Seepferde, Tritonen, Nereiden und dann noch die Verbindung mit dem Hekate-Kult – Jack, das sind Dimensionen, die ihr nicht überblicken könnt. Da solltet ihr besser die Finger von lassen!"

Jack sah Otto von Greifentann forschend an. „Du weißt doch etwas darüber, oder? Du hörst nicht zum ersten Mal davon!"

Otto stand abrupt auf und blickte in die Runde. „Wir sollten das Gespräch an einem anderen Ort fortsetzen. Ihr habt doch sicher Hunger. Ich habe einen Tisch im Café Einstein reserviert."

Auf dem Weg zum Restaurant, das genau wie die Universität auch in der Straße *Unter den Linden* lag, ging Otto mit Trite und Cat vor, Jack und Tony folgten. Tony hielt Jack zurück, sodass ein größerer Abstand zwischen den beiden Gruppen entstand, und meinte leise zu ihm: „Amigo, bist du sicher, dass wir dem Typ vertrauen können?"

„Bis eben dachte ich das. Jetzt bin ich mir nicht mehr so sicher. Lass uns mal abwarten, was er gleich erzählt."

Das Café Einstein war brechend voll. Doch Otto gehörte zu den Stammgästen und hatte daher auch kurzfristig noch eine Reservierung vornehmen können. Sie bekamen einen Tisch in einer Ecke, was ihnen sehr recht war. Die Wiener Schnitzel, Spezialität des Hauses, waren schnell vertilgt. Jack war nicht der Einzige, der großen Hunger hatte.

Otto von Greifentann räusperte sich. „Nun, ich will euch nicht länger auf die Folter spannen. Es handelt sich hier aber um eine wirklich delikate Angelegenheit und ich muss um äußerste Diskretion bitten.

Kurz nach dem Super-GAU von Fukushima hatte ich ein merkwürdiges Treffen mit zwei Beamten der deutschen Regierung, die mich über Hekate-Rituale befragten. Während des Treffens wurde klar, dass sie sich besonders für solche Rituale interessierten, die in Zusammenhang mit der Heraufbeschwörung von Naturkatastrophen stehen. Ich versprach, Recherchen zu unternehmen und wir vereinbarten ein weiteres Treffen. Daran nahm dann auch ein Amerikaner teil, der wahrscheinlich vom CIA oder einem anderen eurer Geheimdienste war. Der wollte von mir wissen, ob ich mir vorstellen könne, dass Florida ein besonderer Ort für solche Rituale sein könnte. Ich fand das ziemlich abstrus und sagte ihm das auch. Dann sollte ich eine Art Gegenmaßnahmen-Katalog erstellen, also eine Auflistung von Aktionen, mit denen man die Beschwörungsrituale unwirksam machen könnte.“

Die vier hingen an Ottos Lippen. Cat hielt es nicht mehr aus: „Und? Gibt es welche?“

Otto senkte den Blick. „Als ich abends nach dem Treffen nach Hause kam, fand ich meine Katze mit durchgeschnittener Kehle in meiner Bibliothek. Sie lag auf dem Buch, das ich über Schwarze Magie in der Antike geschrieben habe. Daneben war ein Zettel, auf dem stand:

Hüten Sie sich vor Hekate und versuchen Sie nicht, ihre Kraft zu brechen, sonst ergeht es Ihnen genauso!

Ich habe die Katze begraben, den Beamten mitgeteilt, dass ich keine Hinweise auf irgendwelche Gegenmaßnahmen gefunden hätte und habe mich an die Anweisung gehalten. Wenn diese Leute so mächtig sind, dass sie von dem Treffen und seinem Inhalt erfahren haben und unbemerkt in mein Haus eindringen konnten, dann glaube ich auch, dass sie mich ebenfalls jederzeit umbringen können!“

Betroffen schwiegen alle. Dann sagte Jack: „Was ist mit den Tritonen und Nereiden? Hast du davon auch schon gehört?“

Otto nickte. „Allerdings, aber erst vor kurzem. Im Pergamonmuseum gibt es einen neuen Kurator, Dr. Andreas Grasukat, der mich auf einen Kaffee eingeladen hatte. Er wollte mit mir über Opferrituale in Zeustempeln sprechen. Wir sind dann durch die Ausstellung gegangen. Bei dem Teil des Pergamonaltars, auf dem der Kampf der Tritonen mit den Göttern dargestellt ist, blieb er stehen und sagte, er habe gehört, dass es tatsächlich auch heute noch Nachfahren der Tritonen und Nereiden gäbe. Ich habe das natürlich als Unsinn abgetan, der gute Mann kam mir sowieso etwas schräg vor, er erzählte mir nämlich anschließend, dass er ein Tattoo auf dem Arm hat, so eine Art Seepferd – er nahm die Sache wirklich ernst."

„Ziemlich inflationär, dieses Tattoo. Wir haben es alle und sogar meine Mutter hat es", meinte Jack trocken.

„Wie bitte?!"

„Ich kann es dir gern zeigen, nur möchte ich das hier nicht tun. So langsam glaube ich, dass jeder zweite zu dem Verein gehört. Wahrscheinlich wollte dich dieser Grasukat testen, ob du auch Mitglied bist oder nicht."

„Also, wir wissen ja nun, dass es tatsächlich auch heute noch Tritonen und Nereiden gibt. Wir wissen auch, dass die Tritonen mit Hilfe der Schwarzen Magie der Hekate-Rituale sehr mächtig geworden sind. Wir nehmen an, dass sie diese Macht nutzen wollen, um die Weltherrschaft zu erlangen – die Frage ist, was kann man dagegen tun?", fasste Cat zusammen.

Otto wischte sich über die Stirn. „Es tut mir leid, aber ich bleibe dabei – aus dieser Sache halte ich mich raus!"

„Hombre, das wird kaum möglich sein! Wenn du glaubst, dass diese Typen so mächtig und so allwissend sind – denkst du nicht, sie kriegen sehr schnell heraus, dass wir mit dir Kontakt aufgenommen haben? Dir bleibt also nichts anderes übrig, als uns zu helfen, diesen Ober-Triton, Cedric, zur Strecke zu bringen!", regte Tony sich auf.

„Und was dann? Dann ist es wie bei der Hydra: Schlägt man einen Kopf ab, wächst sofort ein neuer nach! Ein anderer nimmt seinen Platz ein und nichts ändert sich!"

Trite alias Suzie hatte bisher geschwiegen. Jetzt ergriff sie das Wort. „Doch, Otto, es wird sich etwas ändern. Wenn Cedrics Macht gebrochen ist, werden die Nereiden die Situation nutzen, um die Herrschaft über die

Seepferde zurückzuerlangen. Die Tritonen können ihnen dann nichts mehr anhaben. So wie die Tritonen das Böse durch Hekate beschwören, können die Nereiden das Gute durch die Seepferde hervorrufen."

„Aber die Nereiden brauchen jemanden, der sie führt, der das alles koordiniert! Wer soll das sein?"

Trite löste das Halstuch, das sie trug, sodass Otto ihre Kiemen sehen konnte. „Mein richtiger Name ist Amphitrite. Ich habe das Nereiden-Gen und wurde von Kindheit an auf diesen Moment vorbereitet. Ich bin die rechtmäßige Erste Nereide."

Otto schluckte und starrte auf Trites Hals.

„Na, hilfst du uns jetzt, Herr Professor?", fragte Jack lächelnd.

Otto riss seinen Blick los und sah Jack an. „Tatsache ist, ich weiß wirklich nicht, wie man eine Hekate-Beschwörung außer Kraft setzen kann. Ich habe auch noch nie von einem solchen Gegenzauber gehört."

„Ach, komm schon! Wenn du dich da richtig reinkniest, dann wirst du auch was finden", ermunterte Jack seinen alten Freund.

*

Da die Abendluft noch so schön war, beschlossen sie, einen kleinen Spaziergang zu machen und gingen Richtung Osten. Auf der Schlossbrücke blieben sie stehen, lehnten sich an das Geländer und sahen auf die vorbeiziehenden Boote hinunter. Viele Touristen nutzten ebenfalls das schöne Wetter aus, sodass auf der Spree und auf der Brücke ein ziemlicher Betrieb herrschte.

Cat konnte schließlich ein Gähnen nicht unterdrücken. Jack bemerkte das. Er hatte sich sowieso schon gewundert, wie Cat das alles trotz Schlafmangel durchhielt. Jetzt sagte er: „Es war ein langer Tag. Wir sollten Schluss machen. Treffen wir uns morgen wieder, Otto?"

Während er sprach, richtete er sich auf und sein Blick streifte das schmiedeeiserne Brückengeländer aus dem 19. Jahrhundert, dessen figürliche Gestaltung im Dämmerlicht noch so gerade erkennbar war. Plötzlich erstarrte Jack.

„Was ist los?", fragte Cat.

„Seht ihr das auch?", sagte Jack leise und deutete auf das Geländer.

Alle traten einen Schritt zurück und betrachteten die Figuren genauer. Tony stieß einen leisen Pfiff aus.

„Hombre, was bedeutet das? Ist Berlin das Tritonen-Hauptquartier?" Die Figuren des Geländers bestanden aus Seepferden und Tritonen! Otto war auch perplex. „Das ist mir noch nie aufgefallen!"

„Vielleicht ist das ja nur ein Zufall", versuchte Cat abzuwiegeln.

„Ja, es wäre toll, wenn wir rauskriegen könnten, ob das die einzige Stelle ist, an der sich solche Darstellungen befinden", meinte Jack und wandte sich an Otto. „Dann wäre es wohl wirklich nur ein Zufall. Da weiß sicher dein neuer Freund Bescheid, dieser Kurator, Dr. Gasu…"

„Grasukat. Ja, wahrscheinlich. Aber wie soll ich das unauffällig aus ihm herausbekommen?"

Otto ist wirklich ein hervorragender Wissenschaftler, dachte Jack, aber in diesen Dingen einfach hilflos. Laut sagte er dann: „Du kannst ihm doch fast die Wahrheit sagen, nämlich, dass du bei einem Spaziergang dieses Brückengeländer entdeckt hast. Da ist dir euer Gespräch wieder eingefallen, in dem es um Nereiden und Tritonen ging, und jetzt fragst du dich, ob es noch weitere Darstellungen dieser Art in Berlin gibt. Und wenn ja, was das wohl zu bedeuten hat."

Otto nickte. „Du hast Recht – so mache ich das!"

15

Als Tony sich im Hotelzimmer ins Bett legte, rief er zu Jack rüber: „Wehe, du schnarchst!"

„Selber!", antwortete Jack, drehte sich auf die Seite und zog sich die Decke über die Schultern.

Während Tony innerhalb von Minuten eingeschlafen war, wälzte Jack sich hin und her, bis er schließlich in einen unruhigen Schlaf fiel. Er träumte von Tritonen, die ihn verfolgten und dabei auf ihren Muschelhörnern bliesen. Doch die Geräusche, die sie machten, glichen eher einem Klingeln. Das Klingeln hörte nicht auf, es wurde lauter. Endlich wachte Jack auf und stellte fest, dass das Geräusch sehr real war und vom Telefon auf dem Nachttisch neben seinem Bett kam. Keiner von ihnen hatte ein Handy mitgenommen, aus Angst, darüber geortet werden zu können. Schlaftrunken griff er zum Hörer.

„Ja…?"

„Jack! Endlich! Kannst du kurz rüberkommen?"

„Otto? Bist du das? Was ist los? Wo bist du denn?"

„Noch in der Uni. Ich erwarte dich am Eingang und lass' dich rein. Ich habe etwas gefunden, das uns weiterhelfen kann, das muss ich dir unbedingt zeigen – bis gleich!"

Noch bevor Jack antworten konnte, hatte Otto wieder aufgelegt. Jack starrte auf die Uhr des Radioweckers. 02:30 Uhr, strahlte es ihn in roten Ziffern an. Er rieb sich die Augen und sah zu Tonys Bett hinüber. Der hatte nichts mitbekommen und schlief selig weiter.

Jack seufzte und zog sich an. Tony ließ er weiterschlafen. Es mussten sich ja nicht alle die Nacht um die Ohren schlagen. Wenn Otto ihm die

Gelegenheit gegeben hätte, hätte er die Sache auch am liebsten auf den nächsten Morgen vertagt, aber so war Otto nun mal: Wenn er sich für etwas begeisterte, dann auch mit Haut und Haaren und durchgearbeiteten Nächten. Jack war aber froh, dass Otto endlich angebissen hatte und sie jetzt unterstützte, dafür musste er nun auch auf dessen Eigenarten eingehen.

Er wollte schon die Zimmertüre leise hinter sich zuziehen, als ihm einfiel, dass er Tony doch besser eine Nachricht hinterlassen sollte. Wer weiß, wie lange das mit Otto dauerte. Schnell kritzelte er ein paar Zeilen auf das Hotelpapier. Dann verließ er das Zimmer.

Die Nacht war doch schon herbstlich kühl und Jack schlug den Kragen seiner Jacke hoch, als er zur Humboldt Universität eilte.

Otto erwartete ihn schon ungeduldig. Ansatzlos begann er zu reden, während sie mit schnellen Schritten durch die dunklen Flure in Richtung seines Büros liefen.

„Ich habe Grasukat angerufen und ihm von den Seepferden auf der Schlossbrücke erzählt, so wie wir besprochen hatten. Er schien sich darüber zu freuen, dass ich mir Gedanken dazu gemacht habe und sagte dann, dass das tatsächlich *kein* Zufall sei. An den Pfeilern der Marchbrücke, in der Nähe der Kunstakademie, an der Gotzkowskybrücke und auf der Brücke an der Innsbrucker Straße gäbe es ebenfalls welche. Er könne mir sogar noch mehr Beispiele aufzeigen. Wir müssten uns mal treffen, dann würde er mir mehr dazu erzählen."

Otto räusperte sich, dann fuhr er fort: „Ich bin ehrlich besorgt, Jack. Das habe ich mir nicht vorstellen können, dass diese Sache solche Ausmaße hat und so weit in die Geschichte reicht! Also, in die Neuzeit, meine ich. Immerhin sprechen wir hier vom 19. Jahrhundert! Ich habe das Problem dann noch einmal analysiert und da …". Sie hatten Ottos Büro erreicht und er schloss die Tür auf. „Eine Schrift des Pseudo-Dionysius Areopagita! Darin habe ich die Lösung gefunden!"

„Der Pseudo-Dionysius? Ist das nicht der, der sich mit der Hierarchie der Engel beschäftigt hat?"

„Richtig! Das ist ja die Lösung!"

„Verstehe ich nicht!"

Ottos Büro sah man die Anstrengungen seines Besitzers an. Der Schreibtisch war übersät mit aufgeschlagenen Büchern und Kopien von Pergamentrollen.

Otto blieb mitten in dem ziemlich großen Raum stehen und baute sich in seiner ganzen Größe vor Jack auf, womit er ihn sogar noch um einen halben Kopf überragte. Dann setzte er die gönnerhafte Miene des überlegenen Lehrkörpers auf.

„Jack, überleg mal, wie kann man das Böse unschädlich machen?"

Ottos Tonfall vervollständigte das Bild. Jack kam sich vor wie ein Student vor der Prüfungskommission. Aber er spielte mit.

„Nun, einmal durch sein Spiegelbild: Es kann den eigenen Anblick nicht ertragen und flüchtet davor – similia similibus curantur…"

„… Gleiches wird durch Gleiches geheilt! Jajaja, aber was, wenn das Böse gar nicht sehen kann, keine Person, sondern eher abstrakt ist?"

„Dann muss man ihm etwas extrem Gutes entgegensetzen… die Engel! Engel sind Verkörperungen des Guten!"

Otto nickte zufrieden, Jack hatte die richtige Schlussfolgerung gezogen. Der runzelte aber die Stirn.

„Soweit die Theorie. Wie soll das Ganze denn praktisch aussehen? Willst du einen Engel beschwören?"

„Jack, du weißt genau, dass das Blödsinn ist! Einen Engel kann man nicht beschwören!" Otto eilte zu seinem Schreibtisch und griff eine der Kopien heraus.

„Hier, ich habe mir die Texte genau angesehen. Was wir brauchen, ist ein Engel, der die Macht hat, sich dem Bösen entgegenzustellen und in Kontakt mit Menschen treten kann – ein Erzengel!"

Jack fasste sich an die Stirn. Hatte Otto sie noch alle? Und dafür hatte er ihn aus dem Bett geholt!

„Ein Erzengel also, ja? Soweit ich weiß, war das letzte Mal, als ein Erzengel mit Menschen Kontakt aufgenommen hat, vor mehr als 2000 Jahren – das Ergebnis dieses Kontaktes feiern wir jedes Jahr zu Weihnachten. Ich sehe nicht, wie uns das jetzt weiterhelfen kann!"

Otto fischte ein Buch aus dem Chaos heraus und schwenkte es triumphierend vor Jacks Nase.

„Du irrst, mein Lieber! Erstens ist der Engel der Verkündigung, Gabriel, sowieso nicht der, den wir brauchen, und zweitens fand – wenn man denn an dergleichen Dinge glaubt – zumindest ein weiterer Erzengel-Mensch-Kontakt im 8. Jahrhundert nach Christi statt!"

Mit einer schwungvollen Bewegung drückte er Jack das Buch in die Hand, ließ sich in seinen Schreibtischsessel fallen, verschränkte die Arme hinter seinem Kopf und wartete auf Jacks Huldigung.

L'Histoire de Mont-St-Michel, las Jack auf dem Deckblatt des Buches, die Geschichte des Mont-St-Michel. Die Frakturschrift und der abgegriffene Buchdeckel verrieten, dass es sich um ein älteres Exemplar handeln musste. Er hockte sich auf die breite Rückenlehne der kleinen englischen Ledercouch und begann in dem Buch zu blättern. Seine Französisch-Kenntnisse hatte er schon lange nicht mehr aktiv eingesetzt, und er war zu müde, um sich darauf zu konzentrieren, wirklich in dem Buch zu lesen.

„Mont-St-Michel? Diese Abtei in der Normandie, die auf einem Felsen vor der Küste liegt?"

„Genau die!"

„Hm. Wie der Name schon sagt, ist sie dem Erzengel Michael geweiht…"

„… der das Gute mit dem Schwert gegen das Böse verteidigt, wie uns zahlreiche Darstellungen aus dem Mittelalter erzählen! Um 708 soll dieser Erzengel dem Bischof Aubert von Avranches den Auftrag zum Bau einer Kirche an eben jener Stelle erteilt haben. Der stellte sich aber ähnlich begriffsstutzig an wie du, sodass St. Michael ihm schließlich mit dem Finger ein Loch in den Schädel brannte. Dann klappte es endlich auch mit dem Kirchbau!"

„Na gut. Michael ist also der Erzengel, den wir brauchen. Aber ich sehe immer noch nicht deinen Punkt – sollen wir ihn in seiner Kirche kontaktieren, oder was?"

„Ach, Jack! Begreifst du denn immer noch nicht? Wir müssen doch nur – was war das? Hast du das auch gehört?"

Jack hatte es auch gehört. Auf dem Gang näherten sich Schritte.

*

Jacks Versuch seine Augen zu öffnen, war nicht sehr erfolgreich. Das Linke war wie zugeklebt, das Rechte starrte ins Dunkle. Er lag auf dem Rücken und versuchte, etwas zu erkennen. Er musste auf einem harten Gegenstand liegen, denn irgendetwas stach ihm unangenehm in die Rippen. Stöhnend setze er sich auf.

Schlagartig kam dann die Erinnerung zurück. Nachdem sie die Schritte auf dem Gang gehört hatten, wurde die Tür zu Ottos Büro geöffnet und für den Bruchteil einer Sekunde sahen sie eine schwarzgekleidete Gestalt mit Maske und Nachtsichtgerät, die sofort den Lichtschalter neben der Tür betätigte. Im Dunkeln hatte Jack keine Chance gegen diesen gut ausgerüsteten Gegner, der ihn mit einigen gezielten, ziemlich harten Schlägen außer Gefecht setzte.

Er griff hinter sich – der Gegenstand, auf dem er gelegen hatte, war ein Buch. Dann rappelte er sich hoch und stolperte dorthin, wo er den Lichtschalter vermutete. Der Anblick, der sich ihm bot, als er das Licht einschaltete, war verheerend. Das ganze Büro war verwüstet, alle Bücherregale leergeräumt und ihr Inhalt auf dem Boden verteilt. Das Buch, auf dem er gelegen hatte, war das über die Geschichte des Mont-St-Michel. Er hob es auf.

Auf den Büchern und auch auf dem Boden sah er mehrere dunkle Flecke. Jack schrak zurück, als er erkannte, um was es sich dabei handelte – es war eindeutig getrocknetes Blut!

Otto hatte er bisher nicht entdecken können. Auf das Schlimmste gefasst, ging Jack um den altmodischen Schreibtisch herum und sah – nichts! Otto war nicht da. Die Schreibtischschubladen waren ebenfalls alle durchwühlt worden und ihr Inhalt teilweise auf dem Boden gelandet. Auch ein kleiner Spiegel war dabei. Jack griff danach, um festzustellen, was mit seinem linken Auge passiert war. Sein eigener Anblick erschreckte ihn: Oberhalb der linken Augenbraue hatte er eine Platzwunde, deren Blut ihm nicht nur ins Auge gelaufen war, sein halbes Gesicht war mit getrocknetem Blut bedeckt. Zum Glück war das Auge aber nicht zugeschwollen, sodass er es wieder öffnen konnte, nachdem er das getrocknete Blut vorsichtig entfernt hatte.

Da er sonst keine offenen Wunden bei sich feststellen konnte, war er sicher, dass das Blut auf den Büchern und auf dem Boden nicht von ihm stammte. War der geheimnisvolle Eindringling verletzt? Oder Otto? Wo steckte Otto bloß? Holte er vielleicht Hilfe? Jack sah auf seine Armbanduhr – 05:30 Uhr. Nicht lange und es würde hell werden. Das Gefühl, dass man ihn besser nicht in diesem Chaos, noch dazu ohne Otto, finden sollte, wurde immer stärker. Er musste hier weg. Das Buch über den Mont-St-Michel nahm er mit.

*

Ein lautes Klopfen an der Zimmertür riss Tony unsanft aus dem Schlaf.

„Diablo! Qué pasa? Wir haben keinen Zimmerservice bestellt und …" Weiter kam er nicht, da wurde die Zimmertür auch schon krachend aufgebrochen und vier Männer stürmten mit gezückten Waffen ins Zimmer.

Während einer ins Bad rannte, verteilten sich die anderen im Zimmer. Einer riss die Kleiderschranktür auf, einer untersuchte den Schreibtisch und einer hielt Tony seine Pistole unter die Nase.

„Polizei! Wo ist Dr. Foster?", fragte er auf Englisch.

„Na, da drüben – in seinem Bett! Können Sie mir mal erklären, was das hier soll? Ich …" Noch während er sprach, sah Tony zu Jacks Bett herüber und musste dann mit der Erkenntnis fertig werden, dass es leer war.

„Das verstehe ich nicht!"

Der Polizist, der den Schreibtisch untersucht hatte, hob mit einer behandschuhten Hand den Zettel auf, den Jack geschrieben hatte.

„Hier haben wir die Erklärung!", meinte er. Er las vor, was auf dem Zettel stand: „*Otto hat angerufen. Hat einen Ansatzpunkt. Treffe ihn und erledige das. Bin zum Frühstück zurück. Jack*".

Der Polizist, mit dessen Waffe Tony schon Bekanntschaft gemacht hatte und der offensichtlich den Einsatz leitet, grinste zufrieden.

„Wunderbar, das ist ja fast schon ein Geständnis. Wenn wir Glück haben, kommt Dr. Foster tatsächlich entspannt zum Frühstück zurück. Dann können wir ihn bequem verhaften."

„Aber warum wollen Sie ihn verhaften? Was soll er denn getan haben?" Tony raufte sich die Haare.

Der Polizist sah Tony grimmig an.

„Ihr Kumpel ist unter falschem Namen in Deutschland eingereist. Weiß der Henker, was er von Professor von Greifentann wollte, aber der scheint ja seine wahre Identität aufgedeckt zu haben. *Otto hat angerufen. Hat einen Ansatzpunkt. Treffe ihn und erledige das.* Das soll wohl heißen, dass er ihn aus dem Weg räumen wollte."

„So ein Blödsinn! Rufen Sie Otto von Greifentann doch an, dann klärt sich das ganz schnell. Jack hat ihn nur um einen fachlichen Rat gebeten, weiter nichts!"

„Genau das geht leider nicht. Wir haben einen Hinweis erhalten, dass im Büro von Professor von Greifentann ein Kampf stattfindet. Als wir eintrafen, fanden wir nur ein zerwühltes Büro und Blutspuren vor. Und außerdem jede Menge Fingerabdrücke von Ihrem Freund. Die amerikanischen Kollegen waren da sehr hilfreich – besonders, da sie Dr. Foster ja selbst wegen Entführung und Mord an einem kleinen Mädchen suchen!"

„Todos los Santos! Das ist doch alles …", Tony hielt inne. Ihm fiel Jacks Bemerkung ein, dass es wahrscheinlich viel mehr Tritonen und deren Verbündete gab, als sie ahnten. Besser er schwieg.

„Ja? Was wollten Sie sagen?"

„Ach, nur, dass das alles ein großes Missverständnis ist."

„Dann hat Dr. Foster ja nichts zu befürchten. Wir werden das Rätsel schon lösen."

*

Jack brauchte den gesamten Papiervorrat der Herrentoilette der Geschichtsfakultät auf, um sein Gesicht zu waschen und die Blutflecken aus seiner Kleidung wenigstens so weit zu entfernen, dass er ohne Aufsehen zu erregen auf die Straße treten konnte. Die Platzwunde war zum Glück nicht so schlimm, wie sie zunächst ausgesehen hatte.

Im Osten ging glutrot die Sonne auf und ein leichter Nebel lag über der Stadt. Der Tag schien wieder sehr schön zu werden. Außer einer Straßenkehrmaschine, die langsam aber gewissenhaft ihrer Arbeit nachging und einem Nachtschwärmer, der schwer schwankend versuchte, eine gerade Linie zu laufen, war noch niemand unterwegs. Die Touristen würden dieses Gebiet erst in einigen Stunden mit Bussen und zu Fuß zurückerobern.

Nachdem Jack sich mehrmals vorsichtig umgesehen hatte, machte er sich auf den Weg zum Adlon. Das Buch hatte er unter den Arm geklemmt, um die Hände in die Jackentaschen stecken zu können. Er fröstelte. Sein

Atem bildete kleine Wölkchen vor seinem Gesicht. In seinem Kopf rasten die Gedanken und überholten sich gegenseitig. Was war bloß mit Otto geschehen? Hatten die Tritonen ihn ermordet? Wenn er doch nur wüsste, was Otto ihm hatte sagen wollen!

Als er das Adlon betrat, ging er mit schnellen Schritten, ohne den Portier anzusehen, durch die Lobby zum Aufzug. Als sich die Aufzugtüren hinter ihm schlossen, atmete er auf, lehnte sich an die Aufzugwand und schloss kurz die Augen. In Sicherheit! Er hatte den Mann, der in einem der bequemen Sessel in der Lobby saß, kaum wahrgenommen. Er ahnte auch nicht, dass er der Gegenstand des Gesprächs war, das dieser Mann gerade auf seinem Handy führte.

Jack zog die Schlüsselkarte durch den dafür vorgesehen Schlitz an der Zimmertür und bemühte sich, sie möglichst leise zu öffnen. Es war ja immer noch sehr früh, und er wollte Tony nicht unbedingt durch sein plötzliches Auftauchen aus dem Schlaf schrecken.

Zu seinem Erstaunen war das Zimmer hell erleuchtet. Tony saß auf der Bettkante und sah ihn mit einem seltsamen Gesichtsausdruck an.

„Du bist schon wach? Was …" Weiter kam Jack nicht, da tauchten wie aus dem Nichts von überall her Männer auf. Seine Arme wurden nach hinten gerissen und er spürte, wie sich das kalte Metall der Handschellen unangenehm eng um seine Handgelenke schloss. Dabei verlor er das Buch, es krachte zu Boden. Jemand hielt ihm einen Dienstausweis vor die Augen und brüllte etwas, dann stieß ihn ein anderer aus der Zimmertür, über den Flur, zu einem unscheinbaren Personalaufzug. Jack fühlte sich wieder wie betäubt – damit hatte er in letzter Zeit ja reichliche Erfahrungen gesammelt. Unten wartete der Mann, der vor kurzem noch telefonierend in der Lobby gesessen hatte. Er führte Jack zu einem Auto, das mit laufendem Motor wartete und beförderte ihn ziemlich unsanft auf den Rücksitz. Dann fuhren sie los.

Jack hatte Mühe, die Balance zu halten – bei der Geschwindigkeit, mit der der Wagen durch die noch leeren Straßen bretterte und mit auf dem Rücken gefesselten Händen war das nicht so einfach. Währenddessen überlegte er, ob ihn die deutschen Behörden wohl sofort an die USA ausliefern oder erst versuchen würden, ihm den – wahrscheinlichen – Mord an Otto anzuhängen. Wohl eher Letzteres. Aber so oder so – die

Aussichten waren alles andere als gut. Er starrte aus dem Autofenster, ohne die vorbeiziehende Gegend wirklich wahrzunehmen. Bis ihm auf einmal auffiel, dass sie die Stadt verließen und es immer ländlicher wurde.

„Hey! Wo bringen Sie mich hin? Die Berliner Polizei hat ja wohl kaum ihre Büros im Grünen!"

Der Fahrer grinste ihn über den Innenspiegel an und sagte: „Fackel!"

Es dauerte ein paar Sekunden, bis Jack die Tragweite dieses Wortes klar wurde.

*

„Ja, auch Fackel", knurrte er dann. „Wenn Sie wirklich einer von den Guten sind, wäre ich Ihnen dankbar, wenn Sie mir endlich die Handschellen abnehmen und mir erklären würden, was Sie vorhaben!"

„Keine Sorge! Innerhalb der Stadt war das zu riskant – wir hätten immer noch von einem Polizeiwagen gestoppt werden können. Aber jetzt halte ich bei nächster Gelegenheit an und befreie Sie!"

Der Mann hielt Wort. An einem Feldweg stoppte er den Wagen und half Jack heraus. Nachdem er ihm die Handschellen abgenommen hatte, fragte Jack: „Und jetzt?"

„Ich bringe Sie zu einem kleinen Privatflugplatz in der Nähe von Trebbin. Das liegt südwestlich von Berlin. In ungefähr einer halben Stunde sollten wir dort sein!"

„Und dann? Miete ich mir einen Jet und verschwinde? Das klappt nur im Film! Ich habe keinen Pass mehr, den haben mir Ihre Kollegen abgenommen! Und was geschieht mit meinen Freunden?"

„Die werden Sie auf dem Flugplatz treffen. Die Erste Nereide hat alles organisiert. Auch ein Flugzeug und neue Pässe."

Im weiteren Verlauf der Fahrt erfuhr Jack dann, dass der Mann tatsächlich als Kommissar bei der Berliner Polizei tätig war. Dort war eine anonyme Mitteilung eingegangen, dass Professor von Greifentanns Leben in Gefahr war – verbunden mit dem Hinweis, dass ein in den USA gesuchter Verbrecher daran beteiligt war. Trite hatte allerdings bereits vorher, noch in der Nacht, Kontakt zu ihm aufgenommen, damit er die Weiterreise der

Gruppe organisieren konnte. Nach Rücksprache mit ihr setzte er dann seine Position dazu ein, Jack zur Flucht zu verhelfen.

Auf dem kleinen Privatflugplatz bei Trebbin war noch nicht viel los. Im Tower brannte aber schon Licht und irgendjemand versuchte ein Propellerflugzeug zu starten, das aber immer wieder ausging. Jack hoffte, dass es nicht die von Trite bestellte Maschine war.

Sie gingen zu dem bescheidenen Warteraum. Immerhin gab es hier einen Kaffeeautomaten. Selten hatte Jack sich so gefreut, einen zu sehen. Der Kommissar zeigte sich großzügig und spendierte zwei Becher, was Jack gern annahm, da sein Vorrat an europäischem Kleingeld sehr beschränkt war.

Für Jack war es eine gefühlte Ewigkeit, bis endlich ein großer dunkler Wagen mit quietschenden Reifen knapp vor dem Warteraum zum Stehen kam und seine Freunde ausstiegen.

„Wie siehst du denn aus?", begrüßte Cat ihn mit kritischem Blick.

„Auch schön, dich zu sehen", entgegnete Jack trocken.

Trite sah ihn mitleidig an und meinte: „Ich kümmere mich gleich um deine Wunde, aber zuerst muss ich dafür sorgen, dass wir hier wegkommen!" Dann ging sie zielstrebig zum Hangar.

Jack sah ihr hinterher. Tony hatte inzwischen das Gepäck aus dem Kofferraum geholt und den Fahrer verabschiedet, der auch sofort kehrtmachte und verschwand.

„Hier sind deine Sachen, Muchacho. Da kannst du dir wenigstens ein frisches Hemd anziehen!" Er grinste und drückte Jack seine Tasche in die Hand.

„Das würde sicher helfen", stimmte Cat zu.

Jack hatte keinen Gedanken mehr an sein Äußeres verschwendet – die Bemerkungen der beiden machten ihm aber klar, dass er daran dringend etwas ändern musste. Er war noch dabei, die Knöpfe zu schließen, als Trite schon zurückkam. Cat knüllte sein altes blutverschmiertes Hemd zusammen und stopfte es in eine der Reisetaschen. Bloß keine Spuren hinterlassen!

„Es geht los! Der Pilot wartet nur noch auf uns!", sagte Trite etwas atemlos.

„Wo fliegen wir denn überhaupt hin?", fragte Jack, während er sich das Hemd in die Hose stopfte.

„Nach Frankreich! Zum Mont-St-Michel! Da wolltest du doch hin, oder?", antwortete Trite und schenkte ihm ein bezauberndes Lächeln.

„Woher…?"

„Das Einzige, was du bei dir hattest, als du von Otto zurückkamst, war dieser alte Wälzer hier, den die Polizei zum Glück nicht konfisziert hat", fiel Cat ihm ins Wort und hielt das Buch aus Ottos Büro hoch.

„Da haben wir uns gedacht, wenn du den schon mitschleppst, hat er sicher eine besondere Bedeutung. Aber wir konnten dich ja nicht fragen, da du mal wieder mit der Polizei beschäftigt warst. Also haben wir drei entschieden, dass es angesichts der aktuellen Entwicklung sowieso nicht schlecht wäre, erst einmal nach Frankreich auszuweichen."

Cat legte den Kopf schief und lächelte Jack an. „Na, haben wir richtig kombiniert?"

Jack nickte. „Genau richtig! Aber jetzt lasst uns erst einmal abhauen, auf dem Flug werde ich euch alles erklären!"

Jeder griff seine Tasche, dann folgten alle Trite. Jack rechnete damit, dass sie auf eine der komfortfreien einmotorigen Propellermaschinen zusteuern würde. Zur Überraschung aller war das Flugzeug, das auf sie wartete, jedoch eine elegante zweistrahlige *Citation V* mit acht Sitzplätzen. Vier bequeme Ledersitze lagen sich gegenüber, mit großen Ablagetischen in der Mitte. Die anderen vier Sitze befanden sich in zwei Reihen dahinter.

Nachdem sie ihre Sachen verstaut und sich in der Sitzgruppe angeschnallt hatten, raunte Tony Jack zu: „Also, am mangelnden Geld scheint's ja nicht zu liegen, dass die Nereiden nicht an der Macht sind!"

Dann rollte die Maschine zum Start. Als sie die Reiseflughöhe erreicht hatten, gab der Pilot durch, dass er die Flugzeit mit zwei Stunden und zehn Minuten berechnet hatte.

Trite löste ihren Sitzgurt, kramte einen kleinen Tiegel und ein Paket Papiertücher aus ihrer Tasche. Damit ging sie zu Jack. Sie lächelte ihn an.

„So, jetzt lass mich mal sehen…", meinte sie und strich ihm sanft die Haare aus der Stirn, obwohl Jack sie so kurz trug, dass das gar nicht nötig gewesen wäre. Jack lehnte den Kopf zurück. Er fand ihre Berührung sehr angenehm und entspannend. Vorsichtig tupfte Trite mit einem

Papiertuch etwas von der weißen Substanz aus dem Tiegel auf die Wunde. Die Wirkung spürte Jack sofort: Das Pochen hörte auf und die Spannung ließ nach.

„Was ist das?", fragte er neugierig.

„Die Seepferde sind der Quell für viele gute Dinge – auch auf medizinischem Gebiet leisten die Präparate aus Stutenmilch Erstaunliches."

„Stutenmilch? Dann ist das Ambrosia, das ich getrunken habe... ich bekomme jetzt aber nicht wieder Kiemen, oder?"

Trite lachte, als sie seinen Gesichtsausdruck sah.

„Das Ambrosia besteht aus konzentrierter Stutenmilch. Diese Salbe enthält nur einen geringen Anteil davon. Also keine Sorge, es gibt keine Nebenwirkungen!"

„Können wir jetzt endlich erfahren, was wir auf dem Mont-St-Michel wollen? Euer Gespräch zum Thema *Wie werde ich ein besserer Fisch* könnt ihr ja später weiterführen!", meinte Cat ungeduldig – und auch ein bisschen eifersüchtig.

Jack grinste über ihre Wortwahl, wurde aber schnell wieder ernst, als er Cats Blick sah. Er räusperte sich und erzählte dann von seinem Gespräch mit Otto. Als er fertig war, blickte er in die schweigende Runde.

„Und? Hat jemand eine Idee?", fragte er.

Cat fuhr sich durch die Haare und runzelte die Stirn.

„Verstehe ich das richtig? Aufgrund eines halben Satzes, den Otto dir mitten in der Nacht zugerufen hat und in dem du noch nicht mal einen Sinn erkannt hast, fliegen wir jetzt über 1.000 km weit? Das kann doch nicht dein Ernst sein!"

„Also ganz so ist es ja nun auch wieder nicht, Cat. Otto war schon sehr konkret, und er schien fest davon überzeugt zu sein, dass wir nur dort die Lösung für das Problem finden würden – er kam bloß nicht mehr dazu, es auszusprechen!", verteidigte sich Jack und sah hilfesuchend zu Tony.

Der kratze sich am Kinn und meinte: „Muchacho, ich war ja schon bei vielen extremen Expeditionen dabei – aber, einen Erzengel aufzuspüren, das ist schon mehr als eine Herausforderung!"

Trite lächelte Jack hingegen aufmunternd an. „Du wirst das Rätsel schon lösen, da bin ich ganz sicher!"

Cat schnaufte ärgerlich. „Er ist nicht Supermann, weißt du!" Darauf drehte Trite sich schmollend weg.

Jack spürte, dass die Stimmung zunehmend explosiver wurde und dass er anscheinend der Grund dafür war – wenn er auch nicht verstand, warum.

„Wir sind ja jetzt gerade mal fünfzehn Minuten unterwegs. Es ist also noch Zeit genug, in der ich mir das Buch mal ansehen kann. Vielleicht stoße ich ja auf etwas, das uns weiterhilft." Damit stand Jack auf, holte das Buch aus der Tasche, ging ganz nach hinten und ließ sich in einen Sitz der letzten Reihe fallen. So, hier hatte er jetzt Ruhe und konnte sich auf das Problem konzentrieren.

Zehn Minuten später kam Tony und setzte sich neben ihn. Jack blickte ungeduldig hoch. „Was?"

„Dicke Luft da vorne. Ich bleibe hier still sitzen. Du kannst ruhig weiterlesen, Compadre." Tony sah aus dem Fenster und spielte mit dem Medaillon, das er an einer goldenen Kette um den Hals trug. Das einfallende Sonnenlicht wurde davon reflektiert und ein gleißendes Lichtpünktchen huschte über die Buchseiten, die Jack gerade zu lesen versuchte. Seine Nerven waren nach den letzten Ereignissen auch nicht die besten und er klappte das Buch so heftig zu, dass es knallte.

Tony sah ihn erstaunt an und bemerkte erst jetzt, dass sein Medaillon Jack blendete. Er murmelte eine Entschuldigung und ließ die Kette los. Jack seufzte, sah noch mal zu dem Medaillon hin und grinste dann. Er wusste, dass Tony das Schmuckstück als kleiner Junge geschenkt bekommen hatte und dass darauf die spanische Heilige Eulalia dargestellt war.

„Versuche wenigstens, die Heiligen *für* uns zu gewinnen und nicht, sie *gegen* uns einzusetzen!"

„Jack, wenn es helfen würde – ich würde zur Kirche der heiligen Eulalia pilgern und bei ihren Reliquien um Hilfe bitten! Aber – ich lass' dich jetzt doch besser allein, ich sehe ja, dass du zum Lesen Ruhe brauchst." Tony stand auf und ging wieder nach vorn.

Jack schlug erneut das Buch auf und versuchte sich darauf zu konzentrieren. Seine Gedanken hingen aber noch dem nach, was Tony gerade gesagt hatte. Plötzlich durchfuhr es ihn wie ein elektrischer Schlag – er hatte die Lösung gefunden!

16

Der kleine Flughafen von Avranches empfing sie mit leichtem Nieselregen und ungemütlichen acht Grad. Ein starker Westwind trieb weitere Wolken vom Atlantik heran. Es sah nicht so aus, als würde sich das Wetter in der Normandie in absehbarer Zeit bessern.

Nachdem ihm plötzlich die Erkenntnis gekommen war, wie die Lösung aussehen könnte, hatte Jack sich noch einmal auf das Buch gestürzt und es fieberhaft durchgearbeitet. Als der Pilot die bevorstehende Landung ankündigte, klappte er das Buch zufrieden zu. Jetzt war er sicher, dass er auf dem richtigen Weg war. Er beschloss aber, den anderen seine Erkenntnisse erst vor Ort mitzuteilen.

Sie landeten pünktlich und nahmen sich ein Taxi in die Innenstadt. Hier wollten sie erst einmal etwas essen. Alle waren mittlerweile ziemlich hungrig, da das Frühstück ja ausgefallen war. Nach französischem Verständnis war es für das Mittagessen aber noch zu früh, daher hatten viele Lokale noch gar nicht geöffnet. Schließlich fanden sie ein rustikales Fisch-Restaurant, das auch Lunchgerichte anbot. Ein dicker, mürrischer Wirt wischte ihnen etwas widerwillig mit einem undefinierbaren Lappen den Tisch ab. Das Lokal war nicht geheizt und Feuchtigkeit und Kälte schienen durch jede Ritze zu kriechen. Sie waren die einzigen Gäste.

Jack blickte in die Runde und meinte strahlend: „Also, ich würde euch ja allen gern einen Cognac spendieren – aber, ich bin nicht nur ein flüchtiger Krimineller, sondern leider auch völlig mittellos, da die deutsche Polizei nicht nur meinen Pass, sondern auch meine Kreditkarte einkassiert hat!"

Cat saß ihm gegenüber. Sie war müde, hungrig, kämpfte noch mit dem Jetlag und ihr war kalt. Etwas genervt sah sie ihn an und antwortete: „Und warum, zum Teufel, hast du dann plötzlich so eine gute Laune?"

Jack beugte sich über den Tisch und sagte leise: „Weil, liebe Cat, ich allen Grund dazu habe – ich habe nämlich die Lösung gefunden!"

„Hombre! Echt wahr?", rief Tony.

Jack nickte. „Ja. Und du hast mich auf die richtige Spur gebracht."

Trite strahlte und sagte: „Ich wusste es doch! Ich gebe den Cognac aus!"

Sie stand auf und ging zu dem Wirt, der sich hinter seinem Tresen zu schaffen machte. In nahezu akzentfreiem Französisch bestellte sie viermal die Suppe des Tages und die Getränke. Als die Gläser vor ihnen standen und der Wirt in der Küche verschwunden war, redete Jack weiter.

„Tony, weißt du noch, was du im Flugzeug zu mir gesagt hast? Du würdest zur Kirche der heiligen Eulalia pilgern und bei ihren *Reliquien* um Hilfe bitten!" Triumphierend sah Jack die anderen an.

„Und? Heißt das, dass wir jetzt nach Spanien müssen? Zur Kirche der heiligen Eulalia?" fragte Cat müde und nahm einen großen Schluck Cognac.

„Erkläre es uns, Jack!", bat Trite.

Jack hob sein Glas. „Reliquien! Das ist das Stichwort!" Er sah, dass die anderen ihm immer noch nicht folgen konnten, nahm einen Schluck Cognac und erklärte: „Jede katholische Kirche ist zumindest einem Heiligen gewidmet. Sie trägt aber nicht nur dessen Namen, sondern hat auch eine Reliquie von ihrem Namenspatron. Das kann ein Stück Knochen vom Körper des Heiligen sein oder etwas, das er berührt hat, wie Kleidung oder Trinkgefäße. Da der Mont-St-Michel nach dem Erzengel Michael benannt wurde, gibt es dort zwangsläufig eine Reliquie von ihm. Wir können den Erzengel Michael nicht beschwören, aber eine Reliquie von ihm wäre schon eine gewaltige Waffe gegen das Böse!"

Trite hob ihr Glas und prostete Jack zu. „Gut gemacht!"

Tony hob ebenfalls sein Glas. „Santa Maria! Das ist ja ein Ding!"

Nur Cat runzelte nachdenklich die Stirn. Sie nippte an ihrem Glas und meinte dann: „Also, eine Reliquie von einem Engel – das stelle ich mir aber schwierig vor!"

Statt einer Antwort fischte Jack das alte Buch aus seiner Reisetasche und legte es vor sich auf den Tisch. Er tippte darauf und erklärte: „Das war es, was Otto mir sagen wollte: Hier steht, dass die Kirche des Mont-St-Michel die einzige Michaelskirche ist, die eine *Körperreliquie* des Erzengels hat. Alle anderen, die es auf der Welt gibt, haben nur Berührungsreliquien – darum mussten wir hierhin!"

Cat strich sich die Haare aus der Stirn und meinte: „Eine Körperreliquie? Das ist doch Quatsch! Erstens müsste der Erzengel demnach Knochen gehabt haben und zweitens tot sein!"

Jack schmunzelte. „Gut kombiniert – und trotzdem falsch! Gemeinhin stellen wir uns Engel doch als geflügelte Wesen vor, stimmt's? Die Reliquie ist daher – eine Feder!"

Er genoss das sprachlose Staunen seiner Freunde, wurde aber dann von seinem knurrenden Magen daran erinnert, dass sie noch immer nichts Essbares bekommen hatten. Außerdem tat der Cognac seine Wirkung. Sie brauchten jetzt dringend etwas Anständiges zu essen!

Jack stand auf und meinte: „Jetzt haben wir aber wirklich lang genug auf die Suppe gewartet – ich frage mal nach, wie lange das noch dauert."

Auf dem Weg zum Tresen zögerte er plötzlich, drehte sich um und fragte Trite: „Fackel heißt auf Französisch *la torche*, richtig?"

„Ja. Was hast du vor?"

Jack antwortete nicht, sondern wandte sich an den Wirt, der gerade wieder aus der Küche kam. Die Drei am Tisch spitzten die Ohren, konnten aber nicht verstehen, was Jack sagte.

Das, was er gesagt hatte, hatte aber eine erstaunliche Wirkung: Der dicke Wirt riss die Arme in die Höhe, bedachte Jack mit einem nicht enden wollenden französischen Wortschwall, öffnete die Klappe des Tresens, umarmte Jack, drückte ihn an seine fleckige Schürze und küsste ihn auf beide Wangen.

Jack hatte nicht einmal Zeit sich zu wehren.

Während er unablässig weiterredete, gab der Wirt Jack einen wohlwollenden Schlag auf den Rücken, der ihn fast ins Stolpern brachte, und griff zu seinem Handy. Dann brüllte er über die Schulter etwas in die Küche. Noch mit dem Handy am Ohr eilte er zur Eingangstür und drehte das Schild auf *Geschlossen*. Als er auf dem Rückweg bei Cat, Trite und Tony vorbeikam, machte er eine ungelenke Verbeugung und schenkte ihnen sein charmantestes Lächeln.

Als Jack sich wieder an den Tisch setzte, starrten ihn seine Freunde fragend an. Tony sagte: „Was war das denn, Amigo? Hat er dich jetzt adoptiert oder was?"

Jack wischte sich mit dem Handrücken über die Wangen und grinste. „Ich habe einfach mal einen Versuchsballon steigen lassen. Nachdem wir ja jetzt schon an den unmöglichsten Orten auf Tritonen und Nereiden getroffen sind, habe ich gedacht, warum soll es hier keine geben? Der Wirt hat das Codewort sofort erkannt – wenn ich das richtig verstanden habe, beschert uns das nun auch ein anständiges Essen und nicht nur eine lauwarme Brühe!"

Cat funkelte ihn wütend an. „Bist du noch zu retten?! Du bist da ein ganz schönes Risiko eingegangen! So was kannst du doch nicht einfach allein entscheiden – du hättest uns alle in Gefahr bringen können!"

„Du hast aber auch immer was zu meckern! Ich unternehme wenigstens etwas! Außerdem warst du es, die unbedingt mitkommen wollte auf diese Expedition – *ich* habe dich nicht darum gebeten!", schoss Jack zurück.

„Hört auf zu streiten!", griff da Trite ein. „Es ist ja alles gut gegangen. Tatsächlich gibt es hier an der französischen Atlantikküste eine starke Nereiden-Präsenz. Daher standen die Chancen ganz gut, dass wir hier auf Verbündete treffen würden."

„Ach ja? Dann wäre es wirklich hilfreich gewesen, du hättest uns mal früher darüber informiert!", zischte Cat sie an.

„Cat, ich finde, du bist jetzt ungerecht. Ohne Trite wären wir gar nicht so weit gekommen, und sie kann ja auch nicht ahnen, welche Ideen Jack plötzlich in den Kopf kommen!", schaltet Tony sich jetzt ein.

„Na toll! Jetzt fällst du mir auch noch in den Rücken!" Jack warf seinem Freund einen gekränkten Blick zu. Tony konnte darauf nicht mehr antworten, denn der Wirt, seine Frau und ein Küchenjunge traten zu ihnen an den Tisch mit Gläsern, Weinflaschen und einer großen Silberplatte, auf der sich die Köstlichkeiten der bretonischen und normannischen Küche stapelten. Hinter ihnen kamen noch einige Leute, die wohl durch den Kücheneingang hereingekommen waren und die Fremden jetzt neugierig ansahen. Trite übersetzte, dass der Wirt seine Freunde über die Gäste aus den USA informiert und zu einem kleinen privaten Fest eingeladen hatte.

Jeder von den Vieren hatte schnell eine Gruppe von Franzosen um sich. Die meisten sprachen ein bisschen Englisch, sodass eine Verständigung möglich war. Das Essen war köstlich und der Wein gut. Als die Dämmerung anbrach, war die Stimmung schon ausgezeichnet.

Einmal sah Jack unwillkürlich auf und sein Blick traf den von Cat, die ihn etwas unsicher ansah, dann zögernd lächelte und ihr Glas hob. Er lächelte zurück und hob ebenfalls sein Glass. Erleichtert atmete er auf. Sie wollte den Streit begraben. Beschwingt nahm er einen Schluck Wein.

Tony hatte sich durch die Menge gekämpft und brachte einen jungen Mann mit zu Jack. „Das ist Jean-Paul. Er kennt sich besonders gut auf dem Mont aus. Du solltest dich mal mit ihm unterhalten – er kann uns sicher weiter helfen."

Leise fügte er hinzu: „Ich gehe besser wieder zurück zu Trite. Ich möchte sie mit diesen ganzen Franzosen nicht gern länger allein lassen. Sie ist schon eine tolle Frau!"

Jack grinste. Na, da hatte sein Kumpel wohl Feuer gefangen! Sollte er ruhig. Sein Blick schweifte wieder zu Cat, die sich angeregt unterhielt. Wie attraktiv sie aussah! Vielleicht konnte man die Versöhnung ja später noch etwas vertiefen…

Dann riss er sich zusammen und begrüßte den jungen Mann. Er machte einen sehr vertrauenswürdigen Eindruck und Jack beschloss, ihn in ihre Pläne wenigstens soweit einzuweihen, dass er ihm erzählte, wie wichtig die Reliquie des Erzengels Michael für die ganze Widerstandsbewegung war.

*

Jack drehte sich schwungvoll im Bett herum – und wäre beinahe auf dem Boden gelandet. Er rollte zurück auf den Rücken, starrte an die Zimmerdecke und sortierte seine Gedanken. Richtig: Sie waren in Frankreich. Und hatten gestern mit einem Haufen neuer Freunde ordentlich gefeiert. Der Wirt hatte ihnen dann Zimmer über dem Gasthof angeboten – jedem eins, das war wirklich großzügig.

Auch bezüglich des Weins hatte sich der Wirt nicht lumpen lassen: Trotz der Mengen, die sie genossen hatten, hatte er keine Kopfschmerzen, der Rebensaft musste also wirklich gut gewesen sein!

Jack streckte sich genüsslich. Gleich eine schöne heiße Dusche, dachte er und – zuckte zusammen. Sein linker Arm hatte etwas berührt, das sich nicht wie Bettzeug anfühlte. Vorsichtig richtet er sich auf und sah einen dichten Schopf blonder Haare auf dem Kopfkissen ausgebreitet. Die Konturen der dazu gehörenden Person, die mit dem Rücken zu ihm auf der Seite lag und offenbar noch tief und fest schlief, zeichneten sich deutlich unter der dünnen Bettdecke ab.

Trite! Jacks Herzschlag setzte aus. Wie hatte das denn bloß passieren können?

Entsetzt fuhr er sich durch die Haare und schloss die Augen. Dann sah er wieder zu ihr hin. Nein, er hatte nicht geträumt, sie war noch da. Doch, süß sah sie aus, wie sie so schlafend dalag. Aber er konnte sich überhaupt nicht an irgendwelche Einzelheiten erinnern. Er wusste nur noch, wie sehr er sich gefreut hatte, dass Cat ihm verziehen hatte. Sie hatten sich im Laufe des Abends noch viele vielsagende Blicke zugeworfen. Wenn er neben Cat aufgewacht wäre, hätte er sich das eher erklären können.

Cat! Du lieber Himmel, wenn sie mitbekommen würde, dass er und Trite… Jack dachte den Gedanken nicht zu Ende, sondern schlüpfte schnell aus dem Bett. Seine Kleidung fand er auf dem Boden verteilt vor. Hastig zog er sich an. Das Duschen musste auf ein anderes Mal verschoben werden. Das Rasieren auch. Er musste jetzt erst einmal aus diesem Zimmer. War das eigentlich seins oder Trites? Egal, er konnte ja unten warten, bis die anderen auch soweit waren. Wenn er Glück hatte, erinnerte sich Trite auch an nichts.

Er wollte gerade seine Schuhe greifen und leise aus dem Zimmer huschen, als es an der Tür klopfte.

„Zimmerservice!"

Jacks Adrenalinspiegel stieg, als er Cats Stimme erkannte. Auch das noch!

Er öffnete die Zimmertür einen Spalt weit und schob sich da durch. Cat stand lächelnd da, mit einem Tablett, auf dem zwei große Tassen Milchkaffee und ein Körbchen mit Croissants standen.

„Ich dachte, ich entschuldige mich für mein Gezicke von gestern mit einem schönen französischen Frühstück", sagte sie mit weicher Stimme. Ihre Augen sahen ihn warm und freundlich an.

Jack lächelte verlegen und griff nach dem Tablett. „Ähm... das, das ist sehr nett von dir, Cat. Vielen Dank. Ich... ich bringe das Tablett dann gleich mit runter", stotterte er und wollte mit dem Tablett rückwärts wieder ins Zimmer gehen.

Cat ließ aber nicht los und sah ihn befremdet an. Warum war er denn so begriffsstutzig? „Weißt du, das ist ein Frühstück für zwei. Die Idee war eigentlich, dass wir zusammen frühstücken."

Da wurde die Zimmertür von innen ganz geöffnet und Trite, die nur mit einem Handtuch bekleidet war, kam dazu, schmiegte sich an Jack und sah auf das Tablett. Sie griff nach einem Croissant und biss herzhaft hinein. „Das ist aber eine süße Idee von dir, Cat, wirklich!"

Cat starrte sie mit offenem Mund an. Dann ließ sie das Tablett los. Jack konnte es an seinem Ende nicht halten und so krachte es scheppernd zu Boden, wobei der Milchkaffee in alle Richtungen spritzte.

„Das ist wirklich das Letzte, Jack!", sagte Cat mit gepresster Stimme, wobei sich ihre Augen mit Tränen füllten. Dann drehte sie sich um und rannte die Treppe hinunter.

Gegenüber öffnete sich eine andere Zimmertür – Tony hatte der Lärm neugierig gemacht. Mit einem Blick erfasste er die Situation. Seine Miene verfinsterte sich. Schnell kam er herüber. Jack hob abwehrend die Hände. Er kannte diesen Gesichtsausdruck bei seinem Freund und wusste, dass das nichts Gutes verhieß.

„Diablo! Versuch gar nicht erst, eine Geschichte zu erzählen Jack! Ich verrate dir, dass ich auf Trite stehe und was machst du als nächstes? Du steigst mit ihr in die Kiste! Das macht man nicht mit seinem besten Freund!" Dann schlug er zu.

Jack stolperte rückwärts, wo er von Trite aufgefangen wurde. Sie lächelte ihn an.

„Die beruhigen sich schon wieder! Ich bestelle uns jetzt neuen Milchkaffee und dann sehen wir weiter. Mach's dir erst einmal bequem." Sie fasste ihn an der Hand und zog ihn zum Bett.

Jack löste sich aus ihrem Griff und blieb stehen. Trite sah ihn fragend an.

„Trite, ich weiß nicht wie ich es sagen soll – aber, das mit letzter Nacht – keine Ahnung, wie das passieren konnte! Ich kann mich auch an rein gar nichts erinnern! Ich… ich kann mich nur entschuldigen, und ich hoffe, wir können trotzdem Freunde bleiben. Natürlich werde ich dich weiterhin im Kampf gegen die Tritonen unterstützen und…" Jack hörte auf zu reden und sah Trite unsicher an.

Ihr Lächeln war verschwunden und ihre Augen hatten sich zu Schlitzen verengt. Sie stemmte die Hände in die Hüften.

„Du kannst dich also an nichts erinnern? Wie praktisch! Gestern Nacht klang das alles ganz anders, da kamen dir die Liebesschwüre ganz flüssig von den Lippen. Aber jetzt habe ich meine Schuldigkeit getan und kann gehen, ja? Eine Beziehung wäre Dr. Foster jetzt lästig, wie? Ach, scher' dich doch zum Teufel, Jack!"

Sie griff nach dem Glas, das auf dem Nachttisch stand und schleuderte es mit voller Kraft nach Jack. Ohne, dass das Handtuch verrutschte, wie er fasziniert bemerkte. Sie hatte gut gezielt. Jack konnte sich gerade noch wegducken, da zerschmetterte es in Kopfhöhe hinter ihm an der Wand. Als Trite nach dem nächsten Gegenstand suchte, den sie ihm an den Kopf werfen konnte, beschloss Jack, dass es Zeit war, den Rückzug anzutreten. Keine Sekunde zu früh. Als er seine Schuhe schnappte und die Tür hinter sich schloss, krachte schon etwas anderes dagegen.

Großartig, dachte er. Jetzt hast du es wirklich geschafft, alle gegen dich aufzubringen.

Jack ging die Treppe hinunter in den Gastraum. Cat war nirgendwo zu sehen. Der Wirt stand hinter dem Tresen und unterhielt sich mit einem jungen Mann, den Jack als den Mont-St-Michel Kenner Jean-Paul wieder erkannte. Beide tranken Kaffee. Sie unterbrachen ihre Unterhaltung, als sie Jack bemerkten, und grinsten ihn mitleidig an. Wahrscheinlich hatten sie die lautstarken Auseinandersetzungen gut mithören können. Fragen stellten sie aber keine. Na klar, Franzosen eben, dachte Jack, wenn man den Klischees glauben durfte, ging es in deren Liebesleben ja dauernd drunter und drüber, für die war so etwas ganz normal.

Der Wirt stellte Jack auch einen Kaffee hin, und Jean-Paul griff zu einer Tüte, die er neben sich stehen hatte. Er zog einen dicken, blauen Troyer heraus und gab ihn Jack.

„Meine Familie hat ein Geschäft für original bretonische Bekleidung. Ich habe für jeden von euch einen Pulli mitgebracht. Ihr scheint auf unser Wetter hier ja nicht optimal vorbereitet zu sein."

Jack war überrascht und bedankte sich erfreut. Er zog den Pulli gleich über. Ah, das war viel besser! Diese klamme Kälte war wirklich unangenehm. Dann wandte er sich an Jean-Paul.

„Schön, dass ich dich hier treffe. Ich möchte nämlich gern so früh wie möglich zur Abtei und mir die Sache vor Ort ansehen. Hättest du Zeit, mitzukommen?"

„Klar! Mein Wagen steht vor der Tür, wir können sofort losfahren. Ich habe auch all die Dinge besorgt, um die du mich gestern gebeten hast: Einen kleinen Hammer, Meißel, eine Schale, etwas Gips, eine kleine Flasche Wasser, eine Taschenlampe, ein Taschenmesser und Einweghandschuhe. Aber wir warten wohl erst auf die anderen, oder?"

„Ähm, nein, wir müssen nicht warten. Es kann gleich losgehen!"

*

Auf der Fahrt zum Mont-St-Michel war Jack ziemlich einsilbig. Er quälte sich mit Selbstvorwürfen. Tony hatte ja völlig Recht: So was tat man seinem besten Freund nicht an! Von Trite ganz zu schweigen. Und Cat. Da hatte er wirklich Mist gebaut. Darum hatte er auch einen Entschluss gefasst: Er konnte das nur wiedergutmachen, wenn er seine Freunde aus der Sache heraushielt und keiner weiteren Gefahr aussetzte. Er würde die Reliquie allein stehlen!

Schließlich erreichten sie den Parkplatz, der um diese Uhrzeit noch ziemlich leer war. Sie mussten jetzt nur noch die erhöhte Straße, die durch das Watt zum Mont-St-Michel führte, entlanglaufen, um ihr Ziel zu erreichen. Jack schnappte sich den Rucksack, in dem all die Dinge verstaut waren, die Jean-Paul besorgt hatte.

Wie eine pyramidenartige Festung erhob sich die in mehreren Stufen gebaute Abtei auf der kleinen Felseninsel, die von einer starken Mauer umgeben war. Der gewaltige Bau war trotz des grauen Wetters atemberaubend, und Jack vergaß bei dem majestätischen Anblick für einen Moment sein Dilemma. Allerdings schien gerade Ebbe zu sein, denn von Wasser war weit und breit nichts zu sehen.

„Stimmt es, dass das Gebiet immer mehr versandet?", fragte er Jean-Paul.

„Ja, das ist richtig. Trotzdem ist das Wasser hier immer noch sehr gefährlich. Jedes Jahr ertrinkt wenigstens ein Tourist, der allein im Watt herumläuft und die Geschwindigkeit der Flut unterschätzt. Ein berühmter Landsmann von dir, Mark Twain, war davon übrigens so beeindruckt, dass er schrieb, die Flut wäre hier so schnell wie ein galoppierendes Pferd. Es genügt auch nicht, die Zeiten des Tidewechsels zu kennen, denn es gibt einige Stellen mit Treibsand – ohne einen erfahrenen Führer würde selbst ich nicht durch das Watt wandern wollen, und ich bin hier aufgewachsen!"

„Und wann ist heute Flut?"

„Das wirst du nicht mehr sehen können. Erst heute Abend, wenn es schon dunkel ist, wird die Flut ihren Höhepunkt erreichen."

Auf der Insel ging der Weg sofort steil nach oben. Jean-Paul versuchte, Jack auf die eine oder andere Sehenswürdigkeit aufmerksam zu machen, doch der winkte ab. Er wollte das Ziel, die Abteikirche, möglichst schnell erreichen.

Auch für die Besichtigung des mächtigen Gotteshauses nahm Jack sich kaum Zeit. Ihn interessierte hauptsächlich der alte Hochaltar.

„Du weißt, wo die Reliquie ist?", fragte Jean-Paul leise.

Jack nickte. „Sie muss in einem so genannten Sepulcrum – was wörtlich übersetzt Grab bedeutet – also in einen kleinen Hohlraum in den Altartisch eingelassen worden sein!"

Jean-Paul sah Jack mit großen Augen an: „Hammer und Meißel – ich verstehe! Du willst den Altartisch aufbrechen!" Er fasste Jack am Arm. „Das kannst du nicht tun! Du kannst den Altar nicht entweihen und die Reliquie stehlen!"

Jack seufzte. Er war jetzt nicht in Stimmung für theologische Grundsatzdiskussionen. Außerdem war dies nicht der Ort dafür.

„Komm, wir gehen nach draußen. Es ist hier zu riskant – nachher bekommt noch jemand mit, worüber wir reden!"

170

Er verließ mit Jean-Paul die Kirche. Der Zustrom der Touristen war bereits deutlich stärker, und sie mussten sich durch die vielen Menschen auf den schmalen Gassen nach unten kämpfen, bis sie ein kleines Café fanden, wo auch ein Tisch frei war.

Als der dampfende Kaffee vor ihnen stand, sagte Jack: „Jean-Paul, ich will deine Gefühle ja achten, aber ich sehe wirklich keine andere Möglichkeit, wenn wir eine wirksame Waffe gegen den Hekate-Kult haben wollen!"

„Das ist nicht irgendeine Reliquie, Jack. Sie ist von besonderer Bedeutung für die ganze Menschheit – noch heute kommen Scharen von Pilgern, um hier um Schutz und Beistand zu bitten – das kannst du ihnen nicht antun, dass sie das vor einem leeren Altar tun!"

Der junge Mann starrte in seine Tasse, dann sah er Jack wieder an und fuhr fort: „Diese Reliquie ist auch besonders wichtig für eine ganz bestimmte Gruppe – für den Orden des Heiligen Michael."

„Der Ritterorden, der im 15. Jahrhundert gegründet wurde? Den gibt es noch? Wurde der nicht im 19. Jahrhundert endgültig abgeschafft?"

„Das stimmt. Allerdings wurde er kurz darauf im Geheimen wieder neu gegründet. Diesmal sollte aber nicht die Zugehörigkeit zum Hochadel ein Mitgliedskriterium sein, sondern die Ansässigkeit in dieser Region. Ein Mitglied meiner Familie gehörte zu den Neugründern – und ich bin stolz, dass auch ich heute Mitglied dieses Ordens bin. Der Schutz des Mont-St-Michel und dieser Küstenregion ist unser wichtigstes Anliegen. Viele von den Leuten, die du gestern getroffen hast, gehören auch dazu. Irgendwann hat uns eine Nereide angesprochen und von den Problemen mit den Tritonen erzählt. Wir haben ein Bündnis geschlossen, uns gegenseitig im Kampf gegen das Böse zu unterstützen – darum waren wir auch bereit, euch zu helfen. Ich habe gedacht, es geht darum, der Reliquie nahezukommen und um Beistand zu beten – nicht sie zu stehlen!"

Jean-Paul sah Jack herausfordernd an. Der kam kaum dazu, sich darüber zu wundern, wie viele Menschen nicht nur von den Tritonen und Nereiden wussten, sondern sogar Kontakt zu ihnen hatten. Er musste jetzt schnell eine Lösung finden. Ihm war klar, dass er hier mit nüchternen Argumenten nicht weiterkam. Am Ende war die ganze Mission gefährdet. Vor die Wahl gestellt, würden die Neu-Ritter ihn wahrscheinlich lieber verraten, als mit der gestohlenen Reliquie ziehen lassen. Vorausgesetzt, das mit dem Stehlen klappte überhaupt. Er holte tief Luft und bemühte sich, besonders ehrlich und liebenswürdig auszusehen.

„Wie wäre es, wenn wir uns auf einen Kompromiss einigen? Ich brauche sicher nicht die ganze Feder – ich schneide einfach einen kleinen Teil ab und lasse den anderen Teil im Altar."

Jean-Paul sah ihn zweifelnd an, dann meinte er: „Ich muss den Großmeister fragen!" Er zog sein Handy aus der Hosentasche, stand auf und ging vor die Tür. Kurz darauf kam er zurück, das Handy noch in der Hand.

„Welche Garantie haben wir, dass du es tatsächlich so machst und nicht doch die ganze Feder nimmst?"

„Würde ich an die Macht der Reliquie glauben und dann in dieser Sache lügen?" Jack klang ehrlich empört. „Du kannst mir natürlich auch dabei zuschauen!"

Jean-Paul übersetze seine Antwort ins Handy. Als er es wegsteckte, sagte er zu Jack: „Der Großmeister ist einverstanden. Du musst es aber allein machen. Es wäre viel zu riskant, wenn einer von uns dabei erwischt würde. Das würde den ganzen Orden in Verruf bringen. Wann willst du es tun?"

„Heute Abend, sobald alle Touristen weg sind."

„Gut. Ich warte im Auto auf dich. Aber du musst vor 20:00 Uhr auf dem Parkplatz sein. Sonst schaffst du es wegen der Flut nicht mehr – sie soll heute besonders hoch sein und könnte die Straße überfluten."

Jack stieg allein wieder zur Abteikirche hoch und schloss sich einer englischsprachigen Führung an. Anschließend gesellte er sich zu einer Gruppe Niederländer. Er verstand natürlich kein Wort, es kam ihm aber weniger darauf an, die historischen Fakten nochmal aufgezählt zu bekommen, als darauf, die örtlichen Gegebenheiten möglichst gut kennenzulernen. Schließlich musste er sich nachher im Dunkeln hier zurechtfinden. Bis zum Abend gab es noch einige Führungen, und Jack hatte beschlossen, sie alle mitzumachen.

Bei ihren Schatzbergungen hatten sie es auch immer so gehalten. Es war wichtig, das Terrain schon vor dem ersten Tauchgang gut zu kennen.

Der Gedanke an die vielen abenteuerlichen Unternehmungen, die er gemeinsam mit Tony durchgeführt hatte, versetzte Jack einen Stich. Er hätte seinen Partner jetzt gern bei sich gehabt und sich mit ihm über die nächsten Schritte beraten. Dieser blöde Streit! Aber es brachte nichts, weiter darüber nachzugrübeln. Jack zwang sich, sich wieder auf die vor ihm liegende Aufgabe zu konzentrieren.

Die Zeit verging scheinbar im Schneckentempo, bis endlich die letzte Besucherführung angekündigt wurde.

Diesmal war es eine Gruppe aus Deutschland, die durch die Kirche geführt wurde. Die meisten Teilnehmer hatten das Rentenalter schon überschritten und bewegten sich aufreizend langsam. Jacks Geduld wurde auf eine harte Probe gestellt.

Er ließ sich möglichst unauffällig an das Ende der Gruppe zurückfallen. Endlich bekam er dann die Gelegenheit, sich in einer Nische zu verstecken, die ihm bei den vorherigen Führungen aufgefallen war. Er hörte, wie die Schritte der Gruppe auf dem Steinboden verklangen, als sie sich von ihm entfernte. Hier musste er jetzt ausharren, bis der letzte Kontrollgang durch war und das Licht gelöscht wurde.

Was die anderen wohl gerade machten? Ob Cat sich beruhigt hatte? Nein, das war unwahrscheinlich. So aufgebracht hatte er sie seit Nicks Tod nicht mehr erlebt. Hieß das, dass sie doch noch Gefühle für ihn hatte? Und Trite – sie hatte ihn mit ihren grünen Augen gefesselt, das musste er schon zugeben. Für sie war es ja wohl ganz in Ordnung, dass sie die Nacht mit ihm verbracht hatte. Aber sollte er Cat dafür aufgeben, gerade jetzt, wo sie sich wieder näherkamen?

Jacks Analyse seiner Gefühle wurde abrupt abgebrochen, als das Licht ausging.

Er wartete ein paar Minuten, um sicher zu gehen, dass wirklich niemand mehr in der Nähe war. Dann fischte er aus dem Rucksack die Taschenlampe heraus und schaltete sie ein.

Der kleine Lichtkegel bot in dem großen Bau aber lediglich eine Orientierungshilfe. Jack war froh, dass er durch die vielen Führungen nun eine gute Vorstellung von den Räumen hatte und wusste, wo er hingehen musste.

Am Hochaltar setzte er den Rucksack ab und legte die Taschenlampe zur Seite. Er spürte ein Kribbeln im Nacken, als er erst die großen Kerzenleuchter auf den Boden setzte und dann das Altartuch vorsichtig zusammenlegte. Das Kribbeln wurde stärker, als er mit den Fingern den Rand des Sepulcrums ertastete.

Ließ er sich hier vielleicht doch mit Mächten ein, die über die menschliche Vorstellung hinausgingen?

Jack wischte sich über die Stirn, als wolle er solche Gedanken damit verscheuchen. Dann griff er entschlossen zu Hammer und Meißel.

Die Schläge hallten in dem großen Raum wider und Jack hielt inne, um zu lauschen, ob die Geräusche vielleicht doch irgendjemanden alarmiert hatten. Alles blieb ruhig. Jack setzte seine Arbeit fort und löste vorsichtig den Stein, der den kleinen Hohlraum bedeckte. Er legte ihn zur Seite, zog die Handschuhe an und leuchtete mit der Taschenlampe hinein.

Da lag es. Ein braunes Bündel, an dem zahlreiche Siegel befestigt waren, mit denen die Echtheit der Reliquie bestätigt wurde.

Mit angehaltenem Atem nahm Jack das schmale Päckchen heraus, das seit Jahrhunderten dort geruht hatte. Gern hätte er sich die Siegel näher angesehen, aber die Zeit drängte und er musste schnell handeln. Vorsichtig löste er die Schnüre und öffnete das Päckchen. Die äußere Hülle bestand aus doppelt gelegtem Pergamentpapier. Darin befand sich eine Rolle aus reich besticktem Brokatstoff, der wahrscheinlich orientalischen Ursprungs war. Jack rollte den Stoff behutsam auseinander und hielt schließlich die Feder in der Hand.

Er starrte sie überrascht an. Aus irgendeinem Grund hatte er sie sich weiß vorgestellt, wie eine Gänse- oder Schwanenfeder. Doch diese Feder war anders. Bunt. Mit kräftigen Blau- und Rottönen. Trotz ihres Alters leuchteten die Farben intensiv im Licht der Taschenlampe – fast schien es, als ob sie eine eigene Lichtquelle hätte, die sie von innen her strahlen ließ.

Jack legte die Feder vorsichtig ab und klappte sein Taschenmesser auf. Er zögerte einen Moment, dann teilte er sie mit einem schnellen Schnitt mittendurch. Wieder hielt er inne und lauschte. Aber es passierte nichts – weder öffnete sich der Himmel noch rauschte ein erzürnter Erzengel heran. Nur das seltsame Leuchten war noch da, und zwar bei beiden Hälften der Feder. Die untere Hälfte steckte er in die Brusttasche des Hemdes, das er unter dem Pullover trug. Sofort spürte er eine angenehme Wärme, die sich schnell über seinen ganzen Körper ausbreitete. Er fasste nochmal in die Brusttasche, aber die Feder fühlte sich völlig normal an. Jack schüttelte den Kopf – seine Nerven hatten ihm wohl einen Streich gespielt.

Die obere Federhälfte legte er dann zurück in den Stoff, den er auch wieder in die Pergamentblätter einrollte. Die Schnüre zu befestigen war nicht leicht, doch Jack schaffte es, ohne die Siegel zu beschädigen. Er legte das Päckchen zurück in den Hohlraum, den er dann mit dem Stein verschloss.

Jetzt nur noch schnell ein bisschen Gips anrühren und die Ränder verschmieren und dann nichts wie weg, dachte Jack und bückte sich zu seinem Rucksack.

Ein metallisches Klicken ließ ihn mitten in der Bewegung erstarren. Dieses Geräusch kannte er – es verhieß nichts Gutes, denn es entstand beim Spannen einer Schusswaffe.

„Hände hinter den Kopf und nicht bewegen!", schnarrte eine Stimme mit breitem texanischem Akzent.

Jack richtete sich langsam auf und hob die Hände. Besser, er befolgte die Anweisungen, bevor dieser Cowboy aus lauter Nervosität noch losballerte. Schließlich gab es keine Belege dafür, dass eine Engelsfeder eine Kugel aufhalten konnte – selbst, wenn sie vom Flügel des Erzengels Michael stammte.

Der Mann, der mit einem Revolver auf ihn zielte, war mehr als einen Kopf kleiner als Jack, dünn und drahtig, ganz in Schwarz gekleidet und mit einem Nachtsichtgerät ausgestattet. Außerdem hatte er ausgeprägte O-Beine, was zu Jacks Vorstellung von einem Cowboy passte. Er wäre eine Lachnummer gewesen, wenn er nicht die Waffe gehabt hätte. Mit dem Nachtsichtgerät erinnerte er Jack an den Überfall in der Humboldt Uni in Berlin – ob das derselbe Mann war?

„Na, das ging ja schnell! So früh hatten wir dich nicht erwartet, aber gut, dann muss ich hier nicht so lange rumhängen!", meinte der Cowboy und kam langsam näher, wobei er immer noch auf Jack zielte. Er nahm das Nachtsichtgerät ab und deutete auf die Taschenlampe. „Nimm mal die Lampe! Ich will sehen, wie weit du bist."

Jack leuchtete auf die Stelle, wo das Sepulcrum war. Hammer und Meißel lagen noch daneben.

„Ah, da bin ich wohl gerade rechtzeitig gekommen, was? Aber besser, wir schauen noch mal nach. Nimm den Stein heraus!"

Jack legte die Taschenlampe hin und machte sich an dem Sepulcrum zu schaffen. Dabei ließ er es aber so aussehen, als ob er Mühe hätte, den Stein zu lösen. Als er ihn herausgenommen hatte, blickte der Cowboy in den Hohlraum. Er sah das scheinbar unversehrte Pergamentbündel mit den intakten Siegeln und nickte zufrieden.

„Gut, die Reliquie ist noch da. Zumachen!"

Während Jack damit beschäftigt war, alle Spuren am Hochaltar zu verwischen, überlegte er, was der kleine Cowboy wohl mit ihm machen würde, wenn er das erledigt hatte.

1 7

In Avranches waren nicht viele Leute unterwegs, die hätten sehen können, wie Cat wütend durch die Straßen rannte. Sie musste sich erst einmal
abreagieren. Da ließ sie sich auf dieses unglaubliche Abenteuer ein, wurde
an einen geheimnisvollen Ort verschleppt, der aussah wie das alte Rom,
traf auf Nereiden und Tritonen, reiste durch halb Europa – alles nur wegen Jack! Und was machte der? Immer wieder sah Cat das Bild vor sich,
wie sich die spärlich bekleidete Trite so vertraut an ihn schmiegte. Sie
schluckte. Nein, Schluss jetzt, keine Tränen mehr. Energisch putzte sie
sich die Nase.

Ihr Entschluss stand fest: Sie würde zum Gasthof gehen, ihre Sachen
packen und zurück in die Staaten reisen. Schließlich lag gegen sie ja nichts
vor. Sie war eine unbescholtene US-Bürgerin, die einen kurzen Europa-
Trip gemacht hatte. Gut, die Kosten für den Rückflug würden ihr Konto
ganz schön belasten, aber das würde sie auch noch schaffen. Dann konnte
sie ihr altes Leben wieder aufnehmen. Sollten die anderen doch sehen, wie
sie mit diesen sonderbaren Gestalten fertig wurden, sie hatte die Nase
voll!

Da hörte sie Schritte hinter sich. Cat blickte über ihre Schulter und sah
in einiger Entfernung eine Gestalt, die ein Kapuzen-Sweatshirt trug und
den Kopf gesenkt hielt, sodass das Gesicht nicht zu erkennen war. War sie
schon paranoid oder folgte ihr jemand? Nun, das konnte man ja schnell
herausfinden. Cat bog in die nächste Gasse, die ziemlich eng war, rechts
ab. Deutlich hörte sie, dass die Schritte ihr nicht nur folgten, sondern
schneller wurden. Cat beschleunigte ihre Schritte ebenfalls. Ihr Herz
klopfte heftig. Sie warf einen Blick nach hinten. Der Kapuzenmann holte

auf, schob sich die Ärmel seines Sweatshirts hoch und klappte die Handgelenkte nach hinten. Cat konnte sie zwar nicht sehen, doch sie war sicher, dass ihr Verfolger zwei Giftdornen ausgefahren hatte. Ein Triton! Sie wurde tatsächlich von einem Triton verfolgt!

Sie rannte los. Die Gasse machte eine Biegung nach links – und endete vor einer Mauer, die gut zwei Meter hoch war. Davor standen einige Mülltonnen. Hektisch sah Cat sich um – der Triton hatte sie fast erreicht. Sie hastete zu einer Mülltonne, kletterte hinauf und versuchte, das obere Ende der Mauer zu fassen. Sie war etwas zu klein dafür, und die Mülltonne fing durch ihre Bewegungen an zu wackeln. Der Triton war nun so nah, dass er versuchte, ihr seine Dornen in die Beine zu rammen. In diesem Moment hatte Cat oben Halt gefunden und trat nach ihrem Verfolger. Der war so überrascht, dass er das Gleichgewicht verlor, die Mülltonne umriss und sie gegen eine andere stieß, die ebenfalls mit lautem Getöse umfiel. Der ganze Müll ergoss sich auf die Straße. Ein paar Sekunden später wurde die Haustür, die den Mülltonnen am nächsten lag, aufgerissen und ein wütender Mann in einem gestreiften Schlafanzug erschien mit einem wild bellenden Schäferhund, den er am Halsband nur mühsam festhielt.

„Schon wieder! Ich bin's endgültig leid, dass ihr Vandalen hier immer die Mülltonnen umwerft! Greif' sie dir, Roland!", brüllte er und ließ den Hund los, der sich, ohne zu zögern auf den noch am Boden liegenden Triton stürzte. Cat konnte die Szene nicht weiterverfolgen, sie schaffte es mit einiger Mühe, sich an der Mauer hochzuziehen und sich auf der anderen Seite herabgleiten zu lassen. Dort hörte sie noch, wie der Mann seinen Hund zurückkrief. Der Triton war wohl entkommen. Vielleicht hatte er seine Dornen eingesetzt, um den Hund abzuwehren.

Cat zitterte am ganzen Körper. Das war wirklich knapp gewesen! Zum Glück war die nächste Gasse schon belebter. Hier war ein Bäcker, bei dem schon lebhafter Betrieb war. Sorgfältig sah Cat sich um, konnte aber keine verdächtige Gestalt mehr entdecken. Sie blieb jetzt auf den belebteren Straßen und ging einige Umwege, um zum Gasthof zurückzukommen.

Als Cat den Gasthof endlich erreichte, war es schon nach Mittag. An einem Tisch saßen Tony und Trite, die beide etwas blass aussahen. Trite sah Cat zuerst, sprang auf und lief ihr entgegen. Bevor Cat ihr Erlebnis erzählen konnte, sprudelte Trite los.

„Cat! Gott sei Dank, da bist du ja! Wir haben uns schon Sorgen gemacht! Ich habe eine Nachricht bekommen, dass Cedrics Leute in der Stadt sind und – Jack ist auch verschwunden!"

„Interessiert mich nicht!", antwortete Cat kühl. „Ich habe keine Lust, ihn dauernd zu suchen und aus irgendwelchen Schwierigkeiten herauszuholen. Das geht mich nichts mehr an! Und mit Cedrics Leuten hatte ich auch schon Kontakt!"

Nun kam Tony auch dazu. Cat erzählte kurz, was sie erlebt hatte. Tony legte den Arm um ihre Schulter.

„Bloß gut, dass dir nichts passiert ist!"

„Ja, das finde ich auch! Und genau darum verschwinde ich jetzt – mir reicht's!"

„Cat, hör dir das erstmal an: Der Wirt hat uns erzählt, dass Jack sich zum Mont-St-Michel hat fahren lassen. Es scheint so, dass er die Reliquie allein stehlen will. Das ist viel zu gefährlich! Cedric weiß wohl, warum wir hier sind, und will mit allen Mitteln verhindern, dass wir die Reliquie bekommen! Jean-Paul, der Jack hingefahren hat, hat den Wirt angerufen und erzählt, dass er warten will, bis die Kirche für Besucher geschlossen wird und dann die Reliquie aus dem Altar herausholt!"

„Und was wollt ihr unternehmen? Wir können Jack jetzt eh nicht mehr helfen – bis wir an Ort und Stelle sind, ist die Kirche längst geschlossen!"

Trite sah Cat eindringlich an. „Es sind nicht nur Tritonen hier – es ist ein Killer auf dem Mont gesehen worden. Wahrscheinlich wurde er von Cedric angeheuert. Ein kleiner Texaner, genannt der Cowboy. Wir müssen zumindest in die Nähe. Vielleicht können wir doch irgendwie eingreifen, wenn Jack Hilfe braucht!"

Tony fuhr sich durch die Haare. „Dios! Ich habe ihm heute Morgen eine reingehauen, weil ich so wütend war – wenn ihm jetzt aber was passieren würde, könnte ich mir das nie verzeihen!"

Cat schluckte. Einen ähnlichen Gedanken hatte sie auch gerade gehabt.

„Also gut. Kann uns jemand zu Jean-Paul bringen?"

Ein Fahrer war schnell gefunden, der die drei zum Parkplatz vor dem Mont-St-Michel brachte. Doch es war so, wie Cat schon befürchtet hatte:

Die Kirche war bereits geschlossen worden und die Touristenströme bewegten sich vom Berg herunter. Sie konnten jetzt nichts weiter tun als abzuwarten. Obwohl es nicht aufgehört hatte zu nieseln, blieben doch alle neben dem Auto stehen. Sie wollten Jack auf keinen Fall verpassen. Nachdem der Großteil der Besucher in die zahlreichen Busse gestiegen und abgefahren war, kamen nur noch vereinzelte Menschen, die die Sehenswürdigkeit in Eigenregie erkundet hatten. Mittlerweile war es ganz dunkel geworden, der Wind hatte kräftig aufgefrischt und das Tosen der Brandung war lauter geworden.

„Jetzt kommt keiner mehr", sagte Jean-Paul, als das letzte Auto den Parkplatz verließ und sie allein zurückblieben.

„Wir können auch nicht mehr länger warten – es kam eben nochmal im Radio durch, dass sie eine Springflut erwarten. Das heißt, dass alles hier überflutet wird. Was immer auch in der Kirche passiert ist, wir können Jack jetzt nicht helfen. Morgen früh fahre ich sofort wieder her, ihr könnt dann gern mitkommen."

Nass, müde und ziemlich deprimiert stiegen alle in Jean-Pauls Auto. Cat lehnte sich erschöpft im Sitz zurück, Trite rieb sich die Schläfen. Tony starrte durch die regennasse Autoscheibe ins Dunkle. Nur die weißen Schaumkronen der Wellen waren zu erkennen und zeigten bedrohlich das Ansteigen der Flut. Alle drei dachten dasselbe: Was war wohl mit Jack passiert?

*

In Miami war es noch früh am Abend. Cedric runzelte die Stirn, als das Handy auf seinem Schreibtisch schrillte und er die Nummer im Display erkannte. Der Anruf kam aus Frankreich – dort war es fast Mitternacht.

„Ja? Gut. Ja, er sollte sie ja auch nur ein bisschen erschrecken. Und was ist mit …? Sehr gut! Hatte er die Feder denn schon herausgeholt? Nein? Ah, das ist noch besser! Nein, nein. Lassen Sie die beiden noch eine Weile am Leben. Vielleicht brauche ich sie noch. Da sind sie ja jetzt erst einmal gut aufgehoben. Beobachten Sie die anderen. Ich will wissen, was sie unternehmen. Halten Sie mich auf dem Laufenden!"

Cedric schaltete das Handy aus. Er stand auf, ging durch sein mit kühlem Design ausgestattetes, großräumiges Schlafzimmer zum Fenster, drückte auf einen Knopf und beobachtete, wie sich die Vorhänge lautlos von den riesigen Panoramascheiben zurückzogen. Von seinem Appartement im 12. Stock hatte er eine grandiose Aussicht auf den erleuchteten Hafen von Miami.

Seine harten Gesichtszüge entspannten sich. Die Dinge in Europa entwickelten sich nach Plan, alles lief glatt. Die Störenfriede waren unter Kontrolle. Nicht mehr lang und er würde zum Gipfel der Macht aufsteigen.

*

Ein lautes Klopfen weckte Cat am nächsten Morgen aus einem unruhigen Schlaf. Als sie die Zimmertüre öffnete, stand Tony davor.

„Jean-Paul ist da. Er wartet auf uns. Ich klopfe jetzt bei Trite – kommt dann runter, wenn ihr fertig seid!" Bevor Cat etwas sagen konnte, war Tony schon wieder weg. Auf dem Weg nach unten traf sie dann Trite, die auch aussah, als hätte sie schlecht geschlafen.

In der Gaststube saßen Jean-Paul und Tony an einem Tisch. Beide schwiegen. Jean-Paul starrte vor sich hin und knetete mit Zeigefingern und Daumen ein Zuckertütchen. Eins war schon aufgeplatzt, es lag mit zerrissenem Papier da, die Zuckerkrümel waren auf dem Holztisch verstreut. Tony hatte die Arme aufgestützt und das Gesicht mit den Händen bedeckt. Der Wirt stand an der Theke und wischte mit immer gleichen, kreisenden Bewegungen schon lange nicht mehr vorhandene Flecken weg.

Cat hatte eine schreckliche Vorahnung. Mit trockenem Mund fragte sie: „Was ist passiert?"

Keiner der Männer reagierte.

„Sagt jetzt mal einer, was los ist?!" Trite schrie es fast hinaus, ihre Nerven lagen auch blank.

Tony ließ die Hände sinken. Er hatte dunkle Ringe unter den Augen und sein Gesicht zeigte tiefste Verzweiflung.

„Jack ist tot. Ertrunken."

Trite verlor alle Farbe aus dem Gesicht und setzte sich auf einen freien Stuhl am Tisch. Cat blieb regungslos stehen und fragte tonlos: „Gibt es dafür einen Beweis?" Trotz allem behielt die Wissenschaftlerin bei ihr die Oberhand, die erst einmal einen Beleg für die These forderte.

Jean-Paul griff in die Plastiktüte, die auf dem Stuhl neben ihm stand und zog einen nassen blauen Troyer heraus. Er war mit Sand und Algen verschmutzt.

„Den hat ein befreundeter Fischer heute Morgen an den Felsen des Mont-St-Michel gefunden."

„Sonst nichts? Der kann doch jedem gehören!"

Tony sprang auf und riss Jean-Paul den Troyer aus der Hand. Am linken Ärmel war eine kleine Tasche mit einem Druckknopfverschluss, die er öffnete. Er holte eine kleine Bronzefigur heraus und hielt sie Cat unter die Nase.

„Und das hier?! Dieses Seepferdchen hatte Jack aus Cedrics Empfangsraum in Equitanien geklaut, das weiß ich genau, ich war nämlich dabei!"

„Also gut, es ist vielleicht sein Pulli, aber – vielleicht hat er ihn nur ausgezogen, um besser schwimmen zu können! Vielleicht liegt er irgendwo am Strand und braucht unsere Hilfe, vielleicht …"

Tony wusste, wie sehr Cat nach einem Hoffnungsschimmer suchte. Doch er sah keine Möglichkeit, sie zu beruhigen, er war ja selbst verzweifelt.

Er nahm sie in die Arme und sagte leise: „Weißt du, welche Temperatur der Atlantik hier um diese Jahreszeit hat? Da kann ein Mensch nicht lange im Wasser überleben – und wenn er noch so gut schwimmen kann."

Tony atmete tief durch und strich Cat übers Haar. Dann fügte er hinzu: „Ich fürchte, wir müssen uns damit abfinden, dass Jack es diesmal tatsächlich nicht geschafft hat."

Trite rannen die Tränen übers Gesicht. Sie wusste, dass Tony Recht hatte: Das konnte Jack nicht überlebt haben.

*

Tony stand auf dem Achterdeck der *Driftwood* und schrubbte es mit aller Inbrunst. Es war ein schöner Tag in Miami Beach, überdurchschnittlich warm und wie geschaffen, ihn am Wasser zu verbringen. Tony hatte jedoch keine Freude an seiner Tätigkeit. Ihm graute davor, was ihm an diesem Tag noch bevorstand. Sie waren jetzt seit gut einer Woche wieder zurück, doch er hatte es noch nicht fertiggebracht, Mrs. Foster über den Tod ihres Sohnes zu informieren. Das wollte er auch nicht telefonisch tun. Erst am Tag zuvor hatte er Archie eine Nachricht per E-Mail geschickt, dass sie wieder da wären und sich über ein Treffen freuen würden. Archie hatte kurz darauf geantwortet, dass Mrs. Foster und er gern nach Miami Beach kommen würden.

Trite musste dringend einen ihrer heimlichen Besuche in Equitanien machen und dort nach dem Rechten sehen, daher hatte Tony nur noch Cat zur Unterstützung. Sie wollte ihn auf dem Boot treffen, sodass sie dann zusammen zum *Lazy Lobster* gehen konnten, wo sie Jacks Mutter und Archie treffen würden.

„Hey, Tony!"

„Hey, Cat."

Cat war früh dran, aber Tony war froh, Gesellschaft zu haben.

Sie hatte einen Korb mitgebracht. Er war leer. Als sie Tonys fragenden Blick bemerkte, schluckte sie und sagte: „Ich habe gedacht, ich helfe dir, Jacks persönlich Dinge aus seiner Kajüte zu holen. Seine Mutter möchte sie sicher gern haben."

Tony nickte und meinte: „Das ist eine gute Idee von dir, Cat. Willst du schon mal anfangen? Ich mache das hier nur noch fertig und helfe dir dann."

Cat nickte und ging unter Deck. In Jacks Kajüte blieb sie erst einmal stehen und sah sich um. Es sah alles so aus, als würde Jack jeden Moment hereinkommen. Dann fiel ihr Blick auf den kleinen Plüschhai mit Hawaiihemd, der im Regal zwischen den Büchern saß, und ihre Augen füllten sich mit Tränen. Dass er den noch hatte! Den Hai hatte er von ihr bekommen, genau wie ihr Bruder Nick, damals, als die beiden ihren Master gemacht hatten. Kurz vor dem Unfall war das gewesen.

Als Tony kurze Zeit später nach unten kam, fand er Cat weinend zusammengerollt auf Jacks Bett liegend, den Plüschhai im Arm.

Tony tat sein Bestes, Cat zu beruhigen, doch es dauerte eine Weile, bis sie so weit war. Tony schlug vor, das Sammeln von Jacks Sachen auf den nächsten Tag zu verschieben. Schweren Herzens machten sich die beiden schließlich auf den Weg zum *Lazy Lobster*.

Mrs. Foster war mit einem eleganten Kostüm tadellos gekleidet wie immer und Archie gab in maßgeschneidertem Anzug und edler Krawatte das Bild eines perfekten Gentlemans ab. In dem rustikalen Ambiente des *Lazy Lobsters* wirkten die beiden etwas deplatziert.

Tony dachte, dass Jack wieder was zu hören bekommen würde, wenn er mit Shorts und T-Shirt hier auftauchte – dann fiel ihm der Grund des Treffens ein, was ihm einen Stich durch Herz gab. Er konnte sich einfach nicht an den Gedanken gewöhnen, seinen besten Freund für immer verloren zu haben.

„Ah, Tony, schön Sie zu sehen! Und Cat – Sie sehen blass aus, geht's Ihnen nicht gut? Wo ist Jack? Er hat sich mal wieder in der Zeit verschätzt, wie?", sprudelte Mrs. Foster los, während Archie schon an Tonys Gesichtsausdruck erkannte, dass etwas nicht stimmte und fragend die Augenbrauen hochzog.

„Ja, äh, hallo Mrs. Foster, Archie. Setzen wir uns doch erst einmal."

Kim, die neue Kellnerin, kam an ihren Tisch und nahm die Bestellung der Getränke auf. Nachdem sie die erhalten hatten, sah Mrs. Foster auf ihre Uhr.

„Was ist denn jetzt mit Jack? Hat er gesagt, wann er kommt?"

In diesem Moment flötete Tonys Smartphone eine kleine Melodie, um ihm mitzuteilen, dass er eine SMS bekommen hatte. Tony runzelte die Stirn und zog das Handy heraus. Wer störte denn jetzt? Dann starrte er irritiert auf die Nachricht.

„Mrs. Foster, darüber wollten wir mit Ihnen reden. Es geht um Jack. Er …" Cat kämpfte wieder mit den Tränen.

Da sprang Tony auf und zog Cat ebenfalls unsanft von ihrem Sitz hoch. „Entschuldigen Sie uns bitte einen Moment!", sagte er und zerrte Cat mit sich nach draußen.

„Spinnst du? Was soll denn das?", fragte Cat wütend und machte sich aus Tonys Griff los.

„Cat, wir können ihnen jetzt noch nichts zu Jack sagen – ich muss erst einmal nach New York!"

„New York? Wieso New York? Was hat das mit Jack zu tun?"

Tony hielt ihr das Smartphone mit der SMS hin. Cat las die Nachricht: *auch in new york gibt's ein lazy lobster. der restaurant-checker.*

Fragend sah sie Tony an. „Ja und?"

„Das ist ein Code! Ich bin ganz sicher! Jack und ich hatten mal einen reichen Kunden, der uns angeheuert hat, einen Schatz... na ja, das war nicht ganz legal – aber ist ja auch egal – jedenfalls haben wir uns zum Geschäftsabschluss in Manhattan getroffen. Wir haben ein paar Tage drangehängt und uns durch die Restaurant-Szene gefuttert. Da haben wir gewitzelt, das Restaurant-Checker auch ein sehr schöner Beruf ist. Unser Lieblingslokal war die Times Square Brewery, die direkt am Times Square liegt. Wir waren uns einig, wenn wir in Manhattan leben würden, wäre das unser Stammlokal, eben unser *Lazy Lobster*. Verstehst du nicht? Jack will mir damit sagen, dass er in New York ist und mich in der Times Square Brewery treffen will, ohne dass es jemand anders mitbekommt!"

Cat sah ihn skeptisch an. „Verrennst du dich da nicht in was? Ich finde das ziemlich weit hergeholt! Ruf die Nummer doch mal an – dann sehen wir ja, wer abhebt."

„Wollte ich gerade tun!"

Tony tippte auf das Handy und beide warteten gespannt darauf, was passieren würde. Es meldete sich eine weibliche Stimme, die mit einer Betonung, als würde sie zu einem Lottogewinn gratulieren, zwitscherte: „Die Nummer, die Sie gewählt haben, existiert nicht. Bitte wählen Sie erneut."

Tony sah Cat triumphierend an. „Siehst du – es *war* Jack. Er hat das Handy oder die SIM-Karte entsorgt, damit die SMS nicht zurückverfolgt werden kann!"

„Weißt du, Tony, das hier ist kein Fernseh-Krimi, das ist die reale Welt!"

„Querida, pass auf, wir machen das so: Ich fliege mit der nächsten Maschine nach New York. Wenn ich mich irren sollte und Jack ist nicht da, dann erzählen wir den beiden, was in Frankreich passiert ist. Aber solange kein Wort!"

Cat putzte sich die Nase und überlegte. Dann nickte sie. „Also gut. Und was sagen wir ihnen jetzt?"

„Jetzt müssen wir eine gute Geschichte erfinden, damit Mrs. Foster mir den Flug nach New York bezahlt!"

1 8

Nachdem Jack das Altartuch wieder ordentlich aufgelegt hatte, griff er zu einem der Silberleuchter, um ihn ebenfalls wieder an seinen Platz zu stellen. Für den Bruchteil einer Sekunde überlegte er, ob er den schweren Leuchter als Waffe gebrauchen und seinen Widersacher überraschen könnte, doch der Cowboy schien seine Gedanken erraten zu haben. Er fuchtelte mit dem Revolver herum und meinte: „Denk nicht mal dran! Stell den Leuchter ab – ja, genau so – und jetzt den anderen!"

„Und was jetzt?", fragte Jack, nachdem er auch den zweiten Leuchter an Ort und Stelle gesetzt hatte.

„Pack' dein Zeug ein und nimm den Rucksack. Wir wollen doch keine Spuren hinterlassen."

Der Cowboy setzte das Nachtsichtgerät wieder auf und schaltete die Taschenlampe aus, die er selbst einsteckte. Jack stand somit völlig im Dunkeln und konnte nicht die Hand vor Augen sehen. Dann spürte er einen Stoß in den Rücken.

„Wir machen einen kleinen Spaziergang. Geh einfach los, ich sage dann schon, ob du nach rechts oder links musst!"

Jack stolperte durch die Dunkelheit und verlor schon nach kurzer Zeit völlig die Orientierung. Er streckte die Hände aus, um Hindernisse rechtzeitig erkennen zu können, stieß sich aber trotzdem zweimal den Kopf. Dann ging es auch noch eine Treppe hinunter, auf der Jack fast gestürzt wäre, und durch einen Gang, der so eng war, dass er immer wieder mit beiden Schultern anstieß. Schließlich ertastete er mit den Händen direkt vor sich eine Wand.

„Halt! Ja, bleib so stehen, mit den Händen an der Wand!"

Der Cowboy machte sich rechts neben ihm zu schaffen. Es hörte sich an, als würde er eine Tür aufschließen. Dann fasste er Jack am rechten Arm und zog ihn mit. Kurz nachdem er ihn losließ, hörte Jack wieder das Schließen des Schlüssels. Der Cowboy hatte ihn eingesperrt! Jack fiel ein, dass der Mont im 17. Jahrhundert als Gefängnis umgebaut worden war. Wahrscheinlich waren aus dieser Zeit noch einige Zellen erhalten.

Jack versuchte, mit ausgestreckten Armen das Ausmaß seines Verlieses zu erkunden. Da spürte er einen Windzug. Er ging darauf zu und ertastete einen hölzernen Fensterladen, durch dessen Ritzen es zog. Er öffnete den Laden und fand dahinter ein vergittertes Fenster ohne Scheibe. Der Sturm blies ihm ins Gesicht. Das Tosen des Meeres war ohrenbetäubend. Die Flut hatte mit voller Macht eingesetzt, wie die weißen Schaumkronen deutlich zeigten. Unter dem Fenster schien die Mauer senkrecht abzufallen, direkt ins Meer.

„Großartig, eine Neuauflage des *Grafen von Monte Christo*!", sagte Jack halblaut zu sich selbst.

„Das wäre nicht schlecht, der konnte nämlich fliehen!", kam eine Stimme aus der Dunkelheit.

Jack fuhr zusammen. Er hätte nicht erschrockener sein können, wenn sich vor ihm ein Grab geöffnet hätte und der Geist des Grafen von Monte Christo persönlich erschienen wäre.

Eine Gestalt löste sich aus dem dunklen Hintergrund und kam zu ihm ans Fenster. Erst als der Mann in das spärliche Licht trat, war Jack sicher.

„Otto!!!"

Der vermisste, schon tot geglaubte Otto von Greifentann stand tatsächlich quicklebendig vor ihm und umarmte ihn herzlich.

„Jack! Ich war erst nicht sicher – als der Cowboy dich hier rein stieß, konnte ich dich nicht richtig erkennen. Gut, dass du schon mal Selbstgespräche führst! Ich habe aber keine Sekunde daran gezweifelt, dass du mich finden und befreien würdest. Wo sind die anderen? Wie ist der Plan? Was habt ihr euch ausgedacht, damit wir hier wieder rauskommen?"

Jack trat verlegen einen Schritt zur Seite.

„Otto – ich bin allein hier. Die anderen wissen das nicht einmal. Das heißt, mittlerweile werden sie erfahren haben, dass ich hier bin. Sie haben aber keine Ahnung davon, in welchen Schwierigkeiten wir stecken."

„Wir sind also auf uns allein gestellt…"

Jack hörte deutlich die Enttäuschung, die in Ottos Worten mitschwang.

„Hör zu – das ist eine lange Geschichte. Ich weiß jetzt selbst, dass es eine blöde Idee war, allein hierher zu kommen. Aber, ich habe verstanden, was du mir sagen wolltest – und es hat geklappt!"

Otto war sofort wieder obenauf. „Heißt das, du hast die Reliquie?"

Jack klopfte sich auf die Brust. „Ja."

„Und der Cowboy? Hat er sie dir nicht sofort wieder abgenommen?"

„Nein, zum Glück waren die Umstände so, dass er dachte, ich wollte gerade erst angefangen, das Sepulcrum zu öffnen. Aber wie bist du denn eigentlich in die Fänge dieses Killers geraten?"

„Der Mistkerl hat mir in Berlin einige Schnitte beigebracht, um alles mit meinem Blut zu beschmieren. Es sollte wohl nach Mord und Totschlag aussehen. Dann hat er gedroht dich umzubringen, wenn ich nicht verrate, was wir besprochen haben – du lagst ja bewusstlos da, nachdem er dich KO geschlagen hatte. Ich habe dann schnell eine Mär von alten Heilkräutern erfunden, die im Mittelalter zum Ausräuchern des Bösen verwendet wurden, die du nun suchen solltest. Er wollte die Geschichte seinem Boss erzählen, nahm mich aber als Pfand mit.

Ich habe keine Ahnung, wo sie mich festgehalten haben, bis wir hierher geflogen sind. Die meiste Zeit war ich betäubt. Ich kam erst gestern hier wieder richtig zu mir. Als ich das Fenster öffnete, wusste ich sofort, wo ich war und dass sie die Sache mit der Feder herausbekommen hatten. Ich verstehe gar nicht, wie sie das geschafft haben! In meinen Unterlagen war jedenfalls kein Hinweis auf St. Michael zu finden. Mir war aber ebenso klar, dass du das Rätsel auch gelöst hattest und dass sie nun auf dich und deine Freunde warteten. Aber was machen wir jetzt? Wir müssen unbedingt von hier verschwinden!"

„Hm." Jack trat an das Fenster und rüttelte an dem Eisengitter. Es war rostig und wackelte. Dann nahm er den Rucksack ab und holte Hammer und Meißel heraus.

„Gut, dass ich das Ausbruchswerkzeug bei mir habe!"

„Bist du von allen guten Geistern verlassen?! Du glaubst doch wohl nicht, dass ich aus diesem Fenster klettern werde! Hast du da mal runter geschaut?"

„Ein Schritt nach dem anderen. Lass' mich erst einmal das Gitter entfernen, dann sehen wir weiter. Außerdem – durch die Tür können wir nicht raus, selbst wenn wir sie aufbekämen. Ich denke, der Cowboy wird nicht weit davon entfernt sein – und selbst, wenn nicht – die Gänge in dieser Anlage sind ein wahres Labyrinth. "

Während Otto die Hände über dem Kopf zusammenschlug und nervös hin und her lief, machte Jack sich unbeirrt daran, das Gitter aus seiner Verankerung zu lösen. Es dauerte aber doch fast zwanzig Minuten, bis das alte Eisen endlich nachgab und Jack es mit einer letzten Anstrengung herausdrücken konnte. Der Sturm war inzwischen so stark geworden, dass das Klirren des Metalls, das auf dem Felsen aufschlug, kaum zu hören war.

Jack lehnte sich mit dem Oberkörper aus der Fensteröffnung. Sie war gerade groß genug, dass er hindurchpassen würde. Der Blick hinunter war jedoch tatsächlich alles andere als ermutigend. Ganz abgesehen davon, dass die Flut inzwischen wahrscheinlich den Weg zum Festland versperrt hatte.

„Und?", fragte Otto ein wenig ängstlich, als Jack vom Fenster zurücktrat.

„Na ja", antwortete Jack gedehnt, „einfach wird es sicher nicht, aber …"

Jack hielt inne. Er hatte sich wieder zum Fenster gedreht und hinausgeschaut, als etwas seine Aufmerksamkeit fesselte. Auf dem Meer war etwas. Ein Lichtpunkt leuchtete immer wieder auf.

„Siehst du das auch, Otto? Das Licht da! Da! Da ist es wieder! Weißt du was – das sind Morsezeichen! Jemand gibt uns Morsezeichen von einem Boot aus!"

Otto war neben ihn getreten und Kopf an Kopf starrten sie in die Dunkelheit hinaus.

„Du hast Recht! Das sind tatsächlich Morsezeichen! Aber was bedeuten sie?"

Jack sah Otto erstaunt an. „Keine Ahnung. Ich dachte, du könntest morsen!"

„Ich, wieso ich? Ich dachte, du könntest das! Schließlich verbringst du dein halbes Leben auf einem Boot!"

„Na ja, eigentlich ist Tony der Bootsführer. SOS kann ich natürlich auch. Ich habe geglaubt, bei euch Adeligen gehört Morsen zur Grundausbildung."

Schweigend starrten beide wieder auf das Licht.

„Es kommt näher!"

„Aber, Jack, warum glaubst du, dass es eine Nachricht für uns ist?"

„Na, den Cowboy oder Cedric oder sonst einen von den Tritonen könnten sie ja bequem über Handy erreichen. Es muss also jemand sein, der uns hier vermutet und uns helfen will."

Jack schob Otto zur Seite und schlängelte sich so durch das Fenster, dass er schließlich rittlings auf der Brüstung saß.

„Was machst du denn da?!" Otto wurde wieder nervös.

„Sie werden kaum hier heraufkommen und uns abholen, wir müssen ihnen schon entgegengehen!"

„Vielleicht sagen die Morsezeichen ja auch, dass wir hier warten sollen!"

„Die Mühe würden sie sich angesichts der Umstände wohl kaum machen! Otto, es ist nicht so schlimm wie es erst aussah – das ist eine alte Mauer, die viele Vorsprünge hat. Da findet man immer irgendwo Halt. Ich klettere als Erster und du kommst nach. Komm, das schaffen wir! Außerdem habe ich die Feder des Erzengels Michael – was soll da schon passieren?"

Jack lächelte Otto aufmunternd an, dann schwang er sich ganz über die Brüstung und hielt sich nur noch mit den Händen fest, während seine Füße nach Halt suchten. Er erlebte einen kurzen Moment der Panik, als er so über dem Abgrund schwebte, dann ertastete er mit den Füßen tatsächlich einen kleinen Vorsprung.

Jack strahlte das über ihm schwebende Gesicht Ottos an, als wäre die Kletterpartie ein Kinderspiel. „Es geht! Warte, bis ich etwas tiefer bin, dann komm hinter mir her!"

Vorsichtig kletterte er weiter nach unten und sah mit Befriedigung, dass Otto sich tatsächlich auch aus dem Fenster gehangelt hatte und vorsichtig nachkam.

Der Sturm machte die Sache nicht einfacher und durch den ständigen Nieselregen waren die Steine feucht und teilweise auch glitschig. Es dauerte daher eine ganze Weile, bis sie endlich die unteren Felsen erreicht hatten, an denen die Brandung hochschlug.

Als Otto bei Jack ankam, zitterte er am ganzen Körper und keuchte atemlos: „Zwing mich ja nie wieder, so etwas zu tun!"

Jack klopfte ihm anerkennend auf die Schulter und brüllte in den Sturm: „Du hast es geschafft! Davon kannst du deinen Enkeln noch erzählen und dein Portrait wird in eurer Ahnengalerie einen Ehrenplatz bekommen!"

„Hör bloß auf! Ich wollte Meriten als Wissenschaftler erlangen, nicht als Abenteurer!"

Das Boot, das die Lichtsignale gesendet hatte, war inzwischen so nahe herangekommen, wie es die Brandung erlaubte. Jack konnte erkennen, dass es sich um ein mittelgroßes Fischerboot handelte. Da wurde auf dem Boot ein Scheinwerfer eingeschaltet, der die Felsen absuchte. Als sie vom Lichtkegel erfasst wurden, hob Jack die Hände und winkte. Das Lichtsignal an Bord machte eine kreisende Bewegung und das Licht des Scheinwerfers bestrahlte nun die Strecke von den Felsen bis zum Boot.

„Das soll wohl heißen, wir sollen zum Boot kommen", rief Jack.

„Wie denn? Durch diese Brandung?" Otto war fassungslos. „Jack, das schaffe ich nicht, ich bin jetzt schon fertig von der Kletterpartie! Bei dir gehört so was ja vielleicht zum Alltag, ich sitze aber nur an meinem Schreibtisch, meine Abenteuer finden im Kopf statt!"

„Otto, glaub mir, ich kann mir auch was Schöneres vorstellen, als in diese eiskalte Brandung zu steigen – aber wir haben keine andere Wahl! Was denkst du, was der Cowboy mit uns macht, wenn Cedric sicher ist, dass er uns nicht mehr braucht? Unser Leben steht auf dem Spiel!"

Otto atmete durch, überlegte einen Augenblick und nickte dann ergeben.

„Also gut. Du hast Recht. Dann eben das auch noch." Er nahm seine Brille ab und schob sie in die Brusttasche seines Hemdes, dann machte er einen Schritt auf das Wasser zu. Da fasste Jack ihn am Arm und hielt ihn zurück.

„Warte mal. Mir fällt gerade etwas ein. Wenn der Cowboy unsere Flucht entdeckt, wäre es nicht schlecht, wenn er einen Beweis dafür finden würde, dass wir ertrunken sind. Damit wären wir ihn und Cedric erst einmal los."

Dann zog er sich den Pullover über den Kopf, griff in die Hosentasche und holte ein kleines Figürchen heraus.

„Was ist das?", fragte Otto.

„Etwas, das alle überzeugen wird, dass es tatsächlich mein Troyer ist, der hier angespült wurde", antwortete Jack und verstaute das Figürchen in der Ärmeltasche des Pullovers. „Schade, ich hätte es gern behalten."

Dann zog er den Troyer durch eine Pfütze mit Seewasser, die sich zwischen den Felsen bereits gebildet hatte und legte den Pullover schließlich so hin, dass das Wasser ihn nicht mehr erreichen konnte.

Otto zog sein Jackett aus und tat es ihm nach. Dann streiften beide ihre Schuhe ab und warfen sie ins Meer.

Das Wasser war noch kälter, als Jack befürchtet hatte. Er schnappte nach Luft und sah sich besorgt nach Otto um. Der hielt sich jedoch tapfer und schwamm mit kräftigen Zügen neben ihm.

Vom Boot aus wurde eine Strickleiter heruntergelassen und drei Männer standen bereit, die ihnen halfen, an Bord zu kommen.

Ihre Retter waren gut vorbereitet – Jack und Otto wurden zu einer Kajüte geführt, in der sie Handtücher und trockene Kleidung vorfanden.

Nachdem sie sich umgezogen hatten, tranken sie dankbar den heißen Tee, der ebenfalls bereitstand. Jack wäre ein Whiskey zwar lieber gewesen, doch er musste einräumen, dass der Tee guttat.

„Jetzt möchte ich aber schon gern wissen, wer unsere Retter eigentlich sind", meinte Otto und setzte seine Brille ab, die vom dampfenden Tee beschlug.

„Ja, und wo sie uns hinbringen, wäre auch interessant zu erfahren", stimmte Jack zu. Ihm war weder entgangen, dass das Schiff gewendet hatte, nachdem sie an Bord gekommen waren, noch, dass es sofort wieder Fahrt aufgenommen hatte.

Wie aufs Stichwort öffnete sich die Kajütentür und einer der drei Männer, die sie bereits gesehen hatten, kam herein – ein nicht sehr großer, aber kräftig gebauter Mann, der mit seinem schwarzen Vollbart genau dem Bild eines Seebären entsprach. Er stellte sich als Kapitän des Bootes vor.

Der Kapitän sprach kein Englisch, und da Jacks Französisch nicht für ausführlichere Konversationen ausreichte, übernahm Otto die Gesprächsführung.

In dem Gespräch erfuhren sie, dass die drei Fischer Brüder waren und dem Orden des Heiligen Michael angehörten. Sie wussten von Jacks Aktion mit der Reliquie und hatten den Auftrag erhalten, auf dem Meer Posten zu beziehen. Als Jack nicht vor dem Einsetzen der Flut zu Jean-Paul zurückgekehrt war, waren sie vor der Insel gekreuzt.

„Es war uns klar", übersetzte Otto, „wenn Jack geschnappt worden war, konnte er nur in den alten Zellen festgehalten werden. Darum haben wir in diese Richtung Signale ausgesendet und die Felsen mit Scheinwerfern abgesucht. Das fiel nicht weiter auf, da es immer wieder Touristen gibt, die sich mit der Zeit vertun, von der Flut überrascht werden und dann gerettet werden müssen."

Der Kapitän kratzte sich am Kopf und stellte dann eine Frage. Otto sah Jack an: „Er will wissen, ob du die Feder hast."

Jack nickte. „Und er will wissen, ob ich Wort gehalten und wirklich nur die Hälfte genommen habe."

Er griff in die linke Brusttasche des geliehenen Arbeitshemdes und zog die halbe Feder heraus. Ottos Brille beschlug wieder.

Als sie an Bord kamen, hatten sie nur gesehen, dass sie die nassen Sachen so schnell wie möglich auszogen, sodass Jack die Feder nur von einer Hemdtasche in die andere gesteckt hatte, ohne sie Otto zu zeigen. Wieder schien sie von innen heraus zu leuchten und Wärme zu verbreiten. Otto zog hörbar die Luft ein und setzte seine Brille ab.

„Mon Dieu!", murmelte der Kapitän, nahm seine Mütze ab und bekreuzigte sich. Dann stürzte er zur Tür hinaus und brüllte etwas. Kurz darauf erschienen seine beiden Brüder. Sie blieben ehrfurchtsvoll an der Tür stehen und starrten gebannt auf die halbe Feder.

Der Kapitän streckte vorsichtig einen Finger aus und berührte sie leicht. Das Leuchten erlosch sofort. Erschreckt zog der Kapitän seinen Finger zurück und murmelte etwas.

Otto schluckte. „Sie… sie ist schon etwas Besonderes. Er sagt, es ist recht, dass du die Feder nimmst, bei dir entfaltet sie ihre Macht."

Jack spürte wieder ein Kribbeln im Nacken. Er war sich nicht sicher, ob er wirklich der Auserwählte auf einem Kreuzzug gegen die Finsternis sein wollte. Dann nickte er. „Hoffen wir, dass sie uns tatsächlich hilft, Cedrics Bund mit Hekate zu verhindern. Hat jemand ein Tuch, in das ich sie einwickeln kann?"

Als Otto die Frage übersetzte, kramten alle drei in ihren Taschen und der Kapitän beförderte tatsächlich ein sauberes Stofftaschentuch zutage. Jack nahm es, wickelte die Feder, die nun wieder zu leuchten schien, darin ein und steckte sie in seine Hemdtasche.

„Wie geht es denn jetzt weiter? Werden unsere Freunde jetzt informiert, dass wir gerettet wurden?", fragte Jack.

Als Otto die Frage übersetzte, schüttelte der Kapitän den Kopf und fügte noch einen Satz auf Französisch hinzu.

„Er sagt, der Großmeister hält es für besser, dass sie es noch nicht erfahren. Jean-Paul wird deinen Pullover finden und ihnen die Todesnachricht überbringen. Je echter die Trauer deiner Freunde ist, desto sicherer sind wir. Desto eher schluckt Cedric die Geschichte."

Jack rieb sich die linke Augenbraue. „Das ist ja furchtbar! Dann denken jetzt alle, ich wäre ertrunken?"

Otto legte eine Hand auf Jacks Arm und sah ihn mitfühlend an. „Das ist das Beste so. Für alle."

„Du hast gut reden! Du bist ja schon länger tot!" Jack stand auf und begann hin und her zu laufen. „Und was geschieht jetzt mit uns? Wo bringen sie uns hin?"

Aus dem Wortschwall des Kapitäns, der folgte, als Otto die Frage auf Französisch wiederholt hatte, verstand Jack nur die Worte *Le Havre* und *New York*. Gespannt wartete er auf Ottos Übersetzung.

„Der Kapitän meint, da wir jetzt beide für tot gehalten werden, ist es das Beste, wenn wir von hier verschwinden. Wir fahren auf die Schifffahrtsroute zu, auf der die Frachtschiffe von Le Havre aus nach New York fahren. Sie haben bereits mit einem befreundeten Kapitän Kontakt aufgenommen und Koordinaten für ein Rendezvous ausgemacht. Die *Eloise* wird uns aufnehmen und mit nach New York nehmen. In sieben Tagen sind wir dort. Unterwegs erhalten wir auch neue Papiere – frag mich nicht, wie sie das machen, ich will es gar nicht wissen!"

In den Studios des großen Nachrichtensenders herrschte das aufgeregte Chaos, das sich jedes Mal kurz vor Beginn einer Live-Sendung breit machte. Cedric wurde gerade von der Maskenbildnerin für ein Interview geschminkt, als sich sein Handy mit einem Schnarren bemerkbar machte. Er starrte auf das Display und runzelte die Stirn. Schon wieder ein Anruf aus Frankreich? Die Maskenbildnerin machte ihren Job unbeirrt weiter.

„Hallo. Was?! Weg? Ah… im Meer? Ist das auch wirklich sicher? Ja, ich verstehe… . Ich bin sowieso gerade hier im Sender. Nach meinem Interview werde ich mal mit den Verantwortlichen reden. Die sollen das nachrichtentechnisch aufbereiten. Behalten Sie die anderen auf jeden Fall im Auge! Informieren Sie mich, sobald sich etwas tut!"

Er lächelte die Maskenbildnerin charmant an. „Die Geschäfte verfolgen mich bis hierher." Sie nickte mitfühlend.

Das französische Containerschiff *Eloise* erreichte New York pünktlich nach sieben Tagen. Nach Eintritt in die Drei-Meilen-Zone kamen routinemäßig Beamte des amerikanischen Zolls und der Einwanderungsbehörde an Bord, um Fracht und Besatzung zu überprüfen. Sie konnten nichts Verdächtiges feststellen. Die Besatzung war international zusammengesetzt, wie meistens auf den Containerschiffen. Dass sich unter der Crew auch zwei Amerikaner befanden, war nicht weiter ungewöhnlich, zumal deren Papiere in Ordnung waren. Auch Otto hatte jetzt einen amerikanischen Pass erhalten.

Die Überfahrt war ruhig und ereignislos verlaufen, für Jack allerdings angenehmer als für Otto, der unter Seekrankheit litt. Da die Besatzungsmitglieder alle zumindest eine Version von Englisch sprachen, hatte Jack keine Probleme sich zu verständigen. Er wurde von der Crew schnell akzeptiert, denn er packte überall an, wo es nötig war. Jack war froh, sich beschäftigen zu können, da Otto als Gesprächspartner größtenteils ausfiel – die Unordnung in seinem Körper nahm in ganz in Anspruch.

Am frühen Morgen legte die *Eloise* schließlich am Kai des Frachthafens von New York an. Als Jack und Otto von Bord gingen, hätte Otto fast den Boden geküsst, aus lauter Erleichterung, endlich das schwankende Schiff verlassen zu können.

Zusammen mit den Ausweisen hatte der Kapitän der *Eloise* ihnen auch zweihundert US-Dollar gegeben, damit sie in New York erst einmal zurechtkommen konnten. Lange würde das Geld allerdings nicht reichen, es war also wichtig, sich die nächsten Schritte genau zu überlegen.

Es war noch völlig dunkel und ein schwerer Nebel lag über dem Hafen – trotzdem herrschte schon Hochbetrieb. Otto stolperte etwas unsicher hinter Jack her, der sie um die Ladekräne und zwischen den vielen Fahrzeugen, die hupend und blinkend unterwegs waren, hindurch manövrierte.

Schließlich fand Jack das, was er suchte – einen *Diner*, der schon geöffnet hatte. Ein Kaffee, das war jetzt das, was er brauchte! Und Otto würde es auch nicht schaden. Außerdem konnten sie dort in Ruhe besprechen, wie es weitergehen sollte. Auch hier war es voll, Hafenarbeiter und Matrosen saßen an der Theke, tranken Kaffee und frühstückten. Der Raum war erfüllt von lauten Stimmen, dem Klirren des Geschirrs, Anweisungen, die in die Küche gerufen wurden, und dem Duft nach frischem Kaffee und gebratenem Speck.

Sie fanden einen freien Tisch und setzten sich. Jack überflog die ausliegende Speisekarte. Kurz darauf kam eine dralle, rothaarige Kellnerin, die ihnen ein Lächeln schenkte, das sie wohl schon die ganze Nacht getragen hatte. Wahrscheinlich war ihre Schicht gleich vorbei.

Die Kaffeekanne hatte Ruby, so hieß sie, wie ihr Namensschild verriet, gleich mitgebracht und ihre Frage: „Kaffee?", war eher rhetorisch, denn ohne eine Antwort abzuwarten, schenkte sie bereits in die beeindruckend großen Kaffeebecher, die vor ihnen standen, ein.

Jack nickte dankbar, während Otto vor sich auf den Tisch starrte, auf den er beide Hände flach auflegte.

„Komme gleich wieder", meinte Ruby, während sie schon Ausschau nach leeren Bechern an den Nachbartischen hielt. Sie bekommt bestimmt viel Trinkgeld, dachte Jack.

„Ich habe das Gefühl, dass hier auch noch alles schwankt", murmelte Otto.

„Das wird gleich besser!", versuchte Jack ihn aufzumuntern und nahm einen Schluck Kaffee, der stark und heiß war.

Otto sah ihn müde an. „Woher willst du das wissen? Du warst doch noch nie seekrank!"

„Stimmt. Aber ich habe schon oft gehört, dass das zu Leuten gesagt wurde, die seekrank waren."

Otto stöhnte. Da kam Ruby zurück. „Was ausgesucht, Matrosen?"

Otto starrte sie an, als ob sie ihm eine Beleidigung an den Kopf geworfen hätte. Dass er, unrasiert und mit alten, ausgebeulten Arbeitsklamotten ausgestattet, sich äußerlich in keiner Weise von den anderen Gästen des Lokals unterschied, war ihm nicht bewusst. Jack grinste und sagte: „Ich nehme das Staten-Island-Frühstück."

Otto schüttelte nur den Kopf. Als die Kellnerin gegangen war, presste er mühsam heraus: „Wie kannst du jetzt nur etwas essen!"

Jack zuckte mit den Schultern. „Erstens habe ich Hunger, zweitens wissen wir nicht, wann wir die nächste Gelegenheit zum Essen bekommen, und drittens werden wir in Manhattan bestimmt nicht mehr so günstig essen können wie hier – und wir müssen ja mit dem Geld, das wir haben, haushalten, wie du weißt! Du solltest besser auch etwas nehmen."

Bei dem Gedanken verzog Otto das Gesicht. Als Ruby dann einen überdimensionalen Teller mit zwei Spiegeleiern, gebratenem Speck, einem großen Haufen Bratkartoffeln, zwei Toastscheiben, Butter und Marmelade vor Jack hinstellte, musste er tief durchatmen und wegschauen.

Davon unberührt machte Jack sich über das Frühstück her. Die Toastscheiben legte er aber auf eine Serviette und schob sie Otto hin, der nach einigem Zögern tatsächlich anfing, daran zu knabbern.

Als er mit seiner Portion fertig war, schob Jack den Teller zur Seite, nahm einen kräftigen Schluck Kaffee und meinte dann zu Otto: „So, wie gehen wir jetzt weiter vor?"

Otto sah ihn hilflos an. Mit einem leichten Zittern in der Stimme sagte er: „Jack, ich fühle mich völlig leer. Ich war noch niemals in so einer Situation – ein falscher Ausweis, kein Geld, von Leuten verfolgt, die mir nach dem Leben trachten, gestrandet im Ausland. Das ist ein Alptraum! Mir fehlt jede Vorstellung, wie es weitergehen soll."

Jack zog die Augenbrauen hoch. Otto war ein netter Kerl, ein treuer Freund und ein hervorragender Wissenschaftler, aber im Moment wirklich keine Hilfe. Wenn er bloß nicht noch anfängt zu heulen! Wie wünschte er sich, dass Tony an Ottos Stelle da wäre!

Laut sagte er: „Fassen wir mal zusammen: Mit den $200, die wir haben, kommen wir nicht weit. Kontaktdaten zu Nereiden in New York haben wir nicht – findest du nicht auch, dass dieser Frachterkapitän ein ziemlich verschlossener Typ war? Ich hab ja schon gedacht, dass er uns eine etwas bessere Hilfestellung gibt! Wenigstens eine Adresse, an die wir uns wenden können!"

„Zu seiner Entlastung ist aber zu sagen, dass er ja keine Ahnung davon hatte, in welcher Mission wir unterwegs sind. Er hatte nur den Auftrag, uns mit neuen Papieren auszustatten und nach New York zu bringen."

Ottos Stimme klang schon etwas kräftiger. Er hatte auch mehr Farbe bekommen, wahrscheinlich hatten ihm der Kaffee und der Toast doch gutgetan.

„Uns bleibt also nur, uns an eine Person zu wenden, der wir vertrauen können", führte Jack seine Gedanken weiter aus.

„Aber Trite soll ja nicht eingeweiht werden!"

„Ja, die Mädels lassen wir erst einmal außen vor", stimmte Jack zu. Sollte Otto ihn ruhig für einen Macho halten – er hatte keine Lust, jetzt über die unglücklichen Ereignisse in einer gewissen Nacht in einem bestimmten Gasthof in Avranches zu reden.

„Dann bleibt noch dein Freund Tony. Aber wie kontaktieren wir ihn, ohne dass eine Spur zu uns zurückverfolgt werden kann?"

„Hm, ja. Die andere Frage ist, wo können wir uns mit ihm treffen?"

„Ja. Das ist ein Problem. Eine einsame Waldlichtung ist in Manhattan ja wohl schlecht zu finden."

Jack runzelte die Stirn und sah Otto an. Dann hellte sich sein Gesicht plötzlich auf und er schlug mit der flachen Hand so heftig auf den Tisch, dass Otto zusammenzuckte.

„Das ist es! Das ist genial, Otto! Manhattan ist das Gegenteil von einem einsamen Ort – die Menschenmengen, die in Manhattan unterwegs sind, die machen wir uns zunutze! Wir tauchen einfach im Gewühl unter! Warst du schon mal am Times Square? Weißt du was da los ist?"

„Äh, nein. Nicht direkt. Ich war zwar mal in New York, im Metropolitan Museum, hatte aber nicht viel Zeit, mich um touristische Attraktionen zu kümmern."

„Times Square – das ist ideal! Jetzt weiß ich auch, wie ich eine Nachricht an Tony verschlüsseln kann. Da gibt es nämlich ein Lokal, das … egal, was wir jetzt brauchen, ist ein Handy!"

Jack trommelte mit den Fingern auf der Tischplatte und sah sich um. An der Bar saß ein Mann, der mit einem Handy telefonierte. Als er sein

Gespräch beendet hatte, stand Jack auf und raunte Otto zu: „Bin gleich zurück!"

Otto sah ihm nach und rieb sich die Stirn. Er hoffte immer noch, aus einem schrecklich langen und furchtbar realistischen Alptraum aufzuwachen. Er behielt Jack im Auge und sah, wie der mit dem Mann mit dem Handy sprach. Der Mann schüttelte daraufhin den Kopf. Ein anderer aber, der das Gespräch an der dicht besetzten Theke wohl mitbekommen hatte, tippte Jack nun auf die Schulter und holte seinerseits ein Handy aus der Jackentasche, das er Jack hinhielt. Jack nickte, griff in die Hosentasche und drückte dem Mann ein paar Geldscheine in die Hand. Daraufhin erhielt er das Handy. Er nickte Otto noch kurz zu und verließ dann das Lokal. Otto verstand nicht, was das sollte, und hoffte nur, dass Jack auch wieder zurückkam.

Ein paar Minuten später war er tatsächlich wieder da. „Ich habe eine SMS mit Zeitverzögerung an Tony geschickt und das Handy anschließend im Hafenbecken versenkt", sagte Jack, als er zurück zu Otto an den Tisch kam. „Leider ist damit auch schon die Hälfte unseres Geldes weg."

Als er sich setzte, fiel sein Blick auf den Fernseher, der über der Theke hing und ohne Unterbrechung das Programm eines Nachrichtensenders ausstrahlte. Der Ton war zwar abgedreht – man hätte bei dem Lärm auch sowieso nichts verstehen können – am unteren Bildrand lief aber eine Schriftzeile mit. Die Bilder zeigten Szenen einer heftigen nächtlichen Straßenschlacht zwischen Zivilisten und Polizeibeamten. Jack dachte an einen der arabischen Staaten, in denen jetzt so viel los war, doch da huschten in der Schriftzeile die Wörter *Times Square* und *letzte Nacht* vorbei.

Ungläubig starrte Jack auf den Bildschirm. „Was zum Teufel ist denn da los?", murmelte er.

„Ihr wart wohl lange auf See, was?", meinte Ruby, die mit einer frisch gefüllten Kaffeekanne neben ihrem Tisch auftauchte und nachschenkte. Sie hatte Jacks Bemerkung mitgehört.

„Das geht schon seit über einer Woche so. Es ist eine neue Bewegung von Wutbürgern entstanden, die *Glory-Regained*-Bewegung. Die sind das ewige Gelabere leid und wollen, dass endlich was geschieht! Schluss mit friedlich! Ist auch richtig so! Alles geht den Bach runter und keiner traut sich, was dagegen zu tun! Also, ich hoff' ja, dass der neue

Präsidentschaftskandidat der Republikaner das Rennen macht. Der Mann ist richtig gut. Meine Stimme würde der sofort kriegen! Der unterstützt öffentlich die *Glory-Regained*-Bewegung – endlich mal einer, der nicht nur rumsülzt! Der packt auch heiße Eisen an!"

„Was ist denn das für ein Wunderknabe?", fragte Jack, den ein unbehagliches Gefühl beschlich. Eine *Bewegung zur Rückgewinnung des Ruhmes* – was sollte das denn sein?

In diesem Augenblick wechselte das Bild und ein Portrait wurde gezeigt.

„Da! Das ist er!", rief Ruby begeistert.

Jack setzte seinen gerade von Ruby neu gefüllten Kaffeebecher so heftig ab, dass er überschwappte und der heiße Kaffee ihm über die Hand lief. Doch das nahm er kaum wahr.

„Das gibt's doch wohl nicht!", meinte Otto leise.

Entsetzt starrten beide auf den Fernsehschirm. Das Portrait, das noch in voller Größe zu sehen war, zeigte ihren Erzfeind, Cedric B. Whithall-Meyers – in der Schriftzeile darunter stand: *Amerikas neue Hoffnung?*

*

Schon wieder eine Polizeikontrolle. Offenbar befürchtete man, dass noch mehr Anhänger der *Glory-Regained*-Bewegung zum Times Square kamen. Jack seufzte unwillkürlich, als er aus dem Fenster der übervollen U-Bahn sah und am Bahnsteig ein massives Polizeiaufgebot entdeckte, das bis an die Zähne bewaffnet war. Er fragte sich, wie lange Otto noch durchhalten würde, ohne die Nerven zu verlieren. Seinen eigenen ging es auch nicht gerade blendend. Ja, die Papiere, die sie hatten, waren gut, die hatten die letzten drei Überprüfungen auch überstanden. Doch je näher sie dem Time Square kamen, desto gründlicher schienen die Kontrollen zu werden.

Da die Nachricht an Tony ja nun bereits versendet war, war Jack und Otto nichts anderes übriggeblieben, als zu versuchen, zum Times Square zu kommen. Die Polizei hatte mehrere Ringe um Manhattan gezogen, die Straßensperren sowie die Kontrollen aller öffentlichen Verkehrsmittel beinhalteten. Das betraf auch die U-Bahn. Jack verlagerte sein Gewicht, um ein bisschen mehr Freiraum zu bekommen. Das war ja wie in einer

Sardinenbüchse! Besorgt sah er zu Otto hinüber. Doch der machte einen ganz munteren Eindruck. Wahrscheinlich war er diesen engen Körperkontakt aus der Berliner U-Bahn gewohnt. Jack seufzte wieder. Hoffentlich machten sie bald die Türen auf! Besser eine Polizeikontrolle als dieses endlose enge Herumstehen.

Schon wieder! Dieser Typ mit den vielen Sommersprossen – dem Alter nach konnte es ein Student sein – hatte sich schon zweimal so schwer gegen ihn gelehnt, dass Jack ihn energisch wegdrücken musste. Er hasste das, und jetzt platzte ihm der Kragen.

„Entschuldigung!", sagte er laut und rammte dem Sommersprossigen gleichzeitig seinen Ellbogen in die Rippen, wobei er so weit ausholte, wie er es aufgrund der Enge konnte.

Der Sommersprossige zuckte zusammen und raunte Jack ins Ohr: „Sie wollen zur GRB, richtig?"

Jack überlegte … GRB – *Glory-Regained-Bewegung*! „Wie kommen Sie darauf?", fragte er ebenso leise zurück.

„Sie haben sich bisher von den Polizeikontrollen nicht abschrecken lassen. Ich beobachte die Leute hier schon eine Weile. Es ist meine Aufgabe, so viele Anhänger der GRB wie möglich durchzuschleusen. Es sind schon eine ganze Menge in diesem Wagen!"

„OK, ich vertraue Ihnen. Wie geht's weiter?"

„Nach der Kontrolle gehen wir alle brav nach oben. Wir sammeln uns dann bei dem Saxofon-Spieler. Von da aus bringe ich alle durch einen stillgelegten U-Bahnschacht direkt zum Times Square, das ist jetzt nicht mehr weit."

„Saxofon-Spieler?"

„Das sehen Sie schon, wenn Sie da sind. Ach, wie heißen Sie eigentlich?"

Jack nannte den Namen, der auf seinem falschen Pass stand: „Daniel".

„OK, Daniel, ich bin Spots. Dann bis gleich – sie machen die Türen auf!"

Über Lautsprecher wurden alle Fahrgäste aufgefordert, die Wagen zu verlassen und den Anweisungen der Polizei zu folgen.

Jack sagte leise zu Otto: „Folge mir und tu das, was ich tue – Erklärung später!"

Sie hatten Glück und überstanden auch diese Kontrolle. Doch ihre Fahrt war hier zu Ende. Eine Durchsage, die ständig wiederholt wurde, informierte darüber, dass der Times Square aufgrund der eskalierenden Situation gänzlich abgeriegelt und das Gebiet großräumig zu meiden wäre. Zuwiderhandlungen hätten eine sofortige Verhaftung zur Folge.

„Und jetzt?", fragte Otto.

„Jetzt suchen wir einen Saxofon-Spieler!", antwortete Jack und stürmte mit der Masse die Treppe hoch. Otto beeilte sich, hinterher zu kommen.

2 0

Tony hatte einen Flug nach New York für den nächsten Morgen bekommen. Er hatte die Nachrichten nicht weiterverfolgt und wunderte sich nun, was am Flughafen los war. Auf etlichen Monitoren blinkten Hinweise auf, die Flüge nach New York betrafen.

Servicepersonal lief herum und verteilte Fragebögen. Eine hübsche Brünette wandte sich auch an Tony, als er sich zum Check In in die entsprechende Schlange stellte: „Sir, Sie fliegen heute Morgen nach New York?"

„Ja. Was ist denn los?"

„Aufgrund der Unruhen ist ein Notfallplan in Kraft getreten. Wir sind gesetzlich verpflichtet, von allen Reisenden einen ausgefüllten Fragebogen einzufordern. Wir dürfen Sie nur befördern, wenn Sie einen der dort angegebenen Reisegründe belegen können und einen gültigen Ausweis haben!" Sie gab ihm einen Fragebogen und einen Stift.

Tony starrte irritiert darauf und las:

Grund für die Reise nach New York:

a) Geschäftlich (Name und Adresse des Geschäftspartners)

b) Familiär (Angabe der Art des familiären Besuches, Name und Adresse des Familienangehörigen)

c) Medizinisch (Angabe der Art des medizinischen Notfalls, Name und Adresse des behandelnden Arztes/Krankenhauses)

Tony überlegte einen Augenblick, dann machte er ein Kreuz bei *Geschäftlich* und gab den Namen des Kunden von damals an. An die Adresse konnte er sich natürlich nicht mehr genau erinnern und ergänzte diese dann einfach fantasievoll. Glücklicherweise hatte er auch seinen Reisepass dabei, sodass er sich ausweisen konnte.

Das ganze Theater nur wegen ein paar Idealisten, die an der Wallstreet campieren und auf eine gerechtere Welt hofften. Die Politiker werden aber auch immer paranoider, dachte er.

An Bord drückte eine Flugbegleiterin jedem Passagier die neueste Ausgabe der *USA Today* in die Hand, die Tony achtlos entgegennahm. Er hatte seine eigenen Probleme und keine Lust, sich auch noch mit denen des Landes zu beschäftigen. Er fand seinen Platz am Fenster und machte es sich bequem. Neben ihm nahm ein übergewichtiger Mann mit Schnauzbart Platz, der eigentlich zwei Sitze gebraucht hätte. Da die Maschine ausgebucht war, wurde auch der Gangplatz belegt und der Dicke drohte zu Tony hinüber zu quellen. Als einzige Gegenmaßnahme fiel ihm ein, die Zeitung hochzunehmen. Er wollte sie gerade aufklappen, als sein Blick auf das Titelfoto der ersten Seite fiel, das Cedric Whithall-Meyers in Rednerpose zeigte. Der darunter stehende Text beschrieb ihn als derzeit aussichtsreichsten Bewerber für die Position des republikanischen Präsidentschaftskandidaten.

„Todos los Santos!", entfuhr es Tony. Er konnte kaum glauben, was er da sah und las.

Der dicke Schnauz wischte sich mit einem Taschentuch den Schweiß ab und nickte.

„Der Mann ist ein Geschenk des Himmels! Mit ihm als Präsidenten könnten wir wieder zur führenden Nation der Erde werden!"

Tony sah seinen Nachbarn fassungslos an. Das würden ja interessante drei Flugstunden werden! Dann legte er die Zeitung zur Seite und begann, den Schnauz charmant auszufragen.

*

Jack sah zum gefühlt fünfundzwanzigsten Mal auf seine Uhr. 17:20 Uhr. Otto nahm seine Brille ab und rieb sich die Augen. Das war der zweite Abend in New York und er war ziemlich erschöpft. Seit gut einer halben Stunde waren sie in der *Times Square Brewery* – wie auch am letzten Abend – und warteten darauf, dass Tony erschien.

„Was machen wir, wenn Tony auch heute nicht kommt?"

„Er wird schon kommen!"

„Bist du denn sicher, dass er deine Botschaft verstanden hat?"

„Ganz sicher."

So zuversichtlich wie er tat, war Jack allerdings nicht wirklich. Immer wieder dachte er darüber nach, ob seine Nachricht auch eindeutig genug gewesen war. Sie hatten lange nicht mehr über New York gesprochen – vielleicht erinnerte sich Tony gar nicht mehr daran, dass sie die *Times Square Brewery* damals zu ihrem Stammlokal gemacht hatten. Und was war – bei dem Gedanken verzog Jack unwillkürlich das Gesicht – wenn Tony noch sauer auf ihn war, wegen der Sache mit Trite? Wenn er gar keine Lust hatte, sich in den nächsten Flieger nach New York zu setzen, zumal die Situation hier jetzt so kritisch war? Ach was, er durfte sich jetzt nicht diesen trüben Gedanken hingeben! Jack winkte einem vorbeieilenden Kellner und bestellte zwei Whiskey.

Otto sah erstaunt auf. „Bist du nicht etwas leichtsinnig mit unserem Geld? Wie viel haben wir denn eigentlich noch?"

„Mach dir darüber keine Gedanken – das Bier, das du vor dir stehen hast, können wir auch schon nicht mehr bezahlen!"

„Das ist jetzt ein Scherz, oder?" Otto war entsetzt.

Jack schüttelte den Kopf. „Kein Scherz."

Als der Kellner ihnen die Whiskeygläser hinstellte, nahm Otto ein Glas und kippte den Inhalt wortlos hinunter. Jack sah ihn leicht amüsiert an und machte dann das Gleiche. Der arme Otto! Wahrscheinlich sah er sich schon wegen Zechprellerei im Gefängnis. Aber Jack wusste, dass Ottos Nerven sehr angegriffen waren und dass es für beide gefährlich werden konnte, wenn sie ihm durchgingen. Darum wollte er Zuversicht verbreiten und konnte nur hoffen, dass Tony tatsächlich auftauchte. Als er das Glas hinstellte, bemerkte er, dass vorn am Empfang neue Gäste eingetroffen waren, die darauf warteten, einen Tisch zugewiesen zu bekommen. Die Restaurants waren trotz der Unruhen gut besucht und die *Times Square Brewery* bot aufgrund ihrer Lage auch noch einen guten Überblick über das Geschehen. Viele Gäste nutzten das Lokal als Loge.

Jack hatte seinen Platz allerdings so gewählt, dass er nicht die Fenster, sondern den Eingang gut im Auge hatte.

Sein Grinsen wurde breiter und er rief dem Kellner eine neue Bestellung zu.

„Du musst es ja nicht übertreiben – wieso denn jetzt drei Whiskey?"

„Wir bekommen Gesellschaft!", sagte Jack und stand auf.

Tony hatte ihn auch sofort gesehen und kam mit schnellen Schritten auf ihn zu. Er strahlte ebenfalls, wie Jack erleichtert feststellte.

„Amigo!! Du bist es wirklich! Hey, ich habe dir beim letzten Mal schon gesagt, du sollst das nicht tun! Das ist eine blöde Idee, sich totzustellen! Weißt du eigentlich, was du deiner Mutter und deinen Freunden damit antust? Und vor allem mir?"

„Ja, ja – du musst deine Predigt nicht wiederholen, ich habe sie noch gut im Gedächtnis!"

Die beiden Freunde umarmten sich, dann erst nahm Tony Otto wahr.

„Dios! Das gibt's ja nicht – noch ein Totgeglaubter! Wo hast du den denn aufgegabelt, Jack?"

Tony nahm auch Otto freundschaftlich in den Arm, war aber irritiert, als der ihn gar nicht mehr loslassen wollte. Jack lachte und klärte Tony dann auf: „Otto ist mehr als froh, dass du hier aufgetaucht bist, wir leben nämlich schon auf Kredit und brauchen dringend jemanden, der uns auslöst!"

„Kein Problem! Deine Mutter hat mich mit genügend Bargeld versorgt!"

Da der Kellner gerade mit den drei Whiskeygläsern erschien, konnten sie direkt darauf anstoßen. Dann begannen sie, sich gegenseitig auf den neuesten Stand zu bringen.

Jack berichtete, was auf dem Mont-St-Michel passiert war und auf welchem Weg sie schließlich New York erreicht hatten.

„Der schwierigste Teil der Reise war dann der, tatsächlich zum Times Square vorzudringen. Der Typ aus der U-Bahn, Spots, hat uns, das heißt, die Gruppe der GRB-Sympathisanten, durch einen stillgelegten U-Bahn Schacht hierher geführt. Wir haben uns dann gestern Abend kurz aus dem Staub gemacht und hier gewartet, falls du auftauchen würdest. Übernachtet haben wir in einem alten Haus, das die Gruppe zum GRB-Hauptquartier umfunktioniert hat."

„Hast du die Feder eigentlich noch?", wollte Tony wissen.

Jack nickte. „Ich trage sie immer bei mir."

„Kann ich sie mal sehen?"

„Nein, nicht hier. Das ist zu gefährlich."

„Na gut. Aber ich habe auch noch ein Souvenir", meinte Tony und kramte in seiner Hosentasche. Dann holte er ein kleines bronzenes See-pferd heraus und hielt es Jack hin.

„Ich dachte, dass du das gern zurück hättest."

Jack grinste und nahm es in die Hand. „Danke! Es hat mir bisher Glück gebracht – ich hoffe, das bleibt so!"

„Wie bist du denn eigentlich durch die Polizeisperre gekommen?", wollte Otto wissen.

„Ja, dabei hat mir ein toller Zufall geholfen! Mein Sitznachbar im Flie-ger hat mir voller Inbrunst von Cedric vorgeschwärmt, was alles besser werden würde, wenn der mal Präsident wäre, blablabla. Ich bin voll da-rauf eingestiegen und habe gesagt, ich würde die *Glory-Regained-Bewe-gung* ja auch gern unterstützen, wenn ich nur wüsste, wie ich hinkäme. Daraufhin hat er mir im Vertrauen erzählt, dass er ein hohes Tier in der Stadtverwaltung von New York sei – und somit ohne Probleme durch alle Kontrollen komme – und mich, als seinen neuen besten Freund, auch di-rekt mitnehmen könne, was dann auch tatsächlich reibungslos geklappt hat. Der Mistkerl hat mir dann auch anvertraut, dass der neue Bürger-meister schon fast ein überzeugter Anhänger der GRB ist. Darum hat er auch noch nicht die Nationalgarde zu Hilfe gerufen!"

„Warte mal!", warf Jack ein. „Mir fällt da gerade etwas ein: Erinnerst du dich an die Schlagzeilen, als der vorherige Bürgermeister ums Leben kam? Die genaue Todesursache ist nie geklärt worden, soweit ich weiß. Jetzt frage ich mich gerade …"

„… ob Cedric da die Hände im Spiel hatte?"

„Wäre doch möglich, dass er jemanden auf den Posten gehoben hat, der ihm besser ins Konzept passt."

„Ob er jemanden beauftragt hat oder ob er sogar selbst seine Handdor-nen…?"

„Verstrickt ihr euch da nicht zu sehr in Verschwörungstheorien? Lasst uns lieber mal überlegen, wie wir nun weiter vorgehen wollen", meinte Otto.

„Wir müssen uns an Tonys neuen Freund von der Stadtverwaltung hängen. Wenn er Cedric so verehrt und ihm vielleicht sogar noch zuarbeitet, könnte er uns wertvolle Hinweise über dessen nächste Schritte liefern."

„Ja, ich kann ja erst einmal …"

In diesem Moment entstand eine Unruhe im Lokal, etliche Leute sprangen auf und liefen zu den großen Panoramafenstern, durch die man auf den Times Square hinuntersehen konnte.

„Es geht los!", rief Jack und sprang auch auf. Alle drei quetschten sich zwischen die Leute an den Fenstern.

Von Süden her kam eine große Menschenmenge, die etliche Plakate schwenkte, auf denen *Glory Regained!* stand. Aus der anderen Richtung näherte sich eine geballte Polizeimacht. Ein Hubschrauber kreiste über dem Platz, der nun auch von den Scheinwerfern, die aus zahlreichen Fenstern der umliegenden Gebäude leuchteten, zusätzlich erhellt wurde. Hier hatten sich die Kamerateams der diversen Fernsehstationen aufgebaut, um live von den Ereignissen zu berichten. Alle warteten gespannt auf den Zusammenprall der Kräfte. Die Fernseher im Lokal zeigten verschiedene Nachrichtensender, die alle zum Times Square geschaltet hatten.

Wie aus dem Nichts formierte sich da eine dritte Gruppe, die sich zwischen die feindlichen Fronten schob. Alle Mitglieder dieser Gruppe trugen weiße Gewänder. Einige hielten Fotoplakate hoch, die idyllische Landschaften, spielende Wale und sonnige Strände zeigten.

„Was sind denn das für Spinner?", fragte Tony.

„Wie die Friedenstauben!", fügte Otto hinzu.

„Hm", meinte Jack nachdenklich. „Ich habe da so eine Idee …"

Da erscholl über Lautsprecher eine Stimme – es war Cedric. Gleichzeitig erschien sein Gesicht auf den überdimensionalen Bildschirmen am Times Square.

Er bedankte sich für das mutige und selbstlose Einschreiten der seltsamen Friedenstruppe und rief alle Seiten zum Gewaltverzicht auf. Außerdem versprach er, sich weiterhin für die Belange der GRB einzusetzen und mit allen Seiten Gespräche führen zu wollen. Die Massen auf dem Platz wogten noch eine Weile hin und her, dann lösten sie sich langsam auf.

Die Leute im Lokal kehrten an ihre Tische zurück – nicht wenige waren enttäuscht, dass es keine Massenschlägerei gegeben hatte.

*

Auch die drei Freunde setzten sich wieder. Jack bestellte noch eine Runde Bier.

„Cedric wird immer aktiver, da braut sich was zusammen und wir müssen schnell handeln. Ich habe Fred, das ist der Typ aus der Stadtverwaltung, sowieso versprochen, mich morgen bei ihm zu melden. Dann wird er mich bestimmt einladen, ihn in seinem Büro zu besuchen. Mal sehen, was ich da herausfinden kann!", meinte Tony.

Jack nickte. „Aber pass bloß auf, dass du nicht Cedric in die Arme läufst! Vielleicht ist er auch in der Stadt. Er würde dich erkennen!"

„Was ist denn eigentlich mit den beiden Mädels? Wenn ich das richtig verstanden habe, hat Cedric Cat nie getroffen und kennt Trite nur als Kellnerin Suzie, die für ihn spioniert hat. Könnten wir die beiden nicht einsetzen, um Informationen zu besorgen?", fragte Otto, der sich wunderte, dass keiner der beiden auf diese Idee gekommen war.

Jack fuhr sich verlegen durch die Haare und warf Tony einen schnellen Blick zu, den dieser aber nicht bemerkte, da er in sein Glas starrte. Dann sagte Tony:

„Für Trite ist das zu gefährlich, nochmal als Suzie aufzutreten. Cedric hat inzwischen bestimmt mitbekommen, dass die Nereiden eine neue Anführerin haben. Vernetzt wie er ist, hat er sicher auch schon ein Bild von ihr gesehen. Und Cat – die ist ziemlich fertig nach Frankreich. Ich weiß nicht …"

„Wie geht es Cat denn?", unterbrach ihn Jack.

„Du kannst stolz sein! Sie hat ganz schön um dich geweint!", antwortete Tony heftiger, als er eigentlich wollte.

Jack senkte zerknirscht den Kopf und drehte sein Glas in den Händen. „Und Trite?", fragte er dann leise.

„Die auch! Ich verstehe das nicht – nach der Geschichte hattest du das wirklich nicht verdient! Ach, ich will mich nicht wieder aufregen."

Tony boxte Jack freundschaftlich in den Arm und hob sein Glas. „Compadre, Schwamm drüber, wir haben jetzt andere Probleme!"

Jack warf Tony einen dankbaren Blick zu und prostete ihm zu.

Otto sah irritiert von einem zum anderen. „Was war denn los? Habt ihr euch gestritten?"

Das hatte Jack befürchtet – jetzt wurde die ganze blöde Geschichte doch noch mal ausgebreitet! Er sah Tony flehend an und hoffte inständig, dass der jetzt irgendwas Belangloses sagen würde. Tat er aber nicht.

„Tja, Otto", meinte Tony mit einem süffisanten Seitenblick auf Jack, „weißt du, Frankreich, *vino, armore* – da sind die Pferde mit Jack durchgegangen! Das hat dann zu ein paar unschönen Verwicklungen geführt."

Im Grunde hatte er seinem Freund ja verziehen und war froh, dass er ihn lebendig wiederhatte, aber es konnte auch nicht schaden, wenn Jack noch ein bisschen litt, dachte er.

„Ach ja? Erzähl mehr! Jack und Cat …?"

„Eher Jack und Trite! Das Bild am nächsten Morgen war eindeutig!"

Tony musste zugeben, dass er die Situation ein wenig genoss, zumal Jack auf seinem Stuhl unbehaglich hin und her rutschte.

„Was?! Ich hoffe, das hast du dir gut überlegt, mein Lieber, die Erste Nereide ist kein Mädchen für eine Nacht!" Otto war empört.

„Wovon redest du?", fragte Jack, der merklich blass geworden war.

„Ich rede von Familienehre und Prestige! Die Erste Nereide ist so etwas wie eine Thronfolgerin – da sagt man am nächsten Morgen nicht *danke, das war's!*"

Jack stöhnte und ließ den Kopf hängen.

„Genauso ist es gewesen, oder? Ach, Jack!"

„Schlimmer! Ich kann mich an gar nichts erinnern!"

„Das hast du ihr aber doch nicht etwa auch gesagt?", fragte Tony nach, der die Details bis jetzt ja auch noch nicht kannte.

Als Jack nickte, schlug Tony die Hände über dem Kopf zusammen. „Weißt du, da hättest du besser mal eine schöne Geschichte erzählt! Kein Wunder, dass Trite außer sich war!"

„Sag mal, seid ihr euch etwa nähergekommen? Hast du auch…?", fragte Otto alarmiert.

„Nein! Ich hätte ja gern, aber da ist Jack mir zuvorgekommen!"

Otto nickte bedächtig. „Und Cat ist sauer, weil sie Gefühle für Jack hat. Ja, jetzt ist mir klar, warum Jack allein auf dem Mont war! Aber das war nun wieder mein Glück – so sind wir zusammengekommen und konnten fliehen! So, jetzt wollen wir uns aber wieder auf das Wesentliche konzentrieren. Wir müssen unbedingt herausbekommen, was Cedrics nächste Schritte sind. Ich will morgen in die New York Library und eingehend nach Hekate-Opferritualen recherchieren. Tony versucht, bei der Stadtverwaltung etwas herauszubekommen und du, Jack, könntest dich doch bei der GRB umhören. Dann führen wir unsere Ergebnisse zusammen!" Otto klang wieder ganz professoral.

Die beiden stimmten zu, dann verlangte Tony die Rechnung. Nachdem er gezahlt hatte, machten die drei sich auf den Weg. Beim Hinausgehen warf Jack einen unwillkürlichen Blick auf den Fernsehschirm – und erstarrte. Sein eigenes Gesicht schaute ihn an. Er hielt Tony, der vor ihm ging, am Arm fest und deutete mit dem Kopf auf den Bildschirm. Otto hatte es ebenfalls gesehen. Die Nachrichtensprecherin, die kurz darauf zu sehen war, erklärte dann, dass der flüchtige Dr. Jack Foster aus Miami/Florida, der verdächtigt wurde, eine Millionenerbin entführt und ermordet zu haben, an der Küste der Normandie ertrunken wäre. Vermutlich in einem Kampf mit dem verschollenen deutschen Wissenschaftler Otto von Greifentann aus Berlin, der unter mysteriösen Umständen – an denen auch besagter Dr. Foster beteiligt gewesen sein soll – von der Humboldt Universität verschwunden war, und nun ebenfalls ertrunken wäre. Darauf wurde ein Portrait von Otto gezeigt.

„Diablo! Cedric will es jetzt wissen. Er wird deine Mutter beobachten lassen und hat bisher keine Anzeichen von Trauer feststellen können – was daran gelegen haben könnte, dass sie es einfach nicht wusste. Jetzt kann er sicher sein, dass sie die Nachricht von deinem vermeintlichen Tod bekommt. Entweder hat sie es selbst gesehen oder jemand wird ihr davon erzählen. Aus dem, wie sie jetzt reagiert, wird er seinen Schluss ziehen, ob dein Tod nur vorgetäuscht ist."

2 1

Meredith Foster stand vor dem Spiegel in ihrer Suite im Ritz Carlton. Sie war mit ihrer Erscheinung durchaus zufrieden. Das Kostüm betonte perfekt ihre schlanke Figur und ihre Frisur wurde durch keine widerspenstige Locke aus der Harmonie gebracht. Ein Lächeln huschte über ihr Gesicht. Ja, doch, für ihr Alter sah sie ganz passabel aus. Das bestätigte ihr Archie auch jeden Tag.

Archie – er hatte sich zu einer wahren Bereicherung ihres Lebens entwickelt! Sie genoss die gemeinsamen Spaziergänge und kultivierten Gespräche mit ihm. Gleich würde er anklopfen und sie zum Essen abholen. Dass er ganz selbstverständlich eine eigene Suite bezogen und sie nicht zu einer gemeinsamen gedrängt hatte, hatte Meredith ihm hoch angerechnet.

Ach ja, ihr Rodney. Jacks Vater war nun schon so lange tot und doch fiel es ihr schwer, einen anderen Mann in ihrem Leben zuzulassen. Nun, man musste einfach abwarten, wie sich alles entwickelte. Sie wollte sich gerade etwas von ihrem Lieblingsparfum auf die Handgelenke spritzen, als das Telefon klingelte.

„Hallo?"

„Meredith, Liebes, es tut mir ja so unendlich leid! Ich habe es gerade gehört. Du meine Güte, was du auch alles durchmachen musst!"

Mrs. Foster runzelte die Stirn. Die Stimme, die ihr da entgegengeflötet kam, gehörte ihrer Freundin Abigail, wie sie selbst Mitglied im Bostoner Country-Club. Sie konnte sich keinen Reim auf das machen, was Abigail erzählte. Sie hatte sich nach dem Abenteuer in Equitanien bei Abigail gemeldet, auf Archies Anraten hin aber nur erzählt, sie wolle eine Weile in Florida bleiben, bis sich die Sache mit Jack geklärt habe.

„Ist ja klar, dass du noch in Miami bist, du musst dich ja um Jacks Sachen kümmern – du liebe Zeit, ich möchte wirklich nicht in deiner Haut stecken!", fuhr Abigail fort.

Jetzt wurde es Meredith zu bunt. „Über was redest du denn da die ganze Zeit, Abigail? Was muss ich durchmachen?", fragte sie ungeduldig. Abigails übertrieben betuliche Anteilnahme nach der Bekanntmachung, dass Jack polizeilich gesucht wurde, hatte sie schon damals genervt.

Am anderen Ende der Leitung war es einen Moment lang still. Ungewöhnlich für Abigail. Sie war wohl ehrlich geschockt. Dann fand sie ihre Sprache wieder.

„Oh, Meredith, du weißt es noch gar nicht? Hat es dir noch niemand gesagt? Wie furchtbar! Und jetzt muss ich es dir beibringen!" Sie fing an zu schluchzen.

„Abigail! Jetzt reiß dich zusammen und erzähl mir endlich was los ist!"

„Mach das Fernsehen an – sie bringen es auf allen Kanälen! Meredith, es ist furchtbar: Jack hat in Berlin einen deutschen Baron umgebracht und dann sind sie zusammen in Frankreich ertrunken!"

„Was redest du denn da für einen Unsinn!", fragte Mrs. Foster gereizt.

Doch während sie die Fernbedienung suchte, spürte sie, wie die Angst in ihr hochkroch. Es war noch gar nicht so lange her, dass sie die Mitteilung bekommen hatte, ihr Sohn wäre bei der Entführung einer Millionenerbin ums Leben gekommen. Das war so absurd, dass sie es auch nicht richtig hatte glauben können, doch welche Angst sie tatsächlich gehabt hatte, hatte sie selbst erst gemerkt, als Jack dann lebendig vor ihr stand. Wenn auch in diesem lächerlichen Aufzug.

Schließlich fand sie die Fernbedienung und ihre Hand zitterte leicht, als sie damit auf den Fernseher zielte und ihn anstellte. Abigail redete unablässig weiter, doch Mrs. Foster hörte nicht mehr zu. Dann legte sie das Telefon einfach ganz zur Seite. Sie nahm weder Abigails Hallo-Rufe noch das anschließende Tuten des Telefons wahr, als ihre Freundin endlich aufgab und selbst auflegte. Ungläubig starrte Meredith auf den großen Flachbildschirm, der das Foto ihres Sohnes zeigte und versuchte zu begreifen, was die sonore Stimme des Nachrichtensprechers erzählte. Der Sender brachte die Geschichte als Hauptthema, da die Sache in New York diesmal so friedlich abgelaufen und daher kaum eine Nachricht wert war.

*

Es klopfte heftig an der Tür. Wie in Trance schaltete Mrs. Foster den Fernseher aus, ging zum Eingang und öffnete. Es war Cat, die davorstand und sie besorgt ansah.

„Sie haben es schon gehört, Mrs. Foster?"

Meredith nickte und lud Cat mit einer Handbewegung ein, einzutreten. Sie nahmen in der bequemen Sitzgruppe Platz.

„Mrs. Foster…"

„Stimmt es? Ist das die Wahrheit, was da im Fernsehen erzählt wird?"

„Nein, Mrs. Foster. Aber es wäre lebensgefährlich für Jack, wenn wir nicht alles versuchen, damit es so aussieht, als wäre es wahr! Ich habe vor zehn Minuten eine SMS bekommen – ich vermute, von Tony – mit diesem Inhalt", Cat holte ihr Handy hervor und las ab: „*Es gibt wirklich ein Lazy Lobster in Manhattan! Dort gibt es nicht nur französische Spezialitäten, sondern auch Berliner Currywurst – da muss sich das Lokal in Miami Beach sehr anstrengen, um mithalten zu können. Der Restaurant-Checker.*"

„Ja, und?" Mrs. Foster sah Cat verständnislos an. Der Tumult ihrer Gefühle hielt sie noch in seinem Bann. Konnte sie dieser plötzlichen guten Wendung der Geschichte glauben?

Cat erzählte ihr von der ersten SMS, die der Anlass dafür gewesen war, dass Tony nach New York flog. Dann fügte sie hinzu: „*Es gibt wirklich …* muss bedeuten, dass Jack tatsächlich in New York ist. *Berliner Currywurst* habe ich erst nicht verstanden, bis ich Ottos Bild im Fernsehen sah – das wird sich auf ihn beziehen!"

„Herr von Greifentann lebt also auch noch? Dann kann er Jack doch entlasten!"

„Das ist zurzeit einfach zu gefährlich! Es ist besser, Cedric hält beide für tot."

„Hm. Gibt es noch mehr geheime Botschaften in der SMS?"

„Ja. Die *französischen Spezialitäten* – ich denke, das bezieht sich auf die Feder des Erzengels Michael …"

„… die Jack aus dem Altar der Kirche auf dem Mont-St-Michel gestohlen hat! Die Geschichte habt ihr mir ja erzählt."

„Er hatte wirklich keine andere Wahl, Mrs. Foster!"

„Schon gut. Was noch?"

„Da muss sich das Lokal in Miami Beach sehr anstrengen, um mithalten zu können. Das richtet sich an uns – wir müssen alles tun, um Cedric zu überzeugen, dass wir wirklich an Jacks Tod glauben."

Mrs. Foster seufzte, stand auf und strich ihren Rock glatt. „Das wäre alles nicht passiert, wenn Jack Anwalt geworden wäre und die Kanzlei seines Vaters übernommen hätte!"

Es klopfte wieder. Diesmal war es Archie. Er hatte auch ferngesehen und war entsprechend aufgeregt.

Mrs. Foster und Cat klärten ihn über den aktuellen Stand der Dinge auf. Meredith hatte sich jetzt wieder in der Gewalt. Archie hörte sich alles schweigend an, dann nickte er und sagte: „Gut. Meredith, du musst jetzt eine Trauerfeier organisieren – und dich darauf vorbereiten, dass in den nächsten Stunden viele Leute hier auftauchen und dir Fragen zum Tod deines Sohnes stellen werden!"

Mrs. Foster war dankbar, Archie und Cat zur Unterstützung zu haben, denn es gab nun viel zu tun. Alle drei dachten nicht daran, den Fernseher noch einmal anzumachen. So entging ihnen diese Meldung eines lokalen Senders:

„Unabhängig voneinander haben ein Tourist aus New York und einer aus Philadelphia, die beide zurzeit Urlaub in Key West machen, den Behörden von der Sichtung eines Fabeltieres berichtet. Das Wesen soll nördlich von Key West aus dem Wasser aufgetaucht sein. Der vordere Teil habe wie ein Pferd, der hintere wie ein Delphin ausgesehen. Die als Beweise eingereichten Fotos sind allerdings sehr unscharf und könnten auch einfach einen Delphin zeigen."

22

In den Büros der New Yorker Stadtverwaltung herrschte eine so rege Betriebsamkeit, dass es schon hart an der Grenze zum Chaos war. Menschen liefen mit Akten hin und her, riefen sich über die Gänge etwas zu, überall klingelten Telefone und jeder schien in Eile zu sein. Etliche Journalisten mit und ohne Kamera-Teams waren unterwegs, um Informationen von der Stadtverwaltung zu den seltsamen „Friedensengeln" zu erhalten.

Tony war das nur recht. Die überforderten Wachleute ließen ihn unbehelligt in die oberen Etagen vor, wo sich die Büros des Bürgermeisters und seiner engsten Mitarbeiter befanden, obwohl er mit Jeans und Lederjacke nicht gerade wie ein Verwaltungsangestellter aussah.

Jeder zweite, der ihm begegnete, schien entweder einen Schal, ein Halstuch oder einen Rollkragenpulli zu tragen. Misstrauisch sah Tony die Leute an. Ob das alles Tritonen waren, die ihre Kiemen verstecken wollten? Todos los Santos, dachte Tony, ich sehe schon Gespenster. Es ist Spätherbst, da ist es völlig normal, den Hals warm einzupacken.

Das Büro des Stadtverordneten Fred McMurry hatte er schnell gefunden. Die Tür zu dessen Vorzimmer war zwar geschlossen, Tony konnte jedoch deutlich eine weibliche Stimme hören, die sich scheinbar über irgendetwas aufregte. Sein Klopfen blieb unbeachtet, die Stimme redete Stakkato-artig weiter.

Tony öffnete die Tür, lugte um die Ecke und schenkte der kleinen Brünetten am Telefon sein strahlendstes Lächeln. Umsonst. Sie sah gar nicht hin, sondern starrte nur verärgert auf das Telefon und knallte schließlich den Hörer auf die Gabel.

Dann blickte sie auf. „Ja, bitte?", schnarrte sie Tony ungnädig an.

„Guten Mor..."

„Ah, Sie sind von der Firma Hack-Ex & Co., richtig?", die Miene der Frau hellte sich auf, als sie Tony eingehender betrachtete. Ihr Name war Natalie, wie das Schild auf ihrem Schreibtisch verriet.

„Also, eigentlich …"

„Du meine Güte, bei Ihnen weiß ja die rechte Hand nicht, was die Linke tut! Ich habe gerade erst – mal wieder – mit Ihrem Büro telefoniert und da hieß es, es könne frühestens heute Nachmittag jemand vorbeikommen und sich Mr. McMurrys Computer ansehen! Da habe ich noch gesagt, das glaub' ich ja jetzt nicht! Mr. McMurry ist doch nicht irgendwer! Wo kommen wir denn da hin!"

„Ich …"

„Aber jetzt sind Sie ja da und dann können Sie auch sofort loslegen. Einen Kaffee mögen Sie doch sicher, oder? Mit Milch und Zucker? Und ein Wasser? Einheimisches oder Importiertes? Dieses sprudelige Italienische?"

„Nun, …"

„Bringe ich sofort! Da drüben ist Mr. McMurrys Büro, den Computer finden Sie ja sicher allein, nicht wahr? Bin ich froh, dass Sie doch eher kommen konnten!" Dann eilte sie auch schon wieselflink hinaus, wobei sie aber nicht aufhörte zu reden.

Tony fragte sich, ob Natalie keinen Sauerstoff zum Leben brauchte, jedenfalls schien sie beim Reden nie Luft zu holen. Er nahm das unerwartete Geschenk des freien Zugangs zu Fred McMurrys Computer aber dankbar an und setzte sich schnell an dessen Schreibtisch. Der Computer war bereits eingeschaltet und Tony erkannte auch sofort das Problem: Eine Virenwarnung blinkte groß und drohend auf dem Bildschirm auf. Er sah das Symbol des Antivirenprogramms in der Ecke des Bildschirms und startete die automatischen Gegenmaßnahmen. Anscheinend hatten weder Fred noch seine Sekretärin eine große Ahnung von Computern. Umso besser.

Er rief das Inhaltsverzeichnis der Festplatten auf und fand auch sofort, was er suchte: Einen Ordner, der als *Cedric Whithall-Meyers* bezeichnet war. Hier gab es eine Sammlung von eingescannten Zeitungsartikeln über Cedric und einen E-Mail-Austausch, der ziemlich umfangreich war. Tony befürchtete schon, dass er das jetzt alles kopieren und durcharbeiten müsse, als ihm eine E-Mail mit dem Titel *Terminanfragen* auffiel. Er öffnete sie und las, dass der Bürgermeister Cedric gern zu einem offiziellen Empfang einladen würde, sich aber selbstverständlich nach dessen Terminplan richten wollte. Es wurden dann einige Vorschläge aufgezählt. Gespannt klickte Tony auf die Antwort von Cedrics Büro. Darin hieß es, dass er frühestens Anfang Dezember wieder in New York sein könne, da er am 25. November einen unaufschiebbaren Termin habe. Tony kopierte dann aber doch sämtliche Mails auf den USB-Stick, den er vorsorglich mitgebracht hatte.

Der Kopiervorgang war noch nicht abgeschlossen, als die Sekretärin mit einem Getränketablett zurückkam. Sie lächelte Tony an.

„Haben Sie den Fehler schon gefunden? Ist es etwas Schlimmes? Also, ich krieg' ja immer den Horror, wenn etwas mit dem Computer ist! Mr. McMurry, sag ich dann, Mr. McMurry, da müssen Experten ran! Ich kann Ihnen da nicht weiterhelfen!"

„Ja, …"

„Brauchen Sie noch etwas? Ich habe Ihnen Kaffee mitgebracht – ganz frisch – und hier sind Zucker und Milch, aber die leichte, wissen Sie, die mit den wenigen Prozenten. Und hier sind noch ein paar Kekse. Am besten sind die mit der Schokoglasur. Die sind eigentlich nur für hochgestellte Besucher, aber Mr. McMurry geht da selbst auch schon mal dran, wenn er glaubt, ich würde es nicht merken. Er müsste nämlich schon auf seine Figur achten. Kennen Sie Mr. McMurry? Also, ich kann Ihnen sagen, der ist mindestens doppelt so dick wie Sie. Was ist das denn da? Brauchen Sie den Stick, um den Computer zu reparieren?"

„Genau! Ich…"

„Das muss ich Ihnen ja sagen: Nicht alle Ihre Kollegen sind so gut vorbereitet! Ich habe da mal von einem Fall gehört, das glauben Sie nicht, wenn ich Ihnen das erzähle, …" Sie redete im Hinausgehen weiter und Tony klimperte zum Schein auf der Tastatur herum. Endlich war alles kopiert und er konnte den Stick herausziehen. Er schloss alle Programme und fuhr den Computer herunter. So, jetzt nichts wie weg hier! Er ging ins Vorzimmer.

„Alles erledigt! Geben Sie dem Computer noch ein paar Minuten und fahren Sie ihn dann wieder hoch. Das Problem müsste dann verschwunden sein."

„Du meine Güte! So schnell sind Ihre Kollegen aber nicht! Das nächste Mal verlange ich sofort, dass man Sie schickt! Und dann haben wir uns auch noch so nett unterhalten! Wie ist denn Ihr Name? Warten Sie, ich suche noch schnell was zu schreiben. Na, wo hab ich denn…"

„Schönen Tag noch!", rief Tony und huschte schnell aus der Tür. Auf dem Gang sah er, wie sich das Ende einer Prozession aus Presseleuten mit Fotoapparaten und Filmkameras vor dem Büro des Bürgermeisters staute. Die Türen wurden gerade geschlossen, die Reporter durften nicht hinein. Noch während die Türen geschlossen wurden, wurden die Kameras hochgereckt und Blitzlichter flammten auf.

„Noch einmal hierher sehen, Mr. Whithall-Meyers!"

„Bitte noch einmal hier herüber!"

Tonys Nackenhaare stellten sich hoch, als ihm klar wurde, wer da gerade beim Bürgermeister zu Gast war. Wenn er das Büro nur eine Minute früher verlassen hätte, wäre er Cedric B. Whithall-Meyers direkt in die Arme gelaufen.

*

Otto atmete tief durch und schloss die Augen. Ein Lächeln spielte um seine Lippen. Ahh, Bücher! Ja, hier war er in seinem Universum. Hier, in der New York Public Library roch es nach Wissen, Intelligenz und Forschung, nach alten Weisheiten und neuen Erkenntnissen. Die großen Geister vergangener Zeiten schienen präsent zu sein und den nachfolgenden Generationen die Hand zu reichen – bereit, ihr eigenes Wissen wie einen Staffelstab weiterzugeben. Wenn man dessen würdig war. Denn hier musste man beweisen, wie scharf der eigene Geist arbeiten konnte – es kam nicht darauf an, brüchige Mauern herunterzuklettern und durch nächtliche Brandungen zu schwimmen, hier musste man wissen, welche Fragen man zu stellen hatte und wo die Antworten zu finden sein konnten.

Otto fand sich schnell im Bibliothekskatalog zurecht und hatte rasch einen kleinen Stapel Bücher gesammelt, mit dem er sich an einem

Arbeitsplatz niederließ. Er baute die Bücher wie eine Festung um sich herum auf und begann dann, eines nach dem anderen durchzuarbeiten. Schon bald hatte er die Welt um sich herum vergessen.

*

Um keinen Verdacht zu erregen, waren Jack und Otto in das GRB-Hauptquartier zurückgegangen und hatten dort die Nacht verbracht, während Tony sich ein Hotelzimmer genommen hatte.

Nachdem Otto am nächsten Morgen Richtung New York Library verschwunden war, begann Jack eine SMS an Cat zu schreiben. Er hatte sich noch am Vorabend wieder ein billiges Handy gekauft – zum Glück hatte seine Mutter Tony ja großzügig mit Geld versorgt. Jack schrieb die SMS mit den gleichen Metaphern, die er auch in der SMS an Tony verwendet hatte und hoffte, dass Cat damit etwas anfangen konnte.

Das Haus, das die GRB für sich in Beschlag genommen hatte, war ein ehemaliges Hotel in SoHo. Die Küche war noch vorhanden und diente jetzt als allgemeiner Aufenthaltsraum.

Jack hatte sich an einer der scheinbar nie versiegenden Kaffeemaschinen bedient und sah sich nach einem potenziellen Gesprächspartner um, den er ein bisschen über die gestrigen Ereignisse aushorchen konnte. Da kam Spots, der schlaksige Junge mit den Sommersprossen, der Otto und ihn hergebracht hatte, auf ihn zu.

„Daniel! Da bist du ja! Ich habe dich und deinen Freund gestern total aus den Augen verloren! Wo seid ihr denn geblieben?"

Jack hätte fast vergessen, dass er hier ja unter einem anderen Namen bekannt war.

„Spots! Ja, das war eine Show gestern! Die vielen Menschen! Ich weiß auch nicht, wir sind einfach so mitgerissen worden von der Menge! Und dann plötzlich diese Friedensengel! Wo kamen die denn her?"

„Ich war auch total überrascht! Einige von uns waren richtig sauer, dass sie uns dazwischengefunkt haben. Aber dann haben sie mit uns geredet und ich muss sagen, ihre Argumente haben echt was für sich. Ein paar sind auch mit hierhergekommen – willst du sie mal kennen lernen?"

„Na, klar! Unbedingt!" Jack war neugierig, ob seine Theorie, dass es sich bei den Friedensengeln um Hekatiten handelte, richtig war.

Gleichzeitig war ihm aber schon ein bisschen mulmig zumute, denn es konnte ja auch jemand dabei sein, der ihn von Equitanien her kannte. Aber, ohne ein Risiko einzugehen, konnte er nichts herausfinden. Also nahm er seinen Kaffeebecher und folgte Spots zur ehemaligen Rezeption, wo eine Gruppe von Leuten angeregt miteinander diskutierte. Einige trugen weiße Gewänder.

„Hey Leute, hört mal her! Das hier ist Daniel, der sich echt für unsere Sache interessiert und gestern Abend auch dabei war!"

Alle drehten sich um und sahen Jack an. Einer der Weißgewandeten runzelte die Stirn und studierte Jacks Gesichtszüge. Jack spürte einen schnellen Adrenalinstoß. Er erkannte ihn wieder. Dieser Mann war ein Mitglied der Gruppe, in die er sich damals eingeschmuggelt hatte, als er das erste Mal aus Equitanien floh, auf dem Seepferd. Es war derjenige, der direkt vor ihm auf sein Seepferd gestiegen war und wahrscheinlich noch mitbekommen hatte, dass Jack fälschlicherweise dabei war.

*

„Madre de Dios!", Tony sah wieder auf die Uhr am Fernseher. Wie am Abend zuvor verabredet, saß er in der Brewery am Times Square, doch weder Otto noch Jack tauchten auf. Es war schon kurz vor 19:00 Uhr und eigentlich hatten sie sich um 18:30 Uhr treffen wollen.

Ein schlechtes Zeichen, dachte Tony. Jack war sonst immer pünktlich, es sei denn, es ging um einen Termin mit seiner Mutter. Und Otto – da er sonst so einen preußischen Eindruck machte, verspätete er sich bestimmt nicht einfach so um eine halbe Stunde.

Was wohl passiert war? Tony trommelte ungeduldig mit den Fingern auf der Tischplatte. Noch fünf Minuten, dann… erleichtert sank er in seinen Stuhl zurück, als Otto im Eingang erschien und ihm zunickte.

„Endlich! Compadre, ich warte hier schon seit über einer halben Stunde! Was ist denn los? Wo bleibt Jack?"

Otto sank auf einen Stuhl und schnaufte. Eine Plastiktüte, die vollgestopft war mit einzelnen Papierblättern, stellte er neben sich ab.

„Tut mir leid Tony, aber der eine Kopierer war defekt, der andere hatte einen Papierstau und bei dem Dritten war eine solche Schlange, dass es ewig dauerte, bis ich drankam!"

Otto sah sich um und meinte dann: „Ist Jack noch nicht da?"

„Nein! Das sagte ich ja gerade!"

„Also, ich habe keine Ahnung, wo er steckt. Seit heute Morgen habe ich ihn nicht mehr gesehen."

„Hoffentlich ist da nichts schief gegangen. Vielleicht hat er mit seinen Fragen einen Verdacht erregt, oder…"

„Da ist er ja!"

Tatsächlich hatte Jack gerade das Lokal betreten und winkte seinen Freunden zu. Er kam zu ihnen an den Tisch, wobei seine Bewegungen leicht unsicher waren, und ließ sich dann auf einen Stuhl fallen. Tony sah ihn skeptisch an. Jacks Augen kamen ihm ziemlich glasig vor.

„N'abend!"

„Was ist passiert? Haben sie dich erwischt? Betäubt?", fragte Otto besorgt.

„Ooooh jaa! Ich habe mich aber tapfer gewehrt! Könnt ihr mir glauben!"

Tony runzelte die Stirn. „Du bist betrunken!"

„Uhm-hm." Jack nickte heftig.

„Sag mal, hast du sie noch alle!? In dieser Situation hast du nichts Besseres im Sinn, als dir die Kante zu geben?"

„Konnte nicht anders. Meine Tarnung wäre sonst aufgeflogen."

„Also, das musst du jetzt mal genauer erzählen. Aber wir müssen dich zuerst einmal wieder halbwegs nüchtern kriegen." Tony winkte der Bedienung und bestellte einen großen Kaffee für Jack und Bier für Otto und sich selbst.

Drei Kaffeebecher später wussten Tony und Otto dann endlich, was in der GRB passiert war.

Der Mann, den Jack wieder erkannt hatte, glaubte ihn auch zu kennen, konnte sich aber nicht daran erinnern, woher. Jack war dann in die Offensive gegangen und erzählte, er habe sich für die Hekate-Bewegung interessiert und vielleicht seien sie sich in Miami schon mal begegnet. Das erschien dem Mann plausibel und er fragte nicht weiter. Dann ging das Gespräch um die mögliche Vereinigung der beiden Bewegungen, da man ja eigentlich die gleichen Ziele verfolge. Die Sprecher der beiden Gruppen waren sich schnell einig, auch darüber, erst einmal weiterhin getrennte

Wege zu gehen, da man ja unterschiedliche Zielgruppen habe. Cedric als Präsidentschaftskandidat zu unterstützen, wurde aber ebenfalls von beiden Bewegungen unterstrichen. Dazu wäre aber eine weitere Ausdehnung der beiden Bewegungen im ganzen Land erforderlich.

„Natürlich hat von der GRB niemand mitbekommen, dass Cedric die Hekatiten dazu benutzt, die GRB zu unterwandern. Damit ich bei dieser Truppe punkten konnte, habe ich vorgeschlagen, mit kleinen Teams in die einzelnen Bundesstaaten zu gehen, dort neue Anhänger zu sammeln und ein Netzwerk aufzubauen. Das fanden sie ganz großartig!"

„Ja, toll, wie du den Feind unterstützt!"

„Dann wollten sie feiern und es wäre ja seltsam gewesen, wenn ich mich da verdrückt hätte!" Jack wurde immer blasser.

„Und was gab es?"

„Rum."

„Rum?! Ausgerechnet! Muchacho, du verträgst doch keinen Rum!" Jack stöhnte und rieb sich die Stirn. „Ja, ich weiß!"

„Wie viel hast du denn…?"

„Mir ist schlecht!"

„Erste Tür hinten rechts!"

Jack sprang auf und verschwand eilig in die angegebene Richtung, wo sie die Toilettenbefanden. Otto sah ihm mitleidig hinterher.

„Vielleicht war das ein bisschen viel Kaffee."

Tony grinste. „Die Wirkung war beabsichtigt. Keine Sorge, es wird ihm gleich viel besser gehen."

„Hm, also gut. Ich kann ja schon mal anfangen zu erzählen, was ich alles herausgefunden habe."

Otto griff in die Plastiktüte und beförderte den Papierstapel auf den Tisch. Als Tony die vielen winzigen Bemerkungen am Rand der kopierten Blätter sah, seufzte er und nahm einen großen Schluck Bier. Das konnte ja ein langer Abend werden!

Es dauerte eine ganze Weile, bis Jack zurückkam. Er war immer noch ziemlich blass, hatte aber wieder klare Augen, als er sich zu seinen Freunden setzte.

„Na, besser?", fragte Tony.

„Ja, aber, puh, das muss ich so schnell nicht wieder haben!" Jack atmete tief durch.

„Immerhin hat mein heldenhafter Einsatz uns etwas gebracht: Bei dem Trinkgelage konnte ich durchsetzen, dass *wir* eine der Kleingruppen sind, die sich in einem Bundesstaat – unserer Wahl übrigens – auf Mitglieder-fang macht! Jetzt kommt es darauf an, was ihr herausgefunden habt – wo wird Cedric das Opferritual durchführen? Da gehen wir dann hin, sozu-sagen auf Cedrics Rechnung!"

„Ist das nicht zu gefährlich?", fragte Otto unsicher.

Jack zuckte die Schultern. „Ich denke, das Risiko ist kalkulierbar. Auf jeden Fall bleiben wir damit dicht an seiner Organisation dran. Habt ihr denn etwas erfahren?"

Tony grinste. „Es ging leichter als gedacht."

Er erzählte den beiden dann ausführlich sein Erlebnis in der Stadtver-waltung.

„Der 25.11. muss das entscheidende Datum sein. Das tauchte immer wieder auf, da wurden sämtliche Anfragen abgelehnt. Aus den anderen Mails habe ich dann erfahren, dass er nach seinem Aufenthalt in New York – also jetzt – nach Arizona und Nevada will. Wohin genau, konnte ich nicht herausfinden."

„Der 25.11.? Das könnte passen! Weiß jemand, wann Neumond ist?" Otto blätterte hektisch in seinen Papieren.

„Nicht? Gut, dass ich das auch direkt recherchiert habe! Da! Da steht es: am 25.11.!" Triumphierend sah Otto die anderen beiden an.

„Und? Was heißt das jetzt?", fragte Tony ungeduldig.

Otto ließ sich nicht aus der Ruhe bringen und suchte einige Blätter zu-sammen. Dann las er vor:

Man opferte Hekate an dreigabeligen Wegkreuzungen, denn diese galten als Plätze zwischen der Welt der Sterblichen und der Unterwelt. Man opferte ihr besonders bei Neumond und Vollmond. Als Opfergaben kamen Honig, Fisch, Eier, Knoblauch, Gebäck und Käse in Frage, auch Lämmer, vor allem aber schwarze Hunde. Von Sonnenaufgang bis Mitternacht wird Hekate zu ihren po-sitiven Eigenschaften angerufen, nach Mitternacht zu ihren zerstörerischen Kräf-ten. Als wirkungsvollster Zeitpunkt für die Anrufung der Hekate als Meistern der Schwarzen Kunst gilt die Stunde nach Mitternacht am ersten Neumond im November – damit wurde das sogenannte Fest der Dunkelheit gefeiert!"

„Der 25.11. – das ist dann tatsächlich der Tag!" Jack schlug Otto auf die Schulter. „Gut gemacht!"

„Dann müssen wir nur noch alle dreigabeligen Wegkreuzungen in Arizona und Nevada absuchen – und schon wissen wir, wo das Ritual stattfinden soll!", meinte Tony mit leichtem Sarkasmus.

Otto runzelte die Stirn. „Hmm, Wüsten sind natürlich schon mal potenziell geeignete Orte für Gottesbegegnungen jeder Art. Oder für Teufelsbegegnungen."

„Wüsten gibt's in beiden Staaten genug! Das hilft auch nicht weiter."

Jack schüttelte den Kopf. „Irgendwie kann ich mir nicht vorstellen, dass Cedric allein in der Wüste steht und da ein Ritual vollzieht."

„Von allein kann gar keine Rede sein! In allen Unterlagen wird eine Schar von Gläubigen genannt, die den Hekate-Hymnus singt, während das Ritual vollzogen wird." Otto fischte ein weiteres Blatt heraus und tippte darauf. „Den kann ich euch auch vortragen…"

„Nicht nötig, danke!", wehrte Jack ab. „Wir müssen uns jetzt darauf konzentrieren, den richtigen Ort herauszufinden. Tony, was ist denn mit deiner neuen Freundin in der Stadtverwaltung, die sich so gern mit dir unterhält – kannst du die nicht noch mal anzapfen?"

Tony verzog das Gesicht. „Du bist gut! Ich komm gar nicht dazu, eine Frage zu stellen, die redet ohne Luft zu holen!"

„Dann musst du dir eine Strategie überlegen, dass sie mal einen Moment die Klappe hält! Komm schon, du bist ein Latino!"

„Na, dir geht's ja wieder richtig gut, was?", giftete Tony zurück, fühlte sich aber doch bei seiner Ehre gepackt. „OK, ich werde es noch mal versuchen. Treffen wir uns dann Morgen Mittag wieder hier?"

„Ja."

„Denkt daran, dass uns die Zeit davonläuft! Es ist nicht mehr lang hin bis zum 25. November. Wir müssen den Ort herausfinden, uns genau überlegen, wie wir vorgehen wollen, dorthin kommen und alles vorbereiten", mahnte Otto.

*

Cedric saß in seiner New Yorker Hotelsuite und verfolgte zufrieden die landesweite Berichterstattung im Fernsehen. Die Kommentare sprudelten über vor Begeisterung über seinen Einsatz. Die Macht über die Vereinigten Staaten würde in seine Hand fallen wie ein reifer Apfel. Es war fast schon ein bisschen langweilig, wie glatt alles lief. Schade nur, dass Jack ertrunken war.

Der Gedanke, dass er seinen – Cedrics – Triumph miterleben würde, hatte dem Ganzen noch zusätzliche Würze verliehen. Er hatte es Jack sehr übelgenommen, dass er ihm seine Mutter mit ihrem beträchtlichen Vermögen wieder entrissen hatte. Nun ja, wenigsten konnte er jetzt sicher sein, dass Jack ihn nicht mehr stören würde – er und dieser Professor aus Berlin, der tatsächlich etwas entdeckt hatte, dass dem Hekate-Ritual gefährlich werden konnte.

2 3

Am nächsten Mittag waren Jack und Otto die ersten in der Brewery. Jack hatte sich vollständig erholt und studierte zusammen mit Otto die kopierten Buchseiten. Sie wollten sicher sein, dass sie kein Detail übersehen hatten.

Als Tony zu ihnen an den Tisch trat, bemerkte Jack das breite Grinsen auf seinem Gesicht. „Du siehst so zufrieden aus – hast du sie geknackt?"

„Naturalmente!"

„Erzähl schon!"

„Ich habe ihr eine Schachtel Pralinen mitgebracht. Denen konnte sie nicht widerstehen – immer, wenn sie eine in den Mund schob, habe *ich* geredet. Ich habe dann erzählt, ich hätte Verwandtschaft im Südwesten und hätte gehört, dass Cedric demnächst dort Veranstaltungen hätte. Mehr brauchte ich nicht zu sagen, da plapperte sie schon los: Er wird nach Phoenix und Las Vegas reisen. Wobei sie mir nicht sagen konnte, wohin zuerst. Das würde auch erst kurz vorher in der Presse bekannt gemacht – aus Sicherheitsgründen."

Jack lehnte sich enttäuscht zurück. „Also viel hilft uns das ja nun nicht weiter."

Otto starrte vor sich hin und nickte dann. „Las Vegas. Ganz klar, es muss Las Vegas sein!"

Jack sah ihn erstaunt an. „Wieso? Beide Städte sind von Wüste umgeben."

Otto nickte. „Richtig. Aber nur eine von beiden nennt ihr doch *Sin City*, die Stadt der Sünde, oder? Was wäre passender als Ort für eine Beschwörung der negativen Hekate-Kräfte als die Stadt der Sünde?"

„Otto hat Recht, Jack. Außerdem: Wo würde eine Anzahl komischer Typen, die mit Eiern, Gebäck, Knoblauch und schwarzen Hunden durch die Gegend zieht, wohl weniger auffallen – in Phoenix oder auf dem Strip in Vegas?"

„Stimmt. Es spricht tatsächlich einiges für Vegas. Dann müssen wir uns einen Stadtplan besorgen und nach einer dreigabeligen Wegkreuzung suchen."

„Nicht weit von hier ist ein kleines Internet-Café. Das habe ich gesehen, als ich eben von der Stadtverwaltung kam. Da können wir das alles online checken und auch nach Flügen und Hotels suchen."

*

Im Internet-Café quetschten sie sich zu dritt vor einen Bildschirm. Tony saß in der Mitte und bediente das Keyboard. Als er die offizielle Seite der Stadt Las Vegas aufrief, flimmerte eine Werbung des Casinohotels *Caesars Palace* über den Bildschirm. Tony lachte.

„Wo Cedric wohnen wird, ist ja klar: Als Imperator kann er nur das *Caesars* nehmen!"

„Gar nicht so dumm, was du da sagst – warte mal! Kannst du das vorherige Bild noch mal zeigen? Ja, das, genau! Seht ihr auch, was ich sehe?" Jack starrte auf den Bildschirm.

„Gibt's ja nicht", murmelte Otto.

„Todos los Santos!", fügte Tony hinzu.

Das Bild zeigte die am Strip gelegene äußere Begrenzung des Casinos. Wie der ganze Gebäudekomplex war auch dieser Bereich in pseudo-antikem Stil gestaltet. Zu sehen war eine Brunnenanlage, aus der sich in strahlendem Weiß Figuren erhoben – überlebensgroße, sich aufbäumende Seepferde!

Die drei waren sich schnell einig, dass sie ein Hotel nehmen mussten, dass zwar in der Nähe lag, aber trotzdem eine sichere Distanz zum *Caesars* hatte, um jede zufällige Begegnung mit Cedric zu vermeiden. Sie entschieden sich schließlich für das *Venetian*, ein Casinohotel, das Italiens Lagunenstadt Venedig imitierte – komplett mit unterirdischem *Canal Grande*. Bevor Tony die Buchung abschloss, fragte er Jack: „Meinst du, ich kann die Kreditkarte deiner Mutter nehmen?"

„Hat sie dir die Daten gegeben? Klar, mach ruhig!"

Die Flüge stellten allerdings ein Problem dar. Sie wollten auf jeden Fall wenigstens eine Woche vor dem Termin dort sein, doch sämtliche Verbindungen waren ausgebucht.

„Dann machen wir es anders", meinte Jack schließlich, als Tony frustriert die Suche aufgab. „Wir haben ja noch das Angebot der GRB, als Vortrupp in einen Staat unserer Wahl zu gehen. Wir nehmen Arizona und fliegen nach Phoenix. Von dort aus fahren wir dann mit dem Auto nach Vegas. Wenn wir das sofort einstielen, müssten wir mit der Zeit hinkommen."

„Aber wenn wir einfach abhauen, wird die GRB nicht hinter uns her sein?", fragte Otto besorgt.

„Otto, bis die das mitkriegen, haben wir Cedric hoffentlich schon das Handwerk gelegt. Falls nicht, haben wir ganz andere Sorgen!"

„Ich suche schon mal eine Unterkunft in Phoenix!", meinte Tony.

*

Der Landeanflug auf Phoenix war bilderbuchhaft. Die Sonne schien von einem wolkenlosen, strahlend blauen Himmel auf Gebirgszüge, die das Licht in warmen Erdtönen reflektierten. In dem weiten Wüstental glitzerten die Hochhäuser des Finanz-Distriktes der Innenstadt, und die vielen Pools in den Gärten der Vorstädte schimmerten einladend. Das nasskalte Spätherbst-Wetter in New York war nur noch eine blasse Erinnerung.

Die Leute von der GRB waren hoch erfreut gewesen, als Jack ihnen mitteilte, dass seine Freunde und er sofort nach Arizona abreisen könnten, um dort als Gründerzelle zu arbeiten. Sie hatten noch die frühe Maschine am nächsten Morgen um 06:30 Uhr bekommen und konnten jetzt, um 12:30 Uhr Ortszeit, landen.

Ein Mietwagen war bestellt worden und Tony hatte ein preiswertes Motel im Stadtteil Scottsdale ausgesucht, was auch sofort von der GRB, auf deren Rechnung das ja alles lief, akzeptiert worden war. Sie sollten sich erst einmal orientieren und dann eine Wohnung nehmen.

Als sie im Motel ankamen, wurden sie von einer freundlichen Rezeptionistin begrüßt.

„Mr. Daniel O'Leary?" Jack nickte nach kurzem Zögern. Er hatte sich immer noch nicht an seinen Decknamen gewöhnt.

„Hier ist eine Nachricht für Sie." Sie reichte Jack einen Zettel. Jack runzelte beim Lesen die Stirn.

„Und?", fragte Tony.

„14:00 Uhr, Poolbar."

„Das ist in 20 Minuten. Was passiert da?"

„Keine Ahnung! Mehr steht hier nicht! Wir müssen also hingehen und nachschauen. Aber bringen wir erst einmal unsere Taschen auf die Zimmer."

Kurz vor 14:00 Uhr machten sich die drei auf den Weg zum Pool. Das Wetter war herrlich und am Pool genoss ein Geschäftsmann das vorzeitige Ende seiner Sitzung mit einem Sonnenbad. Eine junge Frau zog langsam ein paar Runden im Wasser, wobei sie darauf achtete, dass ihre kunstvolle Hochsteckfrisur nicht nass wurde. Tony warf einen sehnsüchtigen Blick hinüber.

An der Bar saßen zwei Männer mit dem Rücken zu ihnen, die völlig fehl am Platz wirkten. Sie trugen teure Maßanzüge und Designer-Sonnenbrillen. Jack musste sofort an die Männer denken, die ihn damals in seinem Büro aufgesucht und im Namen von Cedric beauftragt hatten, mit Rebecca auf Schatzsuche zu gehen. Es waren nicht dieselben Männer, aber auf jeden Fall die gleichen Typen. Beide hatten ein Mineralwasser vor sich stehen.

Als die drei Freunde näherkamen, drehten sich die beiden um. Einer stand auf und grinste sie breit an.

„Ah, die GRB-Abordnung aus New York. Pünktlich, sehr gut! Mr. Whithall-Meyers schätzt Pünktlichkeit und Effektivität. Damit komme ich auch schon zum Punkt. Sie brauchen gar nicht erst auszupacken. Als Mr. Whithall-Meyers erfuhr, dass Leute von GRB hierherkommen, haben wir sofort versucht, Kontakt aufzunehmen, da waren Sie aber schon unterwegs. Mr. Whithall-Meyers wird im *Phoenician* wohnen, wo morgen Abend auch der Empfang stattfinden wird. Da gibt es viel zu organisieren. Wir sind zwar mit einer Menge Leute vor Ort, aber es ist auf jeden Fall gut, auch Vertreter der GRB dabei zu haben – das können wir bei der Presse gut anbringen. Sie werden jetzt also mit uns ins *Phoenician* fahren und ebenfalls dort wohnen – keine Sorgen, die Kosten übernimmt Mr. Whithall-Meyers."

„Jetzt sofort?" Jack versuchte, seinen Schreck zu verbergen.

„Natürlich jetzt sofort! Oder wollen Sie erst noch die Anlage hier genießen? Ich kann Ihnen versprechen, Sie machen einen guten Tausch! Wollen wir dann?" Der eine Brillenträger machte eine einladende Handbewegung, während der andere nun ebenfalls langsam aufstand.

„Kann ich schon mal den Wagenschlüssel haben? Wir sind mit dem Taxi hergekommen", meinte er.

Tony warf Jack einen fragenden Blick zu. Als der leicht nickte, kramte Tony den Schlüssel aus seiner Hosentasche und gab ihn dem zweiten Brillenträger.

„Es ist der weiße Jeep rechts vor dem Motel", sagte Jack, obwohl er das Gefühl hatte, dass die beiden das längst wussten.

Auf dem Weg zu den Zimmern fragte Otto: „Was machen wir denn jetzt? Sollen wir ohne Auto abhauen?"

Jack schüttelte den Kopf. „Damit würden wir uns sofort verdächtig machen. Es bleibt uns nichts anderes übrig, als erst einmal mit ins *Phoenician* zu fahren. Nachdem was der Typ erzählt hat, kommt Cedric erst morgen Nachmittag an. Bis dahin haben wir Zeit zu verschwinden und sind einigermaßen sicher."

Tony warf ihm einen zweifelnden Blick zu, den Jack erwiderte. Jack hatte vor allem Otto mit dieser Aussage beruhigen wollen.

*

Das *Phoenician* ist in der Tat ein beeindruckendes Resort, dachte Jack, als sie die Einfahrt passierten. Es lag malerisch am Fuß des Camelback Mountains, den die Nachmittagssonne in kräftigen Rotbraun-Tönen erstrahlen ließ. Von der schönen Poolanlage bekamen die drei allerdings nichts zu sehen, da die beiden Brillenträger sie sofort in den Ballsaal führten, damit Cedrics Organisator sie einweisen konnte.

Der riesige Raum war noch fast völlig leer. Einige Arbeiter rollten gestapelte Stühle herein, während in einer anderen Ecke noch gesaugt wurde. Ein Mann stand mit dem Rücken zu ihnen und dirigierte einen Toningenieur, der die Verkabelung auf der kleinen Bühne anbrachte.

„Mike", sagte einer der Brillenträger, „hier sind die Leute aus New York."

Mike drehte sich um und sah erst Tony, dann Otto, und schließlich Jack an. Jacks Herzschlag setzte einmal aus. Das war der Mann aus Equitanien, der sich in New York nicht erinnern konnte, wo er Jack schon mal gesehen hatte!

Mikes Blick ging noch einmal zwischen Otto und Jack hin und her. Dann verengten sich seine Augen zu Schlitzen und er rief: „Jetzt weiß ich es! Das ist Jack Foster! Der aus Equitanien geflohen ist! Und das ist der deutsche Baron, der angeblich zusammen mit ihm in Frankreich ertrunken ist! Das kam doch ganz groß im Fernsehen! Das sind Verräter! Sofort festnehmen!"

Dann passierte alles ganz schnell. Jack und Tony waren ein eingespieltes Team. Sie brauchten sich nicht einmal einen Blick zuzuwerfen, um zu wissen, was zu tun war. Tony schickte den einen Brillenträger mit einem gezielten Fausthieb zu Boden, während Jack gleichzeitig einen Stapel der schweren Stühle umwarf und damit den anderen außer Gefecht setzte.

„Renn, Otto!", rief Jack dem verblüfften Freund zu und rannte zum anderen Ende des Saales, hinter Tony her, der schon einen kleinen Vorsprung hatte. Das ließ Otto sich nicht zweimal sagen und folgte ihm.

Die Seite des Saales, auf die sie nun zuliefen, grenzte an den Servicebereich an. Tony stieß eine Tür auf. Dahinter befand sich ein enger Gang, der direkt in die Hotelküche führte. Hier war noch nicht viel los, es war zu früh für die Vorbereitungen des Abendessens. Einige Köche und Küchenhilfen, die schon an ihrem Arbeitsplatz eingetroffen waren, sahen erstaunt auf, als die Drei an ihnen vorbeirannten. Kurz darauf kamen ihre Verfolger. Die Brillenträger hatten sich schnell wieder aufgerappelt und, angetrieben von Mike, an die Verfolgung gemacht. Als Jack sich umsah, erkannte er mit Besorgnis, dass der Abstand zwischen ihnen kleiner wurde. Kurz aufeinanderfolgende Plopp-Geräusche, das Kreischen des Küchenpersonals und hin und wieder das Scheppern von Kochutensilien bestätigten seine Befürchtung, dass die beiden Brillenträger bewaffnet waren und von ihren Schusswaffen auch Gebrauch machten. Die Schalldämpfer machten das Ganze nur leiser, nicht ungefährlicher.

Tony, der noch immer an der Spitze lief, stoppte kurz, sah sich um und rief dann: „Hier entlang!"

Jack und Otto rannten hinterher. Tony hatte den Lieferanteneingang gesucht und schließlich gefunden.

Die Männer, die gerade dabei waren, einige Kisten Wein aus ihrem Lieferwagen abzuladen, staunten nicht schlecht, als sich ihr Wagen plötzlich in Bewegung setzte. Tony gab Gas und konnte im Rückspiegel sehen, wie die beiden wild hinter ihnen her gestikulierten und dann Gesellschaft von den beiden Brillenträgern und Mike bekamen. Die hinteren Türen des Lieferwagens waren noch offen und klapperten wild, als Tony auf die Ausfahrt des Resorts zudonnerte. Schließlich knallten sie von selbst zu. Er bog auf die Camelback Road Richtung Westen ein, wo sie der langsam einsetzende Feierabendverkehr aufnahm.

„Wir sollten zur Polizei gehen und Personenschutz beantragen!", meinte Otto, der zwischen Tony und Jack vorne saß.

„Geniale Idee! Die werden sich besonders nett um uns kümmern, wenn sie merken, dass wir mit einem gestohlenen Wagen vorgefahren sind!", meinte Tony.

„Aber, wir können doch erklären, dass …"

„Lass gut sein, Otto! Tony hat Recht, wir müssen einen Bogen um jeden Polizisten machen und sehen, dass wir möglichst unbemerkt nach Vegas kommen."

„Diablo!", rief Tony da und schlug mit der Hand aufs Lenkrad.

„Was?" Jack sah besorgt in den Außenspiegel. Da sah er es: Ein Polizeiwagen war hinter ihnen eingeschert und ließ sein Blaulicht aufleuchten. Die Sirene heulte einmal auf, dann forderte eine Stimme über Lautsprecher sie auf, rechts heranzufahren und anzuhalten.

„Und jetzt?" Otto stand der Schweiß auf der Stirn.

„Fahr ran, Tony. Ein Rennen mit der Polizei würden wir verlieren!"

„Wir sind in Arizona, Jack! Das ist der Wilde Westen! Wahrscheinlich dürfen Autodiebe hier sofort erschossen werden!"

„Ja, wenn sie auf der Flucht sind! Fahr jetzt ran!"

Tony lenkte den Wagen an den Straßenrand, stellte den Motor ab und kurbelte die Scheibe des Seitenfensters herunter, dann legte er die Hände vorschriftsmäßig auf die obere Hälfte des Lenkrades und versuchte, möglichst harmlos auszusehen.

Der Polizeiwagen hatte hinter ihnen gehalten und zwei Polizisten stiegen aus. Jack kurbelte seine Fensterscheibe ebenfalls herunter. Die beiden Polizisten traten rechts und links an den Wagen und leuchteten mit ihren Taschenlampen in den Innenraum, da es draußen schon ziemlich dämmerig geworden war.

„N'Abend! Haben Sie was getrunken von dem Zeug, das Sie da durch die Gegend fahren?", brummte der eine Polizist Tony an, während der andere grimmig Jack anstarrte und ihn mit seiner Taschenlampe blendete.

„Wie?", fragte Tony verblüfft. Er hatte bei der Flucht nicht darauf geachtet, dass er sich den Lieferwagen eines Weinhändlers geschnappt hatte.

„Nein, Officer, wir haben nichts getrunken", beeilte Jack sich zu sagen und versuchte gleichzeitig unauffällig dessen Handgelenke auf Dornen abzuchecken.

Jetzt grinsten beide Polizisten breit.

„Schreck gekriegt, was? Eure Türen hinten sind nicht ganz geschlossen. Passt das nächste Mal besser auf. Aber da euer Laden zur Hochzeit meiner Schwester vor zwei Wochen noch mal auf die Schnelle was nachgeliefert hat, will ich mal nicht so sein. Da gibt's heute kein Strafmandat. Wahrscheinlich seid ihr wieder in so heikler Mission unterwegs, was?"

Beide Polizisten lachten dröhnend, gingen nach hinten und verschlossen die Türen nun richtig. Der eine klopfte anschließend an den Wagen und rief: „OK!"

Tony beugte sich aus dem Fenster. „Danke! Und beste Grüße an die Schwester!"

Dann startete er den Motor und fädelte sich wieder in den Verkehr ein. Erst als sie ein paar Minuten unterwegs waren und der Polizeiwagen nicht mehr auftauchte, atmeten die drei auf.

Fast zwei Stunden später hatten sie Wickenburg erreicht und beschlossen, den verräterischen Lieferwagen in einer Seitenstraße stehen zu lassen und sich ein neues Auto zu besorgen. Zum Glück hatte Tony direkt nach der Ankunft am Flughafen in Phoenix genug Bargeld – wieder von Mrs. Fosters Konto – besorgt, sodass sie sich eine gebrauchte und schon ziemlich alte Chevy Limousine leisten konnten. Nach kurzer Zeit waren sie mit ihrem neuen Wagen wieder Richtung Las Vegas unterwegs.

Es war schon völlig dunkel, als sie den kleinen Ort Kingman erreichten. Jack, der Tony inzwischen beim Fahren abgelöst hatte, gähnte.

„Es ist stockdunkel und wir sind noch mindestens drei Stunden unterwegs, bis wir Vegas erreichen. Sollen wir nicht hier übernachten?"

„Sind wir denn schon in Sicherheit?" Otto war immer noch nervös.

Tony rieb sich die Augen. „Muchacho, ich habe ständig in den Rückspiegel geschaut – mir ist kein Verfolger aufgefallen. Selbst wenn sie unsere Spur bis Wickenburg verfolgt haben sollten, wissen sie nicht, in welche Richtung wir dann gefahren sind – es wäre genauso wahrscheinlich, dass wir nach Westen, nach Los Angeles, unterwegs sind. Ich bin auch dafür, dass wir eine Pause einlegen."

„Außerdem", fügte Jack hinzu, „kommt Cedric erst morgen Nachmittag an. Dann hat er alle Hände voll zu tun, um den Empfang vorzubereiten. Er wird sich nicht damit belasten, uns hinterher zu spüren."

Otto gab nach und kurz darauf parkte Jack vor einem kleinen Motel. Tony übernahm die Formalitäten und fand an der Rezeption den Flyer eines Pizza-Lieferdienstes, bei dem sie eine Bestellung aufgaben. Jack hatte aus dem Lieferwagen noch zwei Flaschen Wein mitgenommen, die gut dazu passten – er war der Meinung, dass es nach dem Autodiebstahl darauf nun auch nicht mehr ankam.

*

Cedrics Nasenspitze wurde weiß vor Wut, als er die Nachricht erhielt. Sie erreichte ihn kurz vor dem Abflug nach Phoenix. Das durfte doch einfach nicht wahr sein! Jack war nicht nur quicklebendig, sondern auch noch im Südwesten unterwegs und versuchte schon wieder ihm dazwischen zu funken! Aber das spielte jetzt keine Rolle mehr. Auch Jack konnte ihn jetzt nicht mehr aufhalten – das Ritual stand unmittelbar bevor und danach würde er so mächtig sein, dass er jeden Widersacher mit einer einfachen Handbewegung wegwischen konnte.

2 4

Die Heizung in dem alten Auto funktionierte nicht mehr richtig und auch der heiße Kaffee, den sie unterwegs abgegriffen hatten, half nur kurzfristig – Jack, Tony und Otto froren. Je näher sie der Spielerstadt kamen, desto tiefer sanken die Temperaturen.

Ihre Reisetaschen waren im Jeep in Scottsdale zurückgeblieben, sodass sie nur das hatten, was sie auf dem Leibe trugen – und das war eindeutig zu wenig für die Wintertemperaturen in Nevada, die trotz des strahlenden Sonnenscheins nichts mehr von der sommerlichen Wärme Arizonas hatten.

Sie näherten sich dem Strip von Südwesten, und bald konnte man in der Ferne die golden glänzende Fassade des *Mandalay Bay* Hotels und die Pyramide des *Luxor* erkennen. Otto, der zum ersten Mal nach Las Vegas kam, war zunächst enttäuscht. Im hellen Licht des späten Vormittags sah selbst die berühmte Casino-Meile nicht so spektakulär aus.

Um Otto einen Gefallen zu tun, nahm Tony keine Abkürzung, sondern schwenkte auf den Strip ein. Da das *Venetian* in der oberen Hälfte des Strips lag, hatte Otto nun die schöne Gelegenheit, ein bisschen Sightseeing zu machen.

Jetzt war er doch beeindruckt. Nach den Türmchen und Zinnen des *Excalibur* mit seinem mittelalterlichen Flair bot das *New York New York* eine verkleinerte und komprimierte Version des Big Apple. Die glatte, grüne Fassade des *MGM* auf der anderen Straßenseite stellte den erhabenen kühlen Gegenpol dazu dar.

Die gewagte Architektur des neuen City Centers, die Fontänen des *Bellagio* links und der Eiffelturm des *Paris Las Vegas* rechts – Otto wusste gar nicht, wo er so schnell hinsehen sollte.

Dann passierten sie den auf der linken Seite liegenden *Caesars Palace* und konnten sich in natura die riesigen Seepferde ansehen. Ein Stückchen weiter auf der rechten Seite lag ihr Ziel – das *Venetian*. Tony fuhr ins Parkhaus des Hotels.

Während Tony das Einchecken übernahm und Otto die gewaltigen Dimensionen der Hotellobby bestaunte, die ihn an italienische Barockpaläste erinnerten, durchstöberte Jack den Ständer mit Werbeflyern.

Als Tony mit den Keycards kam, schwenkte Jack ein paar Flyer.

„Ich denke, bevor wir uns die Zimmer ansehen, machen wir eine kleine Shoppingtour. Hier sind Flyer von Outlets in der Nähe, da können wir uns mit einer Grundausstattung versorgen, bevor wir alle mit einer Erkältung flach liegen. Gut, dass du Mutters Karte hast, Tony!"

*

Meredith Foster atmete auf. Die Trauerfeierlichkeiten für Jack waren endlich zu Ende. Sie hatte einen Raum im Ritz für den Empfang gebucht, sodass sie danach schnell wieder in die kühle, ruhige Atmosphäre ihrer Suite flüchten konnte. Cat und Archie begleiteten die letzten Gäste noch vor die Tür.

Zu den letzten gehörte natürlich auch Abigail, Merediths Freundin aus Boston, die es sich nicht hatte nehmen lassen, extra nach Miami zu kommen. Herrje, konnte die nerven! Natürlich hatte sie sich Archie ganz besonders kritisch angesehen. Meredith rieb sich die Schläfen und ließ sich in einen Sessel sinken. Gut, dass es vorbei war. Diese Schauspielerei lag ihr überhaupt nicht. Hoffentlich bestand Abigail nicht darauf, ihr bei der Räumung von Jacks Appartement zu helfen – das wäre ja logischerweise der nächste Schritt, wenn Jack wirklich tot wäre. Der nächste Schritt – Meredith hatte keine Ahnung, was sie als nächstes tun sollte. Hoffentlich kam Archie bald wieder, seine Gegenwart beruhigte sie und seine Ratschläge waren immer besonnen und gut durchdacht. Ja, sie würde Archie fragen! Und Cat – ein wirklich nettes Mädchen, wie sich jetzt herausgestellt hatte. Sie war eine große Hilfe gewesen. Da sollte Jack doch mal genauer hinschauen, statt ihr dauernd eine neue Strandnixe zu präsentieren, die sowieso nicht als Schwiegertochter in Frage kam.

Es klopfte an der Tür. Cat und Archie kamen zurück. Cat hatte einige Umschläge in der Hand.

„Mrs. Foster, ich habe gleich Ihre Post mitgebracht. Es sind noch ein paar Kondolenzschreiben dabei."

„Danke, Cat, das ist sehr aufmerksam. Mal sehen, ja die Robinsons, die sind immer zu spät dran. Millers – ach, das sind noch Klienten von Jacks Vater. Und von wem ist das –". Das Klingeln des Telefons unterbrach sie.

„Ja, das bin ich. Was? Wie bitte?! Ja… aha … ja, das stimmt. Nein, Sie müssen nichts unternehmen… Danke für den Anruf. Das kann doch jetzt wohl nicht wahr sein!"

Meredith legte den Hörer mit leicht zitternder Hand auf. Sie schien sich nur mühsam unter Kontrolle zu haben, auf ihrem Gesicht zeigten sich rote Zornesflecken. Cat und Archie sahen sie erstaunt an.

„Während wir hier die tränenüberströmten trauernden Angehörigen mimen müssen und vor Sorgen vergehen, ob Cedric ihm nun auf die Spur kommt oder nicht, vergnügt sich mein Sohn in teuren Hotels: Erst im *Adlon* in Berlin und jetzt im *Venetian* in Las Vegas!" Mrs. Fosters Stimme vibrierte vor Empörung.

„Was?!" Cat, die gerade auch einen der bequemen Sessel belegt hatte, sprang wieder hoch.

„Ja! Das war gerade meine Bank: Hohe Hotelrechnungen wurden mit der Kreditkarte, die ich auf Tony habe ausstellen lassen, bezahlt. Die Bank fragt jetzt freundlicherweise an, ob das alles seine Richtigkeit hat, da mein Konto belastet wurde. Vor ein paar Stunden wurde dann kräftig bei diversen Designern in der Nähe von Las Vegas eingekauft – wieder mit Tonys Karte, und ich bin mir sicher, dass er sich das nie trauen würde, wenn Jack ihn nicht dazu ermutigt hätte!" Wie ein Tiger im Käfig lief Meredith hin und her.

„Meredith, wir wissen doch gar nicht, welche Umstände…", versuchte Archie sie zu beruhigen.

Meredith wollte sich nicht beruhigen. „Umstände?! Wer fragt nach meinen Umständen? Ich habe es satt, hier herumzusitzen, während mein eigener Sohn mich in den Ruin treibt! Wir müssen etwas unternehmen – so kann es jedenfalls nicht weitergehen!!"

Cat hatte die Arme vor der Brust verschränkt. „Ich sehe das genauso, Mrs. Foster. Und wir werden etwas unternehmen – wir reisen auch nach Las Vegas!"

*

Nach ihrem erfolgreichen Einkauf hatten sich Jack, Tony und Otto in ihren Zimmern eingerichtet. Sie beschlossen, sich nun zunächst das *Caesars* genau anzusehen – noch liefen sie ja nicht Gefahr, Cedric in die Arme zu laufen. Auf ihrem Weg zum Ausgang schlenderten sie an der zweiten, kleineren Rezeption des Hotels vorbei und bewunderten wieder einmal die prächtige Ausstattung. Plötzlich blieben alle drei wie auf ein Kommando stehen.

Otto, der nach oben an die ausgemalte Decke gesehen hatte, rief: „Das gibt's doch nicht! Seht ihr das auch? Das sind Darstellungen von Tritonen-Knaben!"

Jack hingegen starrte die junge Frau an, die an der Rezeption stand und sich nun umdrehte. Das war ja eine Überraschung! Wie kam sie denn hierher?

„Ich sehe nur eine Nereide", meinte er und lächelte etwas unsicher Trite an, die ihn unverwandt ansah. Du lieber Himmel, sah sie gut aus!

„Hallo, Jack." Ihre grünen Augen fixierten ihn, während ihr Gesicht völlig neutral blieb. Jack hatte keine Ahnung, wie er sich verhalten sollte. War sie ihm nun noch böse oder hatte sie ihm verziehen? Sollte er sie jetzt in den Arm nehmen oder würde sie ihm dann wieder etwas an den Kopf werfen?

„Bin ich froh, dass du noch lebst!", sagte sie da, strahlte und schlang die Arme um seinen Hals. Erleichtert atmete er auf und erwiderte ihre Umarmung.

„Ich auch!" Jack dachte in diesem Moment an Tonys Worte in der Brewery und wollte jetzt auf keinen Fall die Chance verpassen, sich bei Trite wieder ins rechte Licht zu rücken. Dass Tony ihn von hinten antippte, versuchte er zu ignorieren.

„Weißt du", fuhr Jack fort, „diese Nacht in Frankreich – ich habe mich später, als ich allein auf dem Mont war und auf den Einbruch der Nacht wartete, wieder an alles erinnert. Es war – einzigartig! Ich kann jetzt gar nicht mehr verstehen, wie ich das vergessen konnte, es muss am Wein gelegen haben!" Vielleicht hatte Tony ja Recht und eine gute Lüge war besser als die nüchterne Wahrheit. Dann konnte man ja immer noch sehen, wie sich alles entwickelte.

„Muchacho!" Tony klang dringend, er zupfte Jack am Ärmel.

„Halt doch jetzt einfach mal die Klappe!", knurrte Jack ärgerlich über die Schulter. Das fehlte noch, dass Tony jetzt alles vermasselte, nur weil er Trite auch begrüßen wollte! Die ließ sich davon aber nicht irritieren, sondern küsste Jack. Er war völlig überrumpelt, hatte aber eigentlich auch nichts dagegen. Der Moment war einfach schön. Störend war nur, dass Tony weiter an seinem Hemdsärmel herumzupfte und sich nicht abschütteln ließ.

„Ich wusste, dass du dich irgendwann wieder erinnern würdest – für mich war unsere Nacht unvergesslich!"

„Wie interessant!" Cats Stimme war schneidend wie ein Skalpell.

Jack fuhr herum. Er fühlte sich, als hätte er gerade einen mächtigen Schlag in die Magengrube erhalten.

„Cat!"

„Wie schön, dass du wohlauf bist, Jack. Und dich auch kein bisschen verändert hast, wie ich sehe!"

„Cat, das kann ich erklären, das … Mutter!! Was machst du denn hier?"

„Ich bin froh, dass wir hergekommen sind! Die Stadt der Sünden! Das hast du dir so gedacht, was? Jack, ich bin nicht bereit, deine Luxusabenteuer weiter zu finanzieren!"

Jack überlegte gerade, welche der beiden Frauen ihm wohl zuerst eine Ohrfeige verpassen würde, geladen wie sie waren, als Otto und Archie zu der Gruppe stießen. Archie bemerkte die in der Luft liegende Spannung sofort, Otto hingegen begrüßte davon unberührt Mrs. Foster und Cat gut gelaunt.

Währenddessen zog Jack Tony etwas auf die Seite und zischte ihn leise an: „Warum hast du mich nicht gewarnt?"

„Tonto! Was glaubst du, was ich die ganze Zeit gemacht habe!? Aber du warst ja zu beschäftigt! Während Otto in die Betrachtung der Deckenmalerei versunken war und du hier Versöhnung mit Trite feierst, hatte ich nämlich gesehen, dass deine Mutter mit Archie und Cat den Gang entlangkam – seitdem habe ich versucht dich zu warnen! Was ist denn jetzt eigentlich passiert?"

„Ich habe deinen Rat befolgt."

„Welchen Rat?"

„Dass ich Trite eine schöne Geschichte über unsere gemeinsame Nacht erzählen soll."

„Was? Jetzt hast du ihr erzählt, dass du dich doch erinnerst? Und das es *fantastico* war?"

„Genau. Es hat auch geklappt – sie hat mich sofort geküsst. Blöderweise genau in dem Moment, als Cat kam."

„Was ist denn jetzt – willst du nun doch mit Trite…?"

„Ja. Nein. Ach, ich weiß nicht! Ich …"

„Könntet ihr zwei euch freundlicherweise kurz zu uns gesellen, damit wir entscheiden können, was wir jetzt tun?" Cats Stimme klang so ätzend süß, dass man fast das Knirschen des Zuckers zu hören glaubte. Doch ihre Augen schossen dabei Blitze. Jack wusste, dass sie ihn damit aufgespießt hätte, wenn sie gekonnt hätte, und das gefiel ihm gar nicht.

*

Es wurde beschlossen, zum *Caesars* hinüberzugehen und sich dort zunächst über die bisherigen Ereignisse auszutauschen, damit alle auf dem gleichen Stand waren. Dabei konnte man direkt schon mal erste Eindrücke sammeln.

Sie betraten das große Hotel Casino durch den Haupteingang, bewunderten die großzügige Lobby und wandten sich dann nach rechts in das Casino.

„Hier ist bestimmt irgendwo eine Bar, da können wir uns in Ruhe unterhalten", schlug Jack vor.

„Willst du jetzt schon etwas trinken? Es ist noch nicht mal Mittag! Das ist ja, was ich immer wieder sage: Wenn du Anwalt geworden wärst, würdest du ein normales Leben führen und kämst gar nicht auf die Idee, schon am Vormittag Alkohol zu trinken!" Mrs. Foster sah ihren Sohn missbilligend an.

Jack rollte genervt mit den Augen. „Mutter, …"

„Mrs. Foster, da gibt's auch Kaffee!", unterbrach Tony und versuchte, die ohnehin gereizte Stimmung zu beruhigen.

Cat sah sie als erste – die SEAHORSE Lounge! Etwas höher gelegen als der Casino-Bereich mit den vielen Automaten-Inseln befand sich eine Bar, deren Dekoration tatsächlich aus sechs ca. 1,50 m großen Seepferden bestand – dabei handelte es sich aber nicht um Darstellungen von Fabelwesen, wie im Außenbereich, sondern um Abbilder der kleinen Seepferdchen, die tatsächlich in vielen Ozeanen zu finden sind. Allerdings wirkten sie in ihrer Übergröße, mit ihrem hervorstehenden Außenpanzer, ziemlich martialisch. Wie Wächter standen sie auf ihren kurzen Säulen da. Hinter der Theke, genau in der Mitte, eingerahmt von zwei riesigen Aquarien, befand sich die überlebensgroße Darstellung einer barbusigen Meerjungfrau, die sich lasziv auf einem Säulenkapitell räkelte. Trite verzog abfällig den Mund.

„So sehen uns die Tritonen: Als Sexobjekte ohne Grips!"

„Also, unvorteilhaft ist die Abbildung ja nicht", meinte Tony und grinste. Dafür kassierte er einen kräftigen Rippenstoß von Trite und einen giftigen Blick von Cat.

Mrs. Foster runzelte die Stirn und versuchte den Zusammenhang zwischen der Meerjungfrau und Trite zu erkennen.

„Aber – die hat doch einen Fischschwanz!"

„Mutter! Ich hab's dir doch schon mal erklärt: Da die Nereiden oft auf den Seepferden, also den Hippokampoi, unterwegs waren und man sie – wenn überhaupt – nur bis zur Taille auftauchen sah – dichtete man ihnen nach und nach auch einen Fischschwanz an. Man stellte sich auch vor, dass unter Wasser Wesen existierten, wie man sie an Land findet. Daher gibt es antike Darstellungen von Stieren, Wölfen, Panthern – die alle einen Fischschwanz bekommen haben. So entstand dann auch das Symbol des Sternzeichens Steinbock: Ein Steinbock, der einen Fischschwanz hat!"

„Und diese anderen Wesen sollen auch alle existieren, so wie die Seepferde?"

Jack zuckte mit den Schultern. „Ich weiß es nicht. Nachdem ich die Seepferde gesehen habe, halte ich alles für möglich. Aber da kann uns Trite sicher etwas zu sagen."

Cat schüttelte den Kopf. „Das kann gar nicht sein! Also, solange ich nicht selbst so ein Seepferd gesehen und mich überzeugt habe, dass es sich tatsächlich um ein lebendiges Tier handelt, glaube ich das nicht!"

Trite lächelte und meinte: „Nun, ich denke, wir kümmern uns zunächst mal um näher liegende Probleme und verschieben die biologische Diskussion auf später."

Damit waren alle einverstanden. Sie betraten den Barbereich und schoben zwei Tischchen zusammen. Dann erzählte Jack, was seit dem Morgen passiert war, als er sich zum Mont-St-Michel aufgemacht hatte. Otto übernahm die Schilderung ihrer Flucht, wobei man ihm noch immer anmerkte, wie sehr dieses Erlebnis an seinen Nerven gezerrt hatte. Tony berichtete dann über die Ereignisse in New York, die sie schließlich nach Las Vegas geführt hatten.

„Ihr glaubt also, dass Cedric die Hekatiten nutzt, um die *Glory Regained* Bewegung zu unterwandern?", fragte Archie nach.

Jack nickte. „Wir sind davon überzeugt. Es ist ja auch ein sehr kluger Schachzug. Wenn in Kürze tatsächlich eine Katastrophe passiert, die den GAU von Fukushima noch übertrifft, werden die wütenden, unzufriedenen Bürger, die sich in der GRB gesammelt haben und die einfachen, naturfreundlichen Leute bei den Hekatiten alle nach einer Regierungsspitze rufen, die das in Griff bekommt – ökologisch und ökonomisch. Dazu passt auch, dass Cedric sich jetzt offiziell um die Präsidentschaftskandidatur bewirbt. Dadurch bekommt er öffentliche Aufmerksamkeit und wird bekannt. Wenn die Katastrophe dann eintrifft, wissen alle, nach wem sie rufen sollen!"

„OK. Was wir aber nicht wissen, ist, was genau die Katastrophe sein wird, wo sie passieren wird und wie wir sie verhindern können, richtig?" Cat strich sich eine Haarsträhne aus der Stirn und sah Jack an. Aber es war Otto, der ihr antwortete.

„Die Katastrophe an sich können wir nur verhindern, indem wir dafür sorgen, dass Cedric die Unterweltgöttin Hekate gar nicht erst beschwören kann – dafür brauchen wir noch nicht einmal zu wissen, was Schlimmes passieren soll. Es geht nur darum, diesen Kontakt zu verhindern!"

Cat blieb skeptisch. „Soll ich mir das so vorstellen, ihr wartet, bis Cedric irgendwo *Abrakadabra* rufen will und bevor er das tut, werft ihr ihm diese Engelsfeder an den Kopf?"

Jack grinste. Cat hatte so ihre Art, die Dinge zu benennen. Otto hingegen war fast empört.

„Also, Cat, es besteht kein Grund, das ins Lächerliche zu ziehen. Es gibt konkrete Hinweise darauf, wie eine Hekate-Beschwörung ablaufen soll. Diesen Hinweisen werden wir nachgehen. Bisher haben wir die starke Vermutung, dass sie hier, in Las Vegas, stattfinden und dass Cedric in diesem Hotel wohnen wird. Wir haben jetzt nur noch ein paar Tage Zeit, das herauszufinden. Dann ist die erste Vollmondnacht im November und Hekates schwarzer Zauber wirkt am stärksten. Wenn Cedric es dann nicht tut, tut er es gar nicht mehr."

„Na gut. Nehmen wir mal an, es klappt alles. Wir finden heraus, wo Cedric die *dunkle Seite der Macht* beschwören will, und verhindern das. Und dann? Was passiert denn dann? Zerfällt Cedric dann zu Staub? Wahrscheinlich nicht. Er bekommt zwar nicht seine eigene Katastrophe, aber er hat immer noch Rebecca als Strohfigur, die Präsidentschaftskandidatur und ein Imperium. Von einem beachtlichen Vermögen ganz zu schweigen. Was sollte ihn daran hindern, die Beschwörung woanders zu versuchen?"

Diesmal war es Archie, der Cat antwortete.

„Die Beschwörungsorte sind keine Inseln – wenn es bei einem nicht klappt, kann man nicht einfach zum nächsten gehen. Sie sind alle miteinander vernetzt. Nur so kann diese ungeheure Machtbündelung entstehen. Wenn wir den Zugang, den Cedric durch sein Ritual schafft, mit Hilfe der Feder verschließen können, ist er versiegelt. Vielleicht nicht für immer – obwohl ich mir das wünschen würde – aber auf jeden Fall für viele Generationen."

„Die Tritonen sind ebenfalls sehr gut vernetzt", schaltete sich jetzt Trite ein, „alle wissen, was Cedric vorhat. Wenn er versagt, hat er sein Recht auf die Stellung als Erster Triton verwirkt. Das ist der Moment, auf den alle Nereiden warten. In Equitanien stehen meine Getreuen bereit, dann sofort die Schlüsselstellen zu übernehmen und Rebecca in Sicherheit bringen. Wenn wir die Macht über die Seepferde haben, haben wir gewonnen. Ich hoffe natürlich, dass das ohne großes Blutvergießen erfolgen wird, aber auch dazu sind wir bereit. Wir müssen alles tun, damit die aggressiven Tritonen endlich entmachtet werden!"

Trite gab sich in diesem Moment ganz als Anführerin ihres Volkes. Cat bemerkte den bewundernden Blick, mit dem Jack die zukünftige Erste Nereide betrachtete und wollte das Gespräch wieder auf weniger staatstragende Dinge lenken.

„Apropos Feder. Jack, wie sieht sie denn nun aus, die Feder vom Heiligen Michael? Und wo hast du sie?"

Trite lächelte Jack an und legte eine Hand auf seinen Arm. „Oh ja, Jack, du musst sie uns unbedingt zeigen!"

„Hier kann ich sie euch auf gar keinen Fall zeigen. Nach allem, was ich weiß, gibt es in einem Casino keinen Winkel, der nicht von einer Kamera beobachtet wird. Aber, ihr könnt beruhigt sein, sie ist in Sicherheit."

2 5

Für den Nachmittag hatten sie beschlossen, getrennte Wege zu gehen. Mrs. Foster hatte sich entschieden, sich in ihr Zimmer zurückziehen und sich ausruhen, Archie und Trite wollten jeweils ihre Kontakte unter den Nereiden über die neuesten Entwicklungen informieren, Jack, Tony, Otto und Cat hatten sich vorgenommen, sich das *Caesars* genau anzusehen.

„Ich habe einen Stadtplan von Las Vegas mitgebracht. Da ist mir etwas Interessantes aufgefallen. Das möchte ich euch gern zeigen." Otto sah seine Freunde erwartungsvoll an.

Anscheinend ist er wirklich auf etwas gestoßen, dachte Jack, so aufgeregt, wie er aussieht.

„Gut", sagte er laut, „aber besser draußen!"

„Ich muss mich mal kurz entschuldigen", sagte Cat, „ich treffe euch dann vor dem Eingang."

Sie folgte den Hinweisschildern, die nach unten, unter den Casinobereich zu den Toiletten führten. Als sie dort ankam, schaute Cat sich kurz um und sah, dass es hier auch einen Eingang gab, denn hier befand sich die Station für das Valet-Parken. Leute, die ihr Auto nicht selbst zum Parkplatz fahren wollten, konnten hier vorfahren und es abgeben. Neben der Damen- und Herrentoilette gab es noch eine weitere Tür, die nicht beschriftet war.

Als sie den Waschraum verließ, bemerkte sie, dass gerade ein großer Wagen vorfuhr. Neugierig verlangsamte Cat ihre Schritte. Vielleicht saß ja ein Prominenter in dem Wagen. Zwei Männer stiegen aus, der eine war ein Latino, der andere – Cats Herzschlag setzte einmal aus – war Cedric Whithall-Meyers! Sie erkannte ihn sofort und musste sich selbst erst einmal damit beruhigen, dass Cedric sie ja nie persönlich kennen gelernt hatte.

Cat machte einen Schritt zurück in den Waschraum und hielt die Tür einen Spalt weit auf. Zum Glück war sie allein. Da hörte sie, wie die beiden Männer näherkamen. Sie unterhielten sich angeregt.

„Hier ist es. Sieht unscheinbar aus, aber das ist ja auch beabsichtigt. Du wirst überrascht sein!", sagte Cedric und schloss die Tür neben den Toilettenräumen auf.

Cat hielt den Atem an und öffnete ihre Tür. Dann huschte sie hinaus und schlich zu der anderen Tür. Vorsichtig fasste sie an den Knauf. Die Tür war offen! Sie öffnete, ohne ein Geräusch zu machen – und war enttäuscht. Regale mit Putzmitteln, Eimern und Wischern waren hier, an einigen Haken hingen Kittel. Ein ganz normaler Raum, in dem das Reinigungspersonal seine Sachen abstellte. Aber wo waren Cedric und der andere Mann hin? Da hörte sie die Stimmen der beiden. Cat tastete die der Tür gegenüberliegende Wand mit den Regalen ab. Plötzlich gab die Wand nach. Es war in Wirklichkeit eine verborgene Tür. Dahinter führten Treppen in einen dunklen Gang, aus dem sie die Stimmen der Männer hörte. Mit klopfendem Herzen und möglichst lautlos stieg Cat die ersten Stufen hinunter und lauschte.

„Und das wird alles bis zum 25. fertig? Wie willst du das schaffen, Cedric?"

„Darum kümmert sich der Cowboy. Ich sehe da auch kein Problem. Es gibt genug Mexikaner in der Stadt, die für ein paar Dollar Handlangerarbeiten verrichten, ohne groß zu fragen, wozu und wofür. Das ist das Schöne an Vegas: Hier gibt es so viele schräge Typen, dass sich keiner wundert, wenn jemand für eine Party ein paar außergewöhnliche Wünsche hat."

„Und falls doch, gibt es ja immer noch die Wüste, was? Da kennt sich dein Cowboy ja wohl auch aus!" Der andere lachte laut. Dann wurde er wieder ernst.

„Ich war noch nie bei so einer Sache dabei, mit schwarzer Magie und so. Bist du sicher, dass das klappt? Ich meine, einen Tsunami auf New York loslassen, das ist schon etwas anderes als Tischrücken!"

„Japan war ein erster Test. Dort hat es sehr gut funktioniert. Jetzt ist die Zeit reif. Die neue Flutwelle wird 18 m hoch sein und Manhattan vernichten. Die Atomkraftwerke in New Jersey werden einen ähnlichen GAU erleben wie in Japan. Es wird das absolute Chaos herrschen. Die Finanzmärkte werden zusammenbrechen."

„Und dann kommst du als weißer Ritter und rettest die Welt?"

„Genau. Mit Hilfe unserer neuen Technologien und mit den Medikamenten und Substanzen, die wir aus der Stutenmilch der Seepferde entwickelt haben – die ich natürlich großzügig zur Verfügung stellen werde – werde ich den Menschen helfen und dann wird das Land einfach in meine Hand fallen. Die GRB und die Hekatiten werden dafür sorgen, dass auch der letzte Idiot mitbekommt, wer die Welt gerettet hat. So, jetzt muss ich aber zu meinem Termin. Ich wollte dir dies nur vorher gezeigt haben."

Cat hatte mit angehaltenem Atem zugehört. Hätte sie die Wirtschaftsnachrichten verfolgt, hätte sie Cedrics Gesprächspartner als einen der einflussreichsten Unternehmer Mittelamerikas erkannt. Sie hastete schnell wieder die Stufen hinauf und zog die Geheimtür hinter sich zu. Sie konnte noch gerade den kleinen Raum verlassen und wieder in die Damentoilette verschwinden, bevor die beiden Männer nach oben kamen.

*

Jack und Tony beugten sich über die Karte, die Otto draußen vor ihnen auf der Mauer ausgebreitet hatte. Damit sahen sie aus wie tausend andere Touristen, die zum ersten Mal in Las Vegas waren und versuchten, ihren Weg entlang der beeindruckenden Casinos zu finden und dabei kein Highlight zu verpassen.

„Ich habe die Karte genau studiert. Die einzige dreigabelige Wegkreuzung am Strip befindet sich hier: Dort stoßen die Flamingo Road und der Frank Sinatra Drive auf den Las Vegas Freeway Richtung Norden." Otto tippte mit dem Finger auf die Karte. „Und was ist da? Richtig, die südwestlichste Ecke des Hotelareals vom *Caesars*!"

„Muchacho, du glaubst doch nicht im Ernst, dass Cedric in diesem Sandecke, umgeben von großen Straßen, sein Ritual durchziehen wird?"

„Nein, Tony, natürlich nicht! Wir müssen herauskriegen, was darunter ist, *im* Casino! Was meinst du, Jack?"

„Hm, ja. Ich frage mich gerade, wo Cat bleibt. Sie ist schon ziemlich lange weg."

„Ach, sie wird schon kommen! Ich habe überlegt, wir gehen folgendermaßen vor: Wir …"

„Da ist Cat!" Tony hatte sie zuerst gesehen.

„Cat! Da bist du ja endlich! Was war denn? Sag mal, ist dir nicht gut?" Besorgt sah Jack sie an, Cat war auffallend blass. Sie machte eine abwehrende Handbewegung.

„Cedric ist hier! Ihr habt Recht: Er will tatsächlich eine Katastrophe auslösen! Und ich weiß auch, wo das Ritual stattfinden soll!"

Cat erzählte, was sie gehört hatte.

„Einen Tsunami auf New York loszulassen – das ist wirklich diabolisch! Er hat Recht: Eine solch gewaltige Flutwelle würde nicht nur eine furchtbare ökologische Katastrophe auslösen, auch die wirtschaftlichen Folgen wären unabsehbar. Cedric würde damit in der Tat sein Ziel erreichen – wir müssen das unbedingt verhindern!" Jack ballte wütend die Fäuste.

Cat erzählte weiter und bemühte sich, keine Kleinigkeit auszulassen. Bei der Erwähnung des Cowboys sahen Jack und Otto sich an. Sie hatten kein Verlangen nach einer weiteren Begegnung mit Cedrics Killer.

Als Cat den Raum und den Gang beschrieb, nickte Otto zufrieden. „Seht ihr – ich hatte Recht! Wenn man diesem geheimen Gang folgt, landet man wahrscheinlich genau unter der dreigabeligen Wegkreuzung, die ich euch gerade gezeigt habe!"

„Todos los Santos! Wenn das Ritual mitten in der Wüste stattfinden würde, hätten wir größere Chancen uns unbemerkt unter die Leute zu mischen. Wie kommen wir da jetzt rein?"

Jack grinste Tony breit an. „Dafür wirst du sorgen!"

„Ich?! Wie kommst du darauf, dass … oh, no no no – impossible! Ich soll den armen Mexikaner machen, was? Ich bin überhaupt kein Mexikaner! Meine Vorfahren kommen aus España! Aus Madrid! Santa Eulalia! Ich werde auf gar keinen Fall…"

„Tony, komm wieder runter! Du bist unsere einzige Chance!" Jack packte seinen Freund bei den Schultern. „Überleg doch mal! Du sprichst fließend Spanisch und der Cowboy hat dich noch nie gesehen. Was soll schon passieren? Wahrscheinlich geht es darum, ein paar Dekorationen anzubringen und stimmungsvolle Lampen zu installieren. Du tust so, als würdest du nicht mehr als drei Worte Englisch verstehen und versuchst herauszubekommen, mit welchem Code man an der Veranstaltung teilnehmen kann. So schwierig ist das doch nicht!"

„Du hast gut reden, du brauchst es ja nicht zu machen!" Tony zog ein Gesicht, dann nickte er schließlich zögernd. „Vale. OK. Ich tu's."

Jack schlug ihm dankbar auf den Rücken, Tonys Gesicht hellte sich aber erst auf, als Cat ihm einen Kuss auf die Wange gab.

„Das finde ich echt mutig von dir, Tony!", sagte sie und lächelte ihn an – was Jack nun wieder einen kleinen Stich gab.

*

Mit Anbruch der Dunkelheit begann Las Vegas den Zauber zu entfalten, mit dem es schon seit Jahrzenten Ströme von Touristen anlockt. Die Leuchtreklamen der großen Hotel-Casinos, riesige Anzeigetafeln mit bewegten Bildern, die die Live-Auftritte der aktuellen Stars ankündigen, illuminierte Palmen in gepflegten Gartenanlagen, anmutig tanzende Wasserfontänen, das Klingeln und Schringen der Spielautomaten, gefolgt von dem rasselnden Geräusch einer scheinbar nie versiegenden Gewinnausschüttung – das alles verband sich zu einem Cocktail, der die staunenden Besucher der Stadt mehr berauschte als die Drinks, die viele in gigantischen Plastikbechern mit sich herumtrugen.

Als sie zurück ins *Venetian* kamen, wartete auf Jack eine unangenehme Überraschung: Jemand hatte sein Zimmer durchsucht, und zwar gründlich! Es herrschte ein einziges Chaos, Schubläden waren herausgezogen und Schranktüren geöffnet worden, seine Sachen lagen überall verstreut herum. Sogar die Bilder waren von den Wänden genommen worden. Jack rief alle anderen an und bat sie, zu ihm rüberzukommen.

„Du lieber Himmel! Hast du etwa Geld im Zimmer gehabt?" Meredith Foster kannte so etwas nur aus Fernsehkrimis und dachte an das Naheliegendste. Jack schüttelte den Kopf.

Archie sah sich alles in Ruhe an und brachte es dann auf den Punkt: „Sie haben die Feder gesucht. Sie wissen also, dass wir hier sind und was wir vorhaben."

„Ist die Feder denn noch da?", fragte Trite mit ängstlichem Blick.

„Ich glaube, es ist Zeit, dass ich euch die Feder endlich zeige", sagte Jack ruhig und griff in die Innentasche seiner Jacke. Alle Augen folgten gebannt seiner Hand. Er holte ein kleines Päckchen Papiertaschentücher heraus. In der Mitte, zwischen den Taschentüchern, steckte die untere Hälfte der Feder, die er aus dem Altar des Mont-St-Michel entwendet hatte. Jack legte sie in seine linke Hand und hielt sie den anderen hin. Die bunte Federhälfte begann sofort zu leuchten. Alle schauten gebannt hin.

Cat nahm sie vorsichtig hoch und betrachtete sie mit den kritischen Blicken der Biologin. Das Leuchten verschwand.

„Das ist eine Feder des Ara Macao, des Roten Aras. Bist du denn sicher, dass die echt ist?" Fragend sah sie Jack an.

„Ich dachte immer, Engel hätten weiße Flügel", murmelte Mrs. Foster ein bisschen enttäuscht.

„Was wollt ihr jetzt von mir hören? Weder weiß ich, noch kann ich beweisen, dass diese Feder vom Flügel des Erzengels Michael stammt – ich kann nur sagen, dass sie wirklich in dem Sepulcrum des Altars auf dem Mont-St-Michel gelegen hat!", antwortete Jack gereizt.

„Auf mittelalterlichen Altarbildern sind Engel sehr oft mit bunten Papageienflügeln dargestellt, man hielt diese mit ihrer Farbenpracht für besser geeignet, himmlische Wesen zu schmücken, als schnöde weiße Flügel", erläuterte Otto.

„Gab es denn in Europa im Mittelalter schon Papageien?"

„Ja, in der Tat, Mrs. Foster, die gab es. Sie kamen bereits mit Alexander dem Großen nach Europa – im 4. Jahrhundert v. Chr.!"

„Oder", ergänzte Tony nachdenklich, „jemand hat tatsächlich einen Engel *gesehen* und seine Flügel beschrieben."

„Interessant wäre schon zu wissen, ob man ausschließen kann, dass sie erst in viel späterer Zeit in den Altar hineingelegt wurde. Eine Altersbestimmung würde auf jeden Fall eine Fälschung in der Neuzeit ausschließen", meinte Archie.

Cat zupfte vorsichtig eine Faser aus der Feder, nahm eines der Papiertaschentücher und wickelte sie hinein.

„Was machst du denn da?!"

„Reg dich nicht auf, Jack. Deine Feder wird kaum ihre Wirkung verlieren, wenn ich einen Hauch davon entferne."

„Wozu?"

„Die C14-Methode! Mir ist gerade eingefallen, dass es an der Uni hier eine Fakultät für Chemie gibt. Mit denen hatte ein Kollege mal Kontakt, als ... ach, ist ja auch egal. Jedenfalls können die einen C14-Test durchführen – dann wissen wir, wie alt die Feder ist!"

„Hier gibt es eine Universität?", fragte Mrs. Foster erstaunt.

„Ja: Die University of Nevada Las Vegas, UNLV."

„Was genau ist denn die C14-Methode?"

„Also, Sie müssen sich das so vorstellen: In der Atmosphäre wird Radiokohlenstoff erzeugt. Der verbindet sich mit dem Sauerstoff, der in der Luft erzeugt wird, zu Kohlenstoffdioxid, dem C14. Die Photosynthese der Pflanzen bringt C14 dann in die Biosphäre. Durch ihren Stoffwechsel tauschen alle Lebewesen ständig Kohlenstoff mit der Atmosphäre aus und besitzen dadurch in ihrem Organismus das gleiche Verteilungsverhältnis an Kohlenstoff-Isotopen, wie es in der Atmosphäre vorhanden ist. Wird dieser Austausch unterbrochen – zum Beispiel durch den Tod des Lebewesens – werden die C14-Kerne nicht mehr durch neue ersetzt und das Verhältnis ändert sich. Dieses Verhältnis wird damit zum Maß für die Zeit, die seit dem Tod des Lebewesens vergangen ist – beziehungsweise, in unserem Fall, wann die Feder aus dem Körper ihres Besitzers entfernt wurde." Cat lächelte Mrs. Foster an. „Haben Sie das so ungefähr verstanden?"

„Nein. Aber das muss ich ja vielleicht auch nicht. Hauptsache, Sie sind sicher, dass es hier Leute gibt, die das Alter der Feder bestimmen können."

„Ja, das bin ich. Und die werde ich gleich mal kontaktieren."

Während die anderen aufbrachen, meinte Otto leise zu Jack: „Ob dies nun wirklich die Feder des Erzengels Michael ist oder nicht – ich bin überzeugt, dass sie uns helfen wird. Sie ist seit Jahrhunderten mit Gebeten aufgeladen worden und verkörpert somit sowieso das Gute."

Jack packte die Feder vorsichtig ein. Da! Jetzt begann sie wieder von Innen her zu leuchten!

Ausgestattet mit einer ausgebeulten Jeans, einem verblichenen T-Shirt, einer alten Lederjacke, ausgetretenen Turnschuhen und einer Baseball-Mütze machte Tony sich am nächsten Morgen auf den Weg zum *Caesars*. Die Klamotten hatte Jack einem Typ abgehandelt, der auf dem Strip angeblich für einen guten Zweck – wahrscheinlich für seine eigene Tasche – sammelte. Tony hatte zwar heftig dagegen protestiert, seine gerade neu gekauften Sachen einzutauschen, musste sich aber schließlich Jacks Argumenten beugen, dass er nicht im neuesten Designer-Outfit nach Handlanger-Arbeiten fragen konnte. Jacks Versicherung, dass er sich später, trotz der Anwesenheit von Jacks Mutter, wieder neue Kleidung kaufen konnte und Cats bittende Blicke hatten ihn dann zusätzlich überzeugt.

Als Tony mit den Händen in den Hosentaschen lässig die Einfahrt zum Valet-Parken des *Caesars* hinunterschlenderte, sah er da zwei Latinos stehen, die mit einem Mann redeten, der nicht sehr groß war, dafür aber einen riesigen Hut trug – das musste der Cowboy sein.

„Holá!", grüßte Tony und fuhr auf Spanisch fort: „Ich habe gehört, hier gibt's Arbeit?"

Die beiden Mexikaner sahen ihn neugierig, der Cowboy dagegen misstrauisch an. „Red' gefälligst Englisch, wenn du was willst!", brummte er.

Tony lächelte ihn dümmlich an und zog die Augenbrauen hoch. „Qué?"

Der Cowboy wandte sich an einen der Mexikaner: „Nun frag ihn schon, was er will!"

„Will Arbeit", antwortete der Mexikaner stattdessen.

„Dann frag ihn, wer ihm davon erzählt hat!"

Als der Mexikaner Tony die Frage übersetzt hatte, gestikulierte der wild herum und antwortete, natürlich wieder auf Spanisch: „Der Typ, der mir davon erzählt hat, wollte auch herkommen, ist aber nicht da. Tu mir den Gefallen und tu so, als ob du mich kennst. Sonst krieg ich den Job nicht. Meine Frau bekommt bald ein Baby, ich brauche das Geld!"

Der Mexikaner warf Tony einen langen Blick zu, dann wandte er sich an den Cowboy. „Hab selbst erzählt. Hab auch gesagt, hat kein Zweck, weil nix Englisch. Darum er gerade so wütend. Macht gut Arbeit, aber nix Englisch."

Der Cowboy rieb sich das Kinn. „Ist vielleicht gar nicht so schlecht – reden muss er ja nicht und ihr könnt ihm übersetzen, was er tun soll. OK, sag ihm, er hat den Job. Morgen um 09:00 Uhr geht's los."

Tony bemühte sich, so lange ein neutrales Gesicht zu machen, bis der Mexikaner ihm alles übersetzt hatte. Dann strahlte er und schüttelte dem Cowboy die Hand. „Gracias, muchas gracias, Señor!"

Anschließend umarmte er den Mexikaner und sagte: „Danke, Kumpel. Du hast mir sehr geholfen!"

„Gegen die Gringos müssen wir doch zusammenhalten!", antwortete der und grinste.

*

Während Tony noch versuchte, den Job im *Caesars* zu bekommen, schlenderten die anderen am Strip entlang. Nur Cat war nicht dabei, sie war zur Uni gefahren.

Trite hängte sich bei Jack ein und erzählte ihm zu jedem Casino, an dem sie vorbeikamen, eine Anekdote. Jack fing an, sich darüber zu wundern.

„Wie kommt es, dass du dich hier so gut auskennst?"

„Ich war schon sehr oft in Vegas. Das ist ein sehr wichtiger Ort für uns. Hier wird eine Menge Kapital umgeschlagen und hier kannst du den Kampf der Nereiden gegen die Tritonen deutlicher als sonst wo erkennen. Da! Siehst du, den Seiteneingang zum *Treasure Island*? Die Darstellung einer Nereide und eines Seepferdes? Die Nereide trägt eine Fackel in der Hand, sie huldigt schon Hekate und ist damit den Tritonen untertan. Das Seepferd ist aufgezäumt und unter Kontrolle. Ansonsten wirst du uns Nereiden nur als sexy-naive Meerjungfrauen sehen, so wollen uns die Tritonen haben!"

„Und unser Hotel? Wie ist das im *Venetian*?"

„Ist dir nicht aufgefallen, dass bei den Deckenmalereien jede Menge Tritonen-Knaben zu sehen sind? Die Nereiden dazwischen waren harmlose, liebe Weibchen, gerade mal gut genug, um als Mütter für die kleinen Tritonen zu dienen!"

„Und das *Caesars* ist das Hauptquartier der Tritonen in Vegas?"

„Ja, das kann man sagen. Sie geben sich ja auch keine Mühe, das zu verbergen. Überall findest du hier Darstellungen des Meeresgottes Poseidon, von Tritonen und Seepferden."

Sie bummelten noch durch die *Forum Shops*, das Shopping- und Restaurantareal, das dem *Caesars* angegliedert war und das im Design des alten Rom eine antike Atmosphäre vermittelte.

Zum Abendessen hatten sie sich mit Cat und Tony in einem mexikanischen Restaurant verabredet. Cat war schon da, als die vier eintrafen, und bedachte Trite, die immer noch bei Jack eingehakt war, mit einem kalten Blick.

Als sie am Tisch saßen, taute Cat aber wieder auf und erzählte von ihrem Besuch an der Uni.

„Ich hatte Glück. Der Kontakt meines Kollegen, ein gewisser Professor Steve Lonigan, war in seinem Labor und wir haben uns sehr gut verstanden. Er hat sofort angeboten, mir zu helfen, und will die Feder untersuchen. Er weiß auch, dass die Zeit drängt, und will versuchen, dass wir das Ergebnis auf jeden Fall vor 24:00 Uhr am 25. November erhalten."

„Holá, habt ihr noch Platz für einen mittellosen mexikanischen Hilfsarbeiter?" Tony trat an ihren Tisch, besorgt verfolgt von einem Kellner, der sicher gehen wollte, dass seine Gäste nicht von einem armen Schlucker belästigt wurden.

Jack grinste und deutete auf einen leeren Stuhl.

„Setz dich und erzähle! Wie war's?"

„Ich bin drin! Morgen früh geht's los. Dann wissen wir mehr."

2 6

Am nächsten Tag gingen Jack, Cat, Archie und Mrs. Foster wieder zum *Caesars*, um keine Entwicklung dort zu verpassen. Otto war im Hotel geblieben, um seine Unterlagen zu studieren und eine Kurzfassung des Rituals zu schreiben. Archie und Mrs. Foster gingen in die *Forum Shops*, Jack und Cat blieben im Casino in der Nähe der SEAHORSE Lounge. Cat war froh, dass Trite nicht mitgekommen war. Nachdem Jack sich am Vorabend ziemlich früh auf sein Zimmer verabschiedet hatte, hatte sie am nächsten Morgen etwas verschnupft erklärt, dass sie noch Dinge zu regeln hätte und Nereiden kontaktieren müsse, damit auch alle für den entscheidenden Moment bereit wären.

Jack war es auch ganz lieb, dass sie heute nicht dabei war. Die Feindseligkeiten zwischen Trite und Cat fand er anstrengend, zumal er das Gefühl hatte, immer im Kreuzfeuer zu stehen. So konnte er sich besser auf das Wesentliche konzentrieren.

Cat und Jack hatten sich zwei Spielautomaten ausgesucht, von denen sie die SEAHORSE Lounge gut im Blick hatten. Ab und zu warfen sie Geldstücke hinein, um den Anschein zu wahren, dass sie wegen des Spiels dort saßen.

„Oh, wie süß!" Cats Aufmerksamkeit war von einer elegant gekleideten Frau gefesselt worden, die mit einer großen Tasche am Arm vorbeiging.

„Hm?" Jack wusste nicht, was sie meinte.

„Siehst du die aufgetakelte Tante mit den Highheels und der großen Tasche? In der Tasche ist ein Welpe, ein schwarzer Labrador! Der lugte gerade heraus!"

„Ein schwarzer Labrador? Interessant! Mal sehen, wo sie hingeht und wen sie trifft."

Die Dame ging die Stufen zur SEAHORSE Lounge hinauf und sah sich suchend um. Dann setzte sich an einen der kleinen Tische und stellte die Tasche vorsichtig neben sich ab.

„Sie wartet auf jemanden!"

„Jack, es ist Cedric! Da hinten kommt er – geh in Deckung!"

Jack nutzte den Spielautomaten als Deckung, während Cat weiter beobachtete. Sein Adrenalin-Spiegel war in die Höhe gerast. Hätte eigentlich klar sein müssen, dass Cedric nicht nur in seinem Zimmer hocken würde, bis der große Moment kommt, dachte er. Was, wenn er nun die Arbeiten in seinem Keller-Tempel inspizieren und dabei Tony treffen würde? Er musste Tony warnen!

„Sie reden miteinander – jetzt zeigt sie ihm die Tasche, er nickt. Er setzt sich, jetzt bestellt er etwas." Cat behielt die beiden fest im Blick.

„Cat, ich muss Tony warnen. Vielleicht hat er schon genug herausgefunden, was uns weiterhilft. Es wird zu gefährlich für ihn!"

Cat sah sich um. „Da hinten kommt ein Rudel Touristen. Warte, bis sie hier vorbeikommen, dann geh einfach mit, bis du an die Treppe nach unten kommst. Da geht's zu den Toiletten, zum Valet-Parken und zu dem Eingang."

Jack lächelte Cat an. „Danke!"

„Aber sei bitte vorsichtig!"

Jack drückte ihren Arm, dann stand er langsam auf und mischte sich unter die Touristen.

*

Tony legte seine Last in dem unterirdischen Raum ab und wischte sich den Schweiß von der Stirn.

„Was für eine Art Party feiern die denn hier?", fragte er auf Spanisch einen der beiden Mexikaner und deutete auf den Berg Peitschen, den er gerade mitgebracht hatte.

„Hombre, wir sind in Vegas, da geht alles!", meinte der und grinste. Er war damit beschäftigt, Fackeln an die Wände zu montieren, die sein

Kumpel mit künstlichen Felsen bestückte. „Wenn die Decke fertig ist, sieht das hier aus wie eine richtige Höhle!"

„Si, die lassen sich immer wieder etwas Neues einfallen, Hauptsache, es ist verrückter als das, was ein anderer gemacht hat!"

Laute Schritte erklangen in dem Gang – es war der Cowboy, der die Fortschritte inspizieren wollte. Er sah sich um und nickte zufrieden.

„OK, sieht gut aus. Macht weiter so. Ich brauche dann noch jemanden, der oben im Eingang eine Lampe installiert. Wer macht das?"

Einer der Mexikaner übersetze für Tony, der auch sofort nickte.

„Gut, komm mit."

Oben zeigte er Tony dann, was er tun sollte. Der Anschluss lag in einer Ecke in Bodennähe, sodass Tony halb unter ein Regal kriechen musste. Das war sein Glück, denn kaum war er mit dem Oberkörper unter dem Regal verschwunden, ging die Tür auf und er hörte Cedrics Stimme.

„Wie läuft es?"

„Hervorragend, Sir. Wir sind dem Zeitplan voraus!"

„Gut, dann werde ich mal ... wer ist das denn?"

Tony wusste, dass von ihm die Rede sein musste, arbeitete aber ruhig weiter.

„Einer der mexikanischen Arbeiter, Sir. Er spricht und versteht kein Wort Englisch, arbeitet aber gut."

„Bestens. Die anderen Vorbereitungen laufen ebenfalls zufriedenstellend. Ich habe gerade ein Muster der Lieferung besichtigt, gute Qualität. Es wird alles bis 20:00 Uhr morgen Abend geliefert und in dem kleinen Nebenraum untergebracht. Ab 23:00 Uhr kommen die geladenen Gäste. Sie nehmen sie hier oben in Empfang. Alle werden schwarze Umhänge tragen. Achten Sie aber darauf, dass keiner die Höhle ohne Maske betritt. Wir legen oben noch Ersatz bereit, falls jemand ohne kommt. Die Losung heißt", er senkte die Stimme, „*Schwarzmondopfer für die Torgöttin*, merken Sie sich das. Sollte jemand herumstottern oder die Losung gar nicht kennen..."

„Ich weiß, was dann zu tun ist, Sir."

„Bestens. Ich werde morgen Mittag noch mal nachsehen, ob alles fertig ist."

„Es wird alles bereit sein, Sir. Verlassen Sie sich auf mich."

Tony hörte, wie Cedric sich entfernte. Kurz darauf stieß ihn der Cowboy unsanft mit dem Stiefel an.

„Wie lang dauert das denn noch?"

Tony robbte unter dem Regal hervor und ließ einen Schwall spanischer Worte auf den Cowboy niederprasseln, sodass dieser abwehrend die Hände hob.

„OK, ist ja gut. Ich hab ja nur gefragt."

Tony deutete auf den Schraubenzieher, den er in der Hand hielt und zeigte dann auf den Ausgang.

Der Cowboy nickte. „Ja, ich hab verstanden, du musst noch Werkzeug aus dem Auto holen. Aber beeil dich!"

Tony trat vor die Tür. Er brauchte erst einmal frische Luft. Nicht nur, weil es unter dem Regal ziemlich stickig gewesen war. Da fasste ihn jemand am Arm.

„Tony! Cedric war im Casino. Er kommt bestimmt hier vorbei. Es wird zu gefährlich für dich – du musst da jetzt weg!"

„Santa Maria! Jack! Hast du mich vielleicht erschreckt! Cedric war schon bei uns, es ist alles gut gegangen. Ich kenne jetzt auch das Losungswort. Aber wenn ich in diesem Moment verschwinde, werden die doch misstrauisch. Nachher ändern sie noch das Losungswort! Nein, ich muss das jetzt durchziehen."

*

Die nächsten zwei Tage arbeitete Tony weiter beim Cowboy. Otto wartete abends begierig auf seinen Bericht und machte sich eifrig Notizen dazu.

Am Morgen des 25. war der Ort für das Ritual fertig und die Arbeiter wurden ausgezahlt. Jack, Otto, Meredith, Archie und Trite saßen in Jacks Zimmer zusammen und warteten auf Tonys Rückkehr. Cat war nicht dabei, sie war zur Uni gefahren, um das Ergebnis der Altersbestimmung abzuholen.

„Muchachos, seht mal, was ich mitgebracht habe!", rief Tony fröhlich, als er zurückkam, und lud einen Sack ab.

Neugierig öffnete Jack den Sack und zog einen schwarzen Umhang heraus.

„Masken habe ich auch mitgebracht! Ich konnte immer mal ein Stück zur Seite schaffen, und heute hatte ich die Gelegenheit, alles mitzunehmen. Die erwarten wohl wirklich viele Leute. Bei der Menge, die da rumlag, fiel überhaupt nicht auf, dass ich welche mitgenommen habe."

Jack war immer noch dabei, den Sack zu entleeren. Nachdem er einige Umhänge ausgepackt hatte, hielt er eine Maske in der Hand, die ein goldfarbenes stilisiertes Hundegesicht zeigte.

„Sag mal – wie viel von dem Zeug hast du denn mitgebracht?"

„Naturalmente für jeden einen Umhang und eine Maske!", erklärte Tony stolz.

„Was?! Wir gehen doch nicht alle dahin! Das ist viel zu gefährlich! Ich mach' das allein!"

„Kommt ja gar nicht in Frage! Ich gehe auf jeden Fall mit! Du brauchst doch jemanden, der dir den Rücken freihält!"

„Na gut, meinetwegen. Aber sonst keiner!"

„Also, Jack, das ist doch unvernünftig! Da kommen wer weiß wie viele Leute hin und du willst ganz allein gegen alle antreten?"

„Mutter! Du kommst schon mal gar nicht mit! Du hast ja keine Vorstellung, was da passieren kann!"

„Ach ja? Wer hat denn Cedric K.O. geschlagen, damals in Equitanien? Weder du noch Tony! Ich war es! Das wollen wir doch mal festhalten!"

„Ich stimme deiner Mutter zu, Jack. Ich denke auch, dass du alle Unterstützung brauchen wirst, die du finden kannst!"

„Archie, überleg doch mal! Wenn Jack sich auch noch Sorgen um uns machen muss, kann er sich doch nicht darauf konzentrieren, die Feder genau im richtigen Moment zu platzieren! Das könnte die ganze Mission gefährden – außerdem bin ich davon überzeugt, dass Jack sehr gut auf sich aufpassen kann." Trite warf ihre blonden Locken nach hinten und lächelte Jack an, der sie dankbar ansah.

Meredith Foster warf ihr einen missbilligenden Blick zu. „Dafür, dass es hier um Ihren Thron geht, den mein Sohn da retten soll, machen Sie es sich aber sehr einfach, junge Dame!"

„Mutter! Das reicht jetzt! Du musst nicht …"

Ein energisches Klopfen an der Tür unterbrach Jack. Er sprang auf und öffnete. Cat stand davor und runzelte die Stirn.

„Was ist denn hier los? Ich steh' da und klopfe und klopfe – und ihr geht euch gegenseitig an die Gurgel!"

Jack winkte genervt ab. „Erzähl lieber, was dein Labor-Freund herausbekommen hat."

Cat hielt das Blatt Papier hoch, das sie in der Hand hatte. „Hier steht es schwarz auf weiß: Die Feder stammt eindeutig aus dem 8. Jahrhundert nach Christus!"

„Wann war das nochmal mit dem Bischof und dem Erzengel?", fragte Tony.

„In den Quellen zum Mont-St-Michel wird das Jahr 708 als Zeitpunkt angegeben. Es passt also. Das heißt, wir wissen zumindest, dass die Feder tatsächlich zu dieser Zeit in den Altar gelegt und erst kurz davor vom Körper ihres Besitzers entfernt wurde", antwortete Otto.

„Bedeutet das, wir gehen davon aus, dass diese Feder tatsächlich vom Erzengel Michael stammt?", hakte Tony nach.

Jack sah ihn nachdenklich an. „Heute Nacht werden wir es erfahren!"

*

Nach zähem Argumentieren stimmte Jack schließlich zu, wenigstens Otto noch mitzunehmen, damit er im Notfall Tipps geben konnte, wie sie sich verhalten mussten, falls der Ablauf doch anders sein sollte, als erwartet. Während sich die anderen verabschiedeten, holte Otto seine Notizen und begann, seine Recherchen zum Ritual vorzutragen, damit Jack und Tony wussten, was auf sie zukommen konnte.

„Dios! Glaubst du wirklich, sie werden diese scheußlichen Dinge tun?", fragte Tony erschüttert, als Otto mit seiner Beschreibung fertig war.

Otto nickte. „Ich fürchte schon. Schließlich soll ja die Herrscherin der Unterwelt angerufen werden."

Jack rieb sich den Nacken. „Und wenn wir die Feder schon vorher einsetzen?"

„Das wird nichts nützen. Der Zugang wird erst nach diesen Handlungen voll geöffnet sein. Nur dann macht es Sinn, die Feder hineinzuwerfen."

Jack stand auf. „Also gut. Dann treffen wir uns um 22:30 Uhr wieder hier. Versucht, euch noch ein bisschen auszuruhen."

27

Eine lange Reihe von Taxen und Nobelkarossen fuhr beim Valet-Parken des *Caesars* vor. Die meisten der Leute, die aus den Wagen stiegen, trugen schwarze Umhänge und goldfarbene Masken. Aufgeregtes Getuschel und nervöses Lachen erklang. Die wenigen Casino-Besucher, die die Waschräume auf der unteren Ebene aufsuchten, sahen nur kurz hin. Sie interessierten sich nicht weiter für das, was hinter der Tür vorging, hinter der die seltsamen Gestalten verschwanden. In Las Vegas war man an spektakuläre Privatparties von Prominenten gewöhnt – sicher stand morgen in irgendeiner Zeitung, wer da was mit wem gefeiert hatte.

„Schwarzmondopfer für die Torgöttin", sagte Jack und hoffte, dass der Cowboy ihn nicht an der Stimme erkennen würde.

Tony, Otto und er hatten sich zuvor in die Schlange der Gäste eingereiht. Das Pärchen, das vor Jack an der Reihe war, war nicht maskiert und hatte zunächst Umhänge und Masken erhalten. Zwei muskulöse Aufpasser sorgten dafür, dass ein ausreichender Abstand eingehalten wurde, sodass keiner die Losung von seinem Vordermann hören konnte.

Nachdem Jack die Losung gesagt hatte, musterte der Cowboy ihn mit durchdringenden Blicken, als wollte er durch die Maske das Gesicht seines Gegenübers erkennen. Nach einigen Sekunden, die Jack endlos erschienen, winkte er ihn endlich durch.

Wie verabredet, ging Jack ohne zu zögern weiter. Er konnte nur hoffen, dass seine beiden Freunde ebenso problemlos durchgelassen wurden. In dem Raum mit den Putzmitteln waren die Regale mit schwarzen Tüchern verhängt und zwei Fackeln aufgestellt worden, die die einzige Lichtquelle darstellten. Die Geheimtür stand offen und dahinter konnte Jack die steile Treppe sehen, von der Tony und Cat berichtet hatten.

Unten angekommen, kam er in den langen Gang, der ebenfalls mit Fackeln beleuchtet war. Das Pärchen, das vor ihm eingetroffen war, konnte er als dunkle Schatten vor sich erkennen. Die junge Frau kicherte nervös, worauf ihr Begleiter ihr in scharfem Ton etwas sagte, dass sie verstummen ließ.

Jack ging schneller, um zu den beiden aufzuschließen. Es war ja immerhin möglich, dass noch irgendein Eintrittsritual erfolgte, das er sich bei den beiden abgucken konnte.

Der Gang machte ein paar Windungen, wobei die Decke immer höher wurde, und endete schließlich an einem Durchgang, der von besonders großen Fackeln beleuchtet und wie ein antikes Tor gestaltet war.

Auch hier standen zwei Wächter, die die Prätorianeruniformen von Equitanien trugen. Die Pfeiler des Tores waren mit Darstellungen von Mondsicheln, gleichschenkeligen Kreuzen, Schlüsseln und Schlangen geschmückt.

„Alles Attribute der Hekate", flüsterte Otto Jack zu. Jack drehte sich halb um und sah, dass seine beiden Freunde aufgeholt hatten.

„Bin gespannt, wo die ganzen Peitschen geblieben sind, die ich hergeschleppt habe", murmelte Tony.

Die Wächter hatten große Körbe neben sich stehen, griffen hinein und gaben dem Mann und der Frau etwas daraus. Beide beugten sich dann über die Schwelle, murmelten etwas und schritten dann hinüber. Was jenseits der Schwelle war, konnte man nicht erkennen, ein dichter Vorhang aus Rauch verschleierte die Sicht.

„Tut das, was ich tue", sagte Otto, straffte die Schultern und ging als Erster auf die Wächter zu. Jack hoffte, dass Otto wirklich wusste, was nun von ihnen erwartet wurde, er selbst hatte nämlich keine Ahnung.

Als sie bei den Wächtern ankamen, erhielt jeder einen kleinen runden Kuchen. Otto trat vor die Schwelle, Jack und Tony stellen sich neben ihn.

Jack hatte das Gefühl, dass die beiden Wächter sie sehr genau beobachteten.

„Schwarzmondopfer für die Torgöttin", sagte Otto in einem feierlichen Tonfall, zerbröselte den Kuchen in der Hand und streute die Krümel gleichmäßig auf die Schwelle.

„Schwarzmondopfer für die Torgöttin", wiederholten Jack und Tony und streuten ebenfalls ihre Kuchenkrümel auf die Schwelle. Dann schritten sie gemeinsam hinüber. Der Rauchvorhang schloss sich hinter ihnen.

*

„Hekate ist die Göttin des Übergangs – daher sind ihr die Türschwellen heilig", sagte Otto leise. Er war zufrieden mit sich, dass er es war, der diese Herausforderung hatte meistern können. Gern hätte er noch über weitere Aspekte dieses Schwellenopfers doziert, merkte aber, dass die Aufmerksamkeit seiner Freunde sich auf andere Dinge richtete. Jack und Tony hatten keine Zeit, seine scharfsinnigen Schlüsse zu bewundern, sie bestaunten die Ausmaße des Raumes, den sie gerade betreten hatten.

„Madre de Dios! Das sieht ja wirklich beeindruckend aus, jetzt, wo alles fertig ist!"

Jack konnte Tony nur zustimmen. Wenn er nicht gewusst hätte, dass sie sich unter einem der größten Hotelkomplexe der Welt befanden, wäre er – zumindest auf den ersten Blick – davon überzeugt gewesen, in einer natürlichen Höhle zu sein. Es gab keinen Bodenbelag, nur den unbearbeiteten Erdboden. Dutzende Fackeln brannten an den künstlichen Felsen, die außerdem noch mit anderen Hekate-Attributen geschmückt waren: Neben Piktogrammen von Schlangen, gleichschenkeligen Kreuzen, Mondsicheln und Schlüsseln waren reale Peitschen, Dolche und Stricke kunstvoll arrangiert worden.

Der ovale Raum war zum größten Teil schon mit Menschen gefüllt, die alle die gleiche schwarze Robe und eine goldene Hundemaske trugen. Leises Gemurmel war zu hören. Der Rauch der Fackeln und der Weihrauchgefäße tauchte alles in einen leichten Nebel und ließ die Szenerie unwirklich erscheinen. Wie damals in Equitanien hatte Jack das Gefühl, eine Zeitreise gemacht zu haben und sich plötzlich in der Antike zu befinden. Er konnte sich einer gewissen Faszination nicht entziehen. So musste es damals tatsächlich bei einer Hekate-Opferung ausgesehen haben!

Dem Eingang gegenüber, am anderen Ende des Raumes, befanden sich zwei Öffnungen, die wie natürliche Durchgänge aussahen. Was dahinter war, konnte man nicht erkennen, es lag in völliger Dunkelheit. Zwischen den beiden Öffnungen, etwas in den Raum hineingerückt, stand ein massiver Steinaltar. Ein Relief auf der Vorderseite zeigte die Darstellung einer tanzenden Hekate, die in jeder Hand eine brennende Fackel trug. Auf dem Altar befanden sich rechts und links je ein Weihrauchgefäß, in der Mitte ein großer Korb, der ebenfalls die kleinen runden Kuchen enthielt, ein paar Stricke, eine Bronzeschale und ein großes Messer. Jack ahnte, wozu das Messer dienen sollte, und war froh, dass Cat nicht dabei war.

Die versammelten Menschen bildeten einen Halbkreis, sodass der Platz vor dem Altar frei blieb. Jack gab Tony und Otto ein Zeichen, dass er sich das näher ansehen wollte und die drei drängelten sich in die erste Reihe vor.

Auf dem Boden vor dem Altar war mit goldener Farbe ein großes Pentagramm gezeichnet worden, dessen Ausmaße mehr als einen Quadratmeter betrugen. Seine oberste Spitze wurde von einer liegenden Mondsichel durchbrochen, deren Öffnung zum Altar zeigte.

„Das Symbol der Hekate – hier wird es passieren!", wisperte Otto in Jacks Ohr.

Da spürte Jack, wie jemand an seinem rechten Ärmel zupfte. Tony konnte es nicht sein, der stand links neben ihm, Otto dahinter. Noch während er sich nach rechts umdrehte, erkannte Jack den Duft von Cats Parfum.

„Was machst du denn hier?!", fuhr er Cat, die natürlich ebenfalls einen schwarzen Umhang und eine goldene Hundemaske trug, mit unterdrückter Stimme ungehalten an. „Ich dachte, wir hatten eine klare Abmachung!"

„Abmachung? Das war wohl eher eine Anordnung von dir! Aber wir sind nicht deine Truppe, Jack, so läuft das nicht! Du musst hier nicht den einsamen Kämpfer gegen die Mächte der Finsternis geben, weißt du. Das Wichtigste ist, dass die Mission gelingt und daran wollen wir alle mitarbeiten!"

„Wir? Was soll das heißen, wer ist denn noch da?"

„Na, wir alle eben!"

„Mutter auch?! Seid ihr denn verrückt?", Jack musste sich schon sehr zusammenreißen, um nicht laut zu werden. „Ihr habt ja keine Ahnung, was hier gleich alles passieren kann! Eine alte Frau hierher zu schleppen – sie kann mit so etwas überhaupt nicht umgehen! Sie…"

„Jetzt beruhige dich mal wieder! Von herschleppen kann überhaupt keine Rede sein, sie hat darauf bestanden, dass wir euch unterstützen. Und dass sie es war, die damals in Equitanien Cedric K.O. geschlagen hat, stimmt ja wohl, oder?"

Jack zog hörbar die Luft ein. „Gut. Ist ja jetzt nicht mehr zu ändern. Aber sorg dafür, dass sie im Hintergrund bleibt, nahe beim Ausgang – und du am besten auch!"

„Kommt ja gar nicht in Frage! Ich bleibe hier! Ich bin…" Cats Protest wurde von einem volltönenden Gong unterbrochen.

Das Gemurmel erstarb und alle wandten sich in gespannter Erwartung den beiden Wandöffnungen hinter dem Altar zu. Es erklangen insgesamt 12 Gongschläge, dann erschien in jeder Öffnung ein Fackelträger. Dem einen folgte ein Mann in einer weißen Toga. Sein Gesicht war, wie das aller Anwesenden, von einer goldenen Hundemaske verdeckt. Er trug einen mit einem Deckel verschlossenen Korb, den er hinter dem Altar abstellte.

Hinter dem anderen Fackelträger erschien eine Frau in einem goldfarbenen, antiken Gewand. Ihr Kopf war vollständig von einem goldenen Schleier bedeckt, ihr Gesicht ebenfalls vor einer Hundemaske. Diese Maske war jedoch sehr viel feiner gearbeitet als alle anderen. Auf ihrem Kopf befand sich außerdem ein Diadem mit einer liegenden Mondsichel. An beiden Armen trug sie goldene Armreifen, die sich in der Form von Schlangen bis zu ihren Ellbogen hinaufringelten.

„Das ist die Hekate-Priesterin", flüsterte Otto.

Jack nickte und spürte, wie seine Anspannung stieg – das Ritual hatte begonnen.

*

Die Priesterin nahm die beiden Weihrauchgefäße vom Altar und trat vor das Pentagramm. Sie verneigte sich und schüttete dann den Inhalt der beiden Gefäße genau in die Mitte. Eine Rauchsäule stieg auf. Dann begann sie Hekate mit den Worten des antiken Hymnus' anzurufen, wobei ihre Stimme seltsam verzerrt klang und ein Echo hatte, als würde sie in einem riesigen Tempel sprechen. Jack war überzeugt, dass sie ein entsprechendes Mikrophon trug.

„Oh du Torgöttin, du laut tosende Rennerin!"

„Hekate, wir rufen dich an!", skandierten die Anwesenden.

„Oh du nächtlich Wandelnde, du Unterirdische!"

„Hekate, wir rufen dich an!"

„Oh Kind des Tartaros!"

„Hekate, wir rufen dich an!"

„Oh du schreckliche Göttin, die du den flammenäugigen Hunden rasende Wut einhauchst!"

„Hekate, wir rufen dich an!"

Nach jeder Anrufung nahm die Priesterin mit beiden Händen Kuchen aus dem Korb, umschritt das Pentagramm und streute die Kuchenkrümel kreisförmig um den brennenden Weihrauch.

„Hekate, du Meisterin der Schwarzen Kunst, in dieser Nacht des schwarzen Mondes, in dieser Stunde, die die dunkelste der ganzen Nacht ist, rufen wir dich an! Nach altem Brauch bringen wir dir Opfer dar und flehen um deine Unterstützung! Göttervater Zeus hat dir gewaltige Macht gewährt, nicht nur auf der Erde, auch auf dem weiten Meer, dessen Fluten dir gehorchen müssen!"

„Hekate, wir rufen dich an!"

Nun trat die Priesterin hinter den Altar. Der Mann, der bis dahin regungslos dort gestanden hatte, kam nun nach vorn und stellte sich in das Pentagramm, vor die Rauchsäule.

„Ist das Cedric? Der wird aber gut geräuchert!", wisperte Tony.

„Pssst!", machte Jack.

Die beiden Fackelträger hatten ihre Fackeln in Haltevorrichtungen an der Wand hinter dem Altar gesteckt und machten sich nun an dem Korb, der noch immer hinter dem Altar stand, zu schaffen. Als sie sich wieder aufrichteten, hielt jeder einen schwarzen Labradorwelpen am Nackenfell hoch.

„Hekate! Hekate! Hekate!" Die Rufe der Versammelten wurden ekstatisch. Jack spürte, wie Cat sich neben ihm versteifte. Ihr war jetzt wahrscheinlich auch klar, welches Schicksal die Hunde erwartete. Er konnte nur hoffen, dass sie nichts Unüberlegtes tat.

Die beiden Welpen wurden dann durch die Menge getragen, wobei jeder sie einmal kurz berührte. Danach wurden sie zu dem Mann in der Mitte gebracht, der beiden Tieren seine Hände auflegte.

„Gleich ist es soweit – hast du die Feder? Du darfst auf keinen Fall den richtigen Moment verpassen!", raunte Otto Jack zu, der fasziniert zusah.

Die beiden Helfer traten mit den Welpen nun vor den Altar, fesselten ihnen mit den bereit liegenden Stricken die Pfoten und legten sie nebeneinander auf den Altartisch. Dann griff einer der Männer nach der Bronzeschale, während der andere das Messer nahm, sich vor der Priesterin verneigte und es ihr reichte. Sie nahm es entgegen und hielt die Klinge hoch, sodass sich das Licht der Fackeln darin brach.

„Oh Nächtliche, Unbesiegbare! Wir haben unsere Sünden auf diese Tiere gelegt, die wir dir opfern wollen. So stehen wir gereinigt vor dir und flehen dich an, unser Opfer wohlwollend entgegenzunehmen!"

Nach diesen Worten fuhr ihre Hand blitzschnell nach unten und durchtrennte die Kehle des ersten Welpen. Das Tier wand sich, während sein Blut in der Bronzeschale aufgefangen wurde. Als der Hund sich nicht mehr rührte, nahm die Priesterin die volle Schale und trat zu der Rauchsäule in das Pentagramm. Dann goss sie das Blut auf den brennenden Weihrauch. Es zischte und spritzte, sodass nicht nur das Gewand der Priesterin, sondern auch die blütenweiße Toga des Mannes mit Blutflecken übersät wurden.

Jack sah erstaunt, dass der brennende Weihrauch nun keineswegs erlosch, sondern sich eine noch stärkere Rauchsäule bildete, die sich an ihrer Basis zu drehen begann, wie eine Windhose.

Die Priesterin und der Mann, von dem jetzt auch Jack überzeugt war, dass es sich um Cedric handelte, traten einige Schritte zurück. Auch die versammelte Menge vergrößerte den Kreis. Alle spürten den immer stärker werdenden Wind, den die Rauchsäule verursachte. Darunter war kein Boden mehr zu erkennen – nur ein Loch. Das Loch vergrößerte sich ständig, die Rauchsäule drehte sich immer schneller.

„Jetzt! Jack, wirf die Feder! Jetzt!", schrie Otto gegen die ekstatischen Rufe der Menge und das Brausen der Rauchsäule an. Doch Jack rührte sich nicht – er war zu gebannt von dem, was geschah.

Die Priesterin breitete die Arme aus und rief: „Wir flehen dich an: Gewähre diesem Mann, mit dem deine Priesterin durch das Opferblut verbunden ist, die Gunst, mit deiner Macht die Fluten zu lenken!"

Cedric erhob ebenfalls die Arme. „Unbesiegte Königin, Herrscherin über das Meer – bündele die Wogen des Atlantiks und führe sie als unüberwindliche, alles zerstörende Wand…"

„Jack!! Jetzt!!!" Otto schrie Jack die Worte ins Ohr und gab ihm gleichzeitig einen Stoß in den Rücken, sodass er nach vorn taumelte. Jack riss sich mit einer Hand die Maske vom Gesicht, um besser sehen zu können und griff mit der anderen unter den Umhang, in seine Hemdtasche. Er holte die Feder heraus, an der er einen kleinen Stein befestigt hatte und schleuderte sie mit aller Kraft in die Rauchsäule.

Trotz des Steins schien die Feder wie in Zeitlupe auf die Rauchsäule aufzutreffen. Ihre schillernden Farben glühten regelrecht auf, und bunte Blitze zuckten durch den grauen Rauch. Jack hatte den Eindruck, als ob die Säule den Eindringling abwehren wollte, denn immer wieder wurde die Feder an den Rand des sich drehenden Rauchs gedrückt. Sie ließ sich aber nicht vertreiben und strebte wieder zur Mitte, wo sie langsam tiefer sank und schließlich in dem Erdloch verschwand. Da begann die Rauchsäule zu schwanken.

„Neiiiiin!", brüllte Cedric, der Jack erkannte und begriff, was dieser gerade getan hatte. Er stürzte sich auf ihn und riss ihn zu Boden. Beide rangen miteinander und kamen dabei dem Rand des Lochs gefährlich nahe. Entsetzt sah Jack, dass sich dort eine bodenlose Tiefe auftat.

„Dann hatten meine Leute tatsächlich Recht – du lebst noch!", zischte Cedric Jack an und fuhr seine Handdornen aus. „Aber das werde ich jetzt ein für alle Mal erledigen! Du wirst meinen Triumph nicht aufhalten!"

„Zu spät, Cedric! Die Feder ist platziert, du kannst das nicht mehr rückgängig machen!", keuchte Jack. Er wehrte sich mit aller Kraft, konnte aber nicht verhindern, dass Cedric ihn immer näher an das Loch drängte.

Tony und Otto sahen, in welcher Lage Jack war, und wollten ihm zu Hilfe kommen. Doch plötzlich brach unter ihnen der Boden weg und riss

sie mit sich in die Tiefe, was Jack aus dem Augenwinkel hilflos mitanse-
hen musste.

Die Rauchsäule wurde immer breiter und taumelte immer stärker. Sie
riss Menschen zu Boden, die dann wie magnetisch von dem Loch angezogen wurden und darin verschwanden. Panik setzte ein, Schreie ertönten
und die Leute, die noch aufrecht stehen konnten, versuchten, den Ausgang zu erreichen.

Cedric schrie die Priesterin an: „Töte den anderen Hund! Das stabili-
siert die Säule!" Sie nickte und lief Richtung Altar.

Cat hatte sich in der Nähe der Wand festhalten können und setzte nun
an, der Priesterin hinterherzustürmen. Doch Archie hielt sie am Arm fest.

„Kümmere du dich um Meredith! Ich halte die Priesterin auf!"

Cat arbeitete sich zu Mrs. Foster durch, die auch ihre Maske abgezogen
und daher leicht zu erkennen war.

„Kommen Sie hierhin, zur Wand, Mrs. Foster, hier sind Sie sicher!"

„Jack! Was ist mit Jack? Wir müssen ihm helfen!"

„Ich kümmere mich darum, Mrs. Foster! Bleiben Sie bitte hier!"

Cat sah sich um, ob es irgendetwas gab, das sie als Waffe benutzen
konnte. Da fiel ihr Blick auf die Dekoration aus Peitschen, Dolchen und
Stricken an den Wänden. Die Dolche waren festgeschraubt und die Sticke
waren zu kurz. Na gut, dachte sie, was im Film klappt, klappt vielleicht
auch in der Realität, und griff nach einer Nilpferdpeitsche.

Archie hatte unterdessen die Priesterin erreicht. Sie stand am Altar,
hielt den zweiten Welpen am Kopf fest und wollte gerade das Messer an
seiner Kehle ansetzen.

Der kleine Hund ahnte, dass es um sein Leben ging, drehte den Kopf,
wand sich geschickt aus dem Griff der Priesterin und biss sie in den Unterarm. Sie rutschte mit der Hand ab und durchtrennte dabei den Strick,
mit dem die Vorderbeine des kleinen Hundes gefesselt waren. Das Tier
konnte sich nun besser bewegen und schnappte abermals nach ihrem
Arm. Instinktiv ließ sie da den Hund los – und sah sich Archie gegenüber,
der ihr die Maske vom Kopf reißen wollte. Sie hatte aber die schwere
Bronzeschale mit zurück zum Altar gebracht, ergriff sie, holte aus und
schlug sie Archie vor den Kopf.

Archie taumelte, fiel zu Boden und wurde sofort von der Rauchsäule angezogen. Die Priesterin sah noch zu, wie er in dem immer größer werdenden Loch verschwand, dann huschte sie durch die Wandöffnung davon.

Jack und Cedric kämpften immer noch miteinander, ohne dass einer von beiden die Oberhand gewinnen konnte. Dabei musste Jack ständig aufpassen, dass Cedric ihm nicht seine Handdornen ins Fleisch bohrte. Immer wieder sah er sie dicht vor seinem Gesicht aufblitzen – Cedric hatte sich scheinbar vorgenommen, seine Halsschlagader zu treffen, da das Gift dort am schnellsten wirken würde. Dann gelang es Jack, einen Zipfel des schwarzen Umhangs, den er schon halb verloren hatte, um Cedrics linkes Handgelenk zu wickeln. Damit hatte er schon mal einen der gefährlichen Dornen ausgeschaltet. Cedric dort festzuhalten war allerdings nicht einfach, da er natürlich versuchte, sich aus diesem Griff zu befreien.

Schließlich hatten sie sich wieder gefährlich nahe an den Rand des Lochs gewälzt. Cedric konnte Jack, der immer noch eisern sein linkes Handgelenk umklammert hatte, auf den Rücken rollen, richtete sich auf, holte aus und wollte ihm den Dorn seiner rechten Hand in den Hals stoßen. Jack reagierte schnell, ließ Cedric los, drehte seinen Oberkörper zur Seite und gab Cedric einen kräftigen Stoß. Der verlor das Gleichgewicht und stürzte mit einem überraschten Aufschrei in die Tiefe.

Als Jack aufstehen wollte, bekam er aber selbst den gewaltigen Sog des Lochs zu spüren. Er fiel zu Boden, wurde mit den Füßen voran hineingezogen und konnte sich nur noch mühsam am brüchigen Rand festhalten. Durch die Schwaden der Rauchsäule erkannte er schemenhaft eine Gestalt, die sich vorsichtig näherte. Das Brausen der Rauchsäule war immer noch ohrenbetäubend.

„Cat! Wirf mir irgendwas zu, an dem ich mich festhalten kann!"

„Was? Ich kann dich nicht verstehen, Jack! Pass auf, hier kommt das Ende der Peitsche, daran kannst du dich festhalten und ich versuche, dich herauszuziehen!"

„Ich verstehe kein Wort, Cat! Was … Au!!" Ein brennender Schmerz flammte zwischen Jacks Schulterblättern auf, als ihn ein Peitschenhieb dort traf. Die Peitsche wurde wieder zurückgezogen. Dass Cat erneut damit ausholte, konnte Jack weder sehen noch hören.

„Was machst du denn, Cat?! Au!! Hör auf, mich zu schlagen!", rief er, als Cat ihn ein zweites Mal traf.

„Jack, es ist zu laut, ich verstehe nichts! Du musst einfach versuchen, das Peitschenende zu fassen, ich kann kaum etwas sehen, der Rauch ist so dicht!"

Cat versuchte es ein drittes Mal, traf diesmal aber zu kurz und erwischte Jacks Hände. Der Schmerz war so heftig, dass er in einem Reflex seinen Griff löste. Er verlor den Halt und stürzte in die Tiefe.

Der Fall kam Jack endlos vor. Irgendwann verlor er sogar die Angst vor dem Aufschlag. Als er dann weit unter sich ein warmes, helles Licht sah, war er sicher, dass dies eine Reise ohne Wiederkehr war.

*

Es roch muffig und nach Ruß. Etwas Nasses fuhr über sein Gesicht. Wieder und wieder wischte es ihm über die Augen und die Nase. Jack fühlte sich zu müde, um die Augen zu öffnen und versuchte stattdessen, den Kopf wegzudrehen. Das gab er aber schnell auf, als sich im ganzen Körper stechende Schmerzen bemerkbar machten.

Da fielen ihm die letzten Ereignisse wieder ein. Kein Wunder, dass er sich so zerschlagen fühlte, er war ja immerhin gefühlte 100 m tief in ein Höllenloch gestürzt. An einen Aufprall konnte er sich allerdings nicht erinnern. Entweder ist das jetzt also die Hölle oder ich lebe noch, dachte Jack und zwang sich, die Augen zu öffnen. Es war ziemlich dunkel, doch er erkannte die freundlichen braunen Augen eines Labradorwelpen, der sein Bemühen, wach zu werden, mit aufgeregtem Winseln und heftigem Schwanzwedeln kommentierte. Als er ihm wieder das Gesicht abschlecken wollte, schob Jack ihn sanft, aber bestimmt zur Seite. Dann setzte er sich mühsam auf und befreite den Hund vor dem Strick, der noch an seinem linken Hinterbein befestigt war.

„Irgendwie scheinen wir zwei überlebt zu haben", murmelte Jack und versuchte sich zu orientieren, während er dem kleinen Labrador den Nacken kraulte.

Langsam gewöhnten sich seine Augen an die Dunkelheit. Jack stand auf und tastete sich an der Wand entlang. Das spärliche Licht kam von den wenigen Fackeln, die noch glommen. Es war aber eindeutig: Dies war der Ort des Hekate-Rituals. Dort war der Altar und hier musste dann das Loch sein – doch da war kein Loch! Jack kniete sich hin und tastete mit den Händen den Boden ab. Die Erde war zerwühlt, er fand auch noch Reste des verbrannten Weihrauchs, aber es gab kein Pentagramm und auch kein Loch mehr.

Ein Stöhnen ließ Jack herumfahren. Erst jetzt erkannte er mehrere an der Wand liegende Bündel. Eines davon bewegte sich. Jack hastete hin. Der kleine Labrador folgte ihm.

„Tony! Gott sei Dank, du lebst!"

Benommen öffnete Tony die Augen. „Bist du das, Jack? Ich kann nichts sehen. Wo sind wir denn? Ist das der Boden des Lochs?"

„Nein. Wir sind noch in der Höhle – das heißt, eigentlich im Keller des *Caesars*. Das Loch ist weg, als wäre es nie dagewesen. Komm erst einmal zu dir, ich sehe inzwischen nach den anderen."

Als nächsten fand Jack Archie, der gerade zu sich kam. Er hatte zwar eine Riesenbeule an der Stirn, war ansonsten aber unverletzt.

Neben ihm lag Otto. „Dieser Sturz!", murmelte er, „Wir waren im Hades!"

„Ja, ich weiß, es war furchtbar", meinte Jack mitfühlend.

„Weißt du, was das Schlimmste daran war? Keine Zeit zu haben, die Unterwelt zu erforschen!"

Jack grinste und klopfte Otto auf die Schulter. Dann ging er zu Cat, die sich gerade aufgesetzt hatte. Sie rieb sich die Stirn.

„Was ist passiert? Hat uns die Unterwelt wieder ausgespuckt?"

Jack nickte. „Sieht ganz so aus. Obwohl du ja einiges dafür getan hast, mich da hinzuschicken. Du hast mir ein paar ganz schöne Hiebe verpasst, mit deiner Peitsche!", fügte er vorwurfsvoll hinzu und hoffte auf Cats Mitleid.

„Das ist ja mal wieder typisch! Wenn ich nicht versucht hätte, dich zu retten, wäre ich gar nicht erst in dieses Loch gesogen worden und hätte mir diesen grauenhaften Sturz erspart! Und jetzt machst du mir Vorwürfe, nur weil du zu ungeschickt warst, nach der Peitsche zu greifen!"

„Ungeschickt?! Ich?! Du spielst *Indiana Jones* und …"

„Hört auf zu streiten! Seht lieber mal, was mit Meredith ist!", unterbrach Archie die beiden, wobei er vorsichtig seine Beule betastete.

„Mutter? Sie ist nicht hier! Wo hast du sie denn zuletzt gesehen?"

Cat stand mit wackeligen Beinen auf, wehrte aber jede Hilfe von Jack ab. Sie tastete sich an der Wand entlang bis zu der großen Eingangspforte. Der Gang dahinter war komplett dunkel.

„Hier, neben der Pforte, an der Wand. Ich habe ihr gesagt, sie soll hierbleiben, hier wäre sie in Sicherheit. Vielleicht konnte sie fliehen!", meinte Cat hoffnungsvoll.

„Und Trite? Wo ist sie denn abgeblieben?

„Trite?" Cat warf Jack einen pikierten Blick zu.

„Du hast doch gesagt, dass ihr alle hier seid!"

„Die hast du ja schön dressiert. Ja, ich meinte, wir sind alle hier, außer Trite. Sie wollte nicht mitkommen. Sie hat gesagt, wenn Jack will, dass ich im Hotel warte, dann warte ich auch im Hotel!", äffte Cat Trites Tonfall nach.

„Todos los diablos!" Tony war inzwischen auch aufgestanden und kam zu ihnen. „Kann mir mal jemand erklären, warum wir die einzigen sind, die wieder hier gelandet sind? Sind wir die letzten Gerechten oder was soll das bedeuten?"

Otto klopfte sich den Staub von den Kleidern und verschränkte die Arme hinter dem Rücken. „Ja, Tony, in der Tat, das ist die einzige Erklärung. Alle Anwesenden, bis auf die, die jetzt hier sind, und deine Mutter, Jack, waren Anhänger der Hekate und ihrer Schwarzen Magie. Die Feder des Erzengels Michael hat das Ritual nicht nur abgebrochen, sondern ins Gegenteil verkehrt: Die Bösen wurden in die Unterwelt hinabgezogen, die Guten wieder in die Welt entsandt – unsere Zeit ist noch nicht gekommen!", Otto sah die anderen an, als wäre er in seinem Hörsaal in Berlin. „Noch Fragen?"

„So einfach?", fragte Tony perplex.

„Die Dinge, die uns am kompliziertesten erscheinen, sind oft ganz einfach, wenn man sie nur entschlüsseln kann. Es ist nur zu schade, dass ich keine wissenschaftlichen Belege für die Wirksamkeit einer Engelsfeder beibringen kann – das gäbe mindestens einen Nobelpreis!"

„So, jetzt sehen wir erst einmal zu, dass wir hier rauskommen", sagte Jack und trat über die Schwelle in den dunklen Gang. Der kleine Labrador wich nicht von seinen Fersen.

„Oh, ist das der zweite Welpe? Wie schön, dass wenigstens einer gerettet werden konnte!", sagte Cat und nahm den kleinen Hund auf den Arm.

„Du kannst ihn Isaac nennen – dieser biblische Knabe ist auch nur knapp dem Opfertod entgangen", meinte Otto zu Jack.

„Wie kommt ihr darauf, dass ich ihn behalten werde?"

Die anderen lachten. Cat hatte den Welpen nämlich wieder auf den Boden gesetzt und er war sofort zurück zu Jack gelaufen.

„Du hast keine Wahl, Muchacho: Anscheinend will er *dich* behalten!", meinte Tony.

Meredith Foster klopfte heftig an Trites Zimmertür. Es war ihr egal, dass es mitten in der Nacht war und sich jemand gestört fühlen könnte. Endlich öffnete Trite.

„Mrs. Foster! Was ist passiert? Wo sind die anderen? Was haben Sie denn da an – sind Sie tatsächlich mit zu der Veranstaltung gegangen?"

Mrs. Foster schob Trite energisch zur Seite und stürmte ins Zimmer. Dann erzählte sie aufgeregt, was im *Caesars Palace* passiert war. Trite hörte schweigend und mit großen Augen zu.

„Vielleicht können wir ihnen noch helfen – darum müssen wir sofort zurückgehen! Ich allein konnte nichts ausrichten!" Mrs. Foster hatte lange ihre Fassung bewahrt, jetzt kämpfte sie aber mit den Tränen.

Auch in Trites Augen schimmerte es feucht. Sie setzte sich neben Meredith Foster und legte den Arm um ihre Schultern.

„Mrs. Foster, ich befürchte, wir werden zu spät kommen. Aber natürlich gehe ich mit Ihnen zurück. Ich ziehe mir nur schnell etwas über."

Während sie zum Schrank ging, klopfte es wieder an Trites Tür. Die beiden Frauen warfen sich einen schnellen Blick zu. Beide dachten dasselbe: Wer konnte das um diese Uhrzeit sein?

Als Trite die Tür vorsichtig öffnete, traute sie ihren Augen kaum. Mit ihren schwarzen Umhängen, rußgeschwärzten Gesichtern und zerzausten Haaren sahen die fünf aus, als kämen sie gerade von einer Schornsteinfeger-Party.

Trite stürzte sofort auf Jack zu und küsste ihn. Cat drängelte sich an den beiden vorbei ins Zimmer und meinte: „Ja, Trite, wir freuen uns auch, dich zu sehen!"

Jack befreite sich sanft von Trite.

„Ich habe dir etwas mitgebracht", sagte er und schlug lächelnd seinen Umhang zurück. Darunter hatte er auf seinem Arm den kleinen Labrador versteckt gehalten.

Trite bemühte sich um ein strahlendes Lächeln, was ihr aber nicht ganz gelang, und trat einen Schritt zurück..

„Wie niedlich", meinte sie ohne Begeisterung, „aber ich habe eine Hundehaarallergie. Ich wäre dir dankbar, wenn du das Tier in dein Zimmer bringen würdest."

„Ähm, ja, sicher – tut mir leid", stotterte Jack enttäuscht und verließ das Zimmer. Cat beobachtete das mit einer gewissen Genugtuung. Dann begann sie zu erzählen.

Jack setzte den Hund in seinem Badezimmer ab. Als sein Blick sein Spiegelbild streifte, bekam er das dringende Bedürfnis, sein Gesicht zu waschen. Heftiges Klopfen unterbrach diese Tätigkeit.

„Komm sofort rüber, du glaubst nicht, was sie gerade in den Nachrichten bringen!", rief Tony und machte schon auf dem Absatz kehrt.

In Trites Zimmer starrten alle gebannt auf den Fernseher, wo eine Schlagzeile durchlief: *RIESIGER TSUNAMI NUR WENIGE SEEMEILEN VOR MANHATTAN REGISTRIERT – ENTWARNUNG FOLGTE NUR EINIGE MINUTEN SPÄTER – KEINE AUSWIRKUNGEN ERWARTET.* Die Nachrichtensprecher unterhielten sich mit Experten, die genau schilderten, welche schrecklichen Dinge passiert wären, wenn der Tsunami tatsächlich auf die flache Küste von Manhattan getroffen wäre. Keiner hatte jedoch eine Erklärung dafür, wo der Tsunami so plötzlich herkam oder warum er genauso schnell wieder verschwunden war.

Otto rückte seine Brille zurecht, die alle Abenteuer bisher ohne Schaden überstanden hatte, und sah die anderen bedeutungsvoll an. „Wisst ihr, was das bedeutet? Wir haben es geschafft! Wir haben Cedrics Plan vereitelt und die Tritonen geschlagen! Das ist der endgültige Beweis!"

Archie räusperte sich und stand auf. „Otto hat Recht. Cedric ist vernichtet, die Tritonen sind ohne Führer. Und dir, meine liebe Nichte Trite, steht jetzt nichts mehr im Weg, um offiziell das Amt der Ersten Nereide zu übernehmen. Die Tritonen müssen sich dir unterordnen."

„Was ist denn eigentlich mit der Hekate-Priesterin? Wir wissen ja nicht, was aus ihr geworden ist. Stellt sie keine Gefahr mehr dar?", wollte Tony wissen.

Archie schüttelte den Kopf. „Ich denke, sie ist auch in das Loch hineingezogen worden. Selbst wenn das nicht der Fall sein sollte, ohne einen starken Tritonen-Verbündeten kann sie uns nichts anhaben."

„Und falls sie auftaucht, erkennen wir sie – Jack und ich haben sie im Casino gesehen, als sie Cedric die Hunde gezeigt hat!", ergänzte Cat.

*

Drei Tage später waren alle zurück in Miami und machten sich von dort aus mit einem U-Boot, das Archie samt Mannschaft besorgt hatte, nach Equitanien auf.

„Musstest du unbedingt den Hund mitnehmen? Ein Tier in einem U-Boot!" Missbilligend sah Mrs. Foster auf den kleinen Labrador herunter und versuchte ihre Füße, die in teuren Designerschuhen steckten, vor dem neugierigen kleinen Kerl in Sicherheit zu bringen.

Jack seufzte und zog Isaac – der Name war tatsächlich an ihm hängengeblieben, auch wenn Jack meist die Kurzform Zack gebrauchte – an der Leine zu sich.

„Ich konnte ihn ja wohl schlecht allein zu Hause lassen, Mutter! Da Trite gestern schon vorgefahren ist, stört er doch nun wirklich nicht!"

„Wir sind ja auch gleich da!", versuchte Archie zu beschwichtigen.

Als das U-Boot an dem Steg in dem großen Hangar in Equitanien auftauchte, wurde es von einer großen Menschenmenge begrüßt.

In der vordersten Reihe stand Trite. Sie trug ein langes Gewand im antiken Stil und sah mit ihren hochgesteckten Haaren wie eine fleischgewordene Venusstatue aus. An ihrer Seite stand ein halbwüchsiges Mädchen, das wie eine kleine Kopie von Trite aussah.

„Rebecca!" Jack war erfreut und erstaunt zugleich. Es schien ewig her zu sein, seit das Mädchen in sein Büro kam, um ihm den Auftrag für eine Schatzsuche zu erteilen. Obwohl kaum zwei Monate seit damals vergangen waren, kam sie ihm nun sehr viel erwachsener vor. An ihrem Hals waren jetzt, genau wie bei Trite, die angeborenen Kiemen zu sehen. Sie hatten sich geöffnet, als sie damals auf dem Pferd von der Sandbank getaucht war.

„Hallo, Jack!", sagte Rebecca und lächelte etwas verlegen.

Trite legte Rebecca, die schon auf Jack zulaufen wollte, eine Hand auf die Schulter und hielt sie zurück. Dann wandte sie sich an Jack.

„Ich bin es zwar noch nicht offiziell, aber laut Protokoll sollte immer zuerst die Erste Nereide begrüßt werden – ich sage das nur, damit du es beim nächsten Mal richtig machst, Jack!", sagte Trite und lächelte Jack huldvoll an. Dem blieb die Begrüßung im Hals stecken.

Trite breitete die Arme aus und strahlte die ganze Gruppe an. „Willkommen in Equitanien, willkommen in meinem Reich! Wir bringen euch jetzt zu den Gästeunterkünften, damit ihr euch etwas ausruhen könnt. Morgen ist dann die offizielle Inthronisierung, zu der ihr natürlich als Ehrengäste geladen seid!"

Als sich nun alle auf den Weg machten, raunte Tony Jack zu: „Inthronisierung also, ja? Hieß das nicht noch vor kurzem einfach Amtseinführung? Das Ganze scheint der guten Trite etwas zu Kopf zu steigen!"

Jack antwortete nicht, sondern hielt nach dem Pferch Ausschau, in dem damals die Seepferde untergebracht waren. Er war leer.

„Ist das dein Hund?", Rebeccas Frage riss Jack aus seinen Gedanken. Jack blieb stehen, um die anderen an sich vorbeilaufen zu lassen. Das war eine gute Gelegenheit, etwas über die aktuellen Verhältnisse hier vor Ort zu erfahren.

„Ja, sein Name ist Isaac, ich nenne ihn aber Zack. Du kannst ihn ruhig streicheln, er ist ganz lieb."

„Nein, ich darf ihn nicht anfassen! Das tun Nereiden nicht – Hunde sind unrein!"

„Ach Quatsch! Du kannst dir doch nachher die Hände waschen!" Rebecca schüttelte aber nur den Kopf und verschränkte die Arme vor der Brust. Jack wunderte sich, hielt es aber für besser, jetzt nicht weiter nachzuhaken. Stattdessen kam er auf ein anderes Thema.

„Sag mal, wo sind denn die Seepferde geblieben? Als ich das erste Mal hier war, waren sie dort hinten in dem Pferch. Weißt du, meine Mutter und Cat glauben mir nicht, dass du und ich schon auf ihnen geritten sind – ich würde ihnen zu gern beweisen, dass es sie wirklich gibt!"

Rebecca sah sich vorsichtig um. Es konnte sie aber niemand hören, alle anderen waren schon ein gutes Stück voraus gegangen. Trotzdem senkte sie ihre Stimme, als sie Jack antwortete.

„Nur die Nereiden und Tritonen dürfen die Seepferde sehen oder gar reiten. Sie sind ein ganz streng bewachtes Geheimnis. Besser, du sagst niemanden, dass du schon mal auf einem geritten bist, das könnte sonst großen Ärger geben."

Jack nickte ernsthaft. „OK, ich verspreche es. Wer hat dir denn das alles über die Nereiden erzählt?"

„Trite. Immer, wenn sie hier in Equitanien war, hat sie so viel Zeit wie möglich mit mir verbracht. Ich habe sehr viel von ihr gelernt. Wir sind auch oft zusammen ausgeritten, das hat mir immer besonders gut gefallen!"

„Auf den Seepferden?"

„Ja sicher. Das muss ich schließlich können, wenn ich einmal Erste Nereide werde!"

„Und das mit den Hunden? Hat dir das auch Trite erzählt?"

„Ja, aber darüber soll ich eigentlich nicht sprechen. Das sind Dinge, die noch nicht einmal alle Nereiden wissen. Trite sagt, die Oberschicht muss gewisse Sachen einfach für sich behalten."

„So, sagt sie das."

„Aber du bist ja ein Freund. Da ist das sicher nicht so schlimm – trotzdem: Du musst ihr ja vielleicht nicht sagen, dass ich mich verplappert habe, oder?"

„Das bleibt unter uns, versprochen!"

Die beiden hatten gar nicht gemerkt, dass sie während ihres Gesprächs schon die Gästevilla erreicht hatten, wo alle untergebracht werden sollten.

Wie aus dem Boden gewachsen stand Trite vor ihnen.

„Na, ihr zwei? Was trödelt ihr denn so?", fragte sie mit warmem Lächeln. „Gehst du schon mal vor, Rebecca? Ich muss noch etwas mit Jack besprechen."

Rebecca nickte, warf Jack noch einen verschwörerischen Blick zu, den er mit einem Augenzwinkern beantwortete, und machte sich dann auf den Weg.

„Wir haben uns lang nicht gesehen und genau genommen ist Rebecca noch mein Boss – den Auftrag, den sie mir damals erteilt hat, habe ich noch nicht erledigt. Da hat man so einiges zu besprechen."

„Die Schatzsuche? Ach, Jack vergiss doch diesen Kinderkram! Dafür hat Rebecca jetzt auch wirklich keine Zeit mehr. Sie muss sich auf ihre Rolle als meine Nachfolgerin vorbereiten. Damit kann man gar nicht früh genug anfangen."

Sie griff nach Jacks Hand.

„Komm, ich zeige dir, wie ich jetzt lebe. Die anderen sind alle gut untergebracht und erst einmal damit beschäftigt, die Annehmlichkeiten der Gästevilla auszuprobieren – da haben wir ein bisschen Zeit für uns."

„Aha. Lässt das Protokoll das denn zu?"

Trite sah ihn erstaunt an, dann lachte sie hell auf. „Du bist immer noch sauer, weil ich das mit dem Begrüßungsprotokoll gesagt habe? Jack, in meiner Position kann ich nicht immer nach meinem Gefühl entscheiden. Das musst du doch verstehen!"

Sie sah ihn mit einem schelmischen Blick an, hauchte ihm dann einen Kuss auf die Wange und zog ihn an der Hand. „Es tut mir leid, ich wollte dich nicht verletzen. Komm, ich mache es wieder gut, das verspreche ich!"

Scheinbar widerstrebend gab Jack schließlich nach und ließ sich mitziehen. Beide merkten nicht, dass ihnen von der Gästevilla Blicke folgten. Cat stand in der Tür des Atrium-Hauses und beobachtete mit gerunzelter Stirn und vor der Brust verschränkten Armen, wie Trite und Jack Hand in Hand zum Palast hinüber gingen.

Die Menschen auf der Agora sahen sie neugierig an und grüßten die Erste Nereide ehrerbietig. Trite erwiderte die Grüße und winkte freundlich zu allen Seiten. Jack fühlte sich nicht so wohl im Mittelpunkt des öffentlichen Interesses und wünschte sich, das Trite endlich seine Hand losließ. Er war sich über seine Gefühle noch immer nicht im Klaren und wollte nicht, dass das Volk einen falschen Eindruck von der Situation bekam. So war er froh, als sie endlich die Präfektur erreichten. Der Präfekt, ein Triton, der loyal zum Imperator stand, hatte Equitanien bei Nacht und Nebel verlassen, und Trite hatte die schönen Räume nun in Besitz genommen.

In der großen Eingangshalle ließ sie sich auf eine Sitzbank fallen.

„Ahh! Endlich zu Hause! Ich lass uns eine Erfrischung bringen und du kannst den Hund einem Diener geben, der wird sich um ihn kümmern. Dann zeige ich dir meine Privatgemächer. Den Palast des Imperators lasse ich umbauen – bis er fertig ist, wohne ich hier."

Es kam auch tatsächlich sofort ein Diener – genauso lautlos wie bei seinem ersten Besuch in der Präfektur, bemerkte Jack – der Trite etwas ins Ohr flüsterte. Sie verzog das Gesicht, dann nickte sie. Mit dem Ausdruck des Bedauerns wandte sie sich dann an Jack.

„Es tut mir schrecklich leid, aber wir müssen die Privatführung verschieben. Ich muss mich um eine dringende Angelegenheit kümmern. Du weißt, morgen ist der große Tag, da muss alles perfekt laufen. Du findest ja allein zurück, nicht wahr? Nicht böse sein, wir sehen uns morgen! Schlaf gut!" Trite küsste Jack auf die Wange und eilte dann mit dem Diener davon.

*

„Sag mal, wo treibst du dich denn herum? Wir suchen dich schon eine halbe Ewigkeit!", fuhr Tony Jack ungehalten an, als er in die Gästevilla zurückkam. Alle waren im Atrium versammelt.

Jack war noch ganz in seinen eigenen Gedanken über Trite, Cat und wie er mit der ganzen Situation umgehen sollte. Er zog die Augenbrauen hoch. „Ich war mit Zack am Strand. Was ist denn los?"

Meredith Foster rief mit tränenerstickter Stimme: „Wenn ich dich mal brauche, bist du natürlich nicht da!"

„Was ist denn passiert, Mom?", hakte Jack ungeduldig nach.

Cat hatte einen Arm um Mrs. Fosters Schultern gelegt und sah Jack nun kühl an.

„Wir haben die Nachricht bekommen, das Archie in der Nähe der Präfektur bewusstlos aufgefunden wurde. Die Ärzte kümmern sich um ihn, aber sonst darf keiner zu ihm. Eigentlich müsstest du das mitbekommen haben, denn es ist zur gleichen Zeit passiert, als du in der Präfektur warst – aber, du warst wahrscheinlich mit anderen Dingen beschäftigt!"

„Archie … was … Moment mal! Was soll das heißen, ich war mit anderen Dingen beschäftigt?"

„Ich habe euch gesehen! Wie romantisch – Hand in Hand in die Präfektur! Da wollte Trite dich wohl ganz besonders für deinen Einsatz belohnen, was?"

„Das war … das war gar nichts! Trite wollte mir nur zeigen, wie sie jetzt lebt, weiter nichts! Selbst dazu kam es nicht, weil sie sich sofort wieder um irgendwelche wichtigen Dinge kümmern musste. Danach bin ich mit dem Hund zum Strand gegangen. Ende. Nichts ist passiert! Gar nichts!"

Jack erwähnte natürlich nicht, dass er schon gewisse Vorstellungen davon gehabt hatte, *was* Trite ihm in ihren Privatgemächern zeigen wollte. Er ärgerte sich über sich selbst, dass er deswegen nun ein schlechtes Gewissen hatte und sich wieder mal von Cat ertappt fühlte.

„Ach richtig – romantische Erlebnisse fallen dir ja erst nach einigen Wochen wieder ein. Was soll das sein? Eine besondere Form der Amnesie? Weißt du, ich bin richtig froh, dass damals nichts aus uns geworden ist, Jack. Das wäre mir auf die Dauer zu ermüdend!" Cats Augen sprühten Funken.

Jack fiel keine Entgegnung ein. Was hätte er auch sagen sollen? Die Situation war einfach verfahren.

„Ich gehe nochmal zur Präfektur und versuche, etwas zu erfahren. Hier, pass bitte so lange auf Zack auf", sagte er schließlich und drückte Tony die Leine in die Hand.

„Kann ich mitkommen?", fragte Otto.

Jack nickte kurz, dann machten sich die beiden auf den Weg.

Otto war begeistert von der Agora.

„Das ist ja fantastisch hier! Es stimmt alles bis ins kleinste Detail! Man hat ja geradezu das Gefühl, dass Atlantis hier in Florida wieder aufgetaucht ist! Ich wünschte, ich könnte das alles erforschen und publizieren!"

„Hm", brummte Jack nur. Ihm gingen andere Dinge durch den Kopf.

„Jaja, ich weiß – natürlich muss das alles geheim bleiben! Aber schade ist es doch…"

In der Präfektur erfuhren sie nichts Neues. Trite war nicht zu sprechen und zu Archie wurden sie nicht vorgelassen. Sie mussten sich schließlich mit der Versicherung, dass Archie außer Lebensgefahr war, zufriedengeben.

Mit Beginn der Inthronisierungsfeierlichkeiten steigerte sich Ottos Begeisterung noch. Er konnte sein Glück gar nicht fassen, bei einem Ereignis, das er nur von Darstellungen auf antiken Vasen kannte, als Beteiligter mitzuwirken – und das stilecht, denn allen Gästen waren antike Gewänder zur Verfügung gestellt worden.

Bei allen anderen war die Stimmung eher gedämpft: Mrs. Foster sorgte sich um Archie, Cat machte Jacks Verhalten Trite gegenüber mehr zu schaffen, als sie sich eingestehen wollte, Jack haderte mit sich selbst, und auch Tony war ziemlich nachdenklich.

Jack fand ihn im Atrium, wo sich alle treffen wollten, um gemeinsam zum Ort der Feierlichkeiten zu gehen.

„Salve! Du siehst ja wie ein echter Römer aus!", begrüßte er seinen Freund, der einen Fuß auf den Rand des Wasserbeckens gestellt hatte und auf die Fische starrte.

Tony sah auf und grinste. „Selber!"

Doch Jack entging Tonys Stimmungslage nicht.

„Was ist los?"

„Muchacho, ich weiß nicht. Ich habe so ein komisches Gefühl."

„Wegen dieses antiken Brimboriums? Keine Sorge, ich bin sicher, es wird sich nicht wieder der Hades auftun, um uns zu verschlingen. Heute gibt es nur symbolische Handlungen, so was wie die Amtseinführung des Präsidenten. Otto sieht das auch so. Und du weißt ja, er ist Experte für Begegnungen mit dem Übernatürlichen!"

„Nein, das meine ich nicht. Als ich dich gestern gesucht habe, bin ich auch über die Agora gelaufen. Ist dir eigentlich nichts aufgefallen, als du gestern daher gegangen bist?"

„Äh, nein. Was meinst du?" Jack dachte etwas schuldbewusst daran, dass seine Gedanken an dieser Stelle nur um Trite gekreist waren.

„Siehst du, genau das ist es ja! Es gab nichts Auffälliges! Absolut nichts!"

„Ja und? Worauf willst du hinaus?"

„Jack, hier hat doch gerade so etwas wie ein Regierungssturz stattgefunden! Da müsste das Volk doch aufgewühlt sein – man müsste doch eine gewisse Euphorie oder Unsicherheit spüren – irgendwas! Aber, es ist alles noch genau so, wie damals, als wir hier waren. Ich habe sogar einige Leute bei der Wache wiedererkannt. Gut, der Präfekt ist weg – das ist aber auch die einzige Veränderung!"

„Hm. Da ist was dran. Wir – Mutter! Du siehst toll aus!"

Mrs. Foster kam ins Atrium und lächelte etwas unsicher. Jack ging ihr entgegen und küsste sie auf die Wange.

„Schade, dass Archie dich nicht so sieht! Er wäre bestimmt begeistert." Als Jack sah, dass seine Mutter schluckte, drückte er ihre Hand und fügte hinzu: „Mach dir keine Sorgen, er wird schon wieder. Schließlich ist er in den besten Händen."

„Na, wie sehe ich aus?" Mit ausgebreiteten Armen trat Otto ins Atrium.

„Mindestens wie ein Senator!", antwortete Jack. „Dass du dich überhaupt vom Spiegel trennen konntest…", fügte er grinsend hinzu.

„Ich wünschte, wir hätten einen Fotoapparat dabei – das würde ich gern meinen Freunden in Berlin zeigen!" Otto drehte sich um, als er Schritte hinter sich hörte – und war einen Augenblick sprachlos. Dann rief er: „Also, das ist mehr als ein Foto, das ist ein Gemälde wert! Freunde, hier tritt Diana, die Göttin der Jagd, in unsere Mitte!"

Jack fand, dass Otto absolut Recht hatte. Cat sah atemberaubend aus. Sie trug ein kurzes, dunkelgrünes Gewand, das mit goldenen Bändern verziert war und die rechte Schulter frei ließ, was ihre sportliche Figur gut zur Geltung brachte. Schnüre vergoldeter Sandalen umschlossen ihre Waden. Auf ihren kurzen dunklen Haaren saß ein schmales goldenes Diadem. Cat lächelte verlegen und strich sich eine Haarsträhne aus der Stirn.

„Dios mio! Bonita Caterina - du siehst grandios aus!", rief Tony begeistert.

Mrs. Foster schenkte der jungen Frau ein warmes Lächeln. „Wirklich, liebe Cat, das Gewand ist ganz bezaubernd!"

„Danke, das ist sehr nett von euch." Cats Blick suchte etwas unsicher Jack, der immer noch stumm dastand. Er merkte, dass alle darauf warteten, dass er auch etwas sagte, hatte aber Angst, bei Cat wieder in ein Fettnäpfchen zu treten.

„Ja, äh, also – das steht dir wirklich gut, das Grün, Cat, ist ja fast wie bei deiner Ranger-Uniform." Sofort hätte Jack sich auf die Zunge beißen können. Was redete er denn da für einen Blödsinn? An Cats versteinerter Miene erkannte er, dass sie das auch so sah.

„Dann können wir ja jetzt los", meinte er ablenkend und versuchte, den missbilligenden Blick seiner Mutter zu ignorieren.

Als alle losgingen, raunte Jack Tony zu: „Kein Wort von deinen Bedenken zu den anderen – aber lass uns die Augen offenhalten!"

*

Die Zeremonie fand am Strand statt. Etwa 300 m von der Wasserlinie entfernt war eine kleine Empore erbaut worden, auf der sich ein goldener Thron befand, dessen Rückenlehne wie eine riesige Venusmuschel aussah. Zwei kleinere Versionen des Throns befanden sich rechts und links davon. Prätorianer mit aufgepflanzten Lanzen bildeten ein Spalier vom Thron bis zum Wasser. Auf beiden Seiten dahinter hatte sich das Volk von Equitanien versammelt.

„Zum Glück hatte Archie mir bereits genau geschildert, wie die Zeremonie abläuft. Ich kann euch also erklären, was passiert", sagte Otto zu den anderen. Sie standen alle direkt hinter der Prätorianerlinie, in der Nähe der Empore.

Da fing das Volk an zu jubeln und zu klatschen – Trite erschien.

Vor ihr schritten zwei Frauen mit Weihrauchgefäßen, hinter ihr ging Rebecca. Dahinter folgte eine Doppelreihe von 12 jungen Männern in schlichten Tuniken, die die kleinen Harpunen trugen, deren Wirkung Jack noch in unangenehmer Erinnerung hatte. Außerdem hatten sie

Muschelhörner umgehängt, das Zeichen der Tritonen. Sie gesellten sich zu den Prätorianern.

„Das sind Abgesandte der Tritonen, die Trite die Treue schwören werden, sobald sie offiziell die Erste Nereide ist", erklärte Otto.

Trite stieg die drei Stufen zu der Thronempore hinauf und stellte sich vor den großen mittleren Thron. Rebecca folgte ihr und blieb rechts von ihr stehen.

„Für wen ist denn der linke Thron? Sollte das Archies Platz sein?", fragte Jack leise.

Otto schüttelte den Kopf. „Nein. Archie sollte Trite nur den Dreizack als Herrschaftszeichen überreichen. Von einem dritten Thron hat er nie gesprochen. Allerdings, wenn ich mir antike Herrscherinszenierungen vorstelle, müsste der dritte Thron…" Otto brach abrupt ab und sah Jack nachdenklich an.

„Was?"

„Nichts. Ich weiß nicht. Warten wir einfach ab, was passiert."

Da hob Trite die Hand und der Jubel erlosch langsam.

„Volk von Equitanien! Tritonen und Nereiden! Heute ist ein Freudentag – die Völker des Meeres werden friedlich vereint unter der gerechten Führung einer Nereide. Cedric, der sich mit brutaler Gewalt und hinterlistiger Tücke die Macht erschlichen hatte, wurde vernichtet.

Ich mache hiermit mein Geburtsrecht geltend und beanspruche als rechtmäßige Nachfahrin der letzten Ersten Nereide ihren verwaisten Thron. Ich verspreche, dass ich das Erbe der Meeresvölker achten und schützen werde. Ich verspreche, dass ich das Geheimnis der herrlichen Rosse Poseidons bewahren und nur zum Schutz und Nutzen aller Bewohner dieses Planeten einsetzen werde. Wie es der Brauch verlangt, werde ich nun den Beweis für die Rechtmäßigkeit meines Geburtsrechts antreten."

„Was heißt das?", fragte Tony Otto leise.

„Jetzt muss sie irgendwie demonstrieren, dass sie mit den Seepferden umgehen kann. Mehr hat Archie dazu nicht gesagt. Danach sollte sie von ihm den Dreizack erhalten. Ich bin mal gespannt, wie sie das protokollarisch gelöst hat."

Trite schritt nun durch das Doppelspalier aus Tritonen und Prätorianern zur Wasserlinie. Zwei Tritonen nahmen sie in die Mitte und griffen zu ihren Muschelhörnern. Der durchdringende Ton schallte über das Wasser.

Aus dem Volk war aufgeregtes Gemurmel zu hören, als die Oberfläche des Meeres an einer Stelle zu brodeln begann. Dann tauchten gleichzeitig die Köpfe von vier schneeweißen Seepferden aus dem Wasser auf. Die beiden äußeren Tiere wurden von jeweils einer Nereide am goldbeschlagenen Zaumzeug geführt. Als sie näherkamen, konnte man erkennen, dass die Pferde vor eine Quadriga gespannt waren.

„Die Prunk-Quadriga des Poseidon!", murmelte Otto begeistert.

Tatsächlich besaß der Wagen, den die Seepferde zogen, keine Räder. Es handelte sich um eine riesige Muschel, die genauso aussah, wie auf den zahlreichen antiken Darstellungen, die den Meeresgott Poseidon in seiner Quadriga zeigten.

Die Seepferde hatten schließlich das seichte Wasser erreicht. Sie wurden nur selten angeschirrt und gebärdeten sich nun entsprechend wild. Sie schlugen mit ihren silbern glänzenden Schwanzflossen und stampften mit den Vorderhufen, dass das Wasser nur so spritzte. Die beiden jungen Frauen, die sie halten mussten, hatten alle Hände voll zu tun.

Trite schien davon nicht beeindruckt zu sein. Ohne auf ihr langes Gewand zu achten, watete sie durch das Wasser und stieg in den Muschelwagen. Sie nahm die Zügel in die eine Hand und ergriff mit der anderen eine lange Peitsche. Dann nickte sie den beiden Nereiden zu, die daraufhin die Tiere losließen. Trite holte mit der Peitsche aus und ließ sie in der Luft, über den Köpfen der Seepferde, knallen. Die Tiere bäumten sich auf, Trite riss die Zügel herum, die Quadriga machte eine Kehrtwende und verschwand kurz danach im Meer.

Mit angehaltenem Atem hatten alle dem Schauspiel zugesehen.

„Und jetzt?", fragte Cat schließlich, als die Zeit verstrich, ohne dass etwas passierte.

Da brodelte das Wasser ein weiteres Mal und die Quadriga tauchte wieder auf. Mit einem strahlenden Siegerlächeln stand Trite in der Muschel, statt der Peitsche hielt sie nun einen goldenen Dreizack in der Hand. Dieser war scheinbar unter Wasser für sie bereitgehalten worden. Sie lenkte die Seepferde zurück an den Strand, wo sie gewaltiger Jubel empfing. Die Tritonen bliesen nun alle ihre Muschelhörner.

„Santa Maria! Sinn für Inszenierungen hat sie ja, unsere Trite!", meinte Tony anerkennend.

Zwei Tritonen begleiteten Trite zurück vor die Thron-Empore. Sie stieg die Stufen hinauf und drehte sich um. Dann hielt sie den Dreizack hoch. Der Jubel brandete wieder auf.

„Volk von Equitanien! Nereiden und Tritonen! Ich habe mein Geburtsrecht belegt und das Herrschaftszeichen Poseidons erhalten. Damit gehört der Thron der Ersten Nereide mir."

Trite nahm auf dem Thron Platz, dann fuhr sie fort: „Da eine lange friedvolle Zeit ohne Thronfolgestreit im Interesse der großen Aufgaben, die vor uns liegen, notwendig und geboten erscheint, präsentiere ich euch hier Rebecca, das Kind meiner Schwester. Sie wird die Stelle der Thronfolgerin einnehmen, solange ich keine eigenen Nachkommen habe."

Erneuter Applaus bestätigte, dass diese Entscheidung allgemein akzeptiert wurde. Rebecca nahm auf dem rechten Thron Platz.

Trite hob die Hand, um sich wieder Gehör zu verschaffen. Als der Lärm nachließ, fuhr sie fort:

„Eine weitere Entscheidung habe ich getroffen: Ich habe mir einen Gefährten erwählt, der mich als mein Gatte bei diesem schweren Amt unterstützen wird. Seinen Mut und seine Loyalität hat er bereits mehrfach unter Beweis gestellt. Er hat mir gegen Cedric beigestanden und mir geholfen, mein Geburtsrecht durchzusetzen – Jack, komm bitte zu mir!"

„Was?!" Jack glaubte, sich verhört zu haben. Er hatte genau wie alle anderen gespannt zugehört, aber nicht im Traum daran gedacht, dass er gemeint sein könnte.

Cat biss sich auf die Lippen und wusste nicht, wo sie hinsehen sollte, während Otto murmelte: „Das war's, was mir eben durch den Kopf ging: Das dort oben ist die typische Präsentation einer antiken Herrscherfamilie!"

Mrs. Foster tippte Otto an: „Herr von Greifentann, habe ich das gerade richtig verstanden – bedeutet das, dass Jack jetzt so eine Art Prinzgemahl wird?"

„Ja, Mrs. Foster, ich denke, so in etwa könnte man das bezeichnen."

„Aha." Ihre Miene hellte sich auf. Das war ja fast noch besser als Rechtsanwalt. Dieses Mädchen war zwar nur so eine Art Fischprinzessin, so richtig hatte sie das nie verstanden, aber egal – wenn das ihre Freundinnen im Country-Club erfuhren!

Tony schlug Jack herzhaft auf den Rücken und meinte: „Glückwunsch, Compadre! Aber du hättest ruhig vorher mal was sagen können!"

Jack löste sich aus seiner Starre und wandte sich an Otto. „Das kann sie doch wohl nicht ernst meinen!"

„Ich fürchte doch. Wie ich dir in New York schon sagte: Eine Erste Nereide ist kein Mädchen für eine Nacht!"

Jack stöhnte. „Und jetzt?"

„Geh erst einmal zu ihr und versuch mit ihr zu reden. Sonst zerfleischt dich das Volk gleich hier!"

Jack straffte die Schultern, holte tief Luft und bahnte sich einen Weg durch die Prätorianer und Tritonen. Kräftiger Applaus begleitete ihn, als er durch das Spalier ging und schließlich die Stufen zur Thronempore hinaufstieg, wo ihn eine strahlende Trite empfing.

„Trite, ich …", begann Jack, bemerkte aber sofort, dass in der Empore Mikrophone eingebaut sein mussten, denn seine leisen gesprochenen Worte hallten über der Menge wider. Also keine Chance, die Angelegenheit ohne öffentliche Anteilnahme zu besprechen, dachte er.

Er räusperte sich und setzte noch mal an: „Trite, ich fühle mich geschmeichelt und geehrt – sehr geehrt – dass deine Wahl auf mich gefallen ist. Aber – ich kann das nicht annehmen. Du hast etwas Besseres verdient als mich. Etwas viel Besseres."

Atemlose Stille lag über dem Platz. Beunruhigt sah Jack, wie sich Trites Augen verengten.

Unten tippte Mrs. Foster wieder Otto an. „Jack hat doch nicht etwa gerade abgelehnt?!"

Otto nickte langsam. „Doch. Und der Himmel weiß, was jetzt passiert."

Trite verschränkte die Arme vor der Brust und sah Jack kalt an.

„Deine Bescheidenheit und Zurückhaltung ehren dich, Jack. Aber dies ist der falsche Moment dafür. In einer leidenschaftlichen Nacht in Frankreich hast du mir ganz andere Worte ins Ohr geflüstert. Ich habe dir geglaubt. Sollte ich mich so in dir getäuscht haben?"

„Was?! Jack und Trite …?"

„Ähm, Mrs. Foster, das fragen Sie Ihren Sohn am besten selbst."

Im Volk kam Unruhe auf. Jack war klar, dass Trite durch ihre geschickten Manöver versuchte, den Druck auf ihn zu erhöhen. Wenn das Volk glaubte, er habe die neue Anführerin böswillig getäuscht, konnte das ziemlich gefährlich werden. Er sah, dass einige Tritonen schon zu ihren Harpunen griffen.

„Also, wie lautet deine Antwort, Jack?", hakte Trite nach.

Jack sah ihr fest in die Augen und schüttelte dann langsam den Kopf. Trite legte den Dreizack zur Seite und gab dem am nächsten stehenden Triton ein Zeichen, der ihr daraufhin seine Harpune hochwarf. Sie fing die Waffe geschickt auf und legte auf Jack an.

„Ich lasse mich nicht so demütigen. Dafür wirst du bezahlen!"

Jack hob abwehrend die Hände.

„Nicht schon wieder die Harpune! Das Zeug macht furchtbare Kopfschmerzen!"

„Diese Waffe ist nicht mit Betäubungsmitteln geladen. Wenn ich dich damit treffe, wirst du nie wieder Kopfschmerzen haben!"

Die Unruhe unten wurde größer. Außerdem schienen immer mehr Menschen dazu zu kommen.

„Wir müssen Jack helfen!", rief Tony Otto zu und ballte die Fäuste. Da sahen sie sich plötzlich einer Gruppe von Prätorianer gegenüber, die ihre Schwerter gezogen hatten. Otto, Tony und Mrs. Foster waren eingekesselt. Nur Cat war spurlos verschwunden.

*

Jack überlegte fieberhaft, wie er Trite dazu bewegen könnte, die Harpune herunterzunehmen. Da bemerkten beide, wie sich die Aufmerksamkeit des Volkes teilte. Irgendetwas schien im Wasser vor sich zu gehen.

„Was ist da los?", schrie Trite, ohne den Blick von Jack zu nehmen oder die Harpune zu senken.

„Dein Spiel ist aus, Verräterin!" Archies sonore Stimme scholl über den Platz: „Gib auf, du bist umzingelt! Meine Leute sind überall, sieh dich nur um! Hunderte von Harpunen sind auf dich gerichtet."

Trite trat schnell hinter Jack und nutzte ihn als Schutzschild, während sie ihm gleichzeitig ihre Harpune ins Kreuz drückte. Beide konnten jetzt sehen, dass im seichten Wasser am Strand Dutzende von Seepferden lagen, deren Reiter anscheinend Archies Leute verstärkt und die versammelte Menge umzingelt hatten.

„Verräterin? Was redest du denn da für einen Unsinn! Ich bin die Erste Nereide! Das weißt du doch am besten! Du hast mir doch geholfen, Cedric zu besiegen!"

Archie stieg auf die erste Stufe zur Thronempore. „Das stimmt. Ich wäre auch nie darauf gekommen, dass du mit Cedric gemeinsame Sache machst und gleichzeitig an unserer Seite gegen ihn intrigierst, wenn ich nicht gestern bei unserer Ankunft die Verletzung an deinem linken Arm gesehen hätte."

„Ja und? Ich habe mich bei einem Ritt unter Wasser an einem Felsen verletzt!"

„Oh nein! Diese Verletzung stammt von einem Hundebiss! Jede andere Verletzung wäre durch die Wundsalbe aus Stutenmilch längst verheilt – nur die Bakterien im Hundespeichel sind immun dagegen. Der Biss wurde der Priesterin der Hekate bei dem Schwarzmondopfer-Ritual von einem Opfertier beigebracht. Ich stand direkt vor ihr und habe es mit eigenen Augen gesehen! Du bist die Hohepriesterin der Hekate! Du hast Cedric dabei geholfen, die schwarzen Mächte der Unterwelt-Göttin zu beschwören, während du gleichzeitig uns dabei unterstützt hast, ihn daran zu hindern – du wolltest einfach abwarten, wer gewinnt. So warst du immer auf der sicheren Seite und hast uns alle benutzt."

Archie sah Jack an, der ihm mit wachsender Empörung zuhörte. Die Frau, die Cedric die Hunde gebracht hatte, war also gar nicht die Priesterin!

„Ja, Jack, auch du bist getäuscht worden", fuhr Archie fort. „Die leidenschaftliche Liebesnacht hat es nie gegeben. Trite hat euch allen an dem besagten Abend KO-Tropfen in den Wein getan. Wir gewinnen ein Betäubungsmittel aus der Stutenmilch, das in einer gewissen Konzentration genau diese Wirkung hat. So konnte sie bequem mit Cedric Kontakt aufnehmen und von unseren Plänen berichten. Dann ist sie einfach in dein

Zimmer gegangen und hat sich zu dir ins Bett gelegt. Und ihr Plan ist aufgegangen – du hast genau das geglaubt, was du glauben solltest!"

Jack warf Trite über die Schulter einen angewiderten Blick zu. Dass sie so ein falsches Spiel getrieben hatte!

„Um sicher zu gehen, bin ich gestern in die Präfektur gegangen und habe deine Privaträume durchsucht, Trite. Da habe ich die KO-Tropfen sowie diverse Hekate-Symbole gefunden. Leider hat mich dann die Wache erwischt. Zum Glück gab es aber genug Verbündete, die mich rechtzeitig befreit haben!"

Die Unruhe im Volk wurde größer, vereinzelte „Fackel!"-Rufe waren zu hören. Trite merkte, dass die Stimmung zu ihren Ungunsten kippte.

„Also gut!", rief sie in die Runde, „wenn ihr die Geschichten eines alten Mannes glaubt und euch lieber von ihm führen lassen wollt, sollt ihr euren Willen haben – ich ziehe mich zurück! Aber ich verlange freies Geleit! Damit hier keiner auf dumme Gedanken kommt, werde ich Jack mitnehmen. Glaubt mir, ich kann mit dieser Waffe umgehen, bevor einer von euch auf mich schießen kann, ist Jack tot! Und jetzt – alle zurück ans Wasser!"

„Trite, das hat doch keinen Sinn! Wo willst du denn hin?"

„Halt die Klappe, Jack, ich weiß, was ich tue!"

Das Volk wich langsam zurück, auch Archie, der Trite nicht aus den Augen ließ.

„Sie wird wohl mit der Quadriga fliehen wollen", meinte Otto leise zu Tony.

„Dann wird Jack ertrinken! Er hat ja nicht das Mittel genommen, das Kiemen wachsen lässt!"

Trite kam nun langsam von der Thronempore herunter, wobei sie aufmerksam zu beiden Seiten schaute und Jack dicht vor sich herlaufen ließ.

Rebecca hatte während der ganzen Zeit wie versteinert auf ihrem Thron gesessen. Sie war ganz starr vor Angst. Da berührte sie plötzlich etwas am Arm. Erschreckt zuckte sie zusammen, dann erkannte sie die Person, die hinter den Muschelthronen hockte.

„Cat! Was…"

„Psst! Rühr dich nicht! Ich will Jack helfen."

Cat hatte sich in dem Getümmel davon gemacht und von hinten an die Thronempore herangeschlichen. Eine Harpune hatte sie auch ergattert. Ohne sich aufzurichten, legte sie über Rebeccas Arm an, holte tief Luft – und schoss!

Ein vielstimmiger Aufschrei erscholl, als Trite zusammensackte und regungslos liegenblieb. Jack nahm sofort ihre Harpune an sich. Dann waren auch schon Tony und Otto zur Stelle, während Archie erst Jacks Mutter beruhigen musste. Von der Thronempore kam Cat angerannt, gefolgt von Rebecca.

„Guter Schuss!", meinte Jack anerkennend zu Cat.

„Ich bin Rangerin, schon vergessen? Wir lernen so etwas!"

„Eine wahre Diana!", sagte Otto bewundernd.

Inzwischen waren auch Archie und Meredith zu ihnen gekommen, und Archie beugte sich zu Trite hinab.

„Wie lange wirkt das Betäubungsmittel?", fragte Cat.

Archie richtete sich auf und sah sie einen Moment lang schweigend an, dann sagte er: „Ich fürchte, Trite hat bei allen Harpunen die Betäubungsmittel austauschen lassen."

Cat wurde blass. „Heißt das … heißt das – ich habe sie erschossen?"

Auch die anderen machten ernste Mienen. Trites Wandlung von einer Verbündeten zur Gegnerin, Jacks Geiselnahme und nun Trites Tod waren Ereignisse, die erst einmal verarbeitet werden mussten.

„Dich trifft keine Schuld, Cat. Sie ist Opfer ihrer eigenen Machenschaften geworden. Wir müssen diese Sache jetzt zu einem guten Ende bringen." Dann hob Archie die Arme.

„Volk von Equitanien! Tritonen! Nereiden! Ihr habt alle miterlebt, wie die Verräterin Amphitrite entlarvt und durch eigene Ränke gerichtet wurde. Doch wir dürfen die Chance zu einer friedlichen Vereinigung von Tritonen und Nereiden nicht verstreichen lassen. Zu Recht hat Amphitrite – in ihrer Eigenschaft als bereits bestätigte Erste Nereide – ihre Nichte Rebecca zur Thronfolgerin erklärt. Lasst dies Bestand haben! Ich bin der Bruder der letzten Ersten Nereide und biete an, Rebecca zur Seite zu stehen, bis sie erwachsen genug ist, das Amt allein auszufüllen. Lasst uns Rebecca den Dreizack überreichen!"

Erst zögernd, dann immer bestimmter, erklang Applaus, der schließlich in Jubel endete.

„Fackel! Fackel!", erschollen die Rufe nach Freiheit unter einer neuen Ersten Nereide immer lauter.

Doch einer der Tritonen trat vor und hob die Hände. Als sich der Lärm gelegt hatte, sagte er: „Der Brauch verlangt den Beweis! Wenn wir Rebecca die Treue schwören sollen, muss sie die Nereiden-Probe ablegen!"

Beifälliges Gemurmel erklang.

„Sie ist zu jung dafür! Sie hat ja gerade erst die Ausbildung begonnen!" protestierte Archie.

„Die Tritonen bestehen darauf!"

„So ein Unsinn! Das kann sie immer noch, wenn …"

„Ich mache es!"

„Rebecca, das ist viel zu gefährlich, das ist…"

„Onkel Archie, die Tritonen haben Recht. Ich will ihr Vertrauen, also muss ich auch etwas dafür geben. Was muss ich genau tun?"

Archie sah, dass das Mädchen fest entschlossen war. Er seufzte, dann gab er nach. „Lenke die Quadriga ein Stück aufs Meer hinaus, fahre eine Kurve und komm wieder zurück. Eine kurze Strecke reicht aber voll und ganz!"

Rebecca nickte, straffte die Schultern und ging auf die Quadriga zu. Alle begleiteten sie. Als sie die immer noch stampfenden Seepferde erreicht hatten, sah Rebecca Jack bittend an. „Hilfst du mir in den Wagen?"

„Klar!" Jack watete mit ihr ins Wasser und hob sie in die schwankende Muschel. Dann beugte er sich zu ihr und flüsterte ihr etwas ins Ohr. Sie nickte und lächelte ihn an. Jack ging zurück ans Ufer und Rebecca nahm mit beiden Händen die Zügel auf. Dann gab sie den beiden Pferdehalterinnen das Zeichen, dass sie die Tiere freigeben konnten. Die Pferde gehorchten sofort. Die Quadriga wendete und war kurz danach unter Wasser verschwunden.

Als sie nach einer Weile wieder auftauchte, strahlte Rebecca über das ganze Gesicht. Sie lenkte die Pferde zurück zum Strand, wo diesmal Tony ins Wasser lief, sie aus der Muschel hob und unter dem Jubel des Volkes ans Ufer trug. Hier bekam sie von Archie den goldenen Dreizack überreicht – nun war sie die Erste Nereide.

3 0

Cat schlenderte am Strand entlang. Sie hatte die antike Kleidung wieder gegen Shorts und Top getauscht. Es war später Nachmittag und die Sonne hatte nicht mehr die aggressive Kraft des Mittags. Der Sand unter ihren nackten Füßen war aber noch angenehm warm. Eine leichte Brise kam vom Meer, irgendwo schrien Möwen – oder war es das Wiehern der Seepferde? Cat lächelte. Vor ein paar Monaten hätte sie solche Gedanken noch als blanken Unsinn abgetan. Wie sehr sich die Realität doch verändert hatte – und plötzlich hatte auch ihr Leben eine völlig neue Wendung genommen!

In einiger Entfernung sah sie eine Gestalt im Sand hocken. Cat schirmte mit der Hand die Augen ab und kniff sie zusammen. Jack! Hier war er also – sie hatte ihn den ganzen Tag noch nicht gesehen. Cat beschleunigte ihren Schritt und ging auf Jack zu.

„Hey!", sagte sie und ließ sich neben ihn in den Sand fallen.

Jack sah auf. „Hey." Er starrte wieder aufs Meer hinaus. Auch er trug heute T-Shirt und Shorts.

„Was sitzt du hier allein rum und bläst Trübsal? Und wo ist Zack?", fragte Cat, da sie den jungen Hund nirgendwo entdecken konnte.

Jack nahm eine Handvoll von dem feinen, weißen Sand auf und ließ ihn durch die Finger rieseln. „Ich habe ihn Rebecca gegeben – als Abschiedsgeschenk."

Er sah Cats erstaunten Blick und fuhr fort: „Als wir hier ankamen, merkte ich, dass sie gern mit dem Hund spielen wollte. Trite hatte ihr aber beigebracht, dass sie als Nereide Hunde unbedingt meiden sollte. Das war auch so ein geschickter Schachzug von ihr – sie hat die Tatsache, dass die

Stutenmilch Hundebisse nicht heilen kann, ausgenutzt, um Rebecca emotional von Hunden zu distanzieren. Später, als Hekate-Priesterin, würde es ihr dann nicht so schwer fallen, Hunde rituell zu töten. Wenn sie jetzt Zack als eigenen Hund behält, brauchen wir uns darum keine Sorgen mehr zu machen."

„Das ist aber sehr nett von dir – du hast ja schon an dem Tier gehangen, oder?"

Jack nickte und spielte weiter mit dem Sand. „Stimmt. Ich hatte mich ziemlich an ihn gewöhnt. Aber Rebecca ist ein nettes Mädchen, das schon viel durchgemacht hat. Und natürlich ist sie nicht begeistert davon, dass wir morgen abreisen, sehr viele Freunde hat sie hier ja noch nicht. Da war der Hund schon ein kleiner Trost für sie."

Cat sah Jack überrascht an. Diese sensible Seite hatte sie an ihm noch nicht kennen gelernt. Da fiel ihr noch eine andere Sache ein.

„Was hast du Rebecca eigentlich ins Ohr geflüstert, als du ihr in die Quadriga geholfen hast?"

Jack zuckte mit den Schultern. „Nichts Besonderes. War ja klar, dass sie Angst hatte, allein die Quadriga zu lenken, zumal sie vorher noch nie damit gefahren war. Sie hatte mir aber bei unserer Rückkehr erzählt, wie sehr sie die Ausritte auf den Seepferden liebt. Ich habe ihr gesagt, sie soll an diese Ausritte denken und daran, wie gut die Seepferde ihr gehorchen – schließlich wäre da kein großer Unterschied, nur dass sie jetzt vier statt einem Pferd lenken musste." Jack grinste Cat an. „Hat ja auch geklappt!"

„Ja, es hat geklappt! Und jetzt ist die kleine Herrscherin der Nereiden ganz schön mit Regieren beschäftigt. Es musste ja auch einiges umorganisiert werden. Die Arbeitssklaven dürfen jetzt entscheiden, ob sie unter besseren Bedingungen hierbleiben oder nach Hause zurückkehren wollen. Groß ist die Gefahr eh nicht, dass sie jemandem von Equitanien erzählen – glauben wird das sowieso keiner! Ich war aber froh, dass letztendlich doch alles so friedlich über die Bühne ging. Selbst bei der Trauerfeier für Trite blieb es ja ruhig und die Tritonen haben Rebecca die Treue geschworen."

„Cat, ich … ich glaube, ich habe mich noch nicht einmal richtig bei dir bedankt – du hast mir das Leben gerettet, Danke!" Er sah sie liebevoll an.

Cat lächelte etwas verlegen zurück und sagte dann mit weicher Stimme: „Schon gut. Du hättest ja das Gleiche für mich getan."

„Sicher. Aber ich hätte wahrscheinlich nicht so gut getroffen!"

„Nein, wahrscheinlich nicht!"

Beide grinsten, denn auch Cat wusste, dass Jacks Schießkünste bei weitem nicht an ihre Fertigkeiten heran reichten. Dann wurde Cat wieder ernst.

„Jetzt weiß ich immer noch nicht, warum du hier den Melancholiker am Strand gibst. Ist es, weil das schöne Leben in Equitanien Morgen zu Ende geht?"

Jack lehnte sich zurück und stützte sich mit den Händen auf.

„Ich musste einfach mal über verschiedene Dinge nachdenken. Heute Morgen hat meine Mutter mich zum Gespräch bestellt. Weißt du, was sie mir eröffnet hat? Archie hat ihr einen Antrag gemacht – und sie hat angenommen! Sie werden die meiste Zeit in Equitanien leben."

„Wie schön! Aber das kann dich doch nicht wirklich überrascht haben, oder?"

Jack sah Cat etwas unsicher an. „Na ja. Ein bisschen schnell finde ich das schon…"

„Ach, überleg doch mal, was die beiden alles zusammen durchgemacht haben! Da lernt man einen Menschen besser kennen, als in vielen Monaten, in denen das Leben so dahin plätschert."

„Hm, ja. Da wir gerade von Beziehungen sprechen … also, die Sache mit Trite …"

„Schwamm drüber, Jack. Sie hat uns alle gelinkt, aber dich besonders."

„Ihre anderen Schachzüge verstehe ich ja alle: Sie hat uns immer wieder Cedric auf den Hals gehetzt, sie war es, die mein Zimmer in Vegas nach der Feder durchsucht hat – und sie war auch noch die Hekate-Priesterin. Die Frau, die Cedric die Hunde ins Casino gebracht hat, hatte gar nichts damit zu tun. Aber, was, um Himmels Willen, hätte Trite denn davon gehabt, mich als Prinzgemahl zu bekommen? Was steckte denn da noch dahinter?"

Cat sah Jack halb forschend und halb amüsiert an. „Das weißt du wirklich nicht? Sie war in dich verliebt, Jack! Schon als sie noch die Rolle der Kellnerin Suzie spielte. Sie hat dich zwar an Cedric verraten, aber dafür gesorgt, dass dir nichts passierte. Und als sie dachte, du wärst am Mont-St-Michel ertrunken, hat sie wirklich um dich getrauert. Als sie merkte, dass du nicht so richtig anbeißen wolltest, hat sie sich die Geschichte mit der Liebesnacht ausgedacht – das perfekte Druckmittel, falls du immer noch ablehnen solltest."

Jack setzte sich wieder auf. „Meinst du wirklich?", fragte er zweifelnd. Die vielen Begegnungen mit Trite, auch als sie noch Suzie war, gingen ihm durch den Kopf. Ja, gut, sie hatten geflirtet, aber sonst?

Cat lachte über Jacks verwirrtes Gesicht.

„Findest du es tatsächlich so erstaunlich, dass sich jemand in dich verliebt?"

„Was? Ja ... äh, nein! Natürlich nicht! Nur ... weißt du, eine Beziehung mit Trite – das wäre nichts geworden. Cat, nach all dem – du hast es ja gerade selbst gesagt – was *wir* zusammen erlebt und durchgemacht haben ... und wir konnten uns doch immer aufeinander verlassen ... meinst du nicht, wenn wir wieder zu Hause sind, wir könnten noch einmal versuchen ...", stotterte Jack. Da! Jetzt ist es wieder passiert, dachte er. Stundenlang hatte er sich eine schöne Rede mit wundervollen Formulierungen ausgedacht, mit denen er Cat erklären wollte, wie viel sie ihm bedeutete. Aber jetzt, wo es drauf ankam, fiel ihm nichts Gescheites ein und es kam nur Wortmüll heraus.

Cat schwieg eine Weile. Verschiedene Gedanken rasten durch ihren Kopf. Sie sah ihn nachdenklich an, dann sagte sie: „Jack, ich werde hierbleiben."

„Hierbleiben?! In Equitanien?"

„Archie hat mir angeboten, die Seepferde zu erforschen. Jack, das ist eine solche Chance, die bekommt eine Biologin nicht zweimal im Leben! Natürlich kann ich meine Ergebnisse nicht veröffentlichen – jedenfalls nicht in absehbarer Zeit – aber das ist mir egal. Allein die Möglichkeit, eine völlig unbekannte Spezies zu studieren – ihre Körperfunktionen, ihr Verhalten ... Das muss ich annehmen, das verstehst du doch, oder?"

Cat strahlte vor Begeisterung. Dann sah sie, dass Jack ehrlich enttäuscht war. Sie musste sich eingestehen, dass sie ihn auch vermissen würde und im Stillen doch gehofft hatte, dass er Equitanien nicht so schnell verlassen würde. Sie zögerte einen Moment, dann sprach sie den Gedanken aus, den sie seit Archies Angebot im Kopf hatte.

„Warum bleibst du nicht auch? Du könntest wieder zu deinem Bildhauer-Meister gehen, oder irgendwas anderes machen. Ich bin sicher, Archie hätte nichts dagegen."

Jack schüttelte den Kopf. „Wenn ich hierbleibe, werden Archie und Rebecca mich auch in ihre politischen Entscheidungen mit einbeziehen. Das ist etwas anderes als bei dir – du bist völlig in das Seepferde-Projekt eingebunden. Politik ist aber nichts für mich. Da gehe ich lieber zurück nach Miami Beach und führe das Unternehmen mit Tony weiter."

Beide schwiegen einige Minuten. Sie sahen den seichten Wellen zu, die sanft auf dem feuchten Sand ausrollten. Schließlich meinte Cat leise: „Dann ist das jetzt also der Abschied?"

Im Meer ging gerade die Sonne unter. Eine Explosion von Rottönen tauchte alles in diese unwirkliche, immer wieder sprachlos machende Farbenpracht. Kitschig, aber real.

„Nein", sagte Jack und drehte sich zu Cat, „verabschieden werden wir uns erst Morgen." Dann küsste er sie.

*

Bevor Jack, Tony und Otto wieder zum Festland und in die *andere Welt* aufbrachen, wollte Rebecca ihnen noch etwas ganz Besonderes zeigen.

„Wir treffen Cat im Hangar, sie kommt auch mit."

„Sagst du uns dann auch endlich, worum es geht, Señorita Erste Nereide?", fragte Tony neugierig.

Rebecca machte ein schelmisches Gesicht. „Noch ein bisschen Geduld, Señor Campillo!"

Otto murmelte: „Ich habe schon so viel hier gesehen, ich könnte zehn Bücher darüber schreiben!"

Im Hangar wurden sie von Cat beim Pferch der Seepferde erwartet. Fünf Tiere schwammen darin herum, alle trugen Zaumzeug und Zügel.

„Da seid ihr ja! Rebecca sagte, es ginge um einen Schatz!"

Jack und Tony warfen sich einen Blick zu.

Rebecca baute sich würdevoll vor ihnen auf.

„Erinnert ihr euch noch an die Schatzkarte meiner Großmutter? Nun, ich kann euch leider das vereinbarte Honorar nicht zahlen – ich habe den Schatz nämlich selbst gefunden!"

„Was? Wo denn? Wie hast du…?" Jack und Tony redeten gleichzeitig auf sie ein.

„Na ja, eigentlich war es Onkel Archie, der mir den Weg zum Schatz gezeigt hat. Ich habe ihm von Grannys Karte und dem Amulett erzählt – da wusste er sofort Bescheid. Das will ich euch heute zum Abschied zeigen! Aber, ganz leer sollt ihr auch nicht ausgehen."

Rebecca ging zu einem Tisch, auf dem eine kleine Truhe stand, die sie öffnete. Sie holte vier goldene Seepferd-Amulette, die an Lederbändern befestigt waren, heraus und hängte jedem eines um.

„Mit dem Dank der Ersten Nereide", sagte sie feierlich. „Diese Amulette waren schon in der Zeit der Atlanter Voti…, Voti…"

„Votivgaben", half Jack aus.

„Genau, Votivgaben. Damit haben die Menschen bei den Göttern um Schutz und Hilfe gebeten. Noch heute hängen die Equitanier den Seepferden diese Amulette als Glücksbringer um. Jetzt hast du wenigstens ein kleines Stück Atlantis, Jack."

Jack grinste. Alle bedankten sich bei ihr, dann meinte Tony: „Jetzt bin ich aber wirklich auf den Rest des Schatzes gespannt! Wie kommen wir denn dahin?"

„Dies sollen besonders sanftmütige Reittiere sein. Wir müssen nur noch die Stutenmilch trinken, dann kann es losgehen", sagte Cat, deutete auf die Tiere, die im Pferch herumschwammen und grinste. „Ich kann es gar nicht erwarten, endlich auf einem Seepferd zu reiten!"

„Stutenmilch? Reiten auf Seepferden? Unter Wasser? Oh, nein! Ohne mich! Ich bleibe hier!" Otto war entsetzt. Er war wie der Graf von Monte Christo vom Mont-St-Michel geflohen, bei der Beschwörung der Unterwelt-Göttin dabei gewesen, in den Hades hinabgestürzt, hatte die Einsetzung der Ersten Nereide und Poseidons Quadriga erlebt – sein Bedarf an absonderlichen Abenteuern war mehr als gedeckt. Freiwillig auf einem Fabelwesen zu reiten, kam nicht in Frage. Da konnten alle Schätze der Welt am anderen Ende warten! Alles Zureden half nicht, Otto blieb stur.

Die anderen gingen schließlich zu dem Tisch, auf dem neben der kleinen Truhe die Phiolen mit der präparierten Stutenmilch standen.

Tony nahm ein Röhrchen mit der zähflüssigen, weißen Füllung, sah es misstrauisch an und verzog das Gesicht. Jack nahm auch ein Röhrchen in die Hand.

„Jetzt komm schon – so schlimm ist es nicht!" Er gab das Röhrchen an Cat weiter und nahm sich selbst eins.

„Auf ex!" Jack prostete den anderen zu und trank das Röhrchen in einem Zug aus. Cat und Tony schluckten den Inhalt ebenfalls auf einmal hinunter. Rebecca, die das Mittel ja nicht brauchte, sah gespannt zu. Nach ein paar Minuten setzte der Effekt ein, den Jack schon kannte: Kurze Schmerzen am Hals, ein Hustenanfall, dann war es vorbei. Vorsichtig betasteten Cat und Tony ihre neu gewonnenen Kiemen.

„Todos los Santos! Und damit kann ich wirklich unter Wasser atmen?"

„Wie ein Rochen!", antwortete Jack und grinste.

„Dann kann es ja jetzt endlich losgehen!", rief Rebecca und lief zum Pferch. Der Rappe hatte sie schon gesehen und kam sofort angeschwommen.

„Erkennst du ihn wieder, Jack?"

„Ist das etwa das Tier von der Sandbank?"

Rebecca nickte glücklich. „Jetzt gehört er mir!", sagte sie stolz und glitt auf den Rücken des Seepferdes. Cat setzte sich ohne Probleme auf einen Grauschimmel.

„Pass auf, sie sind ziemlich rutschig!", raunte Jack Tony zu.

Der ignorierte die Warnung, wollte wie ein Cowboy auf das nächste freie Tier springen – rutschte aber schneller ab, als er nach dem Zügel greifen konnte und landete im Wasser.

Als er prustend neben dem Seepferd wieder auftauchte, rief Jack ihm grinsend zu: „Na, funktionieren die Kiemen?" Ein Schwall spanischer Schimpfworte war die Antwort.

Dann stieg auch Jack auf sein Pferd, einen hübschen Blessfuchs, das Gatter wurde geöffnet und die Pferde tauchten unter. Rebecca übernahm die Führung.

Schnell entfernten sie sich von der Insel. Das Wasser wurde immer wärmer und die Fische bunter. Rebecca jagte mit dem Rappen durch ein

Labyrinth von Vulkangestein und Korallenriffen. Jack, Tony und Cat folgten ihr. Tony gewöhnte sich langsam an das Reiten auf dem Seepferd und rutschte immer weniger hin und her. Jack sah, dass Cat großen Spaß daran hatte, mit rasender Geschwindigkeit durch das Wasser zu sausen. Sie hatte Recht, Jack konnte sie gut verstehen. Sie musste hierbleiben und diese wunderbaren, seltsamen Tiere erforschen.

Kleine Schwärme bunter Karibikfische wichen ihnen scheinbar mühelos aus, ohne ihre Ruhe zu verlieren. Dann hob Rebecca die Hand zum Zeichen, dass sie gleich anhalten wollte.

„Wir sind da", sagte sie im leicht gurgelnden Ton der Unterwassersprache. Sie hielt ihr Reittier jetzt am kurzen Zügel und schwamm mit ihm geschmeidig um ein scharfkantiges Riff.

Als Jack, Cat und Tony ihr folgten, öffnete sich vor ihnen eine atemberaubende Unterwasserlandschaft. Riffe waren jetzt nur noch vereinzelt zu sehen. Im glasklaren grünblauen Wasser wiegten sich kurzwüchsige Algen und Seegras in der Meeresströmung. Zwischen den Algen tummelte sich eine große Herde Seepferde. Es waren Mutterstuten mit ihren Fohlen. Es gab Rappen, Füchse, Schimmel und Braune. Anmutig naschten die Stuten von den Algen, während sich ihre Fohlen über ihnen jagten. Spielerisch umkreisten sie einander und versuchten sich gegenseitig in die Schwanzflosse zu zwicken. Nur wenn eines der Fohlen der Oberfläche zu nahekam, stieß seine Mutter einen kurzen Warnruf aus, der das Jungtier sofort wieder nach unten rief.

Cat konnte sich kaum satt sehen. Ohne ihren Blick von den Tieren zu wenden, fragte sie Rebecca: „Wo sind wir hier?"

„Das", antwortete das Mädchen mit glänzenden Augen und einem Pathos, der ihrer neuen Stellung entsprach, „das ist der Schatz der Nereiden und das Herz von Equitanien – das ist die Weide der Seepferde!"

„Kein Gold?" Tony war schon ein bisschen enttäuscht.

Rebecca lachte. „Nein, kein Gold. Fast kein Gold. Die Seepferde sind viel, viel mehr wert. Sie müssen hier schon seit sehr langer Zeit leben. Immer gab es Nereiden, die sie geschützt haben und dafür gesorgt haben, dass sie nicht entdeckt wurden. Ich weiß noch nicht genau, was man alles aus der Stutenmilch gewinnen kann, aber Onkel Archie sagt, dass sie ein Schatz für die ganze Menschheit sein könnte!"

Sie wurde ernst. „Darum muss dieser Ort unbedingt geheim bleiben. Wir wissen nicht warum, aber nur hier gebären die Stuten ihre Fohlen. Sie bleiben mit ihnen auch die ersten zwei Monate nach der Geburt hier. Alle Versuche, eine Geburt in Gefangenschaft oder an einem anderen Ort stattfinden zu lassen, sind gescheitert."

„Vielleicht findet Cat ja heraus, woran das liegt", meinte Jack.

Cat erwiderte sein Lächeln und antwortete: „Wir werden sehen."

*

Freitagnachmittag in Miami Beach. Tony war den ganzen Tag im Hafen und kümmerte sich wie immer um das Boot, während Jack im Büro war und an seinem Schreibtisch saß. Er versuchte, die E-Mail Flut in seinem Posteingang abzuarbeiten. Auch Otto hatte geschrieben. Jack grinste, als er las, dass Otto zwar wieder gut in Berlin angekommen war, aber erhebliche Schwierigkeiten hatte, sein plötzliches Abtauchen und die Gerüchte um seine Ermordung zu erklären.

Nach Cedrics Verschwinden spekulierten die Medien noch eine Weile, ob es sich dabei um Entführung und Mord handeln könnte. Doch nachdem keinerlei Hinweise gefunden werden konnten, wurde der Fall schließlich zu den Akten gelegt.

Die *Glory Regained Bewegung* und die Hekate-Sekte verschwanden in der Bedeutungslosigkeit, nachdem sie keine Unterstützung mehr von den Tritonen erhielten.

Jack selbst war mit Archies Hilfe von allen Vorwürfen freigesprochen worden, wobei sie aber darauf geachtet hatten, dass der Medienaufwand möglichst klein gehalten wurde – schließlich sollte das Geheimnis von Equitanien ja auch eines bleiben.

Auch an Post hatte sich in den letzten Wochen einiges angesammelt. Hauptsächlich Rechnungen und Werbung. Um die Miete musste Jack sich zu seinem Glück keine Sorgen mehr machen, das hatte Archie ihm versichert. Aus Dankbarkeit für seine Verdienste hatte er ihm lebenslange Mietfreiheit geschenkt – als Rebeccas Vormund und Verwalter des gesamten Vermögens der Whithall-Meyers Familie hatte er auch Zugriff auf deren Immobilien und konnte das arrangieren. Natürlich hatte er auch das mit Rebecca und Cedric vereinbarte Honorar bezahlt, sodass Jack und Tony der nächsten Zukunft entspannter entgegensehen konnten.

Das Telefon klingelte. Es war Tony.

„Compadre! Ich bin mit der *Driftwood* fertig und sitze im *Lazy Lobster*. Mach früher Schluss und komm doch auf ein Bier vorbei. Ich finde, wir haben uns etwas Freizeit verdient, nach der ganzen Sache. Meine Cousine Elena kommt nachher auch noch mit einer Freundin hierher – es könnte ein netter Abend werden!"

„Du hast Recht. Ich sehe nur noch den Rest der Post durch. Bestell schon mal ein Bier für mich!"

Jack legte auf und sah wieder auf den merklich kleiner gewordenen Postberg. Eine Briefmarke aus Mexiko zog da seinen Blick auf sich. Er fischte den Brief aus dem Stapel heraus. Es war ein wattierter Umschlag, der nicht ganz leicht war. Jack öffnete ihn und zog einen Briefbogen aus teurem Briefpapier heraus. Er überflog das Schreiben und runzelte die Stirn. Spanisch – nicht gerade seine Stärke. Das kommt davon, wenn der beste Freund Spanisch als Muttersprache hat, dachte er. Aber es musste noch mehr darin sein, sonst wäre der Umschlag ja nicht extra gepolstert gewesen. Er drehte ihn mit der Öffnung nach unten. Ein flaches Päckchen rutschte heraus. Gespannt entfernte Jack das Papier.

Was er fand, war ein Amulett, das die typischen Ornamente alter mittelamerikanischer Kunst aufwies, in deren Zentrum sich jedoch ein Motiv befand, das Jacks Adrenalinspiegel sofort in die Höhe schießen ließ: Es handelte sich eindeutig um einen Hippokampos, ein Seepferd!

*

Tony saß schon an ihrem Stammtisch im *Lazy Lobster* und flirtete mit der neuen Kellnerin Kim.

„Holá, Muchacho! Alles klar im Büro? Gibt's neue Aufträge?"

Jack nickte und schwenkte den Brief aus Mexiko.

„Gibt es tatsächlich. Unser neuer Kunde kommt aus Mexiko. In dem Brief stehen wohl die Details – aber auf Spanisch. Ich habe nicht alles verstanden. Lies doch mal!"

Tony sah ihn erstaunt an und nahm den Brief. Je weiter er las, desto ernster wurde sein Gesicht.

„Das ist von einem Anwaltsbüro. Sie vertreten jemanden, der anonym bleiben möchte. Der will uns anheuern, um einen noch unbekannten Unterwassertempel an der mexikanischen Küste zu erforschen. Außerdem steht da, sie hätten eine Probe des Schatzes beigefügt, der sich dort befinden soll."

„Stimmt. Sie haben etwas beigefügt."

Jack griff in die Hosentasche, holte das Amulett heraus und legte es vor Tony auf den Tisch. Der erkannte das Motiv natürlich auch sofort.

„Nein! Das glaube ich jetzt nicht!" Er sah Jack beinahe flehend an. „Sag, dass du das nicht machen willst! Nicht schon wieder Seepferde, Tritonen und Nereiden! Jetzt haben wir doch gerade alles so schön geordnet!"

Jack nahm den Blick nicht von dem Amulett und schüttelte den Kopf. „Nein, nein. Ich habe auch die Nase voll davon. Soll sich jemand anders damit herumschlagen. Wir machen jetzt nur noch gemütliche Wrackfahrten mit gut zahlenden Touristen, ohne Opferrituale, Höllenschlunde, antike Götter und Fabelwesen."

„Esta bien! Sehe ich auch so."

Beide schwiegen eine Weile und starrten weiter auf das Amulett auf dem Tisch. Dann nahm Tony das Schmuckstück in die Hand und betrachtete es nochmal eingehend.

„Jack?"

„Hm?"

„Was ist, wenn da tatsächlich ein großer Goldschatz liegt? Von einer noch unbekannten Zivilisation? Ich meine, spannend wäre es ja schon…"

„Dieses Amulett! Wenn ich mir vorstelle, es gäbe eine Verbindung der antiken Nereiden und Tritonen zu den Mayas – das wäre sensationell!"

„Wir sollten es uns vielleicht doch überlegen…"

Jack grinste Tony an und prostete ihm zu. „Ich denke auch, wir sollten den Auftrag annehmen!"

Tony grinste ebenfalls und stieß mit ihm an. „Todos los Santos! Dann werde ich denen mal antworten, dass wir kommen!"

ENDE

Berlin: Die Darstellungen der Seepferde, Tritonen und Nereiden kann man alle an den genannten Brücken finden.

Glory Regained Bewegung: Gibt es nicht, ist frei erfunden!

Hekate: Die Göttin Hekate ist eine Mutter- und Erdgöttin, deren Verehrung aus dem kleinasiatischen Raum stammt und im 7./8. vorchristlichen Jahrhundert in die griechische Götterwelt aufgenommen wurde. Im Laufe der Zeit wurde mehr und mehr ihre dunkle Seite verehrt, die sie schließlich zur Mutter aller Hexen machte. Im Neopaganismus der Neuzeit wird Hekate als Göttin der Frauen verehrt, wobei ihr auch geopfert wird. Allerdings handelt es sich bei den heutigen Opfergaben um Früchte und Kuchen – Hunde sind meines Wissens nicht mehr darunter. Die genannte Darstellung auf dem Altar von Domitius Ahenobarbus gibt es ebenfalls, die Frau mit den Fackeln in beiden Händen wird dort allerdings als „Brautmutter Doris" identifiziert.

Hippokampoi (gr. Sing. Hippokampos): Die Darstellung der mythologischen Seepferde, halb Pferd und halb Fisch, waren in der Antike bis ins 3. Jahrhundert n. Chr. beliebt. Man findet sie auf Münzen, als Reliefs und als Statuen, besonders häufig aber als Bodenmosaiken in Thermen. Sie galten als die Reit- und Zugtiere des Meeresgottes Poseidon.

Las Vegas: Tatsächlich gibt es (2012) im *Caesars Palace Las Vegas Hotel & Casino* eine SEAHORSE Lounge, die so aussieht, wie in der Geschichte beschrieben. Die Seepferde-und Tritonen-Brunnen im Innen- und Außenbereich entsprechen ebenfalls der Realität. Auch die Toiletten im Untergeschoss neben der Valet-Parking Station gibt es. Was sich allerdings hinter der Tür neben der Damentoilette befindet, kann ich nicht sagen… Die beschriebenen Malereien im *The Venetian Las Vegas Casino, Hotel & Resort* sind ebenso real wie die Skulpturen an einem Eingang des *Treasure Island Hotel & Casino Las Vegas* (2012).

Mont-St-Michel: Ob es eine Engelsfeder als Reliquie in der Abtei auf dem Mont-St-Michel gibt, ist nicht belegt. Der Schädel des Bischofs mit dem Loch ist allerdings vorhanden.

Nereiden: In der griechischen Mythologie sind diese Meeresnymphen die Töchter des Nereus und der Doris. Sie werden als schöne junge Frauen dargestellt, mit und ohne Fischschwanz. Von ihnen heißt es, dass sie Schiffbrüchige retten und an Land bringen.

Tritonen: Zunächst gab es in der griechischen Mythologie nur Triton, den Sohn des Poseidon und der Amphitrite. Doch bald schon etablierten sich die Tritonen als wilde männliche Gegenstücke zu den sanften Nereiden. Tritonen wurden mit Fischschwänzen und Muschelhörnern dargestellt und sind oft in Szenen abgebildet, in denen sie Menschenfrauen rauben und in ihr Reich entführen.

Regina E.G. Schymiczek (*1961 in Essen) ist Kunsthistorikerin, Archäologin und Autorin. Ihre Dissertation schrieb sie über die Entwicklung der Wasserspeierformen am Kölner Dom.

Sie ist Mitglied im Freien Deutschen Autorenverband sowie im Selfpublisher Verband, lebt und arbeitet in Essen sowie in einem Ferienhaus in den Niederlanden, ist aber auch immer wieder gern in den USA unterwegs.

Neben Publikationen aus ihrem wissenschaftlichen Fachbereich hat sie auch spannende Kinderbücher sowie Historische und Fantasy Romane veröffentlicht, in denen immer wieder Aspekte ihrer Studienfächer auftauchen.

Weitere Infos über die Autorin und ihre Publikationen gibt es unter www.schymiczek.de.